Três irmãs e um Recomeço

SUSAN MALLERY

Três irmãs e um Recomeço

TRADUÇÃO
Alda Lima

Rio de Janeiro, 2021

Título original: CALIFORNIA GIRLS
Copyright © 2019 by Susan Mallery, Inc.

Todos os personagens neste livro são fictícios. Qualquer semelhança com pessoas vivas ou mortas é mera coincidência.

Direitos de edição da obra em língua portuguesa no Brasil adquiridos pela Editora HR LTDA. Todos os direitos reservados. Nenhuma parte desta obra pode ser apropriada e estocada em sistema de banco de dados ou processo similar, em qualquer forma ou meio, seja eletrônico, de fotocópia, gravação etc., sem a permissão do detentor do copyright.

Direitos exclusivos de publicação em língua portuguesa cedidos pela Harlequin Enterprises II B.V./S.À.R.L para Editora HR Ltda.

A Harlequin é um selo da HarperCollins Brasil.

Contatos: Rua da Quitanda, 86, sala 218 — Centro — 20091-005
Rio de Janeiro — RJ
Tel.: (21) 3175-1030

Diretora editorial: *Raquel Cozer*

Editora: *Julia Barreto*

Copidesque: *Camila Berto*

Revisão: *Julia Páteo*

Ilustração de capa: *Fernanda Lima*

Design de capa: *Tulio Cerquize*

Diagramação: *Abreu's System*

CIP-Brasil. Catalogação na Publicação
Sindicato Nacional dos Editores de Livros, RJ

M22t

    Mallery, Susan
        Três irmãs e um recomeço / Susan Mallery; tradução Alda Lima. – 1. ed. – Rio de Janeiro: Harlequin, 2021.
        384 p.

        Tradução de: California girls
        ISBN 978-65-87721-99-6

        1. Romance americano. I. Lima, Alda. II. Título.

21-69530   CDD: 813
                                  CDU: 82-31(73)

Leandra Felix da Cruz Candido – Bibliotecária – CRB-7/6135

Capítulo Um

—Estão fritando bacon!

Finola Corrado tentou não sorrir ao notar o pânico estampado no rosto de sua assistente.

— O quadro de culinária de hoje traz cinco versões de salada de batata. Bacon é o preço do negócio.

O horror de Rochelle se transformou em indignação.

— Sim, e imediatamente antes do quadro "Novidades para moda verão". Estou bastante familiarizada com o roteiro.

Ela deixou o tablet sobre a mesa, pôs as mãos na cintura fina e se inclinou para a frente, na tentativa de reforçar a importância do que estava dizendo. Suas tranças compridas e escuras acompanhavam cada movimento dela.

— Finola, nós temos *modelos* no recinto. Modelos altas, magras e *famintas*. Elas estão começando a parecer umas selvagens e a brigar umas com as outras. Tenho certeza de que é o cheiro do bacon. Não podem prepará-lo em outro lugar?

E as pessoas achavam que trabalhar na televisão era glamoroso, pensou Finola, ainda tentando conter o riso.

— Leve as modelos para o estúdio reserva e diga que estamos com um problema de umidade no set e que elas vão precisar passar mais fixador no cabelo. Elas não vão sentir mais o bacon depois disso. E diga à pessoa que está cozinhando os pratos para limpar tudo depois de terminar com o bacon e assim eliminar o cheiro.

— É, isso deve resolver. — Rochelle, a inteligente e ambiciosa recém-graduada em comunicação, relaxou. — Eu mesma devia ter pensado nisso.

— Logo mais você pega o jeito.

Sua assistente de 25 anos de idade, com cabelo e olhos escuros, em breve seria capaz de dar conta do programa, pensou Finola ao observar Rochelle sair. Em alguns meses, Rochelle cresceria, aceitaria um cargo que lhe desse mais responsabilidade, e Finola precisaria contratar uma nova assistente para recomeçar todo o processo.

Entrar no mundo da televisão não era fácil. Havia trabalhos ruins de sobra, e nem todos proporcionavam o tipo certo de experiência. Finola se orgulhava de contratar as melhores e mais inteligentes. Ela era bem clara em suas exigências — esperava uma ética profissional impecável, lealdade absoluta e cem por cento de foco. Em contrapartida, lhes ensinaria sobre o mercado, as apresentaria às pessoas certas e lhes ofereceria uma grande festa quando chegasse a hora de elas subirem na vida.

A porta do camarim foi aberta novamente. Uma das assistentes de produção pôs a cabeça para dentro e sussurrou:

— Ela chegou! *Ela chegou*. Não acredito. Estou tão empolgada. Você não está empolgada?

Antes que Finola pudesse responder, a assistente já tinha saído. Sem dúvida fora espalhar sua empolgação para os outros.

Finola queria fingir normalidade, mas até ela precisava admitir que estava ansiosa para conhecer Treasure. O *AM SoCal* era um programa de sucesso no competitivo mercado da mídia. Por ser gravado em Los Angeles, tinha mais acesso a celebridades do que a maioria dos programas do gênero, mas nem eles tinham contado com a presença de uma estrela do country-pop tão grande como Treasure.

Aos 23 anos, Treasure já era um fenômeno da música. Seu último single fora baixado um milhão de vezes nas primeiras seis horas do lançamento, e seus vídeos no YouTube tinham mais de um bilhão de visualizações. Ela estaria no programa daquela manhã para uma entrevista de dez minutos e uma apresentação ao vivo de seu novo single, "That Way". Os quadros com o desfile das modelos famintas e a salada de batata viriam em seguida.

Tirando o fato de Treasure ser tão famosa, a programação do dia não tinha grandes novidades. Finola cumprimentaria sua plateia — tanto ao vivo como pela TV —, jogando um pouco de conversa fora e contando algumas piadas, e depois chamaria sua primeira convidada para o set. Às onze a gravação já teria terminado e ao meio-dia a equipe inteira já estaria focada em fazer tudo de novo para o próximo programa. Todos menos ela, pensou Finola com um sorriso no rosto. Ela estaria de férias na semana seguinte.

— Havaí, aí vamos nós — murmurou Finola para si mesma.

Seu marido e ela precisavam daquela escapada. Nos últimos tempos, os dois andavam muito ocupados, envolvidos com suas respectivas carreiras. Aquela semana lhes daria um tempo para se dedicarem um ao outro, ao casamento e talvez até a algo novo.

Ela estava pronta, finalmente pronta, para engravidar, e Nigel já ansiava para que eles começassem uma família havia alguns anos. Era Finola quem estava enrolando. Mas os 34 anos completados e as constantes reclamações da mãe por ter três filhas adultas e nenhum netinho, somados à constatação de que jamais haveria uma hora perfeita, convenceram Finola de que era o momento de tentar. Em homenagem àquela decisão, ela embrulhara um presente para que Nigel abrisse assim que eles fizessem o check-in na suíte em Maui. Finola achava que os brinquedos eróticos e os sapatinhos de bebê dariam o recado. Nigel era um homem de ação — os dois iam se divertir.

Ela ouviu uma batidinha na porta, seguida por um aviso:

— Trinta minutos.

Trinta minutos para o programa, pensou Finola, relaxando na cadeira de maquiagem e fechando os olhos.

Ela já estava pronta e maquiada, já sabia sobre o que ia falar, escutara tanto as músicas de Treasure que estaria apta para entrar num fã-clube oficial e dispensara os carboidratos no café da manhã para poder provar salada de batata até enjoar.

— Bom programa — sussurrou Finola para si mesma, diminuindo o ritmo da respiração em seu ritual de relaxamento antes de entrar no ar.

Ela tinha quinze minutos de tranquilidade. Quinze minutos sem ninguém batendo na porta ou entrando no camarim. Era o bastante para se recompor antes de ir ao set, onde poria o microfone e receberia uma última camada de pó compacto antes de começar seu programa matinal.

Finola inspirou contando até quatro, prendeu a respiração contando até oito, e expirou... até que ouviu a porta sendo aberta, seguida por um:

— Finola, precisamos conversar.

Ela abriu os olhos. Nigel estava parado na frente dela. Ele segurou a cadeira de Finola pelos braços e a encarou, obstinado.

— Nigel, o que está fazendo aqui? Entro no ar em menos de meia hora. O que foi?

Nigel, um cirurgião plástico em Beverly Hills, não atendia às sextas, e os dois partiriam para o Havaí de manhã. O que poderia ser tão importante que não dava para esperar até o programa terminar?

Ele a olhou e disse:

— Sinto muito.

Mais que as palavras, foi o tom de voz que chamou a atenção de Finola, e talvez a expressão atormentada no rosto dele. Ela sentiu o estômago dando um nó.

— O que aconteceu?

Ela começou a imaginar sua mãe deitada imóvel no meio de uma estrada. Ou talvez um incêndio. Ou um...

— Não sei como dizer isso... — começou ele, parando em seguida.

Finola sentiu a bile subindo até a garganta. Seus batimentos cardíacos se multiplicaram por mil e ela começou a ouvir um zumbido. Alguém tinha morrido, só podia ser isso.

— Estou tendo um caso.

Depois de dizer aquilo, Nigel soltou a cadeira e andou pelo camarim. Ele continuou falando; Finola o via mexendo os lábios, mas independentemente do que fizesse, não conseguia ouvir uma palavra sequer. O estrondo e o turbilhão em seus ouvidos eram altos demais.

As palavras ficaram ecoando na sua cabeça até ela absorver seu significado. Anos antes, Finola despencara de uma varanda alta. Caíra de lado na grama e sentira que todo o ar nos pulmões tinha desaparecido. Agora, estava com a mesma sensação. Ela não conseguia respirar, não conseguia conter a onda de pânico que invadia seu corpo, tampouco impedi-lo de começar a tremer. A falta de ar foi acompanhada por uma dor aguda e cortante no coração.

Como Nigel fora capaz? Quando? Com quem? Eles eram *casados*, se amavam. Ele era seu melhor amigo. Ela estava pronta para engravidar na viagem para o Havaí.

Não, só podia ser um engano. Ele não faria isso. Quando encontrou o olhar dele, porém, Finola se deu conta de que Nigel não estava mentindo e que de fato, com quatro palavrinhas, conseguira destruir não só ela, mas também o casamento dos dois.

— Você precisa entender... — continuou ele, com a voz baixa. — Lamento ter que contar agora. Sei que este não é o melhor momento.

— Não é o melhor momento? — gritou ela, mas em seguida baixou a voz, sibilando: — *Não é o melhor momento?* Estou prestes a entrar no ar. Já não bastava vir com essa, mas precisava ser justamente agora, para me ferrar ainda mais?

— Tentei contar várias vezes ao longo das últimas semanas, mas você estava sempre ocupada demais. Há sempre mais um programa.

Finola sentiu uma centelha de raiva, que lhe pareceu oportuna. Pelo menos aquele sentimento lhe daria um pouco de força, mesmo que temporária.

— Está me culpando? Você entra aqui do nada e diz que está tendo um caso e a culpa por ter esperado até agora para me contar é *minha*?

— Não é bem assim.

— Ah, não? — Finola secou as lágrimas. — Como é, então?

Nigel virou de costas.

— Achei que você precisava saber.

Antes que Finola pudesse entender se estava tremendo demais para conseguir se levantar, Nigel saiu. Simples assim. Ela ficou sozinha ali com o enjoo, as dores, a vida despedaçada e um ponteiro de relógio em movimento, avisando que faltavam dezoito minutos e doze segundos para ela estar ao vivo na TV.

Nada disso é de verdade, repetiu Finola para si mesma, freneticamente. Não podia ser. Aquilo não estava acontecendo, e Nigel não havia acabado de lhe contar sobre um caso. Ele não podia. Não o seu Nigel, não o marido maravilhoso, carinhoso e amoroso que sempre estivera ao lado dela. Ela conhecia *aquele* Nigel, não o estranho frio que acabara de sair dali.

Se ao menos seus ouvidos parassem de zumbir, pensou ela, com desespero. Se ao menos conseguisse respirar ou chorar ou gritar ou correr. Um caso. Havia outra mulher na vida dele, no coração dele e na cama dele. Na cama *deles*. Não. *Não!* Ele tinha transado com outra pessoa, sussurrado para outra pessoa, tocado outra pessoa, tido um orgasmo com outra pessoa.

Sua mente se recusava a acreditar, mesmo com seu coração sangrando. A traição, a tristeza e a incredulidade se misturaram a ponto de fazer Finola engasgar. Ela precisava sair dali, ir para casa e...

Então olhou para o relógio. Não, ela murmurou para si mesma. Não podia ir embora, pois tinha um programa ao vivo em quinze minutos. Precisava entrar no ar e agir como se não houvesse nada de errado, como se ela estivesse ótima e o mundo não tivesse saído dos eixos e caído num buraco negro do qual jamais escaparia.

Finola respirou, tomando cuidado para evitar um episódio de hiperventilação, e correu para a frente do espelho. Depois de acender as luzes fortes e implacáveis, ela estudou seu reflexo por um instante e pegou um lenço de papel e corretivo. Estava com os olhos arregalados, a expressão chocada, como se tivesse acabado de testemunhar uma coisa pavorosa. Ou talvez experimentado uma. Deus do céu, ela não conseguiria fazer aquilo.

— Finola?

Rochelle bateu uma vez antes de entrar.

— Precisam de você no set.

Finola assentiu sem dizer nada. Ela aplicou um pouco mais de pó e respirou fundo mais uma vez antes de forçar um sorriso.

— Estou pronta.

Sua assistente franziu o cenho.

— O que foi?

— Nada. Está tudo bem.

— Foi alguma coisa sim e não está tudo bem não.

Finola forçou mais um sorriso falso e passou apressada por Rochelle.

— Não faço a mínima ideia do que está falando.

Ela atravessou o corredor que levava ao estúdio, passando pelas paredes falsas, cenários e cabos. O produtor do programa sorriu ao vê-la.

— Já conheceu Treasure? Ela é deslumbrante. Eu só a vi de longe, mas minha nossa!

Finola nem se deu o trabalho de dizer que ainda não vira a estrela. Ela estava ocupada demais vendo seu casamento desmoronar na sua frente. Não que Treasure tivesse pedido para ser previamente apresentada — ela queria que as duas se conhecessem na frente das câmeras e da plateia, de modo que a experiência "fosse mais espontânea". Comparada às exigências de outras estrelas, era algo fácil e viável, e melhor do que o pedido de uma outra cantora que exigira "seis gatinhos brancos como a neve para brincar antes da apresentação".

Gary, o técnico do som, lhe entregou um pequeno microfone. Finola prendeu o equipamento na lapela da jaqueta, enquanto ele ajustava o fio discreto por cima do ombro dela para então fixar a bateria no cós da saia.

Geralmente Finola provocava Gary, pelo tanto que ele tocava nela. Aquela brincadeira fazia parte do seu ritual de preparação. Mas naquele momento ela não conseguia pensar em nada para dizer. E, em oito minutos, isso se tornaria um grande problema.

Respire, disse Finola a si mesmo. Ela respiraria e confiaria em si para saber o que estava fazendo. Já apresentava o programa havia quase quatro anos e era boa nisso. Amava seu trabalho e ficaria bem. Se ao menos desse para abafar o eco dos gritos que ela não ousava se permitir dar.

Gary ajeitou a jaqueta de Finola, deu uma piscadela e sorriu.

— Prontinho, Finola.

— Obrigada. — Ela pigarreou. — Testando, testando.

Mesmo com o microfone sendo testado antes, ela sempre confirmava para saber se estava funcionando.

Gary fez um sinal positivo para Finola antes de lhe entregar o ponto eletrônico que a mantinha em contato com a sala de controle. Não era um telejornal, então ela não ficava recebendo informações urgentes, mas ainda assim era preciso estar conectada caso alguma notícia importante viesse à tona. Assim poderia fazer, se necessário, uma transição suave entre o programa e eventuais interrupções de Nova York, avisando seus espectadores.

Ela ajeitou o ponto eletrônico e ouviu a voz agradável de Melody, a diretora.

— Bom dia, Finola. Cinco minutos. Bom programa.

— Bom programa — respondeu ela, no automático.

Ela desligou o microfone para se permitir mais um minuto completamente sozinha, mas alguém a cutucou no ombro.

Finola se virou e se viu de cara com Treasure. A estrela de country-pop era mais ou menos da sua altura e tinha um cabelo ruivo e comprido que formava uma cascata de cachos. Os olhos de Treasure eram de um verde profundo e, mesmo por baixo da maquiagem pesada para a TV, dava para ver que sua pele era incrível.

Finola piscou algumas vezes, surpresa.

— Oi. Achei que não queria que nos conhecêssemos antes da entrevista. — Ela conseguiu abrir um sorriso e estendeu a mão. — É um prazer conhecê-la, Treasure. Sou uma grande fã.

A estrela de 23 anos sorriu.

— Não, você não é — disse ela baixinho, ignorando a oferta de aperto de mão. — Ou, se é, não vai mais ser em breve. Você é mais velha que pensei. Trinta e quatro, né? Não tem idade para ser minha mãe, mas também não poderia ser uma irmã mais velha. Talvez uma tia.

Finola não fazia a mínima ideia do que a menina estava falando.

— Ok — respondeu ela lentamente. — Preciso entrar e cumprimentar a plateia. Estão todos superansiosos para ver você e assistir à sua apresentação.

Mas, antes que Finola pudesse dar as costas e sair, Treasure segurou seu braço, cravando os dedos nele fundo o bastante para causar desconforto.

— Sou eu — sussurrou ela, aproximando-se. — É comigo que ele está transando. Fui eu que fiz coisas com ele que você nem sequer conseguiria imaginar. E não é apenas sexo, sabe. É tudo. — Treasure revirou os olhos. — Ele não queria contar sobre nós dois, mas obriguei meu agente a me encaixar no seu programa para que ele não tivesse escolha. — O sorriso dela era cruel. — E agora você sabe.

Finola só conseguiu encarar a cantora, mesmo com sua mente rejeitando aquelas palavras. *Não é possível*, pensou ela, desesperada. *Não pode ser*. Nada do que aquela mulher estava dizendo poderia ser verdade. Antes que ela pudesse reagir, Treasure soltou seu braço e se afastou. Finola pôs uma das mãos sobre o estômago na esperança de estancar o sangramento apenas o suficiente para não morrer bem ali.

Ela precisava sair correndo. Precisava dar o fora dali, precisava...

— Finola?

A voz de Melody competiu com o zumbido alto na sua cabeça.

— Finola, você precisa entrar no set agora.

O programa. Ela precisava apresentar o programa. Era ao vivo, então não havia alternativa. Teria que entrar ali e encarar as duzentas pessoas sentadas na plateia, sem contar os milhões de espectadores. O *AM SoCal* era incrivelmente popular. Ela era adorada pela comunidade, e entre as atrações do dia havia uma grande estrela, então a audiência estaria nas alturas.

— Finola?

— Estou aqui.

Ela respirou fundo e procurou por cada resquício de profissionalismo, para não dizer autopreservação, que acumulara ao longo da vida. Era preciso sobreviver àqueles sessenta minutos. Apenas sessenta minutinhos e depois ela poderia desabar. Apenas a hora seguinte. Só isso.

Finola saiu para encarar os espectadores na plateia, que imediatamente explodiram em aplausos. Ela acenou e sorriu, focando apenas naqueles sentados nas primeiras fileiras. Perto do corredor central estavam o que pareciam ser três gerações de uma família — avó, mãe e neta, todas aplaudindo com entusiasmo. Também havia alguns rostos conhecidos — os que sempre compareciam às gravações —, mas os demais assentos estavam repletos de adolescentes.

Fãs de Treasure, pensou, amargamente. Como Finola sobreviveria? Olhou para o teleprompter e soltou um suspiro de alívio. Graças a Deus.

Bom dia a todos e bem-vindos ao programa. Preparamos uma atração muito especial para vocês hoje, embora, considerando a idade média da plateia que temos aqui, o segredo provavelmente já tenha se espalhado. [Pausa para risadas]

Ela parou em seu lugar e esperou a contagem regressiva para a entrada ao vivo. Normalmente, Finola teria conversado um pouco com a plateia, mas não só não havia tempo, como também ela não teria conseguido. Pelo menos não naquele dia.

— Cinco, quatro, três.

Ela observou os dedos indicando "dois, um" e mentalizou cachorrinhos e gatinhos brincando e o porre que tomaria depois. Quando a luz vermelha na câmera se acendeu, Finola estava razoavelmente confiante de que seu sorriso estava perto de parecer verdadeiro.

— Bom dia a todos e bem-vindos ao programa!

Finola fez a introdução. Ela não chegou a entrar em sua zona, mas o choque e a dor diminuíram o suficiente para que ao menos conseguisse respirar. Procurou relaxar o corpo e se concentrou no que precisava fazer.

— Aqui está ela, e devo confessar que eu mesma estou meio deslumbrada. Treasure!

Finola olhou para o local de onde Treasure surgiria. A cantora desfilou pelo set, com o modo de andar característico e o sorriso fácil, o que fez a plateia toda se levantar. Seguiu-se uma porção de gritos e assovios. Treasure acenou para todos e olhou para Finola. Por um segundo, algo sombrio e cruel pareceu transformar o semblante da jovem numa máscara sinistra, mas em um segundo a impressão desapareceu, fazendo Finola se perguntar se estava imaginando coisas ou se a estrela de fato estava prestes a falar sobre o caso num programa de televisão.

Elas se sentaram quase de frente uma para a outra. Finola ficou grata por sua equipe extremamente eficiente ter abastecido o teleprompter com perguntas — assim ela não precisaria pensar. Precisava apenas parecer interessada e fazer as perguntas que já estavam lá.

— Seu novo álbum está tendo uma repercussão excelente — começou. — Parabéns!

— Obrigada. Estou bem feliz com a reação dos meus fãs. Especialmente ao primeiro single. — Ela abriu um sorriso para a plateia. — "That Way".

— É uma canção provocante.

Treasure se inclinou para Finola e baixou a voz.

— É sobre sexo.

A plateia riu.

Finola não conseguia identificar se estava ficando vermelha ou completamente pálida. Sentia-se tonta, mas torceu para não estar balançando o corpo de um lado para o outro. A probabilidade de um desastre era enorme, e se Treasure dissesse alguma coisa...

Treasure suspirou.

— Sabe, há homens por aí que simplesmente sabem como agradar a uma mulher. A forma como eles tocam e beijam você... é como mágica.

Mais risadas. Finola fez o seu melhor para manter a calma.

— Você sempre brincou com assuntos inesperados nas suas músicas. Este álbum segue a mesma linha.

— Eu sei. — Treasure deu uma piscadela. — Não sou uma pessoa boazinha. Não sou má, mas quando quero falar sobre uma coisa, ou ter alguma coisa, faço acontecer. Então, qual foi sua melhor experiência sexual, Finola?

A pergunta veio como um tapa na cara. Finola conseguiu manter a compostura o suficiente para dar uma risadinha e responder:

— Treasure, eu tenho idade para ser sua tia, ninguém quer saber isso de mim. Então, em alguns meses você sai em turnê. O que é preciso para se preparar para shows grandes como os seus?

— Preciso estar descansada e feliz. Sabe como é, estar com a pessoa certa. É tão bom ter isso.

Conte para nós sobre o homem com quem você está.

Finola encarou o teleprompter e soube bem ali que Deus não estava ao seu lado naquele dia. Ela não conseguiria, pensou amargamente; não dava para continuar falando ou manter a compostura. Desmoronaria ao vivo e o mundo inteiro descobriria tudo. Seria motivo de piada e alvo de pena, viralizaria da pior maneira possível e, no fim de tudo, seu marido ainda a teria traído com Treasure.

— Toda essa conversa sobre seu álbum me deixou com vontade de ouvir você cantar — continuou Finola, sem se importar por ainda faltarem dois minutos para a transição.

— Finola?

Era a voz de Melody questionando a mudança de planos, mas Finola simplesmente gesticulou para o outro lado do set, onde havia um microfone montado diante de uma tela. O clipe de Treasure estava pronto para ser exibido enquanto ela cantava.

— Ok — murmurou Melody. — Vamos adiantar.

Os holofotes se acenderam e a música começou a tocar.

Treasure hesitou por um instante, fazendo o estômago de Finola se revirar. *Vai*, pensou ela desesperadamente. *Vai cantar a porcaria da sua música e dá o fora daqui.*

A estrela se levantou e foi até o microfone. Finola sabia que teria quatro minutos até a música terminar, e mais dois para os comerciais. Seis minutos para descobrir como ela seria capaz de sobreviver ao resto do programa.

Esperou Treasure começar a cantar antes de se levantar e sair discretamente do set. Rochelle foi a seu encontro no corredor.

— Você está bem? — perguntou a assistente, parecendo preocupada.

Finola pôs o rosto entre as mãos, tentando se segurar literalmente.

— Acho que é uma intoxicação alimentar — mentiu. — Meu estômago está virando do avesso.

Foi a única justificativa em que conseguiu pensar, mas pelo menos tinha a vantagem de explicar por que ela estava estranha.

— É isso? — perguntou Melody no ponto eletrônico. — Eu imaginei. Sinto muito, querida. Precisa que eu busque alguma coisa para você?

— Só um pouco de água gelada. Eu seguro as pontas até o final do programa. Ficarei bem.

Mais uma mentira. Maior que a outra, mas, àquela altura, quem se importava?

Rochelle a olhou com compaixão.

— Vou buscar agora mesmo, e um refrigerante de gengibre também. Acho que tem para vender em uma das máquinas, vou lá ver. Espero que você fique boa logo. Você e Nigel vão para o Havaí amanhã, e não seria bom você perder o voo.

Sem dizer nada, Finola deixou as mãos caírem ao lado do corpo, mas felizmente Rochelle não esperava que ela respondesse. A assistente correu para buscar a água e o refrigerante. Não que alguma dessas coisas fosse ajudar, pensou Finola, se esforçando ao máximo para não cair no choro. Nada poderia ajudar. Nigel a havia traído e destruído o casamento e possivelmente a vida dos dois.

Finola pôs uma das mãos no estômago ao sentir a bile subindo de novo e lutou contra a vontade de vomitar. Por mais que aquilo fosse tornar sua história de intoxicação alimentar mais verossímil, era melhor segurar o máximo que pudesse. Ela ainda tinha — Finola olhou para o relógio — quarenta e três minutos pela frente. Apenas quarenta e três minutos. Depois ficaria sozinha e teria tempo para descobrir quando foi exatamente que perdera tudo.

Capítulo Dois

Ah, que bom, você ainda não foi embora não eram palavras que Zennie Schmitt gostava de ouvir oito minutos antes de encerrar seu turno. Ela já estava em pé havia dez horas. O dia relativamente leve incluíra duas angioplastias que, considerando a idade e as condições físicas dos pacientes, tinham corrido muito bem. Ela estava a caminho do vestiário para pegar suas coisas quando recebeu uma notificação pelo pager.

O dr. Chen, no interfone, mostrou-se aliviado por ela ainda estar no hospital.

— Temos uma revascularização de emergência. Você topa participar?

Zennie entendeu a pergunta. Ela já tinha trabalhado um dia inteiro. Estava cansada e, se achasse que não tinha energia para ajudar o dr. Chen numa revascularização, deveria lhe dizer. Ela era mais que uma enfermeira perioperatória — também conhecida como instrumentadora —, era parte de uma equipe de enfermagem de elite num dos hospitais cardiológicos mais prestigiados e movimentados do país. Eles atendiam a alguns dos pacientes em estados mais graves do mundo e, quando alguém chegava à mesa de cirurgia, era geralmente uma situação de vida ou morte. Dar menos que mil por cento de si não era admissível.

Zennie parou por um segundo, fechou os olhos e respirou fundo. Sim, estava cansada, mas não exausta. Com sorte, seria preciso substituir apenas uma artéria, mas havia outros fatores que poderiam esticar a cirurgia de três a quatro horas para um procedimento muito mais demorado. Mesmo assim, o dr. Chen e ela trabalhavam bem juntos, e ela gostava de ser valiosa à equipe.

— Vou passar na cafeteria e em seguida estarei aí — respondeu ela.
— Excelente.

O dr. Chen desligou sem nem dizer algo como "que ótimo" ou o tão esperado mas raro "obrigado". Ele era um cirurgião talentoso e brilhante, praticamente um mágico, dando vida nova a corações que outros julgariam não ter mais salvação, mas, quando se tratava de suas habilidades interpessoais... ele não era lá essas coisas. Zennie se apressou até a cafeteria, pensando se os dois algum dia tinham tido uma única conversa que não fosse sobre os pacientes.

Ela passou pelo balcão e foi direto até a máquina de café, sabendo exatamente em quanto tempo um expresso duplo aumentaria seu estado de alerta. Ela desmoronaria ao final da cirurgia, mas àquela altura sua adrenalina estaria a mil, então ficaria bem. Era só caprichar mais na sua alimentação do dia seguinte e compensar o abuso que seu corpo estava prestes a sofrer.

Oito horas e quarenta minutos — para não mencionar duas pontes de safena — depois, Zennie estava finalmente indo até seu carro. Ela já passara do ponto do cansaço e sentia dores no corpo inteiro. As luzes fortes do estacionamento brigavam com o silêncio e a escuridão que o cercavam. Já passara da meia-noite, e a boa notícia era que o trânsito a caminho de casa não seria um problema. Na verdade, a viagem habitual de vinte e cinco minutos levou exatamente doze e, um pouquinho depois de uma da manhã, Zennie finalmente estava cambaleando até seu quarto.

Ela tirou o uniforme, lavou o rosto e escovou os dentes, pegando o celular para ler suas mensagens antes de mergulhar no esperado conforto de sua cama.

Havia um lembrete de seu grupo de corrida às cinco da manhã. Nem sonhando conseguiria ir, pensou ela com um bocejo. Não que isso fosse ser novidade para alguém, visto que nas sextas ela sempre dizia um sólido *talvez*, em vez do definitivo *sim* dos fins de semana — a não ser que estivesse de plantão. Zennie também tinha um compromisso às dez e meia com sua irmã mais nova, Ali, para experimentar o vestido de madrinha.

Zennie tentou ao máximo não gemer de horror ao pensar no casamento. Não que ela não amasse sua irmã, mas casamentos eram um saco e, para falar a verdade, Zennie não era muito fã de Glen. Ele simplesmente nunca parecia olhar para Ali com amor e carinho. Nigel, marido de Finola, sua outra irmã, era completamente diferente. Dava para sentir o amor quando ele olhava para a esposa.

Falando em amor... Zennie encaixou sua amada almofada térmica embaixo das costas. Seus músculos estavam tensos devido às horas de cirurgia.

Havia uma mensagem de seu pai mostrando seu veleiro ancorado numa baía caribenha deslumbrante. *Queria que você estivesse aqui.*

Ela sorriu. *Também queria estar aí, pai. Saudade.*

Zennie sabia que não receberia uma resposta imediatamente. Com a diferença de fuso horário e a vida de seu pai e da madrasta no "ritmo da ilha", aquelas mensagens podiam levar um tempo para serem respondidas. Ainda assim, a ideia de passar umas semanas num veleiro em algum lugar como o daquela foto era no mínimo agradável.

A última mensagem era de sua mãe. Zennie teve que se segurar para não rir da oferta de marcar um encontro às cegas para ela com "um jovem atraente que você vai simplesmente adorar", antes de terminar a mensagem dizendo: *Não estou ficando mais jovem e espero ter netos antes de morrer.*

Zennie ainda estava rindo quando pegou no sono.

Ela acordou cedo, apesar de não ter colocado o alarme para despertar, tomou banho, bebeu um shake de proteína e fez meia hora de alongamento antes de sair para encontrar Ali.

A loja de vestidos de noiva em Sherman Oaks só atendia com horário marcado e era bem sofisticada. Zennie por um momento achou que sua escolha de calça de yoga e camiseta tinha sido um erro, mas logo se convenceu de que não importava. Ela teria que tirar a roupa, de qualquer maneira.

Quando Zennie entrou, Ali já estava lá, praticamente pulando de empolgação.

— Oi! Os vestidos chegaram e são simplesmente lindos! Você vai ficar incrível. Acho que até mais que eu. Finola com certeza vai. Não é fácil ter irmãs bonitas.

Zennie a abraçou e disse:

— Você é a noiva. E a noiva é sempre a mais bonita.

Ali revirou os olhos, mas sorriu.

— Tá bom, tá bom, veremos. Experimentei meu vestido na semana passada. Que bom que não optei por um tamanho menor. Acho que sou a única noiva na história que não se deu o trabalho de manter a dieta.

Zennie não sabia o que responder. Logo após o noivado, Ali lhe pedira uma recomendação de dieta e de rotina de exercícios. Zennie dera o melhor de si, mas a irmã nunca tinha sido muito fã de nenhuma das coisas. Ela engordara dez quilos desde a puberdade e alegava que passar o dia todo trabalhando num armazém era exercício suficiente para qualquer um. Zennie tentara ressaltar que ficar em pé não era a mesma coisa que se *exercitar*, mas Ali jamais levou a observação a sério. Ainda assim, era bastante bonita, uma beleza de garota da casa ao lado, com cabelo e olhos castanhos. Era a mais baixa das irmãs e a mais curvilínea. Finola era a loira alta que se mantinha nos padrões de peso para a TV, comendo pouco e evitando carboidratos. Zennie tentara convencê-la da importância de uma alimentação variada, mas Finola se recusara a ouvir.

— Pronta para ver seu vestido? — perguntou Ali. — Finola já provou o dela na semana passada.

— Estou animada — mentiu Zennie, repreendendo-se por não estar mais envolvida. O casamento era importante, e ela deveria ser uma convidada feliz e disposta.

Era só toda aquela história de se casar, pensou, enquanto Ali andava na frente até o provador. Não, corrigiu-se Zennie. Era mais que isso. Era a expectativa de ter que ser parte de um casal. Ela crescera com o pressuposto de que, quando fosse adulta, encontraria um par, assim como os animais da Arca de Noé, e depois se apaixonaria, casaria e teria uma família. Só que não aconteceu e, sendo cem por cento sincera, ela não estava certa de que queria que fosse diferente.

— Tchã-rã — cantarolou Ali, abrindo a porta do provador.

Pendurado num gancho rebuscado na parede, estava um vestido azul-marinho longo de mangas curtas e decote coração, afunilando na cintura e depois abrindo-se com delicadeza até o chão. O vestido de Finola era da mesma cor, mas de um modelo diferente. Ali estava determinada a encontrar estilos de que ambas gostassem, o que era algo admirável numa futura noiva. Uma das amigas de Zennie tinha se transformado numa verdadeira noiva neurótica antes do casamento, fazendo suas madrinhas usarem criações horrendas verde-limão cheias de frufrus.

Ali pedira somente para que as irmãs usassem azul-marinho, deixando o modelo do vestido a cargo delas.

— É lindo — murmurou Zennie, aliviada por poder ser sincera e o vestido ser de fato bonito para uma madrinha.

— Trouxe seus sapatos? — perguntou Ali.

Zennie deu um tapinha na sua sacola.

— Aqui.

Finola com certeza tinha escolhido um sapato de grife com um salto de dez centímetros, mas Zennie optara por uma simples sapatilha sem salto. Ela não usaria salto de forma alguma, nem mesmo por sua irmã.

Zennie tirou o tênis, a calça de yoga e a camiseta. Ela nem se dera o trabalho de pôr sutiã para não ter que se preocupar com alças aparecendo. Depois de abrir o zíper do vestido, ela entrou nele e o puxou para cima. Ali se aproximou e subiu o zíper de volta e, em seguida, Zennie calçou os sapatos. As duas olharam para o espelho.

— Perfeito — sussurrou Ali. — Vem. Vamos olhar no espelho maior. O vestido ficou ótimo, acho difícil termos que fazer muitas mudanças.

A vendedora as encontrou no salão principal. Zennie se viu subindo numa plataforma diante de um espelho enorme e bastante intimidador. Ao ver seu reflexo, ela ficou desejando ter passado um pouco de rímel, arrumado um pouco o cabelo ou coisa assim.

Em vez disso, sua aparência era a de sempre. Cara lavada, cabelo curto e espetado, nem um pingo de maquiagem. Ela tentou deixar a culpa de lado, afirmando para si mesma que pelo menos se esforçava quando tinha algum encontro e que aquilo já era o bastante.

— Gostou do resultado? — perguntou a vendedora para Ali, como se a opinião de Zennie não importasse. — Foi isso que imaginou?

— Infelizmente sim. — Ali riu. — Viu só? Eu disse que minhas irmãs eram deslumbrantes. Ninguém vai reparar em mim.

— Bobagem. Você é a noiva.

A mulher subiu na plataforma e começou a tirar alfinetes do porta-alfinetes encaixado ao redor do pulso.

— Vou fazer mais alguns apertos para dar uma ideia de como vai ficar, e depois podemos chamar nossa costureira para fazer as marcações finais.

Em seguida, sua irmã e a vendedora começaram a discutir cada detalhe, desde aumentar o decote — o que Zennie recusou — até o comprimento do vestido.

— Tem certeza de que não quer um saltinho? — insistiu a vendedora.

— Absoluta.

Ali suspirou.

— Zennie não vai ceder quanto a isso. Que bom que o namorado dela não é muito mais alto que ela, senão os dois ficariam esquisitos juntos.

Zennie olhou para a irmã pelo espelho.

— Namorado?

— Ué? Clark.

Zennie a encarou sem expressão.

— *Clark*. Você já está saindo com ele há um tempinho. Ele trabalha no zoológico. Especialista em primatas ou seja lá como se chama.

— Primatologista, e ele não é meu namorado. Só saímos juntos três vezes.

Ela mal o conhecia e não fazia ideia do que sentia por ele. Namorado? Até parece. Ela nem sequer contara à sua mãe sobre Clark, o que explicava aquela mensagem na noite anterior com a oferta de organizar mais um encontro às cegas.

— Você disse que ia com ele ao casamento.

— Não. Eu disse que *talvez* fosse com ele ao casamento.

— Zennie! Eu me planejei para você e um acompanhante. Você tem que levar alguém!

Por quê? Aquela era a questão, pensou Zennie, assim que Ali se distraiu com o dilema de encurtar as mangas ou não. Por que ela tinha que estar acompanhada? Ela seria menos socialmente aceitável se estivesse sozinha? Seu papo seria menos interessante, seu amor menos bem-vindo? Zennie não fazia ideia de por que havia mencionado Clark, muito menos conversado sobre a possibilidade de ele ir ao casamento. Ela não o queria lá, independentemente do status do relacionamento dos dois. Para começar, as pessoas começariam a fazer perguntas demais. Fora que sua mãe ficaria ensandecida com a possibilidade de Zennie finalmente sossegar com alguém e lhe dar netinhos. Ninguém conseguiria sobreviver à tamanha pressão.

Com as alfinetadas e apertões finalmente encerrados, Zennie se olhou no espelho. Jamais admitiria aquilo à irmã, mas, na sua opinião, o vestido estava exatamente igual, apesar de ela sentir os alfinetes espetando-a para provar que não.

— Pode terminar aqui sem mim? — perguntou Ali, olhando para o relógio. — Preciso passar na florista e depois correr para uma reunião de trabalho.

— Tudo bem, eu fico até eles me liberarem.

Zennie pensou mais uma vez em como Nigel olhava para Finola e em como Glen olhava para Ali.

— Seu futuro maridão não devia estar cuidando de algumas coisas?

— Eu jamais confiaria as flores ao Glen. Ele é um cara de rosas vermelhas, e elas não teriam nada a ver.

Ali subiu na plataforma e beijou a bochecha da irmã.

— Obrigada por fazer isso. Eu te amo.

— Também te amo.

Ali correu até a porta e olhou para trás.

— Leve alguém!

Ela ainda estava rindo ao sair da loja.

Zennie olhou para seu reflexo no espelho e tentou não pensar no casamento. Seriam quatro, talvez cinco horas de sua vida. Sim, horas torturantes, mas por uma boa causa, em nome da irmandade e tudo o mais.

Quanto ao acompanhante, bom, aquilo talvez fosse um problema, porque com Clark ela definitivamente não iria.

Finola segurou o volante com tanta força que seus dedos começaram a doer, mas ela não ousou relaxar, pelo menos não até chegar em casa. Dirigiu lentamente, tomando cuidado para se manter abaixo do limite de velocidade, e entrou em Encino, o condomínio de alta renda onde morava. Ao se aproximar do portão de entrada de sua pequena comunidade, ela sentiu seu autocontrole começando a desaparecer.

Quase lá, repetiu silenciosamente. *Estamos quase lá, quase lá, quase lá.*

Virou duas vezes à direita e uma à esquerda, até finalmente pegar a entrada de sua casa e apertar o botão para abrir a porta da garagem. Ao avançar, suas mãos escorregaram e o carro derrapou um pouco para a direita. Finola pisou fundo no freio e começou a dar ré, até que se deu conta de que não precisava. Quem se importaria se ela não estivesse ocupando apenas sua vaga da garagem? Não era como se Nigel fosse parar o carro ali tão cedo. Disso ela tinha certeza.

Finola desligou o motor, pegou sua sacola e bolsa e, depois de fechar a porta da garagem, entrou em casa.

Ela foi recebida pelo silêncio. Nigel e ela nunca quiseram uma empregada; eles contratavam um serviço de limpeza que vinha fazer faxina duas vezes por semana e um serviço de entrega de refeições, mas ambos tinham sido suspensos temporariamente por causa da viagem para o Havaí. Até duas horas antes, o plano era encontrar Nigel em casa e terminar de arrumar as malas. Eles partiriam para o aeroporto no dia seguinte cedinho. Só que nada daquilo aconteceria mais. Nem arrumar as malas, nem viajar, nem estarem juntos e terem um bebê.

Finola largou a bolsa e a sacola no chão e chutou os sapatos para longe, dizendo a si mesma que precisava de um plano. Precisava pensar em qual seria a primeira coisa a fazer, depois a segunda e a terceira. Só que, a cada passo que dava, o choque desaparecia, deixando apenas dor, incredulidade e humilhação. Primeiro vieram as lágrimas, depois os soluços. Ela cambaleou até cair de joelhos, cobriu o rosto com as mãos e gritou de dor.

Finola chorou até o peito doer e sua garganta começar a arder. Chorou até não haver nada além de vazio e a certeza de que jamais se sentiria inteira novamente. Ao se deitar no chão frio e duro, ela desejou poder estar em qualquer lugar, menos ali. Qualquer lugar que não fosse...

— Não — disse em voz alta, sentando e secando o rosto. — Em qualquer lugar não.

Não na televisão, pensou. Estar aqui sozinha, confusa, triste e com raiva era melhor que estar encarando aquela câmera idiota, esperando que todos os espectadores descobrissem o que estava acontecendo.

Nigel causara aquilo, pensou Finola, se levantando. O canalha tinha ido até o camarim *dela* para contar sobre o caso que estava tendo.

Não, foi muito pior que isso. Ele lhe contara sobre o caso, ciente de que sua amante iria confrontá-la segundos depois. Foi por isso que Nigel escolheu aquele dia, bem antes do programa. Foi por isso que ele precisava que ela soubesse. Nigel a amaciara, sabendo que Treasure tentaria acabar com ela. Ele a traíra e a atirara para Treasure.

Nigel podia ter contado quem era. Podia ter avisado, lhe dado um segundo para respirar, mas ele permitiu que Finola fosse pega de surpresa daquela maneira. Ele não só a havia traído, como também deixado de apoiá-la. Ele a expusera sem nem pensar no trabalho ou na carreira dela ou no que poderia acontecer num programa de TV ao vivo. E se ela tivesse desmoronado? E se Treasure tivesse revelado alguma coisa à plateia?

As possibilidades se desenrolavam na frente de Finola como um pesadelo. Ainda bem que ela era forte, pensou amargamente. Forte o bastante para sobreviver a Nigel.

Quando tirou o celular da bolsa, não encontrou nenhuma mensagem de seu marido. Não era realmente uma surpresa, pensou, as lágrimas voltando a cair. O que ela estava pensando? Que ele pediria desculpas e imploraria para voltar? Nem ela era tão tola assim.

Finola andou descalça pela casa silenciosa antes de subir as escadas. A suíte principal era grande, com portas francesas que se abriam para uma varanda. Ignorou a beleza do espaço que, até então, tanto amava. Ignorou a enorme cama, os lençóis que Nigel e ela escolheram juntos. Lutou contra a sensação de estar exposta, lutou contra a dor e o sentimento de traição. Era preciso continuar respirando, continuar se mexendo. Ela precisava pensar no que iria fazer agora. Esperar até simplesmente ter alguma notícia dele? Será que Nigel tinha ido embora para sempre? Teria sido só um caso sem importância? Havia quanto tempo ele estava dormindo com Treasure? Houve outras mulheres? Havia quanto tempo ele estava mentindo, incendiando-a emocionalmente enquanto ria dela com uma amante?

As lágrimas voltaram. Finola as ignorou e foi até a parte de Nigel no closet compartilhado. Seções inteiras de roupas não estavam mais lá. Camisas, ternos, calças, camisetas. Ela tocou nos espaços vazios, como se as roupas não tivessem sido levadas dali, mas estivessem apenas invisíveis a seus olhos.

Seus dedos não encostaram em nada. Havia apenas o espaço onde um dia ficaram as roupas de seu marido. Finola fechou os olhos e desabou no banquinho do closet. Justo na noite anterior os dois tinham saído para jantar, pensou ela desesperadamente. Justo na noite anterior tinham conversado sobre o Havaí. Tinham ido ao bistrô favorito dos dois, em Ventura Boulevard, e se sentado na mesa de canto também favorita. Tinham conversado sobre viagens anteriores e Nigel a fizera rir, como sempre fazia. Ele a fizera se sentir amada e especial, porque ele era assim. Ou havia sido.

Finola quase revelara seu plano. Quase mencionara que tinha parado de tomar a pílula e que estava pronta — ou melhor, estava ansiosa — para começar uma família com ele. Mas resolvera esperar porque queria fazer uma surpresa.

Tinha sido tudo uma mentira. Cada gesto, cada palavra, a forma como ele a abraçara. Eles não tinham transado, mas ele a abraçara e dissera que a amava, consciente do que lhe faria no dia seguinte. Nigel tinha planejado tudo.

Finola se abraçou e se balançou no banquinho. Ela gritou, e o lamento ecoou nos espaços vazios. Por que ele fizera aquilo? Por que a magoara tanto? Por que ele...

E então o celular tocou. O som a assustou e ela ficou de pé num instante, procurando o aparelho. Finola o viu numa prateleira e correu para pegá-lo, sabendo que só podia ser Nigel. Ele se dera conta do erro e estava arrependido.

— Alô?

— Você estava estranha hoje na TV. Tudo bem?

A voz familiar deveria ter sido reconfortante, mas não foi o caso. Por mais que a mãe de Finola sempre a tivesse apoiado, ela não era exatamente acolhedora. Tampouco entenderia como sua filha mais velha tinha conseguido perder o marido para uma estrela barata de country-pop. Naquele centésimo de segundo antes de responder, Finola cogitou dizer logo a verdade, mas soube imediatamente que aquilo não daria certo.

— Eu estou com, hmm, intoxicação alimentar — mentiu ela, achando mais fácil continuar com a história que já havia usado com Rochelle e Melody. — Acabei de vomitar.

— Ah, isso explica por que estava tão dura com aquela tal de Treasure. A propósito, eu não gostei da música, mas também não sou o público-alvo dela, sou? Acha que estará bem a tempo do voo amanhã?

— É o plano. — Finola se esforçou ao máximo para manter a voz leve, mesmo com as lágrimas escorrendo pelo rosto. — Ir com meu marido para o Havaí.

— Você devia conversar com ele sobre engravidar. Já passou da hora, Finola. E, acima de tudo, eu quero netos. Todas as minhas amigas já são avós. A maioria de mais de um neto. Algumas têm tantos que já estão até reclamando. Você é minha única filha casada, então conto com você.

A intenção daquelas palavras era causar culpa. Finola duvidava que sua mãe gostaria de saber como elas doeram. Ela se sentou de volta no banco e tentou estancar a hemorragia emocional.

— Ali vai se casar.

Sua mãe fez um som de desdém com a garganta.

— Ah, por favor. Ela vai esperar pelo menos um ano antes de engravidar. Eu quero netos agora.

— Pena que não pode encomendá-los pela Amazon. Você tem uma conta Prime. Poderiam entregar na sua casa na terça-feira.

— Muito engraçadinha. Certo, estou vendo que vai me ignorar como sempre. Independentemente disso, eu te amo e espero que você e Nigel se divirtam. Quando voltar das férias pode me ajudar a aprontar a casa para a venda. Há muita coisa para fazer aqui e espero que vocês três deem conta da maior parte.

De todo modo, nada com que Finola pudesse lidar no momento.

— Claro, mãe. Eu ligo quando voltar. Tchau.

Ela desligou antes que sua mãe pudesse dizer mais alguma coisa e largou o celular sobre o tapete.

E agora? Finola não fazia ideia do que fazer nem de como tornar aquela dor pelo menos suportável. Ela queria engatinhar até um cantinho escuro e se esconder como um animal ferido. Queria voltar no tempo e impedir que o caso começasse.

Como Nigel tinha sido capaz? Ele deveria amá-la para sempre. Eles eram um time, uma parceria.

Seu celular vibrou e uma mensagem de texto surgiu na tela. Ela apertou o botão para ler. Seu coração começou a palpitar ao ver que era de Nigel.

Precisamos conversar. Vou passar aí no domingo por volta do meio-dia e assim podemos resolver os próximos passos. Tem a viagem para o Havaí. A papelada toda está aí. Dá para cancelar?

Havia uma segunda mensagem logo abaixo.

Sinto muito.

— É *isso*? — gritou ela para a tela. — É só isso que tem a dizer? Só isso? Cadê a minha explicação? Por que não está consertando isso?

Não houve resposta, não houve som nem nada além da tela do celular voltando lentamente a escurecer.

Finola se levantou. Nigel se fora e ela não sabia se ele iria voltar. Ele sempre estivera lá para ela, amando-a, fazendo-a se sentir incrível, e agora aquilo acabara. Simplesmente acabara. Ainda pior, ela não sabia o quanto de seu casamento havia sido uma mentira.

Finola entrou no closet e vestiu uma calça jeans e um suéter. Depois de tirar a maquiagem, foi até seu pequeno escritório e ligou o computados. *Graças a Deus pela internet*, pensou sombriamente. Com apenas alguns cliques e nenhuma conversa, a viagem estava cancelada. Depois, foi até o quarto de hóspedes, fechou as persianas, encolheu-se na cama e puxou as cobertas sobre a cabeça.

Ela se enroscou o máximo possível e pediu a si mesma para que continuasse respirando. Era só o que precisava fazer. Todo o resto se resolveria sozinho. Nigel não era um idiota — ele se lembraria de como a amava e de como os dois eram bons juntos. Treasure era só um caso passageiro. Ele se cansaria dela e voltaria para onde pertencia. Os dois fariam terapia de casal, Nigel perceberia o quanto a magoara e imploraria por perdão. No começo, Finola recusaria, mas depois, com amor e gentileza, ele a reconquistaria. Eles consertariam o dano ao casamento e seguiriam em frente, ligeiramente marcados, porém mais sábios e mais apaixonados do que nunca. Eles envelheceriam juntos, exatamente como ela sempre imaginara. Ficaria tudo bem. Tinha que ficar.

Capítulo Três

— Tem um cara precisando de faróis de neblina e suportes para o Mustang 67 dele. O sistema diz que temos os faróis no estoque, mas, quando fui lá atrás procurar, não consegui identificar o que era o quê.

Ali Schmitt esperou sua impressora terminar de cuspir o arquivo de controle do estoque semanal. Ela olhou para Kevin e ergueu as sobrancelhas.

— Sério? O que você não conseguiu identificar?

O menino de 18 anos se remexeu, desconfortável.

— Você sabe. Ah, o que ele, er, quer exatamente. Ray me disse para tomar cuidado e pegar o certo, porque existe uma diferença entre o Mustang 67 e o 68.

Kevin tinha começado a trabalhar lá havia seis semanas. Fora contratado como estoquista — a pessoa que literalmente pega as peças do estoque e as leva ao departamento de expedição, onde elas são embaladas e enviadas aos clientes. Ray, chefe de Kevin e um homem que vivia para aterrorizar os novatos, havia dado uma tarefa difícil ao garoto, provavelmente só por diversão.

Ali olhou para Kevin, sabendo que se sentira tão confusa quanto ele quando foi contratada. Ela ainda tivera uma desvantagem extra, porque na época não dava a mínima para carros, apesar de, nos últimos oitos anos, certamente ter aprendido muita coisa. Por mais que jamais fosse se arrepiar ao pensar num Thunderbird 1958 completamente restaurado, ela conseguia se sair bem na maioria das conversas relacionadas a carros. Também se tornara quase uma especialista em motocross, pelo menos no que dizia respeito a peças, já que jamais subira em uma moto e suas habilidades com uma mera bicicleta eram no máximo medianas.

— Qual ano? — perguntou Ali, colocando as folhas do inventário sobre a mesa detonada e indo até um dos computadores que eram usados para verificar a disponibilidade. — O Mustang. É de qual ano?

— Hmm, de 1967... — disse o garoto, mas seu tom de voz era mais de pergunta que de afirmação.

— Precisa ter certeza — disse Ali, apertando algumas teclas e indicando na tela duas fotos lado a lado.

Ela apontou para uma.

— O da esquerda é um 1967. Está vendo a barra na frente da grade dianteira? Ela vai atrás dos faróis de neblina e os mantém no lugar. Não precisa de suporte. — Ela apontou para a foto da direita e continuou: — No Mustang 68, não há barra, então os faróis de neblina são presos por um suporte. Se você está procurando um Mustang 67 com suportes, jamais vai encontrar.

Kevin era quase trinta centímetros mais alto que Ali, mas, conforme ela explicava, ele parecia encolher.

— Certo — disse ele de maneira bem lenta, estendendo a palavra. — Então tem algum problema no pedido e preciso confirmar.

— Exatamente.

Ali sorriu.

— Você precisa falar com o Ray.

Kevin passou de confuso a apavorado.

— Preciso mesmo?

Ela suspirou.

— Sim, ele é seu chefe.

Ali hesitou, mas resolveu ceder ao inevitável. Por algum motivo era sempre ela que orientava os novatos em sua jornada pela empresa.

— Ele tem uma cadela. Coco Chanel. Tem uma foto na mesa dele. Nunca, jamais, ria daquela foto. Simplesmente a olhe e comente que é a cachorrinha mais fofa do mundo. Depois peça ajuda para confirmar o que o cliente quer.

A expressão de confusão no rosto de Kevin voltou quando ele parou para pensar no conselho. Ali sabia que, assim que ele visse a foto da chihuahua de dois quilos vestida de pirata, entenderia tudo.

— Valeu, Ali.

Kevin começou a sair, mas deu meia-volta.

— O Ray já não sabia que havia algo errado quando me mandou vir procurar os faróis?

— Provavelmente. Ele queria ver se você descobriria sozinho.

— Ah. — Kevin estava com os ombros franzinos caídos novamente. — Mas eu não descobri.

— Hoje não, mas com o tempo você vai. Quando estiver em dúvida, pesquise sobre o carro e verifique se realmente pegou a peça certa.

— Boa dica. Obrigado.

Ah, ter aquela idade, pensou Ali, sorrindo, pegando o inventário e olhando para o relógio na parede. Não que ela não amasse seu trabalho, mas havia tanta coisa para fazer naquele fim de semana. O casamento seria dali a sete semanas e sua lista de afazeres tinha quadruplicado nos últimos dias. Naquela noite ela queria verificar quem havia confirmado presença, encaixotar mais algumas coisas do armário da cozinha e eliminar mais opções de arranjo de mesa. Ela já escolhera as flores e agora precisava escolher o estilo do arranjo. A florista queria uma resposta definitiva até segunda-feira de manhã, e Ali estava determinada a cumprir o prazo. Pena que ela não parava de mudar de ideia quanto ao seu favorito.

Ali saiu do trabalho na hora certa, uma grande vitória para uma sexta-feira, e passou na mercearia local. Ela estava evitando carboidratos — de novo —, então comprou uma salada e um frango assado. Apesar de adorar tortilhas e salada de macarrão, manteve-se firme, pagou no caixa de autoatendimento e se parabenizou. Ela já aceitara que não estaria magérrima para o casamento, mas, agora que fizera a prova final do vestido, não podia mais engordar. Não que esse tivesse sido o plano anterior, porém, em determinados dias, a única coisa que impedia que enlouquecesse era um cookie.

Ela dirigiu até seu apartamento e estacionou. Na metade das escadas, viu alguém parado na sua porta da frente. Um alguém alto de cabelo escuro.

Ela reconheceu os ombros largos e a cintura fina. Quando ele se virou para ela, Ali viu a conhecida barba de três dias no queixo quadrado. Se tinha uma coisa que ela e Glen tinham em comum era que nenhum dos dois era o irmão mais bonito da família. Ela precisava se conformar com o fato de que Finola e Zennie eram mais bonitas, e Glen precisava aceitar que, no caso dele, Daniel era o irmão geneticamente abençoado.

Apesar de Daniel não ter uma beleza padrão, havia alguma coisa nele. Uma coisa misteriosa e ligeiramente perigosa. Qualquer mulher saberia, só de olhar para ele, que estava se arriscando — o sexo poderia ser maravilhoso, mas havia pelo menos cinquenta por cento de chance de ele roubar seu carro depois.

Metaforicamente, é claro. Porque Daniel não era um ladrão — longe disso. Ele era um empresário de sucesso e dono de uma pista de motocross. E era, por ironia do destino, um ótimo cliente dela — todas aquelas motos que ele alugava precisavam de manutenção e, consequentemente, de peças, e era quando Ali entrava em cena. Na teoria, aquela conexão os teria tornado amigos, e eles eram. Mais ou menos. Tinha alguma coisa no jeito como ele a olhava. Ela nunca conseguia decifrar o que ele estava pensando, mas no fundo tinha quase certeza de que Daniel a achava feia. Ou simplesmente entediante. Nada daquilo, porém, explicava por que ele estava parado na porta do apartamento dela.

Daniel a observou se aproximar e, por um segundo, o corpo inteiro dele enrijeceu, como se ele não quisesse falar com ela. Como se quisesse estar em qualquer lugar que não fosse ali esperando-a chegar. Ali parou de súbito, sem saber o que dizer ou fazer. Ela imediatamente começou a se sentir defensiva e ressentida — ambas eram reações exageradíssimas, considerando que o sujeito ainda não havia nem aberto a boca. Nossa.

Daniel era irmão de Glen. Depois do casamento ele seria seu cunhado. Ela realmente precisava descobrir um jeito de se dar bem com ele.

Ali forçou um sorriso.

— Oi, que surpresa. Vou escolher os arranjos de flores depois, quer dar sua opinião? Pode representar os convidados e, se algum deles reclamar no dia, vou dizer que a culpa foi sua.

Ela esperou Daniel dizer alguma coisa. Qualquer coisa. Mas, em vez disso, ele apenas continuou encarando-a. Ali sentiu que estava ficando defensiva novamente, além de muito insegura. Por que Daniel tinha que ser tão babaca assim?

— Ali, preciso conversar com você.

Alguma coisa na forma como ele falou — uma urgência — fez o coração de Ali disparar. De repente, ela se deu conta de que não era uma visita casual: algo sério tinha acontecido.

— Foi o Glen? Ele se machucou? Foi um acidente de carro? — Glen estava viajando a trabalho. — O avião dele caiu?

— Não foi nada disso. Glen está bem. Podemos entrar?

Ali conseguiu abrir a porta da frente. Ela guardou as compras na geladeira, largou a bolsa na bancada da cozinha e se virou para Daniel, parado no meio de sua pequena sala de estar como se não tivesse a mínima ideia do que fazer em seguida. Ali ignorou os batimentos cardíacos em disparada e as pernas trêmulas. Seja lá o que significasse aquilo, Glen estava bem, então ela poderia lidar com a situação. Talvez ocorressem gritos e choro ou as duas coisas, mas ela conseguiria sobreviver.

— Me conte — sussurrou ela. — Só me conte.

Ele gesticulou para o sofá.

— Sente-se.

— Prefiro ficar em pé.

Daniel a pegou pela mão e a levou até o sofá. Depois que Ali se sentou, ele se acomodou ao lado dela e a olhou diretamente.

Os olhos de Daniel eram castanho-escuros, mas tinham risquinhos dourados. Ali nunca tinha reparado naquilo antes, mas também nunca tinha estado tão perto assim do futuro cunhado. Dava para notar as emoções passando pelo rosto dele — ela poderia jurar que estava vendo uma dor de verdade, o que não fazia sentido.

— Daniel, não tenho a mínima ideia do que você veio me dizer, mas em trinta segundos eu vou começar a surtar, então, por favor, desembucha. Glen está mesmo bem?

— Sim. Não é... — Daniel virou o rosto e xingou baixinho. — Ali, o Glen não... — Ele voltou a olhar para ela. — O Glen está terminando o noivado. Ele é canalha demais para fazer isso sozinho, então me pediu para vir contar para você. Quando recusei, ele ameaçou fingir que estava tudo bem por mais algumas semanas e simplesmente não aparecer no dia do casamento. Não sei se acredito nele ou não, mas eu não podia arriscar. Sinto muito. Eu queria que você soubesse o quanto sinto muito.

Não. *Não!* As palavras reverberaram pelo cérebro de Ali, repetindo-se, desaparecendo, e depois voltando. O quê? Não. Glen não estava terminando o noivado. Não era possível.

— Você está mentindo.

— Sinto muito.

Ali se levantou subitamente e o encarou, furiosa.

— Por que está fazendo isso? Acha engraçado? Não vou acreditar em você. Não posso.

Ela sentiu um aperto no peito e de repente respirar começou a parecer uma tarefa impossível.

Ali correu até a porta e começou a abri-la, mas então se jogou contra ela, as lágrimas queimando seus olhos. *Não*, pensou, frenética. Ele não podia deixá-la. Eles iam se casar. Glen a *amava*. Ela enviara os convites havia apenas dois dias!

Só que, mesmo enquanto a dor a atravessava e ela sentia o coração se partindo em pedacinhos que jamais conseguiriam se juntar novamente, uma voz sussurrava baixinho que ela não estava totalmente surpresa. Que, bem lá no fundo, ela já sabia que havia alguma coisa errada.

Antes de começar a brigar com aquela voz horrível e cruel, Ali foi erguida por braços fortes, virada de frente e abraçada. Daniel pôs uma das mãos na nuca da ex-futura cunhada, direcionando o rosto dela contra o peito dele.

— Ali, eu queria poder tornar tudo isso melhor para você. Fico aqui dizendo como sinto muito, mas não sei o que mais posso fazer. Se ajuda em alguma coisa, eu dei um soco nele. Glen está com o nariz sangrando e um olho roxo, além de ser o cara mais burro do mundo. Um dia ele vai se arrepender de ter deixado você e terá que viver com isso pelo resto da vida.

Ali ouviu as palavras, mas elas não significavam nada. Nada significava nada. Ela se desintegraria em pó e sairia voando com um sopro. Antes de conseguir reunir forças, ela simplesmente caiu de bunda no chão.

Glen tinha terminado tudo. Não... Ele se certificara de que a humilhação e o horror seriam ainda piores ao resolver não terminar com ela pessoalmente e mandar o irmão fazer aquilo. Só que não era só um término qualquer. Era o *casamento* deles.

Daniel se agachou ao lado dela e Ali enxugou as lágrimas dos olhos.

— Por quê? Ele contou por quê? Nós vamos nos casar, eu tenho um vestido e a aliança que ele me deu e nós teremos uma lua de mel. Como ele pôde... — Ela precisou engolir em seco para continuar. — Era para ele me amar. Ele disse que me amava. Ele me *via*.

A tremedeira recomeçou, tomando conta de seu corpo e a impossibilitando de continuar falando. Daniel se levantou e desapareceu. Ali esperava em parte ouvir o abrir e fechar da porta da frente, só que, em vez disso, Daniel voltou com o celular dela na mão.

— Para quem eu poderia ligar? Você precisa de alguém aqui. Uma amiga? Sua mãe?

— Não. Minha mãe não. — Não só sua mãe jamais entenderia, como também agiria como se aquilo dissesse respeito a ela. — Finola. — Sim, sua irmã iria... — Espera. Nigel e ela vão sair de férias amanhã de manhã. Não quero que ela saiba.

Não quando já era tão raro os dois ficarem sozinhos e Finola tinha planos de surpreender Nigel com o anúncio de que estava pronta para engravidar. Contar a Finola o que estava acontecendo estragaria tudo.

Ali fungou e apontou para o celular.

— Zennie. Estive com ela há pouco tempo. Ela está de folga hoje.

Ela queria dizer mais, mas não conseguiu. Não depois que os soluços voltaram e ela precisou se segurar para não berrar pela dor e injustiça. O que tinha acontecido? Por que Glen faria aquilo com ela? Eles eram ótimos juntos. Tudo era tão agradável. Ok, não havia muita paixão, mas muita gente não quer mesmo. Paixão podia ser exaustivo.

Aquela voz sussurrante e maliciosa estava de volta, murmurando que Glen andava menos atencioso ultimamente e que ela já tinha se perguntado, mais de uma vez, se havia alguma coisa errada, mas não dissera nada porque não queria saber.

— Não é verdade — sussurrou Ali. — Glen é apaixonado por mim.

Só que a atitude dele não foi de um homem apaixonado. A atitude dele foi de um grande cretino que nunca deu a mínima.

Ela levantou a cabeça logo quando Daniel parou de mexer no celular.

— Zennie já está vindo — disse ele, parecendo ao mesmo tempo triste e solidário, o que só agravava a humilhação. — Eu fico aqui até ela chegar.

Em vez de responder que não era necessário, Ali se levantou com dificuldade e pegou o celular. Ela escreveu rapidamente para Glen.

É verdade?

Ali não precisou esperar muito. Menos de vinte segundos depois, uma única palavra apareceu na tela.

É.

— Seu porco desgraçado covarde mentiroso de uma figa!

Ela atirou o celular na parede e o observou se despedaçar em mil pedaços irreparáveis. Obviamente seria preciso comprar outro na manhã seguinte, mas e daí? O aparelho fazia backup automaticamente ao ser carregado e tinha seguro. Além disso, diante da possibilidade de um casamento cancelado e de perder o homem se não dos seus sonhos, pelo menos com quem ela planejara se casar, o celular importava mesmo?

Em poucos segundos, Ali percebeu a falha em seu plano e se virou para Daniel.

— Preciso fazer uma ligação.

Ela tinha que dar crédito ao sujeito. Apesar do que acabara de testemunhar, Daniel lhe entregou o próprio celular sem nem pestanejar.

Ali foi até a cozinha e abriu uma gaveta. Depois de revirar alguns folhetos, pegou o de pizza, ligou para o número e informou seu nome, endereço e o pedido:

— Calabresa grande com o dobro de queijo e pão de alho. Dois potes de sorvete de cereja com pedacinhos de chocolate. Ah, e o bolo de chocolate. — Ela esperou a resposta do outro lado da linha e continuou: — Quarenta minutos está ótimo. Pagamento em dinheiro.

Ela devolveu o celular a Daniel e tirou duas garrafas da despensa. Ali ofereceu o saca-rolhas a ele, deixando-o a cargo do vinho tinto, enquanto ela tomava um gole grande de tequila. Porque se era para ficar arrasada, que fosse de ressaca também.

Ali esperou o álcool começar a queimar o estômago, na esperança de que aquilo fosse mais forte que a dor em seu peito. Cada pedacinho seu doía, e ela não conseguia acreditar no que estava acontecendo. De uma hora para a outra, estava tudo terminado. Ela não seria mais a sra. Glen Demiter. Seria apenas ela mesma, e aquilo era uma droga.

— Não precisa ficar — disse Ali, rosqueando a tampa da garrafa de tequila. — Zennie já está chegando e vai ficar tudo bem.

— Não me importo em esperar. — Ele assentiu para a garrafa. — Vai dar uma festa e tanto.

— Só que eu não diria que vai ser boa — respondeu Ali, as lágrimas inundando seus olhos novamente.

— Eu sei, sinto muito, não quis...

— Eu sei o que você quis dizer. — Ela secou o rosto e tentou sorrir. — Daniel, você foi muito mais decente do que eu teria esperado. Obrigada por isso, mas, para falar a verdade, preciso de alguns minutos sozinha. Pode ser?

Ele hesitou, mas assentiu lentamente.

— Amanhã eu ligo para ver como você está.

— Não precisa.

— Mas eu quero. — Ele a surpreendeu ao se aproximar e tocar levemente o rosto dela. — Tente não beber demais, ou você terá uma manhã ainda pior.

— Sem ofensas, mas terei uma manhã bem ruim de qualquer maneira.

Ali o acompanhou até a porta e esperou que ele descesse as escadas. Depois de Daniel ir embora, ela se sentou no chão e apoiou a cabeça na parede. Os soluços tomaram conta enquanto Ali lutava contra a dura realidade de que, mais uma vez, estava sendo deixada para trás.

Glen havia prometido amá-la para sempre e não conseguiu manter nem um noivado. O que tinha de errado com ela para ser abandonada com tanta facilidade? Por que ninguém a amava mais que tudo?

Um brilho chamou sua atenção e, ao olhar para baixo, Ali percebeu que ainda estava usando sua aliança. O diamante, modesto mas bonito, piscou para ela, zombando da sua cara e sua dor. Ela arrancou a aliança do dedo e a atirou na direção do celular. A joia quicou algumas vezes antes de deslizar e parar no meio dos restos de peças eletrônicas.

Todos aqueles cacos e pedacinhos espalhados ali eram um quadro perfeito do que havia sido sua vida — um dia inteira, e agora nada além de um monte de lixo.

Capítulo Quatro

Quando Ali abriu os olhos na manhã de sábado, a primeira coisa que fez foi se perguntar se precisava ou não vomitar. Graças ao vinho e aos shots de tequila, a maior parte da noite anterior era um borrão. Zennie havia sido gentil e compreensiva, mas nunca fora de tomar mais de uma taça, o que significava que as duas garrafas de vinho vazias eram obra de Ali.

Ela se virou para o outro lado do sofá, analisando a situação. Estava se sentindo péssima — a cabeça latejava, o estômago doía e o coração se tornara pouco mais que um lenço de papel rasgado e encharcado, mas achava que não chegaria ao ponto de vomitar.

— Que alegria — sussurrou ela antes de conseguir se sentar.

Ali apertou os olhos diante da luz do sol forte que inundava a sala. Sua dor de cabeça aumentou consideravelmente. Por que ela não podia morar num lugar onde chove o tempo todo, como Seattle? A chuva teria combinado melhor com seu estado de espírito.

Ela se recostou no sofá e tentou reunir um mínimo de energia. Precisava fazer xixi, provavelmente escovar os dentes, e uma chuveirada também cairia bem. Depois de terminar de fazer todas aquelas coisas rotineiras, seria hora de encarar em que pé estava sua vida despedaçada e lidar com os detritos em que seu noivado se transformara.

Glen se fora — dessa parte da noite anterior ela se lembrava. Zennie tinha sido solidária e carinhosa, mas em nenhum momento tentara convencer Ali de que daria tudo certo. O fato de o ex-noivo ter mandado Daniel fazer o trabalho sujo meio que já dizia tudo. Glen já estava farto dela. Não tinha volta, não tinha como eles transformarem a situação numa história engraçada para contar aos netos.

— Não é meu primeiro término — disse Ali, se encolhendo logo em seguida com a altura da própria voz. Ou talvez fosse só pela ressaca.

Não, não era o primeiro término, mas era de longe o pior, porque ela se permitira acreditar que Glen realmente a amava.

Ali resolveu que não pensaria naquilo, se levantando e esperando a sala parar de rodar. Ponderou mais uma vez se precisaria vomitar e descobriu que, apesar das marteladas em sua cabeça, não estava se sentindo tão mal. Talvez a combinação de pizza, sorvete e bolo tivesse atenuado o efeito do vinho.

Ali deu alguns passos e tropeçou numa caixa semiaberta de pizza. Depois de recuperar o equilíbrio, olhou ao redor e viu os pratos espalhados pela sala, assim com uma segunda caixa de pizza e os restos do bolo. Ela se lembrou vagamente de Zennie pedindo para limpar, mas Ali insistira que continuaria a farra mesmo depois de a irmã ir embora. Zennie havia se oferecido para dormir lá, mas Ali estava bêbada o suficiente para achar que ficaria bem sozinha.

Pelo menos sobrevivi à primeira noite, afirmou a si mesma, quase caindo de novo quando alguém bateu na porta.

— Pare — pediu ela, se apressando para abrir a porta. — Pare de fazer esse... — Ali piscou contra a luz ofuscante do sol de novo, porque só podia estar vendo uma alucinação. — O que está fazendo aqui?

— Vendo como você está — respondeu Daniel, passando por ela e entrando. — Como foi sua noite?

— O quê?

Ali o encarou, tentando entender por que ele estava tão mais definido do que o resto da sala.

Daniel obviamente tinha tomado banho e estava usando roupas diferentes das da noite anterior, ou talvez não. Embora sua aparência fosse bem melhor que a dela, a barba deixava as coisas confusas. Tinha cara de três dias por fazer, mas nunca mudava. Mas como? E como estava sempre tão perfeita? Todos os pelos exatamente do mesmo comprimento. Será que homens têm aulas para aprender como mantê-los assim, ou era só usar uma lâmina ou maquininha especial?

Ela se viu abrindo um sorriso. É, só podia ser com uma maquininha, como aquelas de cachorro que medem o comprimento de acordo com o corte que você quer. Não que ela pudesse imaginar Daniel usando um instrumento de raspar pelo de cachorro, mas, mesmo assim, era engraçado.

— Acho que ainda tem um pouco de álcool no meu organismo — murmurou ela, mais para si do que para ele.

— Eu não ficaria surpreso. — Daniel entregou um copo grande a Ali. — Fiz isso para você.

Ela pegou o copo, mas não bebeu.

— O que é?

— Um smoothie. Água de coco, ginseng, figueira-da-índia e gengibre. Precisa vomitar?

— Agora talvez precise. — Ali torceu o nariz. — Não sei nem o que é figueira-da-índia.

— Todos esses ingredientes vão ajudar você com sua ressaca. Beba e vá tomar um banho. Quando terminar, vemos se você quer comer. — Daniel levantou um saco de mercado. — Eu trouxe café da manhã.

— Você precisa falar em frases mais curtas — disse Ali, antes de tomar um gole.

Até que o smoothie não era tão ruim. O gosto era em maior parte de chocolate e talvez um pouco de coco, o que fazia sentido por causa da água de coco. Só que água de coco não tinha gosto de...

— Do que estávamos falando mesmo? — perguntou ela.

Daniel sorriu. *Aquilo sim* chamou a atenção de Ali. Não sabia se já o tinha visto sorrir alguma vez, pelo menos não devido a alguma coisa que ela tinha dito ou feito. Ele geralmente tinha uma cara tão séria e reprovadora. Como se ela estivesse sempre com um cheiro ruim, o que nunca fora o caso, exceto talvez naquela manhã, mas também não era culpa dela.

— Gostou? — perguntou ele.

Do sorriso? Aquela não era uma pergunta meio pessoal demais? Ah, espera.

— Do smoothie? É bom.

— Beba tudo. Vai se sentir melhor. — Daniel olhou pela sala. — Então, você e sua irmã ficaram bem ontem?

— Foi tudo bem. Quer dizer, tudo horrível por causa de Glen, mas Zennie foi muito bacana. Eu chorei, fiquei bêbada e o xinguei, e ela se ofereceu para extrair um rim dele.

Daniel ergueu as sobrancelhas.

— Que específico.

— Zennie é instrumentadora. Não estou dizendo que ela faria um ótimo trabalho, mas também não é como se a ideia fosse ele sobreviver à cirurgia, então tudo bem.

Ali bebeu mais um pouco do smoothie, até se lembrar de que Daniel era irmão de Glen.

— Você sabe que estou brincando em relação ao rim, né?

— Sim, mas, mesmo que não estivesse, nas circunstâncias atuais, tem todo o direito.

— Exatamente. Que babaca. Não é justo. Eu o amava, ia me casar com ele. Por que ele não pode ser mais como o Nigel? Ele é o marido de Finola, minha outra irmã. Nigel é maravilhoso, lindo e bem-sucedido. E é um cirurgião plástico, não um engenheiro idiota que projeta esgotos. Eu o odeio. Glen, não Nigel.

— Eu entendi.

Daniel pôs as mãos nos ombros de Ali e a virou na direção do banheiro.

— Agora banho e café da manhã. Depois a gente pensa em um plano para hoje.

— Sim, senhor.

Ali bebeu mais um pouco do smoothie, foi até o banheiro, acendeu a luz, fechou a porta e encarou seu reflexo no espelho. Então gritou.

— Meu Deus!

— Tudo bem aí? — perguntou Daniel do outro lado.

— Estou morta de vergonha. Por que você não falou nada?

— Sobre o quê?

Pelo tom de voz dele, dava para notar que estava achando graça.

— Vai embora.

— Estou indo.

O som das risadinhas de Daniel foi ficando cada vez mais baixo. Ela ligou o chuveiro para não o escutar mais e foi inspecionar o estrago.

Havia um caso sério de cabelo desgrenhado — uma metade para o alto e a outra suja e grudada na cabeça. Suas bochechas tinham restos de chocolate, manchas de pizza espalhavam-se pela camiseta, e seus olhos estavam vermelhos e inchados.

Por favor, me leva de uma vez, pensou ela enquanto se despia. Ser abandonada faltando menos de dois meses para o casamento já não era horroroso o suficiente? Ela também precisava acordar como se mal tivesse sobrevivido a uma festa de faculdade?

Trinta minutos depois, Ali estava pronta para encarar o mundo. Mais ou menos. Esperava que Daniel tivesse ido embora, mas provavelmente não teria tanta sorte. Apesar de tudo, ela havia tomado banho, lavado e secado o cabelo, passado fio dental, escovado os dentes e vestido roupas limpas. Também terminara o *smoothie*, que fora surpreendentemente revigorante. Tirando uma leve dor de cabeça, não se sentia tão mal. Sem contar com o término, é claro. Sempre haveria aquilo.

Quando Ali entrou na sala, o lugar estava transformado. As caixas de pizza, garrafas vazias e os pratos tinham desaparecido. Sua mesinha de centro estava limpa, e os restos do que um dia tinha sido seu celular estavam num saquinho plástico ao lado de sua aliança de noivado.

Ali ficou vermelha de vergonha ao se dar conta de que seu apartamento estava tão detonado quanto ela própria. Porque, claro, humilhação nunca é demais, não é?

Daniel estava em pé na cozinha, fatiando cogumelos. Para um cara tão imponente, ele parecia perfeitamente à vontade. Havia uma caixa de ovos na bancada e um pacote de bacon. Ali sentiu o cheiro do café, e todo o seu ser se avivou.

— Não precisava ter ficado — começou ela, indo direto até o café.
— Sério, você já fez muita coisa. — Ali agitou o copo vazio de *smoothie*.
— Isso funcionou superbem. Obrigada, mas estou certa de que você já deve ter planos para hoje.

Além disso, Ali não tinha muita certeza de por mais quanto tempo conseguiria manter a compostura. Agora estava tudo bem, mas em algum momento a dor a viraria do avesso novamente, e ela estaria soluçando e babando como uma idiota enquanto chorava por um homem que não tivera coragem de pôr pessoalmente um ponto-final no relacionamento.

— Tenho planos, sim — respondeu Daniel, baixando a faca. — Primeiro, vou fazer café da manhã para você. Depois vamos comprar um celular novo.

Ela olhou para o saquinho cheio de cacos.

— Realmente, vou precisar. Acho que é mais uma parte da minha vida que está em cacos que não tenho como juntar.

Daniel abriu um grande sorriso.

— Vejo que está se sentindo melhor.

— Foi o ginseng.

— Ou a figueira-da-índia.

Ali fez uma careta.

— Não vamos falar dessa parte.

— Sem problemas. Depois do celular novo, pensei em bolarmos uma estratégia.

— Para quê?

— Para cancelar o casamento.

O queixo de Ali caiu. Merda. Ela tinha que cancelar o casamento. Tipo desfazer tudo o que já tinha sido feito. Havia o salão e o bufê e...

— Acabei de enviar os convites — gemeu ela.

— Eu recebi o meu na quinta-feira.

— Já recebemos presentes enviados logo após o anúncio prévio. Terei que contar para todo mundo. Que bacana. — Ali se serviu do café. — Oi, mundo, Glen mudou de ideia e não quer mais se casar comigo. Me desculpem, mas não vai ter festa.

Daniel quebrou o ovo que estava segurando, limpou as mãos num pano de prato e foi até ela. Ele pôs as mãos grandes nos ombros de Ali e a olhou no fundo dos olhos.

— Meu irmão é um babaca e um idiota. Ele está cometendo um grande erro, mas eu espero que, quando ele finalmente perceber isso, você já esteja tão em outra que só vai conseguir rir de como ele é patético. Você é doce, bonita e engraçada, e ele nunca te mereceu.

Ali sabia que ele só estava sendo gentil, mas ainda assim... Uau. As palavras, aquele olhar intenso, a proximidade.

— Você é muito bom nessa coisa toda de consolar. Devia cogitar fazer isso como bico, poderia ganhar uma fortuna.

Daniel sorriu e respondeu:

— Estou feliz com meu emprego atual, mas agradeço o elogio.

Ele voltou aos ovos, e Ali ficou ali com a realidade de ter que cancelar um casamento. Glen nem sequer se dera o trabalho de terminar com ela pessoalmente, não havia a mínima possibilidade de que ele a ajudaria.

— Não me leve a mal, mas eu odeio Glen.

— Neste momento, eu também. Imprimi algumas reportagens sobre o que fazer e em qual ordem. Estão comigo.

Ele apontou para uma pasta ao lado da bolsa de Ali, na mesinha ao lado da porta.

Ali pensou em todo o trabalho que tivera planejando o casamento e no trabalho a mais que teria para desfazer tudo. Pensou em como estava feliz antes e em como não estava mais agora. Tudo mudara. Não, corrigiu-se ela. Tudo estava exatamente igual. O que ela havia perdido era a promessa de algo melhor, ao lado de Glen. Agora, tudo que lhe restava era quem e o que ela sempre fora, e aquilo era deprimente.

Ela olhou para Daniel, para a comida e pensou na esperança que havia sentido, em como ela queria ser parte de alguma coisa, começar uma família. Com Glen, é claro. Ele era o centro de sua...

Seus olhos começaram a arder e não era da falta de sono.

— Não consigo fazer isso — sussurrou Ali.

Daniel se virou para ela.

— Ali?

— Não consigo fazer isso. Não posso ser a mulher superanimada pós-término que mantém a compostura e, me desculpe, mas não conheço você bem o bastante para surtar na sua frente.

Daniel limpou as mãos no pano de prato de novo.

— Não tem problema.

— É só que preciso processar isso tudo. Vou comprar um celular novo e me distrair por algumas horas. Eu só quero conseguir respirar. — Ali inclinou a cabeça para a pasta e continuou: — Agradeço muito por você ter trazido essas informações sobre como cancelar meu casamento, mas terei que adiar isso até amanhã. — Ela tentou sorrir, sem sucesso. — Você está sendo muito gentil e sou grata por isso, mas eu...

— Precisa de um tempo sozinha. Eu entendo.

Ele se voltou até Ali, pôs as mãos nos ombros dela e lhe deu um beijo de leve no rosto.

— O café da manhã é por minha conta. Falo com você amanhã.

— Não precisa.

— Mas eu quero.

— É a culpa, não é? Você se sente culpado por causa do que Glen fez.

— Sim.

— Posso lidar com isso.

Ali o acompanhou até a porta e, depois que Daniel foi embora, fechou os olhos e tentou pensar num plano. Precisava de um celular novo, aquilo era a primeira coisa. Depois, iria ao cinema. Devia ter algum filme infantil em cartaz que pudesse distraí-la. Ou um bom filme de terror que substituísse a tristeza por medo. Quem sabe até os dois. Depois, ela choraria até dormir e, no dia seguinte, se recomporia. Mas por ora ia ficar na fossa. Ela sobrevivera à primeira noite. Agora só faltava o resto de sua vida.

Zennie passou o sábado com suas atividades de sempre, que mantinham sua vida em ordem, mas, mesmo riscando os itens de sua lista de afazeres, não conseguia se livrar da sensação de que havia uma nuvem escura pairando sobre sua cabeça. Ela se sentia péssima por Ali — ninguém merecia ser abandonado assim. Glen era um idiota da pior espécie, e Zennie esperava que o fim dele fosse lento e doloroso. Não que Ali fosse se sentir melhor se algo de ruim acontecesse a Glen, só o tempo a ajudaria, mas Zennie achava que precisava dizer ou fazer alguma coisa, apesar de não ter a mínima ideia do que seria. Ela não era uma pessoa exatamente afetuosa e, das três irmãs, Ali e Finola eram as mais próximas. Elas tinham um laço que nunca se estendera até Zennie. Talvez por causa do intervalo entre a mais velha e a mais nova — sete anos. Finola ajudara a criar Ali, enquanto Zennie sempre fora muito mais próxima do pai.

Em alguns momentos da manhã de sábado, Zennie quase mandara uma mensagem para Finola, mas finalmente se convenceu de que Ali tinha razão. Finola e Nigel precisavam daquele fim de semana longe de tudo. Sem querer ser insensível demais, mas Ali ainda estaria de coração partido em uma semana, quando Finola voltasse.

Depois de sua aula de hot yoga às três da tarde, Zennie voltou para casa e tomou um banho. Ela tinha um encontro com Clark naquela noite — culpa dela mesma, que deveria ter cancelado. Não que Clark não fosse um cara legal — ele definitivamente era —, mas Zennie não se via ao lado dele a longo prazo, nem nunca tinha visto. Ela nunca fora daquelas meninas que brincavam de casamento com suas bonecas. Na verdade, ela quase nunca brincava de boneca. Nunca fantasiara como seria crescer, se apaixonar e se casar. Zennie simplesmente não era assim. Essa coisa toda de arranjar um par era ótima para os outros, mas menos interessante para ela.

Ela parou na frente de seu pequeno closet e pensou com saudosismo numa noite em casa sozinha, maratonando a nova temporada de *The Crown*, mas seria falta de educação cancelar tão em cima da hora assim, então o jeito era aguentar.

Zennie pegou uma calça capri e uma segunda pele de alcinha, ambas pretas, escolhendo em seguida uma entre suas três blusas soltinhas e delicadas que funcionavam bem para quase todos os eventos sociais. Ela calçou sandálias rasteiras e voltou para o banheiro, onde passou pela indignidade de passar rímel e um pouco de gloss. Honestamente, homens não passavam maquiagem para sair — por que ela deveria? Era um costume da antiguidade, como se precisasse se preparar para ser vendida numa espécie de mercado de concubinas.

Aquela comparação excessivamente dramática a fez sorrir. Zennie pegou sua bolsinha de dentro da sacola de pano que sempre carregava e saiu. O restaurante que Clark sugerira ficava perto o bastante para ir a pé. Visto que ela não precisaria dirigir, talvez uma taça a mais de vinho tornasse o encontro mais suportável.

Zennie chegou ao badalado restaurante italiano na hora marcada. Clark já estava lá, conversando com a hostess. Zennie parou um segundo para observá-lo e ver se conseguia descobrir por que as coisas não estavam dando certo com ele.

Clark era bonito o bastante. Ela nunca ligara muito para aparências, mas não havia dúvidas de que ele se encaixava na categoria de atraente, com mais ou menos um metro e oitenta de altura, olhos escuros e cabelo também escuro e cacheado. Era inteligente, dedicado à carreira e um bom ouvinte. Zennie devia estar ansiosa pelo encontro, não impaciente para que aquilo terminasse logo. E isso só mostrava que, se não havia nada de errado com Clark, o problema só podia ser ela, mas, pensando bem, o problema sempre havia sido ela.

Quando Clark olhou para trás e a viu, seus olhos se acenderem e ele abriu um sorriso.

— Zennie, bem na hora! Tudo bem?

Ele segurou sua mão e se aproximou para um beijo. Apesar de pedir mentalmente a si mesma para não fazer aquilo, ela virou a cabeça no último segundo e os lábios de Clark roçaram apenas seu rosto.

— Tudo bem. Obrigada pelo convite, estou animada.

Clark se endireitou e Zennie notou que um pouco daquela luz dos olhos dele já havia desaparecido. Como se ela ter se esquivado de um beijo na boca o tivesse magoado. Sua vontade era revirar os olhos e gritar. Qual era o problema das pessoas? Por que tudo sempre girava em torno de amor e sexo e formar um casal? Agora ela precisava fazer com que ele se sentisse melhor, ou a noite seria desastrosa. Melhor consertar as coisas e acabar logo com isso, assim ela finalmente poderia ir para casa assistir a *The Crown*.

— Desculpe — disse ela, entrelaçando seu braço ao dele e aproximando mais o corpo. — Foi um dia agitado. Ali levou um pé na bunda, está arrasada, e eu não sei como ajudar.

A postura de Clark mudou. Ele relaxou e a abraçou.

— Ela estava noiva, não estava?

Antes que Zennie pudesse responder, a hostess apareceu para levá-los até a mesa.

Depois que os dois se acomodaram numa mesinha quieta de canto, Clark se inclinou para ela e continuou:

— O que aconteceu?

— Não foi nada bom. Aparentemente, Glen não quis nem ir até lá terminar com ela e mandou o irmão fazer o trabalho sujo. Eles iam se casar em sete semanas e ele faz isso? Qual é o problema dele? Ali nunca foi muito autoconfiante, agora acontece isso. Não sei como ela vai se recuperar.

Zennie se sentiu culpada por usar a tragédia de sua irmã para suportar aquela noite e prometeu a si mesma ser uma pessoa melhor durante toda a semana seguinte para reequilibrar seu carma.

— Finola e ela são muito unidas. Eu queria que ela estivesse aqui, mas Ali não queria contar para ela o que aconteceu na véspera da sua viagem de férias.

— Finola é a que trabalha na TV?

Zennie assentiu e continuou:

— Ela e o marido não viajam juntos com muita frequência, e Ali não queria atrapalhar. Eu só queria saber o que dizer. Talvez devesse começar a treinar boxe para dar uma surra nele.

Clark sorriu.

— Você o humilharia em vários aspectos. Tem meu respeito.

O garçom se aproximou da mesa para anotar os pedidos. Assim que ele saiu, Clark perguntou:

— É difícil ter uma pessoa famosa na família?

— Nunca penso em Finola como alguém famosa. Ela só trabalha na TV. Mas acho que ela é reconhecida quando sai na rua, pelo menos aqui. Às vezes, quando estamos fazendo compras ou algo do tipo, alguém chega e tenta conversar com ela, mas não acontece tanto, talvez por estarmos todas juntas. Finola já disse que as pessoas a abordam o tempo inteiro quando ela está sozinha.

— Você gostaria disso?

— Deus, não. Eu ficaria louca.

— Eu também. Prefiro grupos menores com pessoas que conheço bem em vez de um monte de estranhos.

— Eu também, apesar de família poder ser uma coisa complicada. Minha mãe resolveu ser mais minimalista. Ela ainda mora na casa onde todas nós crescemos, então sua última mudança foi há uns trinta anos. Quando meus pais se divorciaram, mais ou menos dez anos atrás, meu pai não levou quase nada. Acho que foi em parte porque não teria nem como, visto que ele foi morar num barco. — Ela sorriu. — Não há espaço para todas aquelas ferramentas num barco.

— Mal há espaço para uma chave de fenda — brincou Clark.

— Pois é. Então agora minha mãe está planejando se mudar para um lugar bem menor perto da praia e ela espera que olhemos tudo o que tem na casa antiga para ver com o que queremos ficar, o que doar e o que guardar. Vai ser um pesadelo.

O atendente voltou com os drinques.

— Mas família é sempre bom — comentou Clark. — Mesmo com a encheção de saco.

Zennie se deu conta de que passara os últimos vinte minutos falando de si mesma.

— Você nunca fala sobre a sua — observou, se sentindo culpada mais uma vez. Pelo visto aquela seria a constante da noite.

— Eu não tenho família. Pelo menos não próxima. — Clark deu de ombros. — Perdi meus pais quando era criança e fui criado por parentes distantes que fizeram o melhor que podiam, mas nunca quiseram filhos. Eles fizeram a coisa certa e sou grato por isso, mas eu sabia que estava atrapalhando.

— Isso é péssimo. Ninguém devia crescer se sentindo indesejado.

— Tudo bem, eu sobrevivi. De certa forma, o que aconteceu moldou quem sou hoje. Eu queria ficar em casa o menos possível e nós morávamos perto do zoológico de Memphis. Eu ia lá quase todos os dias e foi onde me interessei por primatas. Comecei a fazer trabalho voluntário e descobri que queria passar o resto da minha vida estudando o assunto.

Ele tomou um gole de sua vodca tônica.

— Ter um direcionamento ajudou. Nunca me encaixei muito na escola, então o zoológico se tornou meu refúgio. Depois de alguns anos, descobri que queria salvar orangotangos. Quando entrei na faculdade, estava à frente de todo mundo, graças ao meu trabalho no zoológico. Eu voltava para lá todos os verões para ser voluntário. Na época da formatura, já tinha um pouco de experiência, o que me ajudou a arranjar um emprego. E aqui estamos.

Zennie sabia que Clark trabalhava no zoológico de Los Angeles, mas não conhecia sua história. Provavelmente porque nunca perguntara. Na verdade, ela percebeu, nunca nem tentara conhecê-lo melhor. O que a fazia se questionar: por que ela tinha decidido sair com Clark em primeiro lugar?

— Zennie, este é nosso quarto encontro — declarou Clark de repente.

Ela sentiu o estômago reagir imediatamente. O que ele queria dizer com aquilo? O que havia de mágico naquela ocasião? Era tão raro ela chegar tão longe que ela tinha muita experiência com terceiros e quartos encontros.

— Ok — respondeu ela lentamente. — Tem razão, é mesmo.

Clark olhou de volta para seu drinque e depois para ela de novo.

— Não me leve a mal, mas tenho a impressão de que você simplesmente não está tão a fim de mim. — Ele quase esboçou um leve sorriso. — Pode ignorar a referência ao filme.

Para falar a verdade, Zennie não sabia o que dizer. Por mais que ele fosse legal e tudo mais, ela não era o tipo de pessoa que fica toda animada por causa de um cara, mas como dizer aquilo sem parecer um fora?

— Eu gosto muito de você — continuou Clark. — Acho você incrível, inteligente, interessante, bonita. Mas não pode partir só de mim. — Ele fitou Zennie com os olhos escuros. — Não fique brava, mas seria possível que talvez você seja lésbica?

Zennie se recostou na cadeira e olhou feio para ele.

— Não, eu não sou lésbica. Meu Deus, por que as pessoas me perguntam isso? É o cabelo curto? Você sabe que isso é um estereótipo, não sabe? Eu não sou gay.

— Tem certeza?

— Sim. O problema não é com os homens, é comigo. Só não sou boa em relacionamentos. Não sei qual é a graça. Eu tenho uma vida ótima, tenho meus amigos, minha família, meu trabalho. Por que precisaria de mais? Por que preciso ter um par? Eu simplesmente não tenho essa vontade. E quanto a essa história de lésbica, já pensei muito no assunto e, honestamente, não sinto atração sexual por mulheres. Eu fui para a faculdade, podia ter experimentado, mas não fiz. Não se trata de querer estar com uma mulher.

— Eu só estava me perguntando.

— E agora você sabe. — Zennie se debruçou sobre a mesa. — Nem todo mundo precisa estar com alguém a cada segundo do dia. Entendo que existe um elemento biológico por trás, mas isso foi determinado numa época em que as pessoas morriam antes dos 30 anos de idade. Não acho que seja necessário hoje em dia, mas a gente continua fazendo dessa forma e talvez eu simplesmente não queira. Não acho que isso signifique que haja algo de errado comigo.

— Nem eu.

O tom de voz dele era irritantemente ameno.

— Você já transou?

Zennie queria bater com a cabeça no tampo da mesa.

— Sim, eu já transei. Com um homem, antes que pergunte. Sério? Você acha que um pênis vai melhorar as coisas?

— Eu só estava perguntando.

— Foi bom. Foi legal, mas muitas coisas são legais.

Zennie esperou mais um comentário engraçadinho sobre o cara ter feito tudo errado e sobre como Clark poderia salvá-la, mudá-la ou convencê-la.

Mas, em vez disso, ele declarou:

— Me parece que você já entendeu exatamente o que não quer, e eu estou nessa lista.

— O quê? Clark, não. Não foi isso que eu quis dizer.

— Zennie, eu comecei nossa conversa sugerindo que você talvez não seja muito a fim de mim, e nada do que você disse me fez mudar de opinião. Acho você incrível e queria que isso tivesse dado certo. Lamento muito, porque realmente vou sentir sua falta, mas não acho que você poderia dizer o mesmo a meu respeito, não é?

Em vez de esperar pela resposta, Clark pôs duas notas de vinte dólares sobre a mesa.

— Para a conta — explicou ele, levantando-se.

Clark hesitou por um segundo e em seguida foi embora.

Zennie ficou sentada ali sem entender direito o que tinha acabado de acontecer. Evidentemente, não teria mais notícias de Clark. Em geral, era ela quem terminava as coisas, mas ele fora mais rápido. *Por mim tudo bem*, pensou. Não era como se estivesse apaixonada, eles mal se conheciam, então agora ela poderia voltar à sua vida perfeitamente organizada.

Ao se levantar e se dirigir à porta do restaurante, Zennie se deu conta de que, num espaço de vinte e quatro horas, ela e a irmã tinham sido rejeitadas. Não que o que acabara de acontecer com ela chegasse perto do que Ali estava enfrentando, mas, mesmo assim, as duas estavam solteiras. Com certeza sua mãe não ficaria nada feliz. Seu sonho de ter netos estava ficando cada vez mais distante. Pobre Finola... ia cair tudo no colo dela. Pelo menos elas podiam contar com um relacionamento firme e forte, independentemente de qualquer coisa.

Capítulo Cinco

Ali começou a manhã de domingo com mais uma ressaca, só que essa era emocional em vez de alcoólica. Depois de comprar um celular novo e assistir a dois filmes no cinema, ela voltara para casa e para a realidade do término de seu noivado. Ela havia passado a noite de sábado revendo fotos suas com Glen, ouvindo as músicas favoritas dos dois e chorando até não ter mais lágrimas para derramar. Depois, dormira no sofá de novo, sonhando que estava numa igreja desconhecida, cercada por todas as pessoas que já vira na vida, esperando um homem que nunca aparecia. Ali acordou com dor nas costas, mas determinada a ser uma adulta, por mais que não quisesse.

Ela preparou um café da manhã com as coisas que Daniel tinha deixado lá. Por mais que sua omelete não se encaixasse no conceito de beleza de ninguém, os ingredientes estavam todos ali. Ela comeu, pegou uma xícara de café e abriu a pasta que ele também trouxera no dia anterior.

A pasta continha seis textos sobre o que fazer para cancelar um casamento. Um deles tinha até um checklist. Ali leu alguns itens e fechou os olhos, afirmando para si mesma que estava tudo bem. Ela podia fazer aquilo, só que a ideia era intimidadora. Cancelar um casamento era basicamente igual a planejar um, só que de trás para a frente. Ela teria que imprimir todos os contratos, ler os termos de cada um e depois entrar em contato com os fornecedores. Ainda seria preciso pagar alguns deles, independentemente do motivo. Ali tinha quase certeza de que todos exigiam uma taxa de cancelamento. Considerando que ainda faltavam sete semanas para a cerimônia, os valores podiam não ser tão altos, mas mesmo assim...

Como ganhava muito mais que ela, Glen estava pagando pela maior parte. Os pais de Ali alegaram não ter dinheiro e ofereceram mil dólares cada um, quantia que ela usara para comprar o vestido. Como tinha sido Glen quem rompera o relacionamento, Ali duvidava que ele estivesse muito disposto a dar mais dinheiro para pagar pelo que faltava, mas, mesmo assim, ela teria que descobrir uma forma de fazê-lo cobrir pelo menos metade. Ela assinara todos os contratos de boa fé e...

Ali gemeu. *Ela* assinara os contratos. Não Ali e Glen, só ela. Fora ela quem pesquisara e encontrara todos os fornecedores. Glen estava sempre ocupado viajando. Se Glen não a ajudasse, estaria sozinha nessa, o que não era uma ideia nada animadora.

Ela olhou para a lista de afazeres e desejou já não ter desperdiçado seu primeiro gemido da manhã. Item número dois: depois de contatar os fornecedores, seria a vez de informar os convidados.

Ali foi tomada de humilhação. As pessoas que ela mais amava no mundo descobririam que Glen a largara. Todos os amigos de ambos os lados e todos com quem ela trabalhava. Ela teria que dizer a verdade.

Ali pegou o celular novo e começou a digitar uma mensagem para Glen.

Que merda aconteceu?

Depois de um segundo, ela deletou aquilo e tentou de novo.

Precisamos conversar. Temos um casamento para cancelar.

Ali já estava deixando o celular de lado quando percebeu que Glen estava respondendo. Ela esperou cerca de um minuto, então arfou ao ler a resposta.

Eu nunca quis me casar. A responsabilidade é sua.

— Não! — Ali se levantou, olhando furiosa para o telefone, e começou a digitar freneticamente. — Nem pensar, seu babaca.

A responsabilidade não é minha. Você me pediu em casamento. Até aquele dia, eu não havia dito uma palavra sequer sobre casamento. Você comprou uma aliança e fez o pedido. A responsabilidade é nossa. Há um monte de coisa para cancelar e você devia me ajudar nisso. Também espero que pague pela metade do que falta.

Ela viu que ele já estava respondendo e aguardou.

Eu não vou ajudar, mas vou mandar um cheque.

Ali ponderou que já era alguma coisa. Ela hesitou por um instante e em seguida escreveu:

Não quer me contar por que terminou tudo e não podia me dizer pessoalmente?

Alguns segundos depois, veio a resposta:

Não quero mais estar com você e não queria te ouvir implorando.

— Como é que é? Implorar? Só se for nos seus sonhos, seu canalha doente.

Ali quase atirou o celular na parede de novo, mas se recompôs a tempo. *Isso é bom*, pensou. Melhor sofrer agora do que ter se casado, tido filhos e só depois ter descoberto que ele era um cretino de marca maior. Implorar. Até parece.

Seus olhos começaram a arder, mas ela piscou até que as lágrimas parassem. *Só manda o cheque*, escreveu Ali, atirando o celular no sofá.

Depois de andar pela casa algumas vezes, ela conseguiu regular tanto sua respiração como seu temperamento. Havia muito trabalho pela frente, e Ali precisaria dar conta de tudo sozinha. Ela faria a coisa certa e aceitaria o fato de que tudo isso estava a tornando mais forte. Depois que estivesse tudo encaminhado, Ali encontraria alguém que fizesse um boneco de vodu de Glen e o espetaria incansavelmente com um alfinete bem grande e afiado.

Ali pegou um pacote de folhas, usou sua impressora multifuncional para fazer algumas cópias do checklist, e se sentou para definir quando fazer o quê. Contratos, fornecedores, convidados e as outras mil coisas, pensou.

Duas horas depois, ela tinha uma ideia geral do que deveria ser feito. Depois de ler alguns contratos, Ali descobrira que definitivamente teria que pagar diversas taxas de cancelamento. O espaço — uma construção com um jardim à beira de uma montanha ao norte do San Fernando Valley — cobraria o valor integral, a não ser que em duas semanas alguém alugasse a data. Ali torceu para que a história deles sobre uma lista de espera fosse verdadeira. O mesmo valia para os garçons e o bufê. Ela só conseguiria falar com as pessoas na segunda-feira, então o jeito era torcer para dar certo.

O contrato para as flores era mais flexível e compreensivo. Ela poderia receber um reembolso de setenta e cinco por cento do valor total, o equivalente ao depósito que fizera. Viva. Do vestido não havia como se livrar — já estava encomendado, pago e ajustado. Seria impossível devolvê-lo.

Por mais que houvesse mais itens para lidar, a última coisa que Ali queria resolver naquele dia era a questão dos convidados. Ela não queria ter que fazer um monte de telefonemas, o que significaria mais uma rodada de envio de cartas. Ela havia salvado os endereços em seu computador, então, na teoria, bastaria imprimir um aviso e enviar.

Ali pesquisou na internet sobre como fazer aquilo e optou por um jeito simples. Alguns minutos num site de impressão depois, os cartões estavam encomendados. Ela pagou a taxa de entrega expressa e anotou um lembrete para não se esquecer de comprar selos.

Com aquilo resolvido, ela estava pronta para parar, pelo menos por enquanto. Devia haver um limite de quanto de um casamento era permitido cancelar num único dia, pensou amargamente. Ela continuaria amanhã. O domingo estava lindo e ela devia ir fazer alguma coisa, apesar de não ter ideia do quê. Normalmente Glen e ela teriam algum programa, ou Ali teria ido encontrar Finola. Se soubesse que teria um dia livre, teria se planejado para passá-lo com algum amigo. Bom, para isso e talvez para passar com o carro em cima do Glen.

Antes de ver se ainda havia algum filme a que quisesse assistir, alguém bateu na porta. Ali a abriu e tentou não demonstrar a surpresa que estava sentindo.

— De novo? — perguntou ela, sem pensar.

Daniel deu um sorriso sexy.

— Legal ver você também.

Ele passou por Ali como se aparecesse na casa dela diariamente.

— Como estão as coisas? — perguntou Daniel assim que Ali fechou a porta e se virou para encará-lo.

— Ainda não quebrei o celular novo, mas só porque me contive a tempo. Glen está sendo um idiota.

— Nada de novo. Imagino que ele não esteja querendo ajudar a cancelar o casamento?

Ela assentiu.

— Mandei uma mensagem e ele não foi exatamente cooperativo. Disse que não vai fazer nada, mas pelo menos se dispôs a mandar um cheque.

— Em que pé você está?

— Fiz algumas listas. Basicamente é como planejar um casamento ao contrário. Li os textos que você trouxe, e obrigada, ajudaram muito. Agora preciso ver os contratos de novo e descobrir quem fica com o quê.

Era estranho compartilhar aquilo com Daniel, mas provavelmente não tinha muito problema... eles quase tinham sido da mesma família, no final das contas.

— Também preciso avisar todos os convidados sobre o cancelamento. — Ela torceu o nariz. — Não é exatamente minha ideia de diversão.

— Vai ligar para todos?

— Meu Deus, não! Seria pior ainda. Não quero ter que ouvir ninguém com pena ou me dizendo que "sabia" que tinha alguma coisa errada. Encomendei alguns cartões num site e vou enviá-los assim que chegarem aqui. Ainda tenho o arquivo das etiquetas com o endereço de todo mundo.

Ali se deu conta de que deveria ter convidado Daniel a se sentar, só que aquilo parecia meio estranho.

— Por que está aqui? — soltou ela. — E estou perguntando numa boa, por curiosidade, mas é que é, sabe, esquisito.

— Estou preocupado com você. O que Glen fez foi imperdoável.

E o que aquilo significava? Que ele ia pagar o pato? Agindo como dublê para seu noivo? Sendo o irmão bonzinho?

— Daniel, você tem sido muito bacana. O smoothie de ontem deveria te garantir uma canonização, mas estou me virando. É difícil, me sinto triste e burra e zangada, tudo ao mesmo tempo, mas uma hora a raiva vai passar e vou começar a sentir falta dele, apesar de isso ainda não ter acontecido.

— Ainda quer vê-lo morto?

— Mais para mutilado do que morto.

— Dá para entender.

Eles se olharam e Ali virou de costas.

— Então, er... Glen por acaso mencionou o motivo por não querer mais se casar comigo? — indagou, esperando ter soado curiosa e não patética. — Ele não foi exatamente comunicativo nas mensagens.

Daniel enfiou as mãos nos bolsos da calça.

— Sinto muito, mas ele não disse nada além de que, para ele, estava terminado. Eu bem que queria saber mais.

— Eu sei. E você deu um soco nele, então isso foi muito legal. Aposto que, quando as coisas se acalmarem, vou conversar com ele e obter algumas respostas. Ou não.

— Tenho certeza que sim. Então, eu queria ajudá-la a cancelar o casamento.

— Obrigada, mas não precisa.

— Você não devia ter que fazer isso sozinha. Me dá alguma coisa fácil, tipo o contrato com o fotógrafo. Eu ligo para ele amanhã e resolvo. Se eu me sair bem, você me dá uma tarefa mais difícil. — Os olhos escuros de Daniel demonstravam sinceridade. — Estou falando sério. Não precisa fazer tudo isso sozinha.

Aquilo parecia ótimo, especialmente com a aparência dele naquela calça jeans detonada, camiseta do LA Dodgers e barba de três dias por fazer.

— Por que está fazendo isso? Culpa por seu irmão?

— Por isso e porque eu quero.

— Por que você iria querer me ajudar a cancelar um casamento?

Daniel sorriu para ela.

— Porque eu gosto de você. — Ele estendeu a mão. — Agora me entregue o contrato e está tudo certo.

Ele gostava dela? *Gostava* dela? O que aquilo queria dizer? *Nada*, afirmou Ali internamente. Era num sentido de quase cunhada. Daniel era sexy e perigoso com sua empresa de motocross, suas tatuagens e seu jeito de andar, e Ali era o tipo de mulher que atraía os Glens idiotas do mundo. Além disso, não e não. Ele só estava falando aquilo por ser um cara legal. Daniel gostava dela da mesma forma como pessoas gostam de pepinos — são aceitáveis e inócuos. E ela era como um pepino.

Ok, aquilo soava esquisito, até mesmo para Ali. Ela suspirou. O término tinha afetado mais que apenas seu coração, pensou, com tristeza. Estava começando a enlouquecer.

— Um contrato com o fotógrafo saindo do forno — disse ela.

Daniel olhou para o relógio de pulso e declarou:

— Depois eu pego. Agora temos que ir.

— Ir aonde?

— Ao jogo dos Dodgers. Começa em uma hora, então precisamos correr. Vamos. Você tem algum boné do time? Se não, tudo bem. Eu tenho um sobrando na caminhonete. — Ele sorriu novamente e continuou: — Nossos assentos são na parte boa do estádio, perto da terceira base. O sol vai estar batendo por trás, então vamos conseguir ver bem o jogo.

Ali o encarou. Uma partida dos Dodgers? Ela nunca gostou de beisebol, mas ainda era melhor que ficar em casa se lamentando sozinha.

— Você está sendo muito legal comigo — disse ela, pegando a bolsa.

— Eu sei. Eu sou um dos caras legais.

Daniel falou aquilo de um jeito leve, como se estivesse brincando, mas as palavras abalaram Ali. Ela sempre presumira que Glen fosse o cara legal. Ela presumira uma porção de coisas e ainda se permitira apaixonar-se por ele e planejar um futuro para os dois. Só que Glen a tinha traído. Ele abandonara Ali e o futuro dos dois sem nem se dar o trabalho de conversar pessoalmente com ela, o que deixava a situação ainda pior.

Ali tentou afastar aqueles pensamentos. Bastava de sofrer por Glen... pelo menos por enquanto. Ela tinha sido convidada para uma tarde de beisebol, o que seria uma distração bem-vinda e inesperada, então o melhor era aproveitar o momento.

Ali escondeu o sorriso enquanto seguia Daniel até a caminhonete.

— Beisebol, hein? É aquele ao ar livre, com uns tacos, certo?

Daniel olhou para ela.

— Você está zoando, né? Por favor, diz que sim. Você entende o conceito do jogo, né?

Ali sorriu enquanto entrava no carro.

— Claro que estou zoando. Eu sei que beisebol é aquele em que eles chutam a bola.

— Está me matando, Ali.

— Então minha missão está cumprida.

Zennie chegou ao parque alguns minutos adiantada. Ela usou aquele tempo para se aquecer e alongar. Tinha sido um pouco agressiva na yoga do dia anterior, forçando o corpo além de sua zona de conforto, e naquela manhã estava pagando o preço.

Ela também estava cansada. Não havia dormido bem, provavelmente porque ficara pensando no breve encontro com Clark. O problema não era que fosse sentir falta dele, mas sim a ideia de que havia alguma coisa errada com ela. O que não era o caso.

Bem na hora, Bernie chegou em seu sedan. Zennie foi em sua direção.

Zennie Schmitt e Bernadette Schmahl dividiram um quarto no primeiro ano das duas na Universidade da Califórnia. Bernie já sabia que queria ser professora, e Zennie estava igualmente decidida a ser enfermeira. Elas tinham mais ou menos a mesma altura e peso, amavam malhar e ambas achavam os velhos episódios de Monty Python a coisa mais engraçada do planeta. Havia sido amor entre colegas de quarto à primeira vista. A única diferença entre elas era a aparência: Zennie era uma loira de olhos azuis meio sem sal e Bernie era a "amiga bonita", com maçãs do rosto definidas e pele escura.

Elas continuaram próximas depois da formatura, e Zennie fora dama de honra no casamento de Bernie com Hayes. Elas corriam juntas todo domingo de manhã — às vezes só as duas, às vezes em grupo. A única época em que precisaram parar de correr havia sido três anos antes, quando Bernie fora diagnosticada com câncer de útero. Ela passara por uma cirurgia e pela quimioterapia e sobrevivera a ambas. Agora estava feliz, saudável e seguindo em frente com sua vida.

— Obrigada por vir — disse Bernie, sorrindo, assim que as duas iniciaram a corrida com trotes lentos.

O percurso incluiria completar uma volta no parque Woodley e seu lago Balboa, com uma extensão de apenas oito quilômetros, praticamente planos. Nada muito desafiador, mas a corrida era mais para que passassem um tempo juntas do que para se exercitar.

A manhã ainda estava um pouco fria e não havia nenhuma nuvem. Ficaria mais quente depois, mas, até aquele momento, marcando pouco menos de vinte graus, ainda estava bem agradável.

— Por que eu não teria vindo? — perguntou Zennie.

— Eu vi a previsão das ondas. Você podia estar surfando agora.

— Prefiro estar com você.

— Ah, que amor. Obrigada. Como estão as coisas?

— Complicadas — admitiu Zennie. — Glen terminou com Ali.

— O quê? Não! Ele não faria isso. Faltava quanto tempo para o casamento, dois meses? Hayes e eu até recebemos o convite.

— Ela descobriu na sexta.

Zennie inteirou Bernie sobre o caso. Conforme elas conversavam, iam aumentando a velocidade.

— Ali está arrasada, e com Finola viajando... — Zennie fez uma careta. — Fui para a casa dela na sexta à noite. Vou ligar para ela depois e ver se está tudo bem.

— Ela vai gostar disso. Não conheci esse Glen, mas agora com certeza terei que odiá-lo.

— Você e eu. Acabei de fazer a prova para o vestido de madrinha. E era bonito, ainda por cima, um modelo lindo todo azul-marinho.

Bernie sorriu.

— Nada de frufrus e verde-limão?

— Nada disso. É tão triste. Eu juro que, se não fosse o casamento de Finola e Nigel e o seu com Hayes, eu já estaria convencida de que todo o conceito de se apaixonar por alguém e ser feliz é uma farsa.

— Opa.

— O quê?

Bernie sacudiu a cabeça.

— Você tinha um encontro ontem. Se está falando que o amor é uma farsa, então não foi bom. O que houve? Achei que gostava de Clark. Achei que vocês tinham uma chance, e ele parecia tão fofo! Qualquer pessoa que dedica a vida a cuidar de animais não tem como não ser uma boa pessoa, e você precisa de um cara legal.

Zennie gemeu.

— Foram só quatro encontros. Como pode estar decepcionada assim?

— Quero que você seja feliz.

— Eu sou feliz. Amo minha vida. Nem todo mundo tem que estar num relacionamento, não existe regra para isso.

— Tudo bem, seja a diferentona. Ainda vou te amar não importa o quê. Então, como foi que você terminou? Por favor me diga que foi delicada. Eu odiaria saber que você magoou o pobre Clark.

A pergunta era estranhamente incômoda, pensou Zennie, apertando o passo. Elas sempre corriam os quatro quilômetros do meio mais rápido e usavam o último para desacelerar.

— Eu não terminei, foi ele. Disse que dava para perceber que eu não estava interessada.

Zennie resolveu não mencionar a sugestão de que ela era lésbica... Era estranho demais.

— Não! Você disse ao Clark que ele estava enganado? — Bernie a olhou feio. — Não, né? Zennie, puxa vida. O que é que você não gostava nele?

— Nada. Eu gostava dele, só que não tanto. Olha, podemos falar sobre outra coisa? Como está seu trabalho? E o Hayes? Ainda querem adotar um gato?

Bernie riu.

— A gente nunca quis adotar um gato. Sou muito mais fã de cachorros, e ainda estamos conversando. Quanto ao trabalho, tudo ótimo. Nesta semana o foco principal será dinheiro.

— Seis anos de idade não é meio cedo para iniciá-los em nossa sociedade capitalista?

Bernie dava aulas no jardim de infância de uma escola particular de prestígio em Sherman Oaks. Era a professora mais querida da escola, e os pais colocavam seus filhos numa lista de espera para a turma dela seis meses antes do nascimento.

— Estamos aprendendo sobre diferentes tipos de dinheiro, faz parte do conteúdo de matemática. Semana que vem vou levar notas de diferentes países para impressioná-los.

As amigas continuaram a conversa enquanto terminavam a corrida. Ao chegar de volta ao estacionamento, Bernie tirou smoothies de um cooler no banco de trás do carro e as duas foram até as mesas de piquenique. Depois de se alongarem, elas se sentaram uma de frente para a outra.

Aquilo também fazia parte do ritual. Um smoothie de proteínas e meia hora de mais conversa antes de voltarem para suas rotinas atribuladas.

Bernie pegou sua bebida e deu um gole.

— Há algumas semanas fiz meus exames de dois anos depois.

O estômago de Zennie imediatamente se revirou e ela foi tomada por um suor frio de medo, apreensão e horror.

— E aí?

Bernie abriu um sorriso largo.

— E tudo bem. Tudo perfeito em todos os sentidos. Os médicos têm certeza de que tiraram tudo e que, por mais que eu ainda tenha que fazer algumas tomografias, pelo menos pelos próximos anos, posso viver minha vida tranquilamente.

O alívio foi doce e imediato. Zennie relaxou um pouco os ombros.

— Meu Deus, que susto! Da próxima vez, comece pela parte boa.

— Desculpe, não quis preocupar você. Estou bem, me sinto ótima. Melhor que nunca.

— Hayes devia levá-la numa viagem chique para comemorar. Vocês merecem.

— Engraçado você dizer isso... Hayes e eu queremos, sim, comemorar, mas de um jeito diferente. Queremos ter um bebê.

Zennie sentiu-se ao mesmo tempo emocionada e solidária. O tratamento para o câncer de Zennie envolvera uma cirurgia de remoção de útero e ovários. Era impossível ela ter um bebê, ou sequer usar os próprios óvulos. Por causa do diagnóstico de câncer, algumas grávidas pensando em adoção poderiam não querer cogitar ela e Hayes como possíveis candidatos.

— E qual é o plano? — perguntou Zennie, tentando ao máximo soar animada. — Adoção?

— Reprodução assistida. Usaríamos o óvulo de uma doadora e o esperma de Hayes. Temos pesquisado muito e o procedimento é relativamente simples.

Zennie sorriu.

— Então, basicamente, inseminação artificial. Deve ser fácil. Acho que usam aquela seringa de temperar peru de Natal para inserir o esperma.

Bertie revirou os olhos.

— Não tem nada a ver com temperar peru de Natal nenhum, mas o processo é parecido. Encontramos uma barriga solidária, esperamos pela ovulação dela e pronto, grávida.

— Parece bem mais fácil e rápido que uma adoção. E é legal, certo? Você não teria que se preocupar caso a pessoa mudasse de ideia?

— Sempre existe um receio, mas a Califórnia está à frente quando se trata de reprodução assistida. — Bernie pegou o smoothie de volta. — Zennie, preciso dizer uma coisa. Só me escute e responda do fundo do coração. Não importa o que diga, você é minha melhor amiga e sempre vou te amar. Por favor, por favor, sinta-se à vontade para dizer não.

Zennie encarou sua amiga. Ela já meio que sabia o que Bernie ia dizer, mas ainda assim ficou surpresa ao ouvir.

— Hayes e eu gostaríamos que você cogitasse ser nossa barriga solidária e a doadora do óvulo.

Fazia sentido, pensou Zennie. Ela era jovem, saudável e forte, não estava num relacionamento, tinha um plano de saúde bom e não era como se estivesse usando suas partes íntimas para nada. Mas engravidar era uma coisa grande, não era? Honestamente, ela não sabia muito a respeito de gravidez além dos turnos que tivera em partos e alas pediátricas na escola de enfermagem.

— Cobriríamos todos os gastos — continuou Bernie. — Coparticipações, roupas de gestante e qualquer alimentação especial que seja necessária. Você teria direito à licença-maternidade depois do parto e cobriríamos mais um mês seu em casa para que se recuperasse por completo.

Ela fez uma pausa e deu de ombros.

— Queria dizer mais, mas vou parar agora. Se precisar dizer não, diga. Vou entender totalmente.

Zennie deslizou sua mão por cima da mesa e apertou a de Bernie.

— Para. Não vou dizer não agora. Estou surpresa, mas também acho que eu já estava esperando. Tipo, nunca parei para pensar no assunto, mas quem mais poderia ser? Sou sua melhor amiga, Bernie. Amo você, amo Hayes e quero que sejam felizes. Sei que você seria uma ótima mãe. É só que isso é importante e preciso refletir um pouco.

Os olhos de Bernie se encheram de lágrimas.

— Claro. Pense pelo tempo que precisar. Pense por um ano. Você precisa ter certeza, precisa saber no que está se metendo.

— Vou pensar e pesquisar e não vou demorar um ano.

Bernie secou as lágrimas.

— Obrigada por cogitar isso.

— Obrigada por perguntar. É uma honra. Agora precisamos ir, você tem que voltar para sua casa e seu marido lindo, e eu tenho que pesquisar algumas coisas.

Elas se levantaram e se abraçaram.

— Eu ligo para você — prometeu Zennie.

— Obrigada.

Ao entrar no carro, Zennie sabia que tinha muito o que levar em consideração. Por mais que seu primeiro instinto fosse dizer que é claro que ela seria a barriga solidária deles, sabia que aquela provavelmente seria a decisão mais importante de sua vida, e não era algo que se podia decidir sem pensar com cuidado. Mesmo assim, era Bernie, e Zennie não sabia se era capaz de dizer não à amiga.

Capítulo Seis

Finola não teve muito trabalho para ver as horas no relógio digital sobre a mesinha de cabeceira. Os números eram grandes e até refletiam no teto. O problema não era o tamanho do visor nem a luminosidade, era que eles não paravam de se mexer.

Eles pulavam de um lado para o outro como pulguinhas numéricas, numa dança que fazia sua cabeça rodar. *Malditos números*, pensou, imaginando se o conceito era engraçado o bastante para fazê-la sorrir, visto que todo o resto falhara.

Finola tinha quase certeza de que ainda estava bêbada. Estava bebendo vodca desde, hmm, algum momento da noite de sexta-feira, e já era domingo. Ainda sentia dores no corpo e estava constantemente enjoada. Dentro de seu peito, onde devia estar o coração, só havia um buraco.

Olhou de novo para o relógio e viu que talvez fosse nove e quarenta. Da noite, pensou, olhando pela janela só para ter certeza.

Sim, estava escuro, então já era noite. Nove e quarenta de uma noite de domingo. Um dia que ela passara completamente sozinha em casa, porque, apesar de ter prometido, Nigel não aparecera.

Ela sabia que ele não apareceria, admitiu — mas só para si mesma. Nigel não iria querer conversar com ela de jeito nenhum, não depois do que fizera. Ele adorava fazer observações sobre os defeitos de Finola, mas não gostava de ouvir sobre os dele. Não havia como culpá-la pelo que estava acontecendo, não importa o quanto tentasse, então é claro que ele a estava evitando. Era simplesmente uma falha de caráter.

Finola estava repetindo aquilo havia horas na esperança de, em algum momento, acreditar. Só que naquele momento, deitada na cama deles, no quarto deles, na casa deles, sabendo que Nigel provavelmente estava comendo Treasure, Finola estava achando cada vez mais difícil acreditar que era apenas aquilo. A cabeça girando e a mente confusa não conseguiam distrai-la de uma verdade horripilante. A de que o motivo por Nigel não ter vindo não era por estar envergonhado ou ocupado demais transando. Ele não tinha vindo porque ele não estava mais aqui.

Aqui em Los Angeles, esclareceu Finola para si mesma. Nigel não tinha morrido.

Finola pegou o tablet, largou-o de volta e xingou baixinho. Depois de se sentar, ela tomou mais um gole de vodca, fazendo uma careta ao constatar que o gelo havia derretido, diluindo a bebida. Lei da física idiota ou seja lá o que controlava o derretimento de cubos de gelo. Ela não queria vodca aguada, queria vodca *gelada*.

Finola ligou o tablet e entrou direto no site da TMZ. Não foi preciso procurar muito para encontrar a manchete: *Um Homem Novo na Vida de Treasure?*

Sua visão ficou borrada quando ela começou a chorar de novo. Finola secou com raiva as lágrimas ridículas e inúteis e clicou no link para ler a notícia completa. Havia mais fotos do que texto, o que por ela estava bom. A última coisa que queria era ficar com dor de cabeça tentando ler aquelas letrinhas pequenas e dançantes.

Em vez disso, examinou as fotos, tentando não ligar para como Treasure era jovem e ficava incrível naquele biquíni minúsculo.

— Olha essa bunda!

Finola pensou nas horas que passava malhando e em como a cada ano era um pouco mais difícil manter tudo empinado, durinho e em forma.

A vida era muitas coisas, mas justa não estava na lista, pensou Finola.

Havia mais fotos, todas de Treasure. Depois de aceitar o corpo incrível da outra, Finola começou a prestar mais atenção ao local onde as fotos tinham sido tiradas. Uma palavra pulou da tela. *Bahamas*. Seu estômago, já trêmulo, ficou apertado.

— Ele não está lá — sussurrou Finola, mesmo sabendo que não havia outra opção.

Ela examinou as fotos mais uma vez, prestando mais atenção nas pessoas ao fundo. Nada de Nigel, nada de Nigel, nada...

Finola voltou para uma das fotos que já analisara, olhando-a mais de perto. Ali, no fundo. A imagem estava borrada, mas ela o reconheceu. Nigel estava com ela. Nigel tinha ido para as Bahamas com Treasure.

— Canalha!

Ela pegou a bebida ao lado da cama, mas lembrou que estava aguada e se levantou. A última parte foi um grande erro, porque o quarto começou a rodar e seu estômago a virar do avesso. Ela segurou na mesinha de cabeceira para se equilibrar e, quando teve o mínimo de certeza de que não iria cair, foi até as escadas e desceu até a cozinha, segurando com força no corrimão.

Havia duas garrafas vazias de vodca na bancada e uma terceira quase cheia. Finola derramou o conteúdo morno do copo na pia, acrescentou gelo e o encheu com mais bebida. Depois de dois goles generosos, ela pôs o copo de volta na bancada e fechou os olhos.

Nigel tinha viajado com sua amante de 23 anos de idade. Eles estavam juntos naquele exato instante, fazendo amor ou zombando dela ou alguma outra coisa horrível e medonha. Ele a abandonara, simples assim, sem nenhum aviso. E tudo isso no fim de semana em que Finola lhe revelaria que estava pronta para engravidar.

Foi tomada de tristeza. Tristeza pelo que havia sido perdido. Apesar de ter esperança de Nigel se arrepender e os dois superarem isso, no fundo ela não sabia se seria possível. Antes que ela pudesse resolver se estava disposta a perdoá-lo ou não, Nigel precisava voltar para casa, e isso definitivamente não aconteceria naquele momento.

As lágrimas voltaram, acompanhadas por frustração, raiva e mágoa. Ela odiava Nigel, *odiava*. Ela não queria que ele morresse, queria que ele fosse punido e humilhado. Queria vê-lo nu, em público, com fileiras de espectadores apontando e rindo do pênis dele. Ela o queria amarrado no meio de uma praça pública até ser obrigado a urinar e defecar nas próprias pernas. Queria que quebrassem os dedos dele de forma tão brutal que nunca se recuperariam direito e Nigel nunca mais poderia operar ninguém. Mas, antes de mais nada, queria voltar à última quinta-feira e não saber a respeito daquele caso nem ter que sentir tanta dor.

Finola voltou para o quarto e entrou no closet. Pegou um punhado de roupas que Nigel não havia levado embora, andou até as portas francesas e pisou na varanda. Não hesitou nem um segundo; simplesmente atirou as roupas da varanda na direção do pátio. Algumas camisas caíram na piscina.

Ela foi ao closet mais uma vez e repetiu aquilo até todas as roupas de Nigel estarem no quintal. A última leva incluía seu casaco de inverno, um belo cashmere caramelo que ele usava quando os dois estavam na Costa Leste. Ela o arremessou com o máximo de força possível para que caísse na água com cloro. Depois de terminar, Finola voltou para dentro, sentou-se no chão do banheiro e apoiou a cabeça nos joelhos dobrados.

Nigel tinha ido embora. Simplesmente embora. Ele abandonara Finola e abandonara o casamento como se nunca a tivesse amado. O ato em si já era ruim o bastante, mas escolher uma personalidade pública para aquela transgressão era imperdoável. Porque, por baixo da agonia de ter perdido seu marido e casamento, havia uma verdade ainda mais devastadora.

Diferentemente da maioria das mulheres que passava por isso, seu drama não seria privado. Em vez disso, o mundo inteiro saberia. Talvez não naquele dia, talvez não no dia seguinte, mas em algum momento um fotógrafo ligaria os pontos. Sua profissão não lhe permitia guardar muitos segredos, algo com que Finola nunca se importara até então, visto que não era mesmo de esconder nada. Mas agora tudo mudara, e era apenas uma questão de tempo até que ela fosse posta no banco dos réus por um público instável e uma imprensa esfomeada e insensível. Perder Nigel quase a matara... O que restaria depois que ela perdesse a si mesma?

* * *

Ali passou pela segunda-feira de trabalho com o mínimo de alarde, em maior parte porque não queria contar a ninguém sobre Glen. Sim, provavelmente era uma saída meio covarde, mas ela estava bem com aquilo. Verificou se as medidas das peças estavam de acordo com as especificações e as liberou para venda, pensando o tempo todo só em coisas positivas. Passou o intervalo do almoço dando telefonemas, na privacidade de seu carro, e cancelou o local da cerimônia e o bufê. Daniel estava cuidando do fotógrafo.

Depois de terminar as ligações, permaneceu no carro até o intervalo terminar. Ali se recostou no banco e admirou a ironia da vida.

O irmão que ela presumira ser o confiável, normal e honroso mostrara-se um cretino total, enquanto o irmão que ela achava meio perigoso e que a deixava ansiosa se provara ser o cara mais legal do mundo.

No jogo dos LA Dodgers, Daniel fora simplesmente encantador. Ele a distraíra com histórias engraçadas do mundo do motocross, a entupira de cachorro-quente, amendoim e cerveja e a lembrara de passar protetor solar. Antes de irem embora, Daniel insistiu em comprar a camiseta e o boné oficial do time para ela. Ali passou de desconfiada para grata. Àquela altura, não importava muito se ela estava sendo o projeto de caridade do ano. Daniel era um homem bom e estava determinado a ajudá-la. Apenas uma tola recusaria aquilo.

Se Ali descobrisse uma maneira de lhe pedir para contar à mãe dela sobre o casamento, tudo seria mais fácil, mas infelizmente não tinha como. Não seria certo. Daniel tinha sido incrivelmente gentil com ela — e ela não iria retribuir isso fazendo-o enfrentar sua mãe. E, mesmo que Ali *estivesse* disposta a ser tão horrível assim, não ganharia nada com isso. Seja qual fosse o caso, sua mãe ainda gostaria de saber os detalhes sórdidos pela boca da filha.

Ela terminou seu turno e, como a filha responsável que sempre quis ser, foi de Van Nuys até Burbank, evitando a rodovia insanamente congestionada. Ela virou à direita na Victory e atravessou North Buena Vista, rumo à parte de Burbank, região de Los Angeles onde sua mãe morava. O trânsito estava brutal, mas ela não estava com pressa e não se importava em pegar alguns sinais vermelhos. Ali finalmente chegou à rua residencial estreita onde tinha crescido, estacionou na frente da casa e se preparou para o que estava por vir. Na teoria, sua mãe ficaria cem por cento ao seu lado, mas, naquela família, a não ser que você fosse Finola, não havia como ter certeza disso.

A casa em si era típica para o bairro. Um andar e meio com uma varanda na frente e uma garagem isolada da casa. O térreo abrigava os quatro quartos, dois banheiros e uma sala de estar que fora adicionada quando Ali tinha uns 5 ou 6 anos. As irmãs não tinham dividido quartos, mas compartilharam o mesmo banheiro, o que se provara ser surpreendentemente fácil. Quando Ali começou a querer cuidar do cabelo e experimentar maquiagens, Finola já tinha ido para a faculdade, e Zennie nunca fora de se arrumar muito.

Sua mãe ficara com a casa depois do divórcio. Mary Jo sempre reclamava que o lugar era grande demais para ela, mas resistira à ideia de se mudar até alguns anos antes, quando anunciara que estava comprando a casa de uma amiga em Redondo Beach, perto do mar. Antes de qualquer coisa, vender a casa da família significava se livrar de mais de trinta anos de lembranças e tralhas, tarefa para a qual ela esperava ajuda das filhas. Ali imaginou que provavelmente o primeiro comentário, no máximo o segundo, que sua mãe faria ao saber sobre o fim do noivado era que agora Ali teria mais tempo para ajudar na arrumação.

Ali parou na frente da garagem junto ao Civic prata da mãe e se preparou. Na teoria, mãe era alguém a quem recorrer em tempos de necessidade e de quem obter um pouco de conforto e aconselhamento. Como era aquela expressão? *Nada como colo de mãe.* Mas, seja lá quem acreditasse naquilo, essas pessoas não tiveram Mary Jo como mãe.

Ali saiu do carro. Ela havia enviado uma mensagem mais cedo, dizendo que queria passar lá, mas sem explicar por quê. Enquanto caminhava até a porta da frente, preparou-se para o que estava por vir.

Ela bateu uma vez na porta e a abriu.

— Oi, mãe, sou eu.

— Estou na cozinha.

Ali atravessou a sala de estar e chegou à grande cozinha, onde encontrou sua mãe sentada diante da mesa, trabalhando no que Ali imaginou ser um roteiro. Nos últimos dois anos, Mary Jo participara do grupo de teatro local. Na maior parte do tempo ela escrevia e dirigia as peças, o que era meio estranho considerando que trabalhara com varejo a vida toda, mas, se aquilo a deixava feliz, tudo bem.

Sua mãe levantou a cabeça assim que Ali entrou na cozinha, tirou os óculos e os colocou sobre a mesa. Mary Jo sempre fora bela. Ali, por outro lado, não sabia como era aquilo; puxara mais ao pai, que não era feio, só meio sem graça, para dizer a verdade. Crescer com uma mãe linda e uma irmã mais velha estonteante não tinha sido fácil. Até Zennie era impactante, enquanto Ali não passava de uma pessoa comum.

— O que foi? — exigiu saber sua mãe. — Aconteceu alguma coisa, soube assim que li sua mensagem.

— Talvez eu só quisesse ver você.

Mary Jo simplesmente a encarou.

— Desembucha. Foi demitida?

Ali disse a si mesma para não ficar surpresa. É claro que Mary Jo presumiria o pior e que era tudo culpa da filha. Apesar de que, considerando a notícia que Ali tinha para dar, talvez sua mãe não estivesse *completamente* errada.

Ali se sentou à velha mesa de madeira redonda e pôs a bolsa no chão.

— Eu não fui demitida, as coisas estão ótimas no trabalho. Foi o Glen. A gente, hmm… Ele terminou o noivado.

— O quê? Está brincando? Vocês se casam em seis semanas! Já enviaram os convites! O que aconteceu? Por que ele mudou de ideia?

— Não faço a mínima ideia. Ele não fala comigo. Ele mandou o irmão dele ir me contar e não conversamos desde que eu soube. Todas as nossas interações foram através de mensagens e mais sobre toda a logística para cancelarmos o casamento do que qualquer outra coisa.

Ali gostou de ter dado aquele breve discurso sem nem sentir vontade de chorar. Para dizer a verdade, ela estava muito mais preocupada com a reação da mãe do que com a própria dor.

— Você deve ter feito alguma coisa — murmurou Mary Jo. — O que foi que disse para deixá-lo tão bravo?

Ali sentiu uma coisa estranha por dentro e percebeu logo que era uma indignação legítima. Ela ficou tão emocionada em sentir algo que não fosse mágoa ou vergonha que resolveu se deixar levar.

— Por que você sempre faz isso? — perguntou, com a voz firme. — Por que precisa presumir logo que fiz algo de errado? Talvez Glen seja um babaca. Ele nem se deu o trabalho de conversar comigo pessoalmente, mandou outra pessoa fazer o trabalho sujo. Se adianta alguma coisa, ele está se recusando a me ajudar a cancelar o casamento e agora estou fazendo tudo sozinha. Então, pelo menos uma vez na vida, poderia cogitar a possibilidade de que talvez não tenha sido eu quem estragou tudo?

Sua mãe suspirou.

— Estou vendo que está chateada.

— É, só um pouquinho. O cara com que achei que ia me casar e amar para sempre me largou. *Chateada* define.

Sua mãe fechou o roteiro e pôs as mãos sobre a mesa.

— Sinto muito, você tem razão. Tenho certeza de que a culpa não foi sua. Uma pessoa que age assim não pode estar com a cabeça no lugar. Já pensou em se desculpar e perguntar se ele a aceitaria de volta?

— Mãe!

— O quê? É uma pergunta razoável.

— E uma pergunta que, mais uma vez, parte do pressuposto que eu fiz algo de errado. Já pensou na possibilidade de Glen ter mudado de ideia e ser covarde demais para lidar com as consequências? Tudo isso aconteceu do nada. Além disso, mesmo que não tivesse sido assim, eu não o quero de volta depois de como ele agiu. Jamais poderia confiar nele de novo.

Ali falara aquilo do fundo do coração, e até ela ficou surpresa com a última parte. Será que era verdade? Ela realmente não queria Glen de volta? E, caso fosse, quando foi que ela tomara aquela decisão?

— É só que ele era um homem tão bom, e um engenheiro. Ele sempre terá um bom emprego.

— *Mãe!*

— Certo. Foi bom ter se livrado dele. — Mary Jo apertou os lábios. — Eu estava tão ansiosa por netinhos. Não estou ficando mais jovem, sabe?

— Você ainda está na casa dos cinquenta.

— Todas as minhas amigas já têm netos.

Ali já ouvira aquele papo várias vezes, mas não estava a fim de ouvi-lo de novo.

— Sinto muito pelas consequências de meu noivado fracassado terem atrapalhado seus desejos e necessidades.

— Não precisa falar assim.

— Mãe, eu estou sofrendo e você fica aí agindo como se isso dissesse a seu respeito.

— Não fico, não. Só estou dizendo como me sinto, isso virou crime agora? Lamento pelo noivado, de verdade. Eu tinha grandes expectativas para você e Glen. Se quiser se distrair um pouco, pode me ajudar a limpar a casa. Ainda tem muita coisa para fazer aqui.

— Por mais que isso soe incrível, ainda tenho um casamento para desmarcar. É muita coisa, e não posso contar com Glen.

Daniel estava ajudando, mas não parecia a hora certa de mencionar aquilo. Sua mãe presumiria logo que ele era o motivo por trás do término, o que era tão ridículo que chegava a ser hilário. Ali já tinha visto algumas das namoradas de Daniel, e todas elas poderiam ser modelos da Victoria's Secret. Até parece.

— Bom, pode me ajudar depois de terminar de cancelar a cerimônia — decretou sua mãe. — O que vai fazer com o apartamento? O contrato do aluguel não está vencendo?

Ali sentiu o cômodo girar. Não era um terremoto, pensou ela sombriamente. Nem de perto simples e previsível como aquilo. Não, sua reação se devia a puro choque, porque, até sua mãe ter perguntado, não tinha nem pensado na questão do apartamento.

— Não — sussurrou ela. — Não, não, não.

— Ali, você precisa ser mais responsável.

— Agora não — disse Ali com firmeza na voz, apesar de sua cabeça estar a mil por hora atrás de um plano, e rápido.

Como uma idiota, ela presumira que se mudaria para a casa de Glen depois do casamento. Ele tinha um pequeno apartamento muito bom em Pasadena e, por mais que o trajeto de Ali para o trabalho fosse ficar mais demorado, ela estava se casando, oras, então é claro que eles morariam juntos. Por causa disso, ela tinha avisado que estava saindo de seu apartamento, e o prazo final era algumas semanas antes da suposta data da cerimônia.

Glen e ela já tinham resolvido tudo; com quais móveis ficariam e quais deixariam para trás. Poucos seriam aproveitados, o que não seria um problema, visto que os dele eram melhores e ela não sentia muito apego à sua cômoda ou mesinha de centro de segunda mão.

— Preciso conversar com a administradora do condomínio — observou ela.

— Espero que já não tenham alugado o apartamento para outra pessoa. Senão terá que encontrar outro lugar, e os preços dos aluguéis estão subindo.

— Mãe, você não está ajudando.

— Estou simplesmente salientando a realidade da sua situação.

— Sei muito bem qual é a realidade da minha situação.

— Não parece. — Sua mãe a observou por um segundo e suspirou. — Suponho que possa se mudar de volta para cá, comigo. Pode ficar no seu antigo quarto e me ajudar a preparar a mudança.

Ou não, pensou Ali, esperando que a onda de horror que estava sentindo não estivesse evidente demais em seu rosto. Voltar para a casa da mãe? Nem pensar, de jeito nenhum. Ela podia não estar avançando com sua vida, mas isso não era desculpa para regredir. Para não falar no inferno que seria ter que aguentar sua mãe vinte e quatro horas por dia, sete dias por semana.

— É muita generosidade sua — respondeu Ali, sem entonação. — Obrigada, mãe. Deixe-me pensar em algumas coisas antes de tomar alguma decisão. — Era a versão educada do que ela queria estar dizendo. — Acho que ainda não alugaram meu apartamento, então devo ficar nele mesmo.

— Se é o que você quer.

Ali olhou para o relógio-cuco na parede.

— Hmm, é melhor eu ir. Quero falar com a moça da administração antes de ela ir para casa.

Mary Jo se levantou e a abraçou.

— Sinto muito pelo Glen. Daqui a pouco você encontra outra pessoa, Ali, até porque você trabalha com homens o dia todo. Nenhum deles é aceitável?

— É complicado, mãe.

Em grande parte, porque sair com alguém do trabalho seria burrice e, por motivos que ela não conseguia compreender, ela era mais do estilo melhor amiga do que namorada. Ninguém jamais a convidara para sair, dera em cima dela ou sequer fizera algum comentário espertinho. Não que ela fosse encorajar as cantadas, mas era pedir demais que acontecesse só uma vez?

A caminho da porta, Ali parou ao lado do grande relógio de pêndulo da sala. Era antigo e ornamentado e definitivamente estava fora de moda, mas ela sempre o adorara. Seu quarto havia sido o mais próximo da sala, então o ouvia tocar a noite toda. Quando Ali era mais nova, achava que o relógio só tocava para ela.

— Mãe, você vai levar este relógio na mudança?

— Essa monstruosidade? Não. É velho e feio. Além disso, a maresia o destruiria. Por quê?

— Eu gostaria de ficar com ele.

— Não seja ridícula. Você não tem nem onde morar, o que faria com um relógio desse tamanho?

Ali ignorou a sensação de sempre ser a filha ignorada.

— Zennie não vai querer ficar e Finola nunca gostou muito dele. Por que não pode ficar para mim?

— Precisa mesmo se comprometer com mais isso agora? Nós conversamos depois. Agora vá salvar seu apartamento.

Sua mãe a abraçou e a expulsou porta afora. Ali se aconselhou a não levar para o lado pessoal — sua mãe era assim e pronto. Só que era difícil não se sentir menosprezada e preterida... Sentimentos com os quais ela crescera.

Finola era claramente a favorita da mãe. Mary Jo havia se casado cedo e perdido o marido num trágico acidente de carro. Finola era o resultado do amor eterno dos dois. Quando Mary Jo se casou com Bill, todo mundo sabia que ela estava só se conformando, mas ela mesma levara mais de duas décadas para se dar conta daquilo sozinha.

Zennie foi a primeira filha dos dois, e Bill não podia ter ficado mais encantado com sua bebê. Ali nem sabia por que eles tinham se dado o trabalho de ter mais uma filha. Talvez lá no fundo Bill desejasse que fosse um menino, ou talvez tivesse sido um acidente. De qualquer forma, ela não era a preferida de ninguém. Todo mundo sabe que pais não devem nunca demonstrar preferência por um filho ou outro, mas, na família dela, aquilo sempre estivera bem claro.

— Primeiro resolva a questão do apartamento, depois pode se lamentar por aí — murmurou Ali sozinha ao entrar no carro e se preparar para voltar para casa.

Ela chegou em seu apartamento em North Hollywood meia hora antes de a administração fechar. Elema, a administradora do condomínio, estava em seu escritório quando Ali bateu na porta aberta.

A mulher, que devia ter por volta de 50 anos, sorriu ao vê-la.

— Como estão os planos para o casamento? Vi que você já está recebendo alguns presentes, deve estar animada. Ah, Sally disse que alguém deixou um envelope para você mais cedo.

Elema o pegou sobre a mesa e o entregou para Ali.

Ela olhou para o envelope branco e reconheceu a letra de Glen, torcendo para que fosse um cheque bem gordo para cobrir pelo menos metade das despesas. Ali o enfiou no bolso de trás da calça e respirou fundo.

— Bom, é sobre isso que eu queria falar — começou ela, sentando-se na cadeira de frente para a mesa. — Glen e eu terminamos.

O sorriso de Elema desapareceu.

— Ali, não! O que houve? Ele parecia um homem tão bom. Ah, estou arrasada. Você está bem?

— Vou ficar. A questão é que não vou mais me mudar, e eu esperava poder ficar no apartamento.

Elema franziu a boca.

— Sinto muito, mas ele já foi alugado. Sabe como é, o prédio é novo e fica numa rua tranquila. Em geral há uma lista de espera. É um jovem casal muito gentil e com um crédito excelente.

Ali fizera um excelente trabalho ao manter a compostura na visita à sua mãe e no caminho de volta para casa, mas, agora, sentiu a frágil conexão que sentia com qualquer coisa remotamente plena se desintegrando devagar.

— Não há nada que você possa fazer?

— Já assinamos o contrato de aluguel. Não podemos violá-lo. — A expressão no rosto dela era de solidariedade. — Teremos um estúdio disponível em dois meses, caso tenha interesse. É menor que o que você tem agora, claro, e cento e sessenta dólares a mais por mês. Os aluguéis estão subindo. O novo contrato do seu apartamento, por exemplo, é trezentos dólares mais caro que você paga hoje.

Como? E se os aluguéis estavam aumentando aqui, estariam ainda mais caros em outros lugares. Maldito Glen... Ele arruinara sua vida em mais aspectos do que ela jamais pensara ser possível. Por que fora confiar ou acreditar nele? Ela tinha sido uma idiota, e agora não havia conserto.

— Lamento muito — acrescentou Elema. — Se quiser posso ligar para outros edifícios que conheço e ver o que eles têm.

— É muita gentileza sua. Preciso pensar um pouco nisso. Se eu precisar de ajuda, volto a falar com você.

— Estarei aqui. E sinto muito quanto ao Glen. Espero que vocês ainda consigam resolver tudo e se casar.

Em vez de responder, Ali deu um sorriso amarelo. Voltou ao seu apartamento antes de ceder à vontade de gritar e, depois de se atirar no sofá, enfiou o rosto numa almofada e colocou tudo para fora:

— Maldição dos infernos, por que isso está acontecendo comigo?

Ali deu chutes no ar para completar a cena e se deitou de costas para pegar mais fôlego. As lágrimas escorriam pelas têmporas e molhavam o cabelo.

Isso não é justo, pensou ela, abraçada às almofadas. Primeiro o casamento e agora o apartamento. Aquele idiota, canalha do Glen. Que ele apodrecesse no inferno.

Ali ficou deitada ali por vários minutos, alternando entre o choro e mais gritos contra a almofada, e depois se sentou e secou o rosto. Ela tirou o envelope do bolso de trás. Pelo menos o problema de pagar pelo casamento estaria em parte resolvido, pensou, abrindo o envelope e tirando o cheque.

Quinhentos dólares. Ele deixara um cheque de quinhentos dólares. Cancelar tudo custaria pelo menos cinco mil, talvez até mais. Além disso, havia o vestido... Aquele dinheiro jamais seria recuperado. Agora ela precisava quebrar a cabeça para encontrar um lugar para morar e cobrir alguns meses de aluguel além da grana para a mudança *e* para pagar por aquele casamento idiota.

O ódio começou a cozinhar dentro dela, fervendo e se transformando em fúria e nojo.

— Onde quer que você esteja, seu rato, espero que tenha uma intoxicação alimentar e uma urticária e fique careca. Eu te odeio. Odeio!

Ali atirou a almofada na parede. Foi menos prazeroso do que atirar um telefone, mas ela não podia gastar com mais um celular novo. Depois, se enroscou no sofá e afirmou que ficaria ali sentindo pena de si mesma a noite inteira. De manhã seria forte, mas agora só havia autocomiseração e talvez alguns brownies guardados no freezer. Porque, naquele momento, sua vida era uma grande e completa bosta.

Capítulo Sete

Zennie tentou ao máximo não escutar a conversa acontecendo na sala ao lado do vestiário. O dr. Chen não estava gritando nem levantando a voz, mas ainda assim era possível ouvir suas palavras claramente, e a combinação de frustração, raiva e decepção fazia Zennie se encolher, mesmo não tendo feito nada de errado.

Molly havia feito besteira. Sendo a enfermeira pré-operatória, o trabalho dela era manter tudo em ordem durante a cirurgia. Ela precisava garantir que os equipamentos estivessem lá, assim como os instrumentos e materiais, e que a equipe fosse suficiente para administrar os procedimentos difíceis e demorados que aconteciam com frequência quando um cirurgião precisava abrir um tórax.

Naquela manhã, os materiais essenciais não estavam lá, e Zennie precisou correr para ajudar o dr. Chen a se virar. Carol, outra enfermeira, fora forçada a quebrar a barreira asséptica para buscar o que eles estavam precisando, o que estava longe de ser a situação ideal em quaisquer circunstâncias, mas era imperdoável durante uma cirurgia cardíaca. Molly provavelmente não seria demitida pelo erro, mas ficaria de fora da equipe do dr. Chen. Ele era um dos melhores cirurgiões do país e por isso geralmente recebia os pacientes mais críticos e as cirurgias mais complicadas. Erros poderiam literalmente definir vida e morte.

— Não vai voltar a acontecer — prometeu Molly, com a voz abafada pela parede e pelo que Zennie imaginou serem lágrimas. — Por favor, dr. Chen, não me tire da equipe.

Zennie vestiu uma camiseta extragrande e enfiou o uniforme com pressa na bolsa. Ela calçou seus tênis e amarrou os cadarços rapidamente para sair do vestiário logo.

No corredor, Zennie parou para respirar. Só encontraria suas amigas às cinco, então tinha tempo. Ela foi para a cafeteria, não querendo escutar mais nada daquela conversa não tão particular assim.

Os treinos de segunda à noite eram um compromisso fixo com suas amigas e serviam para compensar seja lá qual tipo de loucura pudesse ter acontecido no final de semana. Além de suar todo o carboidrato e o álcool ingeridos, as mulheres usavam aquele tempo juntas para se inteirarem e darem conselhos para a crise do momento.

A academia ficava a apenas uma quadra. As instalações de ponta ofereciam desde aulas de spinning até escalada. A mensalidade era insanamente cara, mas os funcionários do hospital tinham um desconto considerável e, na opinião de Zennie, valia a pena. Ela adorava experimentar aulas diferentes e se manter em forma; e geralmente ia malhar depois do plantão, considerando a preferência do dr. Chen por iniciar suas cirurgias no raiar do dia.

Os treinos de segunda à noite eram mais sociais do que puxados, mas ela concordava que pegar leve uma vez por semana não mataria ninguém.

Ao chegar na cafeteria, Zennie pegou uma mesa e relaxou. Estava cedo demais para jantar e, como as enfermeiras do andar estavam no horário de troca de turno, o lugar estava praticamente vazio. Assim ficava mais fácil pensar, algo que vinha bem a calhar, considerando a quantidade de coisas que ocupavam sua cabeça.

Ignorando os problemas de Molly, os quais não estavam a seu alcance, Zennie ainda tinha a própria vida para cuidar. Suas amigas pediriam novidades sobre Clark e não gostariam nada da resposta. O pior é que ainda por cima ficariam mais tristes que ela. Já Zennie continuaria refletindo sobre o pedido de Bernie; na verdade, nas últimas vinte e quatro horas, ela mal conseguira pensar em outra coisa.

Resolvera não pesquisar nada — pelo menos não imediatamente. Ela queria cozinhar aquela ideia por alguns dias e ver como se sentia. Seu instinto tinha sido ligar para Bernie assim que chegara em casa e dizer que é claro que seria sua barriga solidária, mas se conteve. Era uma decisão muito importante para a qual ela precisava estar preparada e bem informada.

Zennie se lembrou de como ficara com medo quando sua melhor amiga tinha sido diagnosticada com câncer. De como ela queria ajudar e, apesar de sua experiência médica, não tivera como fazer nada. Levar Bernie às sessões de quimioterapia, encher a geladeira e limpar a casa dela eram coisas insignificantes. Ela não podia curar sua amiga, parar os vômitos, doar o próprio cabelo ou lhe prometer uma vida longa e feliz. Aquela sensação de inutilidade a deprimira, apesar de Zennie sempre ter feito o melhor para não demonstrar. Agora havia algo concreto que ela podia fazer. Negar não parecia ser uma opção.

Mesmo assim, Zennie sabia que a decisão precisava ser bem pensada. Ter um bebê mudaria as coisas; engravidar teria grande impacto em seu corpo e em sua vida.

Zennie pegou sua mochila, foi até as escadas, subiu até o sexto andar, passou pela estação das enfermeiras e continuou rumo ao berçário.

Dez bebês dormiam aninhados em cobertores azuis ou cor-de-rosa, as cabecinhas cobertas com gorros delicados. Havia diversos visitantes agrupados, apontando e conversando, alguns rindo, outros derramando lágrimas de emoção.

Zennie nunca fora muito louca por bebês. Os pedidos de sua mãe para ser avó entravam por um ouvido e saíam pelo outro. Mas agora, olhando aqueles recém-nascidos, ela tentou imaginar a sensação de querer muito ter um filho e saber que você jamais poderá dar à luz. Devia ser um vazio que nunca ia embora, pensou melancolicamente.

Ela fechou os olhos e se lembrou de como ficara amiga de Bernie com facilidade, e como as duas tinham vivido os anos de faculdade juntas. Lembrou-se da mãe de Bernie levando comida no dormitório e das tardes ensolaradas na praia com a amiga. Pensou nas gargalhadas e nas noites em claro estudando para provas, assim como as conversas sobre a vida depois da formatura. Lembrou-se de quando conhecera Hayes e de saber, assim que ele sorriu para Bernie, que ele era o cara. Também se lembrou do casamento deles e do medo quando Bernie revelou que estava com câncer.

Zennie prometeu a si mesma que faria a pesquisa, porque era a coisa certa a fazer. Mas, a menos que descobrisse algo terrível, não tinha como recusar a proposta de sua amiga. Ela amava Bernie e faria qualquer coisa por ela, especialmente se aquilo fosse lhe dar o que seu coração mais ansiava.

O pedido no site da Vistaprint foi um sucesso, pensou Ali ao abrir a caixa entregue no prazo e em perfeitas condições. Ela pedira que as impressões fossem enviadas ao endereço do trabalho, de forma que pudesse começar a espalhar logo as não tão boas novas.

Ali olhou os cartões. A frente ficara boa, pensou, tentando encontrar alguma coisa da qual gostar no design simples e na mensagem cuidadosamente elaborada. Ela não chamara Glen de babaca nem insinuara que o pênis dele era inadequado em nenhum momento. Fizera o que era certo e um dia se sentiria feliz por aquela decisão. Um dia ela teria orgulho de si mesma por ser madura e altruísta. E, no meio-tempo, simplesmente continuaria pensando em quanto o odiava, porque era mais fácil do que se sentir humilhada todos os dias, o tempo todo.

Na verdade, o ódio era muito interessante, pensou Ali, pegando uma pilha de cartões. Ele espantava qualquer coisa boa que ela já sentira por Glen. Ali sabia que ainda estava em choque, mas sinceramente não estava com tanta saudade de Glen como pensou que sentiria. É claro que o trabalho que cancelar uma cerimônia de casamento requeria dela talvez tivesse alguma coisa a ver com aquilo. Era difícil sentir saudade e afeto quando se estava negociando com um dono de bufê irado.

Ali guardou a caixa com os cartões em seu armário e separou apenas a quantidade que distribuiria antes de sair do trabalho, indo logo em seguida até seu chefe. Depois da família e de Daniel, Paul seria o primeiro a saber. A reação dele lhe daria uma ideia do que esperar.

Paul Battle era um velho de cabelo grisalho cacheado e a expressão perpetuamente fechada. Ele era ríspido, exigente e um tanto intimidador. Ali tivera pavor dele durante quase um ano, até uma temporada trabalhando no balcão de atendimento ao cliente. A empresa fazia a maior parte de seus negócios pela internet, mas havia vários clientes locais que vinham pessoalmente.

Ela estava cobrindo um funcionário de férias pelo segundo dia e estava com dificuldades em como proceder com uma devolução. O cliente começara a gritar com ela, chamando-a de burra e pedindo para falar com o gerente.

Paul interferira, olhando feio para os dois. Antes que Ali pudesse explicar o que estava acontecendo, o cliente explodiu, xingando-a e exigindo que fosse demitida. O chefe olhou para ela e em seguida para o cliente, antes de dizer ao cara que a culpa era dele. Disse que fora ele o imbecil que pedira a peça errada, para início de conversa. E que, se ele não gostava de ser xingado, devia parar de xingar outras pessoas. Ali era boa no que fazia e estava substituindo um funcionário demonstrando muita autonomia, com o mínimo de treinamento. Então ele dissera ao cliente que, ou ele começava a agir como um ser humano, ou ia comprar em outro lugar.

Ali ainda se lembrava de como ficara surpresa por ser defendida por Paul daquele jeito. Mais tarde, ao tentar agradecer, ele dispensou o comentário, murmurando apenas que ela estava fazendo um bom trabalho e que ele queria vê-la crescer na empresa.

Aproximando-se da sala de Paul, Ali ainda estava tentando descobrir o que dizer e como. Ainda não fazia a mínima ideia quando bateu na porta entreaberta, então entrou assim que o chefe respondeu e lhe entregou o cartão.

— Eu queria que você soubesse primeiro — disse Ali assim que ele começou a ler.

Paul examinou o cartão, virando-o para ler o verso, e em seguida olhou para ela.

— Foi ele quem terminou?

A pergunta foi inesperada, mas Ali assentiu.

— Não sei o motivo. Ele não quer falar comigo.

— Deixa para lá. Ele não vale a pena. Ele jamais a faria feliz.

— Por que você acha isso?

Paul deu de ombros e respondeu:

— Alguma coisa nele me diz. Você está bem?

— Ah, estou indo. Não está surpreso, está?

— Não, mas lamento. Ainda assim, você deveria tirar a semana de férias que estava planejando e aproveitar para esquecê-lo.

Ela havia marcado as datas, então por que não aproveitar aquele tempo livre? Fosse com ou sem casamento, ela ainda precisava se mudar e poderia usar aquela semana para se instalar num lugar novo.

— Farei isso. — Ali apontou para o cartão. — Vou colocar um desses em todos os armários antes de sair. Eu lido com as perguntas amanhã.

— Boa ideia. Sinto muito, Ali. Glen é um idiota. Um dia você vai encontrar o cara certo.

Ali sorriu e saiu da sala. Ao voltar para sua mesa, ela tentou não pensar muito no uso da palavra *um dia*. Como se a ideia de ela encontrar alguém fosse possível, mas improvável.

O resto da tarde passou rapidamente. Ela recebeu uma mensagem de seu pai avisando que ele ficara sabendo e que lamentava muito. *Uma mensagem*, pensou Ali, triste. Ele não se dignava nem a ligar. Ali estava tendo que lutar tanto contra a irritação como a mágoa, e sabia que era apenas questão de tempo até que começasse a desmoronar.

No caminho de volta para casa, ela relembrou quais itens de sua lista de afazeres precisava analisar naquela noite. Daniel prometera passar lá para conversar sobre como havia sido o cancelamento com o fotógrafo. A verdade é que se ele tivesse feito um trabalho minimamente decente e ainda estivesse disposto, Ali lhe daria mais alguma coisa para fazer. Suas pendências haviam aumentado bastante, sobretudo com a busca por um lugar para morar além de todo o resto.

Ela estacionou na sua vaga e, antes que terminasse de pegar a bolsa e a caixa de cartões, Daniel abriu a porta do carro.

— Como está indo? — perguntou ele de imediato, com a voz ao mesmo tempo atenciosa e animada.

Ali relaxou ao vê-lo. Seja lá o que estivesse rolando, ela sabia que podia contar com a ajuda dele. Daniel não diria nada idiota nem a magoaria ou a aconselharia a tentar voltar com Glen.

Infelizmente, relaxar o corpo a fazia relaxar o controle férreo que estava mantendo sobre suas emoções. Antes de se dar conta, Ali já tinha saído do carro e se atirado nos braços de Daniel, caindo no choro.

— Está tudo uma *zona* — soluçou, agarrando-se a ele. — Não dá para acreditar. Meu chefe mal ficou surpreso, meu pai me mandou uma mensagem dizendo que lamentava em vez de me ligar, minha mãe quer que eu use meu suposto tempo livre para ajudá-la com a mudança, eu perdi meu apartamento e Glen me mandou um cheque de *quinhentos dólares*! Como se isso fosse ajudar em alguma coisa. Toda vez que acho que cheguei ao fundo do poço, vejo que não. Só piora.

Daniel a abraçou, esfregando as costas de Ali, enquanto ela cedia àqueles terríveis barulhos engasgados de choro, que uma hora virariam soluços de fato. Quando ela finalmente se afastou, estava bastante certa de que seu rosto devia estar tão mal quanto ela se sentia — todo borrado, inchado e molhado.

Ela fungou, secou o rosto com as mãos, e pegou sua bolsa e a caixa da Vistaprint.

— Não costumo ser tão emotiva assim — justificou-se Ali, sabendo que aquilo soava defensivo. — Só para você saber que em geral eu mantenho a compostura.

— Ali, não perca tempo se explicando para mim. Eu sei que você é uma pessoa inteligente, capaz e atenciosa. Seu único defeito foi se apaixonar pelo meu irmão.

— Você não tem como saber isso. Antes de Glen me abandonar, a gente mal se via, e nunca conversávamos nos eventos de família.

— Eu sei.

Daniel pegou a caixa das mãos de Ali e passou o braço em volta dos ombros dela enquanto ambos subiam para o apartamento. Ao entrarem, Daniel a empurrou para o banheiro.

— Vai lavar o rosto, tomar um banho ou o que tiver que fazer para se sentir melhor. Eu vou buscar uma comida chinesa para jantarmos. A gente come e depois pensa no que fazer e, no fim, vai ficar tudo bem.

Ali duvidava, mas admirou o otimismo dele.

— Sei que está fazendo isso porque se sente culpado pelo Glen, mas saiba que estou muito grata por estar cuidando de mim. Você é o melhor cara do mundo. Estou falando sério. Eu não teria aguentado até aqui sem você.

Daniel enfiou as mãos nos bolsos da frente da calça.

— Ok, mas não estou sentindo tanta culpa por Glen assim. Para mim, ele é um idiota, mas isso é problema dele. Estou ajudando porque quero.

Por um instante, Ali teve a impressão de que Daniel ia dizer mais alguma coisa, mas em vez disso ele apenas abriu aquele sorriso sexy característico.

— Alguma restrição para o pedido? — perguntou ele.

— Gosto de tudo. Ah, lo mein em vez de arroz, por favor. — Ela abriu um sorriso largo. — É melhor para esquentar no dia seguinte. O arroz às vezes fica seco.

— Uma mulher com planos para o dia seguinte, gostei.

Vinte minutos depois, Ali estava de banho tomado, vestindo sua calça jeans favorita e a camisa do Dodgers que Daniel lhe dera. Ela não se deu o trabalho de fazer uma escova, deixando seu cabelo secar naturalmente. Antes, ela sempre se preocupava com isso, pois Glen gostava de seus cabelo liso. Talvez no fim de semana ela tirasse alguns minutinhos para passar uma maquiagem. Poderia usar seu delineador preto preferido e fazer aquele olho de gatinho que ela sempre achou fofo e sexy. Glen também odiava aquilo.

Enquanto ela *des-Glenava* sua vida, também poderia se livrar de todas as camisas de botão que comprara só porque ele dizia que eram mais bonitas que as camisetas e suéteres de que ela gostava. Ali sempre achou que aquelas camisas lhe vestiam mal, sobretudo porque ela era peituda e curvilínea demais, e o tecido ficava todo amarrotado. E os mocassins, pensou, indo descalça até a cozinha. Ela tinha *mocassins* por causa de um homem. Assim que ela organizasse suas finanças, compraria o par de tênis mais diferente que encontrasse e os usaria com orgulho.

Ali foi até a cozinha e pôs a mesa. Depois de arrumar os pratos e talheres, pegou sua bolsa e tirou os documentos que estavam ali. Desfazer os planos era mesmo basicamente a mesma coisa que fazer, exceto que ao contrário. Naquele fim de semana, ela criaria uma planilha para não se esquecer de nada.

Daniel voltou com um saco de comida chinesa numa das mãos e um fardo de cerveja na outra. Ele levantou a cerveja.

— Resolvi arriscar. Se você preferir vinho...

— Cerveja é a melhor opção para comida chinesa — interrompeu Ali, rindo. — Todo mundo sabe disso.

Ele separou duas cervejas e guardou o resto do fardo na geladeira. Ali olhou dentro do saco e depois para Daniel.

— Tem comida para vinte pessoas aqui.

— Você falou que ia levar as sobras para almoçar. Eu queria que houvesse o suficiente.

Quanto ele achava que ela comia em um dia? Não que importasse. Ali sorriu.

— Vou reservar uma parte para o seu almoço também, você vai entender o que eu quis dizer sobre o lo mein.

Ela começou a dispor as caixinhas na mesa. Daniel trouxera frango xadrez, mongolian beef, camarão ao mel, lo mein misto, arroz, wontons de caranguejo, costeletas ao molho barbecue e vagens crocantes. Quando Ali finalmente terminou de esvaziar o saco, estava rindo.

— Você foi com tudo.

— Eu queria garantir que haveria alguma coisa que você gostasse.

— Eu poderia comer tudo aqui. — Ela pôs a caixa de lo mein na geladeira. — Podemos comer isso amanhã e optar pelo arroz hoje.

Daniel se sentou diante dela e os dois começaram a abrir as caixas e a se servir.

— Como foi com o fotógrafo? — perguntou Ali.

— Você já deve ter recebido um e-mail de confirmação do cancelamento. Não vai ter taxa e ainda vão reembolsar metade da primeira parcela.

Ela arregalou os olhos involuntariamente.

— É sério?

— Sim. O cara me disse que ele tinha pelo menos mais três eventos na lista de espera para a mesma noite. Não foi grande coisa.

Mas para Ali foi. O depósito tinha sido de mil dólares; receber metade daquilo de volta dobrava o cheque miserável de Glen.

— Você é incrível.

Daniel deu uma piscadela.

— É sempre bom ouvir isso. Tem mais algum fornecedor para quem eu possa ligar?

— Sim. A das flores com certeza. Ah, e as limusines e o DJ. — Ela se encolheu e perguntou: — É pedir demais?

— Não. Eu pego o contato de todos eles antes de ir embora hoje e amanhã logo cedo cuido disso. Também quero que me envie aquele arquivo com os endereços. Eu etiqueto seus cartões e faço o envio.

— Não tem como você fazer isso tudo.

— Bom, não preciso fazer a parte dos cartões sozinho. Tenho uma equipe que pode colar as etiquetas e depois despachar tudo.

— Não me importo por estar explorando seus funcionários, você está realmente salvando minha pele.

Daniel a olhava nos olhos enquanto os dois conversavam. Ele não era nada como ela pensava. Por algum motivo, todas as vezes que encontrara Daniel antes, Ali presumira que ele não gostava dela ou que a reprovava, mas não era nada disso. Ele era um cara legal, confiável, que dava abraços ótimos e comprava muita comida chinesa. Que milagre.

— Glen realmente só mandou quinhentos dólares? — perguntou ele.

O bom humor de Ali murchou como um balão velho.

— Sim. Ele é tão babaca. Por que não vi isso antes? Todo mundo sabia menos eu? Ele sempre foi péssimo ou fui eu que despertei o pior nele? Eu queria poder...

Ali parou de falar e olhou para Daniel.

— Desculpa.

— O quê?

— Você é irmão dele.

— Não tem problema. Para responder à sua pergunta, sim, ele sempre foi um babaca, mas essa foi a pior coisa que ele já fez. Em segundo lugar, vem uma ameaça de me colocar na justiça por causa do testamento do nosso tio.

— Eu nunca soube disso. — Ali pegou sua garrafa de cerveja. — O que aconteceu?

— John, o irmão mais velho do meu pai, era um rebelde. Ele andava de moto e desaparecia por meses a fio. Ninguém sabia aonde ele ia nem o que fazia. Isso tudo foi antes de eu nascer. Aparentemente ele era uma lenda na família. Uma vez, meu tio voltou cheio da grana. Tipo algumas centenas de milhares de dólares. Em dinheiro vivo.

— E onde foi que ele arranjou?

— Ninguém sabe. Ele comprou umas terras em Sunland e instalou uma pista de motocross lá. O esporte não estava muito bem das pernas na época. Quando eu tinha 7 anos, ele instalou mais algumas pistas e os estandes.

— Seu império — brincou ela.

— Gostei. — Daniel pegou uma costeleta antes de continuar. — Meu pai levou Glen para experimentar as motos quando ele tinha 9 anos. Me lembro de ter ficado superchateado porque minha mãe disse que eu precisava esperar até ter a idade dele para poder andar também. Glen foi algumas vezes e odiou. Eu continuei implorando até minha mãe finalmente ceder, quando completei 8 anos. Assim que meu tio me colocou em cima de uma das motos, fiquei viciado.

— Quando Glen me contou quem você era, fui pesquisar — admitiu Ali. — Você já ganhou vários campeonatos, foi bem grande no meio.

Ele sorriu discretamente.

— Gosto de achar que ainda sou.

Ali revirou os olhos.

— Você me entendeu.

— Sim, sim. Trabalhei duro e dei um pouco de sorte.

Mais que isso, pensou ela. O circuito de motocross era extenuante, com doze corridas em quatro meses. Os pilotos atravessavam o país com pouco mais de uma semana entre uma corrida e outra. Nunca havia tempo suficiente para se recuperar fisicamente e consertar equipamentos direito.

Além de estarem em boa forma e serem habilidosos o bastante para competir, os pilotos precisavam ter patrocinadores. As motos e os equipamentos não eram baratos, tampouco as taxas de inscrição ou o transporte. Daniel fora o melhor por três anos, até se afastar enquanto ainda estava no auge.

— O que o fez desistir?

— Eu conhecia as probabilidades de alguma coisa dar errado. Não brinquei quando disse que dei sorte. Evitei alguns engavetamentos e, mesmo quando era impossível, dava um jeito de me afastar o máximo. Mas uma hora todo mundo ali tinha um acidente feio, e eu não queria ficar esperando o meu. É um esporte para jovens.

Ali queria brincar dizendo que ele não era tão velho, mas tinha entendido o que ele queria dizer. Todo atleta profissional pagava um preço físico para ser o melhor, e no motocross não era diferente.

— Então, voltando à história do meu tio. Era meu último ano como piloto e conversei com ele sobre comprar o negócio. Eu tinha planos de expandir o que ele estava fazendo e nós dois estávamos animados com as possibilidades.

Daniel ficou mais sério.

— Ele teve um derrame muito grave e morreu dormindo. Ninguém esperava, ficamos todos arrasados.

— Você especialmente — notou ela baixinho. — Sinto muito.

— Obrigado. Eu também. Ainda sinto falta dele. Era um cara ótimo, que acreditou em mim desde o começo. Enfim, meu tio deixou basicamente tudo para mim. Glen ficou com cem mil dólares e só. Ele ficou irado, porque achava que a herança tinha que ser dividida igualmente, e aí ameaçou entrar com uma ação contra o espólio.

— Mas ele nunca teve nada a ver com o negócio! Você já estava envolvido desde os 8 anos.

— Glen não via dessa forma, mas acabou não processando ninguém. Acho que os advogados dele avisaram que ele não tinha chances.

Ali gemeu.

— Não acredito que fui burra o suficiente para acreditar que ele era um ser humano decente. — Ela se serviu de mais camarão. — Mas eu sei o que foi… Eu sentia que ele me enxergava, o que provavelmente não faz muito sentido para você. Você nunca foi invisível, mas, vai por mim, não é legal. Até com meus pais. Finola é a preferida da minha mãe e Zennie do meu pai. Isso me deixou sem ninguém. Não estou tentando dar uma de coitadinha nem nada disso, mas, quando conheci Glen, ele pareceu estar interessado de verdade em mim. Acho que eu estava enganada quanto a isso.

— Seja lá o que tenha acontecido no relacionamento de vocês, não foi culpa sua. A culpa é toda dele.

— Por mais que eu quisesse que fosse verdade, nós sabemos que, em qualquer relacionamento, a culpa é sempre dos dois.

— Você está sendo bem racional para quem passou por um término em menos de uma semana.

Ali suspirou.

— Eu sei, e de certa forma é bem triste. Tipo, se já consigo ter essa percepção, não significa que eu estava muito menos apaixonada por ele do que pensava? E, se você for parar para pensar, isso é ainda pior. Eu ainda podia estar arrasada e histérica, mas não é o caso.

Daniel a olhou de um jeito intrigado.

— Eu não sabia que você tinha cabelo cacheado.

— Ah. — Ali tocou em seus cachos, agora secos. — Geralmente eu aliso.

— Por quê? Fica ótima assim.

— Obrigada. Glen não gostava.

Em vez de comentar sobre aquilo, Daniel se levantou e foi até a geladeira.

— Mais uma cerveja?

— Sim, por favor.

Quando Daniel se sentou de volta, ela continuou:

— Obrigada por não julgar minha burrice em relação ao seu irmão.

— Não sei o que se passa na cabeça de Glen, mas sei que ele vai se arrepender de ter perdido você.

— Só posso torcer — disse ela, num tom leve. — Hmm, vejamos... Já reclamei sobre minha família, meu ex-noivo e basicamente um pouco de tudo. Acho que para mim chega. Vamos falar sobre coisas boas.

— Você mencionou que teria que se mudar. O que aconteceu?

— Isso não é uma coisa boa.

Daniel não respondeu e esperou ela continuar.

— Tá bom — balbuciou Ali, explicando sobre o contrato do aluguel. — Estou procurando alguma coisa, só que preciso para ontem. E em hipótese alguma vou morar com minha mãe. Quando Finola voltar do Havaí, vou perguntar se posso ficar no quarto de hóspedes dela por algumas semanas, até organizar tudo. Não se preocupe, juro que vou dar um jeito.

Daniel a observou por alguns segundos e assentiu.

— Eu sei que vai. Agora, falando em coisas boas, comprei ingressos para irmos a mais uma partida do Dodgers.

— Jura? Oba! Mal posso esperar, me diverti muito na última.

— Eu também.

Eles cruzaram os olhares e, por um breve segundo, Ali podia jurar ter sentido alguma coisa. Não paixão, exatamente, mas uma coisa inesperada, como um pré-formigamento.

Para, pensou Ali, severamente. *Pode parar*. Daniel estava sendo o cara mais legal do mundo quando na verdade não precisava fazer nada. Ele havia salvado sua pele. A última coisa que ela faria seria deixar que as coisas ficassem estranhas e começar a sentir algum tipo de quedinha inoportuna. Ali ficaria envergonhada, humilhada, e aquela seria uma péssima forma de agradecer tudo que ele tinha feito até então. Não. Ela seria uma boa amiga que não tiraria vantagem dele. Quanto àquele quase formigamento, bom, sem dúvida era efeito do excesso de comida chinesa. Ela estaria perfeitamente bem na manhã seguinte.

Capítulo Oito

Remover manchas de Cheetos era difícil. Finola nunca tivera que aprender aquilo, até porque raramente comia carboidratos, mas nos últimos dias ela havia substituído o álcool pelo hábito de comer salgadinhos. Cheetos e batata chips com molho ranch, além de — para sua vergonha — purê de batata. Ela estava inchada e enjoada e com medo de haver marcas laranjas de dedo por toda a casa.

Depois de ver que um tira-manchas em spray e uma esponja pouco adiantaram, Finola encontrara uma daquelas esponjas mágicas parecidas com uma borracha branca e fizera um ótimo trabalho — exceto em seu notebook, onde passara horas vendo vídeos engraçados de bebês enquanto chorava pela criança que Nigel e ela nunca teriam e comia Cheetos.

Em circunstâncias normais, ela teria relevado as manchas, deixando o serviço de limpeza resolver na semana seguinte, só que as circunstâncias não eram normais.

Nigel tinha enviado uma mensagem avisando que já estava de volta e que queria passar lá. Ela lera as palavras dele dez vezes, tentando encontrar algum significado oculto na breve mensagem. Ele ia passar lá para buscar alguma coisa? Conversar? Implorar por uma reconciliação?

Finola tinha a sensação de que a última hipótese estava fora dos planos, mas não conseguia não torcer pelo melhor.

Por isso, ela tomou banho, lavou o cabelo e usou um sabonete líquido de cujo cheiro Nigel gostava. Enquanto secava o cabelo, Finola deixou uma máscara hidratante agindo nas olheiras e depois aplicou maquiagem suficiente para parecer descansada.

Decidir a roupa exigiu mais concentração. Ela queria estar maravilhosa, sem parecer ter se esforçado. Finola escolheu uma calça jeans, uma blusa de alcinha e por cima um suéter soltinho que sempre escorregava de um dos ombros, arrematando o look com sandálias rasteiras. Ela sabia que estava ótima, pelo menos para seus padrões. Comparada à Treasure e seus vinte e poucos anos, já não dava para ter tanta certeza.

Finola desceu para esperar por Nigel. Seu estômago era um emaranhado de emoções diferentes, e ela tentou se concentrar mais na raiva e indignação justificadas — elas lhe dariam força. Infelizmente, a solidão e a mágoa também estavam junto de suas outras amigas, ameaçando derrubá-la.

Ela tentou relaxar um pouco no sofá, mas logo se levantou e começou a andar de um lado para o outro. Estava prestes a ir ao escritório, onde pelo menos poderia fingir estar ocupada no notebook, quando escutou Nigel se aproximando da porta da frente. Ele girou a maçaneta e entrou na sala de estar.

O coração dela foi até a boca, um salto de felicidade cheio de amor e esperança. Ele estava bonito. Nigel era alto e esbelto, de cabelo cacheado e olhos cor de mel. Ele normalmente parecia um pouco ansioso e cansado, mas naquela ocasião estava bronzeado e relaxado... pelo menos até vê-la ali.

— Ah, você está aqui.

O coração dela murchou na hora.

— Como assim? Você disse que queria conversar.

— Não, eu disse que queria passar aqui. — Nigel desviou o olhar. — Sinto muito, eu deveria ter sido mais claro.

Havia alguma coisa no tom de voz dele, pensou Finola, consternada. Como se ela fosse uma inconveniência indesejada. Não que uma inconveniência pudesse ser desejada, mas como ele podia falar daquele jeito? Ela era sua esposa!

Finola virou o rosto de leve, mas logo se forçou a encará-lo de verdade. Ele estava usando uma calça cáqui e camisa havaiana que ela nunca vira. Apesar do evidente desconforto, havia uma espécie de contentamento nele, sem dúvida resultado das noites de sexo com Treasure.

Finola endireitou os ombros.

— Esta é minha casa, Nigel. Onde mais eu estaria? Ah, espera, já sei. No Havaí com meu marido. Hmm, o que será que aconteceu?

Nigel nunca fora bom em lidar com a culpa. Ela esperou que ele parasse de se mexer, desconfortável, e começasse a falar de uma vez. Finola se viu na expectativa de um pedido de desculpas e se prometeu a, não importa o que acontecesse, esperar antes de implorar que ele voltasse.

— Precisamos conversar sobre isso agora? — perguntou Nigel.

— Oras, sim, precisamos. — Finola se aproximou dele. — Acho que nosso casamento merece alguns minutinhos do nosso tempo.

Ela se convenceu de que ele estava sendo um babaca de propósito, tentando provocá-la até ela estourar e ele poder se fazer de vítima. Nigel queria distraí-la e assim não ser o vilão. Bom, ele podia tentar o quanto quisesse, só que não ia dar certo. Nigel a traíra. Traíra *aos dois*. Deixara Finola enfrentar sozinha sua amante, *num programa de televisão ao vivo*, sem sequer alertá-la, sequer dar uma pista do que estava prestes a acontecer.

— Lamento pelo que aconteceu — disse ele.

Antes que Finola começasse o discurso que ele mais que merecia, Nigel acrescentou:

— Mas eu só queria mesmo buscar meus equipamentos de esqui.

A declaração foi tão diferente do que Finola estava pensando que ela demorou a processar aquelas palavras.

— Estamos quase no verão.

Ele bufou.

— Sim, Finola. É verão aqui, no hemisfério norte. No hemisfério sul já é quase inverno e é bom para esquiar. Vamos para Valle Nevado, em Tres Valles, no Chile.

Nigel olhou na direção da garagem, onde ficava guardado seu equipamento de esqui, e depois de volta para ela.

— Acho que você tem razão. Precisamos conversar.

— Conversar? — repetiu Finola, sentindo a raiva cozinhando dentro dela. — Não, Nigel, não quero conversar. Quero você esgotado e esquartejado. Quero que sofra de todas as formas possíveis. Como pôde ter feito isso? Uma coisa é ter um caso, o que já é baixo, mas o que fez comigo na sexta-feira foi desumano.

— Não acha que está sendo meio dramática?

— Não, não acho. Você anunciou que estava tendo um caso minutos antes de eu entrar ao vivo. E, como se aquilo já não fosse ruim o bastante, não teve nem culhão de me contar que sua amante era minha convidada do dia.

Nigel arregalou os olhos.

— Ela contou?

— É claro que ela me contou. Por que você acha que ela quis se apresentar no programa em primeiro lugar? Obviamente não foi pela exposição. Treasure me contou e me deixou ali, sem saber se ela estava prestes a anunciar aquilo para o resto do mundo, no meu próprio programa!

Nigel teve a decência de parecer horrorizado.

— Eu não sabia. Achei que ela teria...

— Você suspeitou, ou então por que me contaria sobre o caso? — Ele ficou de ombros um pouco caídos, como se a culpa finalmente tivesse o atingido. — Não acredito que você fez isso. Não acredito que abandonou nosso casamento. O que estava pensando?

Nigel se endireitou e a olhou com raiva.

— Para mim, você havia nos abandonado, e há muito tempo. Você só se importa com sua carreira e nada mais, muito menos eu. Está adiando ter filhos há cinco anos. Cinco. Todo ano conversávamos sobre o assunto e você sempre dizia que não era uma boa hora. Bom, cansei de esperar.

— Pobrezinho. Treasure vai lhe dar filhos? Eu acho que não. Que típico da sua parte, me culpando pelo que você fez. Sempre fez isso. Não fui eu que traí, não fui eu que saí de casa, mas, opa, claro! Sou eu a vilã da história.

— Eu tive que fazer isso, Finola. Não tive escolha.

— Sempre há uma escolha.

O tom de voz dele ficou mais brando.

— Nem sempre. Eu não estava atrás de ninguém, nunca fiz algo assim. Treasure apareceu numa consulta com uma amiga que queria consertar uma rinoplastia malfeita. Assim que eu a vi, foi como uma descarga elétrica. Não sei explicar, mas em um minuto as coisas simplesmente tinham mudado.

Cada palavra era como uma facada, cortando tão fundo que Finola não sabia como ainda estava em pé. Era tanta dor, tanto amor por ele se esvaindo de uma vez, que ela sabia que ia acabar morrendo bem ali. Ela só podia estar morrendo... Ninguém poderia sobreviver àquilo.

— Então é isso? — Finola conseguiu dizer, pondo a mão na barriga para tentar se manter fisicamente intacta. — Acabou?

— Não sei. Juro por Deus que não sei. Preciso estar com ela. Sinto muito se isso magoa você, mas é onde estou agora. Espero que entenda.

Entender o caso dele? Entender como havia sido mágico?

— Não quero entender, seu cretino. Não me importo com como as coisas estão ótimas. Você está nos destruindo. Nunca mais poderemos consertar o estrago. Não consegue perceber isso?

— Sei que machuquei você, mas nunca foi minha intenção. Eu queria...

— O quê? Por Deus, nem ouse dizer que queria ficar com nós duas. Não seja canalha a esse ponto.

Finola queria berrar com ele. Queria esfaqueá-lo e dar uma surra nele e, principalmente, pior ainda, queria implorar para ele não querer mais ficar com Treasure.

Ela o odiava e o amava, e se odiava pela própria fraqueza. Finola sabia que, não importasse o que acontecesse, ela não poderia ceder, não poderia dizer aquelas palavras, porque, se ela implorasse, jamais conseguiria se recuperar.

— Treasure é conhecida por usar seus amantes e jogá-los fora depois — declarou ela em vez disso. — Já parou para pensar nisso?

— Já, mas dessa vez será diferente.

Pela primeira vez desde que soube do caso, o sorriso de Finola era verdadeiro.

— Você realmente acha isso? Que você é o amor da vida dela e que vocês ficarão juntos para sempre? Ela é o quê? Quinze anos mais nova que você e uma das mulheres mais famosas do mundo. Ela tem uma quedinha por homens casados. Lamento ser a portadora de más notícias, mas você é só mais um entre muitos.

— Você não sabe como as coisas são entre nós.

— Talvez não, mas conheço bem o tipo de Treasure. Eu amei você por muito tempo, Nigel, mas não se engane: você não vai conquistar o coração dela. Não da maneira que pensa.

Aquele breve instante de humor e coragem passou, deixando-a sangrando novamente. Finola se sentia velha e usada e mais cansada que jamais já se sentira. Não havia nada a ser feito ali, pensou amargamente. Era melhor que ele fosse embora logo.

— Faça sua viagem e aproveite sua cantora pop. Quando as coisas começarem a dar errado, lembre-se do preço que pagou. Quando ela estiver de saco cheio e você quiser voltar para casa, será tarde demais. No final, terá perdido tudo por um pedaço de carne.

— Não fale assim dela.

Nigel sair em defesa de Treasure foi mais um tapa na cara. Ao ouvir aquelas palavras, Finola percebeu que não lhe restara mais nada. Nenhuma forma de convencê-lo, nenhuma ação para mostrar. Foi como se todos aqueles anos de casamento não tivessem existido. Nigel estava sentindo aquela onda de uma nova paixão e, até que passasse, não estaria nem um pouco interessado neles, nela ou no que os dois tiveram juntos. A vida deles não era mais nada, a não ser algo do qual ele precisava escapar.

Finola apontou para a garagem e declarou:

— Pegue suas tralhas e vá embora.

Nigel ia começar a falar, mas balançou a cabeça e saiu. Finola entrou em seu escritório, onde procurou um chaveiro na internet e fez uma ligação.

— Alô? Preciso trocar todas as fechaduras da minha casa. Hoje, se possível. Às quatro está ótimo. Sim, estarei aqui.

Ela informou o endereço e desligou. Era um gesto pequeno, mas pelo menos era alguma coisa. Finola se sentia despedaçada e vulnerável, mas, apesar da mágoa que sentia, não ia morrer. Nem se quisesse, o que significava que seria preciso dar mais um passo, e depois mais um. Ela jamais desistira de nada na vida, e definitivamente não desistiria de si mesma.

Zennie estacionou na frente da casa e pegou o celular. Uma mensagem de sua mãe, enviada às três irmãs, a lembrara do encontro naquela sexta à tarde para conversar sobre como ajudariam a esvaziar a casa para a mudança. Finola ainda estava no Havaí e não teria como ir, mas as outras precisariam estar lá no horário combinado.

— As outras? — perguntou Zennie em voz alta. — Você quer dizer Ali e eu. A gente tem nome, sabia, mãe?

Mas aquilo foi dito apenas para ela mesma. Zennie respondeu de imediato avisando que estaria lá, desligou o motor do carro e se aproximou da casa.

Bernie abriu a porta antes que ela tivesse tempo de bater. As duas amigas se olharam e Bernie disse:

— Sei que isso é esquisito. Quero deixar claro que, não importa o que tenha resolvido, você sempre será minha melhor amiga. Se sua resposta for não, eu nunca mais toco no assunto e fingimos que nada aconteceu, eu juro. — Bernie deu um passo para trás. — Entre. Hayes está na sala.

A casa de dois andares era típica para o bairro: duzentos e sessenta metros quadrados, quatro quartos, uma sala de jantar formal e espaço de sobra. Quinze anos antes, o terreno abrigava um velho shopping center, que fora demolido para dar lugar às casas. Havia calçadas, um playground e acesso a escolas de qualidade.

Bernie e Hayes tinham comprado a casa pouco antes do casamento e ficado superanimados com a mudança. Ao longo dos últimos anos, eles fizeram algumas reformas, transformando a casa geminada no lar deles.

Bernie foi na frente, rumo à pequena sala de estar. Hayes se levantou assim que elas entraram e aparentava estar nervoso, observou Zennie. Os dois aparentavam.

Zennie se sentou na beirada de uma das poltronas, e o casal se sentou lado a lado no pequeno sofá. A sala estava completamente silenciosa.

Zennie pensou nos breves minutos que passara na internet lendo sobre os procedimentos básicos. Ela imaginava que uma gravidez era uma gravidez e que aprenderia mais sobre aquilo durante o processo. Ela era saudável, estava em forma e amava sua amiga. Foi uma decisão fácil.

Zennie sorriu.

— Eu topo. Quero ser a barriga solidária de vocês.

Bernie segurou na mão de Hayes.

— Porém? Tem um porém?

— Não tem nenhum porém. Conversei com uma amiga que trabalha com um ginecologista e ela disse que é um procedimento relativamente simples. Já marquei uma consulta com a minha médica para a coleta de sangue e um check-up. Assim que soubermos se está tudo bem, esperamos minha ovulação. Quando isso acontecer, Hayes, bem, fornece a amostra dele e depois ela é inserida em mim e a gente espera para ver se engravidei.

Ela sorriu e continuou:

— Já falei com meu RH e eles vão me enviar informações sobre o que meu plano de saúde cobre. Tenho direito a seis meses de licença-maternidade, o que deve ser suficiente. — Zennie fez uma pausa antes de completar: — Acho que por ora, da minha parte, é isso. Então, se a ideia ainda estiver de pé, estou dentro.

Bernie e Hayes se olharam, e em seguida Bernie correu até Zennie e a levantou.

— Obrigada — sussurrou ela, abraçando-a. — Obrigada, obrigada, obrigada.

Zennie retribuiu o abraço e mudou a direção do olhar para Hayes.

— Fico feliz em fazer isso. Só preciso que uma coisa fique clara.

Hayes e Bernie se olharam mais uma vez.

— O quê? — perguntou Hayes, parecendo preocupado.

Zennie foi para o lado dele. Os dois eram loiros. Ele tinha olhos castanho-claros e os dela eram azuis, mas tinham o mesmo tom de pele.

Zennie deu de ombros.

— Você precisa estar tranquila em ter um bebê branco. Queria poder dizer que existe esperança de um tom de pele oliva bem claro, mas não parece muito provável considerando o material que temos aqui.

Bernie explodiu numa gargalhada e correu para abraçar os dois ao mesmo tempo.

— Já tenho um marido e uma melhor amiga branca. Acho que posso lidar com um bebê branco.

Hayes puxou a esposa para mais perto e a beijou.

— Bom saber. Se nos mudarmos para um bairro caro, todo mundo vai pensar que estou dormindo com a babá. É meio sexy.

Zennie ficou contente pelo clima descontraído, mas achava importante ter tocado na questão racial. Bernie não teria um bebê parecido com ela e precisava estar em paz com aquilo.

Bernie e ela se sentaram de volta no sofá e Hayes saiu.

— Tem certeza? — perguntou Bernie.

Zennie segurou a mão da amiga.

— Olhe nos meus olhos enquanto digo isto: eu quero ser sua barriga solidária. Nada me faria mais feliz. Depois que começarmos o processo, você precisa me prometer que nunca mais vai me fazer essa pergunta. Entendeu bem?

— Eu juro.

Hayes voltou com uma pasta.

— Já fizemos um contrato. Seria bom você ler e pedir para um advogado dar uma olhada também. Basicamente diz que pagaremos por todas as despesas, das deduções de imposto de renda às vitaminas pré-natal.

— Que você precisa começar a tomá-las — observou Bernie, sorrindo.

— Vamos cobrir seu salário se precisar de mais tempo após o parto — acrescentou Hayes. — Também fizemos um seguro, de modo que, se acontecer alguma coisa e você não puder voltar ao trabalho, recebe dois milhões de dólares.

— Parece demais — murmurou Zennie, um pouco assoberbada pelo que estava acontecendo. Ela se lembrou de que só havia pensado naquilo por alguns dias, enquanto os dois estavam planejando havia meses.

— É só uma precaução — garantiu ele. — Também tomamos providências para que o bebê seja adotado se morrermos enquanto você está grávida. Pesquisamos em diferentes agências e encontramos uma que nos pareceu ser a melhor.

— Nós não vamos morrer — garantiu Bernie —, mas, se o pior acontecer, estará coberta.

Zennie nem levara em consideração a hipótese de algo como aquilo acontecer aos dois, deixando-a sozinha com um bebê.

— É muita coisa — admitiu ela.

— É muita coisa — concordou Bernie. — Foi por isso que colocamos tudo no papel, e será bom que você leia antes de tomar sua decisão final. Ainda pode desistir. Não tem problema algum.

— Eu não vou desistir. Vou ler tudo, como estão pedindo, e depois seguiremos em frente com a gravidez.

Zennie já havia se decidido; ela tinha certeza. Os detalhes eram um pouco intimidantes, mas depois que eles passassem por essa primeira parte, tudo ficaria bem mais fácil.

— Então vamos nessa? — perguntou Bernie.

— Vamos. Agora vamos sair para jantar e comemorar.

Hayes olhou para sua esposa.

— Fiz uma reserva naquele lugar vegano ótimo de que gosta. — Ele olhou para Zennie. — A comida é ótima e, agora que vai comer por dois, cada garfada conta.

Ah, oba, pensou Zennie, sorrindo. *Jantar vegano*. E, levando em conta o fato de que ela acabara de concordar em engravidar, sem vinho para acompanhar.

Capítulo Nove

Na sexta-feira, Finola já não suportava mais a própria companhia. A conversa desastrosa com Nigel resultara numa noite em claro. Ela estava cansada, triste, emocionalmente abalada e mentalmente perdida. Precisava estar perto de pessoas que se importavam com ela, precisava de solidariedade e abraços.

Considerando a troca de mensagens entre sua mãe e irmãs, ela sabia que todas estariam na casa de Mary Jo após o trabalho para traçarem um plano e limparem o espaço, organizando anos de lembranças e tralhas para que o lugar pudesse ser colocado à venda.

Finola queria não estar se sentindo tão mal, pensou, no caminho de Sherman Oaks a Burbank. Não queria sofrer nem enfrentar aquela humilhação, queria sua antiga vida de volta com seu marido maravilhoso e seus planos de gravidez. Por que ela não podia ter aquilo?

— Não posso porque o canalha do meu marido não conseguiu deixar o pinto quieto dentro da calça! — gritou Finola, enquanto esperava um sinal abrir. — Maldito!

Ela esbravejou por todo o caminho e finalmente estacionou em frente à casa onde passara grande parte da infância. Os carros de Zennie e Ali já estavam na entrada da garagem. A turma toda estava ali.

Finola fez uma pausa antes de sair do carro. Ela precisava ser forte e aconselhou a si mesma que mantivesse a compostura. Uma coisa era receber um pouco de solidariedade, outra era assustar a família inteira com a tristeza e a raiva esmagadoras que estava sentindo. Ela podia até surtar, desde que dentro de um limite aceitável.

Finola entrou e escutou uma conversa vindo da cozinha. Sem dúvida elas estavam tendo uma reunião de organização antes de colocarem a mão na massa. Depois de deixar a bolsa na mesinha ao lado da porta da frente, ela gritou:

— Oi, pessoal. Cheguei.

— O quê? — gritou Mary Jo de volta. — Finola, meu bem, é você mesmo?

Todas as três foram apressadas até a sala. Ali foi a primeira a chegar e abraçá-la.

— O que está fazendo aqui? — perguntou Ali. — Achei que ficava no Havaí até amanhã à noite. Eu confundi? Que bom ver você. Conseguiram se divertir?

Sua mãe empurrou Ali de lado e abraçou Finola.

— Não está nem um pouco bronzeada. Muito bem. Tem usado seu protetor solar. Quando foi que voltaram?

Zennie apenas acenou.

— Oi.

— Oi.

Finola olhou para as integrantes de sua família. Ela sabia que podia confiar seu coração partido às três, que elas estariam lá para apoiá-la e cuidar dela. Afrouxou um pouco o autocontrole e imediatamente começou a chorar.

— Nigel me deixou.

— O quê? Não!

— Impossível. Ele idolatra você.

— Você está bem? O que aconteceu?

Foi uma pergunta atrás da outra, e Finola cobriu o rosto com as mãos e começou a soluçar. Levaram-na até a cozinha, onde alguém a ajudou a se sentar. Uma caixa de lenços de papel surgiu na frente dela. Mary Jo e Ali sentaram-se cada uma de um lado, enquanto Zennie fervia água para o chá. Sua mãe não parava de passar as mãos nas costas da filha.

— Conte o que aconteceu — pediu ela, com a voz dócil. — Quando soubermos o que houve de errado, ajudaremos você a consertar.

— Não há nada para consertar. — Finola pegou um punhado de lenços e, depois de secar o rosto, assoou o nariz. — Não podem contar para ninguém. É sério. Não podem contar para ninguém, não importa o que aconteça. Se isso vazar, estarei arruinada.

Mas ia vazar, pensou ela sombriamente. Era apenas uma questão de tempo.

— É claro que não diremos nada a ninguém — garantiu Ali. — Mas, Finola, Nigel não pode ter feito isso. Ele te ama. Todas nós vemos isso cada vez que ele olha para você.

— Queria que fosse verdade, mas não é. Ele está tendo um caso.

— Com quem? — perguntou a mãe. — Quem foi a vagabunda que fez isso? Foi alguém do consultório? É sempre a jovem recepcionista.

— Mãe, para com isso — pediu Zennie da frente do fogão.

— Você não sabe que não foi ela.

— E você não sabe que foi.

Finola segurou a mão de Ali e entrelaçou seus dedos nos dela. As duas sempre foram próximas, e Ali lhe daria forças.

— Ele me contou sexta passada, pouco antes do programa.

— Eu sabia! — exclamou sua mãe. — Você disse que tinha sido intoxicação alimentar, mas eu sabia que estava estranha por outro motivo.

Finola contou o que havia acontecido. Ela começou com a declaração sem rodeios de Nigel e terminou com a visita dele no dia anterior.

— Eles foram esquiar no Chile — continuou Finola, ainda chorando. — Eu não acho que ele vai voltar. Acho que acabou.

— Não acabou — disse Ali, reconfortando-a. — Não acredito que ele faria isso. Talvez ele tenha batido a cabeça ou coisa assim, porque todas nós sabemos como ele te ama.

— Eu nunca terei netos — reclamou Mary Jo.

— Mãe! — exclamaram ao mesmo tempo Ali e Zennie.

— Você não está ajudando — acrescentou Zennie, pondo uma xícara de chá diante de Finola.

— Eu queria que ele tivesse batido a cabeça, mas não — confessou Finola, largando a mão de Ali e pegando a xícara. — E ele disse que a culpa da traição é minha.

— O quê? Não. — Zennie se sentou de frente para ela. — Isso é loucura. Você é boa demais para ele, você o mima muito.

— É importante mimar um homem — declarou sua mãe, olhando incisivamente para Zennie. — Saberia disso se tivesse tido um relacionamento por mais de quinze minutos.

Finola fungou.

— O que houve?

— Nada — disse Zennie, olhando feio para a mãe. — Clark e eu terminamos, mas nem estávamos namorando. Não é nada de mais.

Mary Jo suspirou.

— Que semana horrível. Primeiro Zennie, depois Finola, depois... — Ela deu um salto na cadeira, como se alguém a tivesse chutado por baixo da mesa.

— Agora não — disse Ali rapidamente, olhando-a feio. — Isso é mais importante.

Finola sabia que tinha alguma coisa acontecendo, mas, sinceramente, não conseguia encontrar forças para pensar em nada além da própria dor.

— Você não merece isso — continuou Ali, voltando a atenção para a irmã. — Você sempre foi tão cuidadosa, sempre soube que queria ter uma carreira e nunca perdeu muito tempo com caras. Mal saía na faculdade, justamente por não querer distrações. Você escolheu o Nigel. Ele por acaso não sabe a sorte que tem estando com você? Você é perfeita.

Finola gostou dos elogios, mesmo sabendo que sua irmã não estava certa sobre nenhum deles. Pelo menos não que ela era perfeita. Ela *havia* sido cuidadosa na faculdade, sem querer se comprometer com ninguém. Era mais fácil não sair do que correr o risco de se apaixonar. Quando conheceu Nigel, soube de imediato que era ele, e o sentimento foi recíproco. As coisas foram tão fáceis com Nigel, pensou Finola agora, lutando contra novas lágrimas. Tão maravilhosas. Eles eram ótimos juntos.

Ela o advertira, dizendo que sua mãe podia ser difícil, então na primeira vez que levou Nigel para casa, ele fora encantador e atencioso com Mary Jo, conquistando-a por completo, num feito inédito. Ele fora um amor com Ali e Zennie, lembrando sempre de todos os aniversários e ajudando Finola a comprar os presentes. Como alguém podia ter mudado tanto?

— Só não sei o que fazer — sussurrou ela. — Vai vazar. Se ele estivesse namorando uma pessoa comum, ninguém se importaria, mas é a Treasure. A imprensa vive colada dela, eles sabem que ela gosta de caras casados, e sempre vão atrás da esposa. A maioria das pessoas vive esse trauma com privacidade, mas é impossível quando Treasure está na jogada.

Ela pensou em seu programa, no público e em como todos iriam julgá-la. Em algum momento, teria que contar para os produtores e Rochelle. Finola estremeceu, pensando na humilhação e em como as pessoas teriam pena dela.

— Pode ficar aqui se quiser — ofereceu sua mãe. — No seu antigo quarto. Ainda está como você deixou. — Mary Jo a abraçou. — Ninguém vai encontrar você aqui, estará segura.

— Obrigada, mãe. Talvez eu aceite a oferta.

Não agora, mas, caso precisasse, pelo menos teria um refúgio.

Ali começou a dizer alguma coisa, mas parou. Ela deu um tapinha no braço de Finola.

— Estamos do seu lado, não importa o quê. Eu até conheço alguém que talvez conheça alguém para dar uma surra nele.

Mary Jo olhou para ela.

— E quem é essa pessoa?

— Daniel, irmão do Glen. Suspeito que ele tenha amigos interessantes. Ou talvez ele mesmo pudesse fazer isso.

Por mais que Finola quisesse ver Nigel ensanguentado e morrendo de dor, ela não achava que contratar alguém para o serviço era boa ideia. Pelo menos não naquele momento.

— Obrigada, vou pensar no assunto.

— Lamento muito — disse Zennie do outro lado da mesa. — Ele é um babaca.

— Nem me fale.

— Já sei o que pode distrair a todas nós — ofereceu Mary Jo alegremente. — Vamos começar com o sótão. Está uma zona. Cada uma pega um canto e em pouco tempo teremos terminado.

— Zennie e eu vamos cuidar do closet — disse Ali. — Finola, está disposta?

— Claro, vai ser bom ocupar a cabeça.

Qualquer coisa era melhor que ficar em casa sozinha alternando entre tentar pensar num plano de reconquistar Nigel e se perguntar onde encontrar esporos de antraz para enviar para ele numa carta.

Elas subiram até o quarto extra. Era comprido e estreito, com telhado inclinado e uma janelinha no final. As paredes tinham prateleiras de ponta a ponta, e havia uma mesa robusta sob a janela. Ao lado da escada, havia um grande closet com mais prateleiras.

Finola olhou para todas as caixas e cestos, as pilhas de tecidos e sacos de mercado cheios de sabe-se lá o quê, e entendeu na hora que seria impossível as três darem conta daquilo tudo.

Uma distração, lembrou-se. Era para isso que Finola estava ali, nada mais. Organizar aquela coisas sem pensar muito ajudaria.

Sua mãe e ela começaram pelas prateleiras, enquanto Zennie e Ali atacavam o closet. Finola pegou alguns cestos pequenos e os colocou no chão. Ela abriu o primeiro e olhou o conteúdo.

— Pedaços de tecido?

— Para fazer colchas de retalhos — explicou Mary Jo —, mas nunca consegui me sentir inspirada. Talvez se seu tivesse netos.

— Mãe! — exclamaram Ali e Zennie juntas de novo.

— Não está ajudando — acrescentou Zennie.

— Não é culpa minha — queixou-se Mary Jo. — Pelo menos uma de vocês já deveria ter tido um bebê. Falando em não ter namorado e dar à sua mãe a única coisa que ela quer na vida, Zennie, estou arranjando um encontro às cegas para você. Mando os detalhes por mensagem.

Finola olhou para o closet.

— Você não vai precisar de um tempo para superar o término?

— A gente só saiu algumas vezes. Não foi um término.

— Para mim foi — murmurou a mãe. — Finola, me faça um favor e vá na garagem buscar algumas caixas. Vamos separar o que é doação e o que é lixo. O que vai comigo na mudança pode ficar nas prateleiras.

Finola fez o que ela pediu. Ao voltar com as caixas, notou que Zennie e Ali tinham encontrado a velha aldeia natalina em miniatura. Ver aquilo a lembrou das festas de final de ano, onde cada uma das meninas podia acrescentar coisas à aldeia. Não havia um plano, e, como cada uma gostava de um estilo diferente, a aldeia acabava parecendo uma miscelânea de estilos vitoriano e moderno, cerâmica e madeira. Havia três pet shops e pelo menos cinco igrejas, assim como diversas árvores, postes de luz e um grande carrossel que Finola escolhera em seu sexto Natal.

Ela pegou os cavalos esculpidos com capricho, lembrando-se de como os amava. O carrossel era de corda e rodava enquanto tocava música. Desde o divórcio, Mary Jo nunca se dera o trabalho de decorar a casa no Natal, mas ela também se recusava a dar qualquer enfeite às filhas. Estava guardando tudo para quando tivesse netos... Pelo menos era isso que dizia. Finola olhou para a coleção e sacudiu a cabeça.

— Peguem o que quiserem. Não terei espaço para isso na casa nova. É pequena demais.

— A igreja vitoriana não era sua preferida, Ali? — perguntou Zennie.

— Quer dizer a igreja que ela quebrou? — Mary Jo suspirou. — Pode ficar com ela, Ali. Ninguém mais vai querer.

— A gente estava brincando — interveio Finola de imediato. — Não foi culpa dela. — Ela se aproximou de Ali e sorriu. — Lembra de como colávamos algodão nas ruas para parecer que era neve?

Ali sorriu.

— Sim, e ainda jogávamos glitter. Fazia uma baita sujeira.

— Talvez, mas ficava lindo. Quais partes cada uma vai querer?

Zennie pegou uma dos pet shops e uma igreja.

— Não preciso de mais nada, só essas duas. Ok, e a loja de brinquedos se ninguém mais quiser.

— É toda sua — disse Ali, pegando o carrossel. — Você fica com ele, Finola. Sempre foi seu favorito.

Finola só assentiu, sua garganta apertada demais para falar. Ela se lembrou das horas a fio que passou com aquele carrossel, dando corda sem parar, ouvindo a música e admirando os cavalos se movimentarem. Ela sonhava acordada com os lugares aonde iria se fossem de verdade. Seus destinos eram sempre distantes, onde ela conheceria pessoas interessantes e aprenderia coisas que ninguém mais sabia. Anos mais tarde, Finola pensara em levar o carrossel para sua própria casa.

Só que ela nunca o fez. Nigel e ela contratavam profissionais que iam à casa deles todo Natal e faziam uma decoração completa, com árvores e guirlandas cuidadosamente combinando. A casa deles se tornava uma vitrine naquela época, um lugar com o qual aquele carrossel jamais combinaria.

Finola o admirou novamente naquele instante, deslizando o dedo por um dos cavalos e desejando que ele ganhasse vida e a levasse para muito, muito longe. Tão longe que seu coração não estaria mais partido e ela poderia pensar no que ia acontecer em seguida sem a sensação cada vez maior de horror.

No sábado de manhã, depois de o simpático jovem casal que comprara as mesinhas de cabeceira de Ali ter ido embora, ela espanou os rodapés e passou aspirador no carpete. Depois buscou as caixas de mudança que precisaria, em algum momento, encher. Talvez quando tivesse um lugar para onde se mudar.

Ali não conseguia se livrar da sensação iminente de catástrofe, e sabia que não tinha nada a ver com seus problemas. Ainda estava tentando absorver o que acontecera com Finola. Como Nigel fora capaz de traí-la com Treasure? Como a maioria das pessoas, Ali gostava da estrela de country-pop, mas puxa, não se faz isso quando se é casado, e definitivamente não quando se é casado com Finola.

Ela ainda estava tentando entender tudo quando Daniel chegou. Ali abriu a porta e disse:

— Não pode contar para ninguém. Precisa jurar de pés juntos que não vai abrir a boca. Por favor. Preciso conversar e não confio em mais ninguém, então me promete que não vai falar nada do que eu disser ou coisa do tipo.

Enquanto ela falava, Daniel tirou a mochila das costas, a deixou no chão e fechou a porta, abraçando Ali em seguida.

— Ali, o que foi? Eu não vou dizer nada, eu juro. Só me conta.

Era tão bom abraçá-lo, pensou ela, sentindo seu calor e força. Ali não se importava se Daniel a achava carente ou esquisita, ou se ele estivesse começando a entender por que Glen a havia largado. Naquele momento, ela precisava de Daniel.

Ela o puxou pela mão até o sofá. Depois que os dois se sentaram, Ali olhou nos olhos escuros de Daniel e começou:

— Nigel abandonou Finola para ficar com outra mulher. Ele está tendo um caso. Não sei se é sério ou se ele está só se divertindo, mas ele a deixou!

A expressão no rosto de Daniel passou de preocupação e confusão para solidariedade.

— Sinto muito por isso. Ela deve estar chateada.

— Não, você não está entendendo. Estamos falando da *Finola*. Nigel e ela se amam. O casamento deles é ótimo, eles foram feitos um para o outro. Era só ficar alguns minutos com os dois no mesmo ambiente que você já via que eles eram aquele tipo de pessoas que ficariam juntas para sempre. E ele a traiu. Se Finola não consegue segurar Nigel, não há esperança para nenhum de nós.

— Calma, Ali. Você está tirando conclusões demais. Entendo que esteja chateada; ela é sua irmã e você a ama. Além disso, você também tem seus problemas, o que não é fácil. Mas o estado do casamento de Finola não afeta o relacionamento de ninguém.

Daniel provavelmente tinha razão, mas Ali não estava a fim de ouvir.

— Qual é o problema de vocês, homens? O marido da Halle Berry a traiu. E o da Beyoncé. Como é que alguém pode trair a Beyoncé? Homens são tão burros. Me desculpe por dizer isso, mas é a verdade.

Daniel a surpreendeu abrindo um sorriso.

— Nós *somos* burros. Lamento muito pela Finola e não vou contar para ninguém, eu prometo.

— É porque ela está na TV, então pode acabar saindo na imprensa.

Quando a história com Treasure vazasse, sairia na imprensa de qualquer maneira, mas, por mais que Ali estivesse disposta a contar alguns segredos, não podia revelar todos, nem mesmo para Daniel.

Eles ainda estavam de mãos dadas. Ali não sabia como aquilo tinha acontecido, mas ele estava segurando a mão dela e vice-versa. Daniel acariciou os dedos dela, como se para reconfortá-la. Pelo menos ela achava que era esse o motivo. Independentemente disso, o toque dele era bom — assim como ele próprio.

— Você está sendo tão legal comigo — disse ela delicadamente. — Com tudo. Eu agradeço de coração, não teria conseguido sem você.

— Lamento pelas circunstâncias, mas fico feliz em estar aqui. De verdade, Ali.

Ela sorriu.

— Acredito em você, mas é tão estranho. Até o Glen me deixar, você sempre foi tão sério e parecia que não gostava nem de estar no mesmo cômodo que eu. Você se lembra de quando nos conhecemos? Fomos almoçar.

— Na Cheesecake Factory da Sherman Oaks Galleria, eu me lembro. Foi num domingo, em novembro. Umas duas semanas antes do Dia de Ação de Graças.

Ali o encarou.

— Isso foi ou impressionante ou assustador. Como é que se lembra disso tudo? Eu sabia que tinha sido no ano passado, mas só. — Ela riu. — Daqui a pouco vai me dizer que eu estava de vestido azul.

— Você estava de calça jeans e suéter branco.

— Ok — respondeu ela lentamente. — Agora você está me assustando.

Daniel ia começar a dizer alguma coisa, mas soltou a mão dela e se levantou.

— Ali, o que está acontecendo com seu quarto?

Ela virou o rosto para ver o que ele estava olhando.

— Por quê? As caixas vazias? Preciso começar a encarar a mudança.

— Cadê seus móveis?

— Ah, isso. — Ela respirou fundo. — Eu os vendi. — Ali levantou uma mão antes de ele dizer alguma coisa. — Isso foi há algumas semanas. As pessoas que compraram tinham concordado em esperar até hoje para buscar. Eu tinha praticamente esquecido até eles me mandarem uma mensagem ontem, confirmando a retirada.

— Por que os deixou levar?

— Eles já tinham alugado um caminhão e me pagado metade do valor. Eu não sabia como dizer não.

Ali sabia que era besteira, mas, sinceramente, a ideia de contar a mais uma pessoa que o casamento tinha sido cancelado era deprimente demais. Já bastara lidar com as palavras de comiseração no trabalho e, na opinião dela, com tantos olhares nada surpresos, como se o mundo inteiro já suspeitasse que Glen não estava levando o casamento a sério.

— Era mais fácil ter deixado que levassem a cama. Não é como se eu a estivesse usando — acrescentou ela. — Tenho dormido no sofá.

— Mais algum móvel vai desaparecer nos próximos dias?

— Hmm, eu tinha anunciado mais algumas coisas, mas já mandei mensagem para os compradores avisando que não estão mais à venda.

Bom, exceto para a mulher que comprara a mesa e as cadeiras da cozinha. Ali não tinha o número dela, mas talvez ela não aparecesse.

— Certo.

Daniel pegou sua mochila e voltou para o sofá. Depois de se sentar, ele abriu algumas pastas.

— Vou explicar em que pé estamos com o restante dos fornecedores.

Ele mostrou tudo que havia feito. Como era de se esperar, Daniel tinha conseguido negociar melhor do que Ali. Ela ainda precisaria desembolsar mais do que tinha, mas pelo menos não era tão ruim como poderia ter sido.

— O que vai fazer sobre a aliança? Podia vendê-la.

— Não preciso devolvê-la?

— Não depois do que ele fez. Cada estado tem uma lei diferente, mas, na Califórnia, se o término for mútuo, a aliança é devolvida. Quando o noivo age como um babaca, você fica com ela.

Ela sorriu.

— Bom saber. — Seu bom humor sumiu. — Ainda não estou pronta para vendê-la, mas é bom saber que tenho a opção.

— Eu posso ir até ele e obrigá-lo a dar o dinheiro que ele ainda lhe deve.

— Daniel, não. Já conversamos sobre isso. Sou grata por tudo que está fazendo por mim, você não imagina o quanto. Mas, por favor, não bata no seu irmão. Ele ainda é sua família, e família é importante. Estou segurando as pontas. Quando a poeira baixar, posso pensar no que quero fazer. Pesquisei um pouco no juizado de pequenas causas. Pode ser que eu parta para essa opção.

— Seja lá o que resolver fazer, estou aqui para você.

— Eu sei. — Ali se recostou no sofá e suspirou. — Você é tão melhor que ele. Por que não fomos nós que nos apaixonamos?

Antes que Daniel pudesse reagir, Ali pôs a mão no ombro dele.

— Brincadeira. Não se assuste.

— Não assustou. Acho que é uma daquelas coisas.

— É. Certo, vou liberar você de suas tarefas de cancelar o casamento. Tenho que lavar minhas roupas e depois vou me deprimir procurando apartamentos dentro da minha faixa de preço.

— Não assine nada até conversarmos — disse Daniel ao se levantar. — Quero dar uma olhada no bairro antes.

Ali supôs que aquela atitude poderia ser irritante para alguns, mas, para ela, era o paraíso. Ela gostava de saber que Daniel estava por perto para cuidar dela. Depois de tudo que ela passara, era bom sentir-se cuidada de vez em quando.

— Nem mesmo um cheque caução — prometeu Ali. — Quando eu encontrar um lugar promissor, você será o primeiro a saber. Juro.

— Ótimo. — Daniel a puxou para perto e beijou seu rosto, sua barba por fazer roçando a pele de Ali. — Se precisar de alguma coisa é só me ligar. Estarei no trabalho e a postos.

— Pode deixar.

Ali o acompanhou até a porta. Depois de Daniel ter ido embora, ela mais uma vez pensou em como as coisas teriam dado muito mais certo se ela tivesse se apaixonado por Daniel em vez de Glen. O destino realmente era um carrasco com um estranho senso de humor.

Capítulo Dez

Na segunda-feira de manhã, Finola chegou ao estúdio bem cedo. Ela tinha uma reunião para revisar os próximos programas e também precisava de tempo para retornar ao que antes fora sua vida normal. Na semana de férias, a emissora havia reprisado alguns programas e chegara a hora de voltar a entrar no ar ao vivo.

Ela havia passado o fim de semana se preparando para fingir para tudo e todos. Fizera bronzeamento artificial e uma limpeza de pele. No sábado, parara de comer em excesso e fizera uma desintoxicação com água e sucos verdes. No domingo, começara uma dieta com pouca gordura e rica em proteínas na qual permaneceria até quase aparentar estar magra demais. E só então relaxaria a respeito de sua aparência. Já era ruim ser doze anos mais velha que Treasure... Finola se recusava a ser a esposa largada também.

Ela estacionou na vaga de sempre, cumprimentou o segurança e entrou no estúdio. Estava usando sua calça jeans preferida, uma camiseta larguinha mas chique e óculos de sol enormes, com o cabelo preso. Era assim que ela se vestia para começar o dia. Seu grande camarim era repleto de "roupas para a TV" — um monte de vestidos e peças para ela combinar, dependendo da temporada. Seu contrato incluía um orçamento generoso só para o figurino, algo que agradava a Finola. Ela nunca usava as roupas da TV fora do estúdio e, quando a temporada chegava ao fim e eram compradas peças novas, sua assistente escolhia algumas para si. As demais peças, que mal tinham sido usadas, eram doadas para uma ONG e um abrigo para mulheres da região.

— Bem-vinda, Finola — disse alguém da equipe. — Está ótima. O Havaí fez bem a você.

Finola sorriu e acenou, mas, como não queria conversar com ninguém sobre a viagem, continuou andando. O assunto do dia era trabalho e nada mais. Ela estava disposta a mentir, mas não queria ter que inventar muitos detalhes. Não quando mais cedo ou mais tarde a verdade acabaria vindo à tona.

Finola entrou no camarim, onde Rochelle já estava à sua espera, parecendo impossivelmente jovem e bem-vestida enquanto passava o vestido que escolhera para Finola usar naquele dia.

— Bom dia. Como foi a viagem?

— Agitada. Como foi a visita à família?

Rochelle havia pegado um avião até a Carolina do Norte para visitar a família. Assim como Finola, ela tinha duas irmãs. Seu pai era pastor e sua mãe contadora. Ela era a primeira filha de três gerações da família a não estudar na Universidade Howard, e sim na Universidade do Sul da Califórnia. Seus pais conservadores também não ficaram nada satisfeitos por Rochelle ter escolhido morar em Los Angeles em vez de voltar para casa depois de se formar para encontrar um bom emprego e depois se casar.

Finola os conhecera logo depois de contratar Rochelle. Ela dera o melhor de si para aplacar os medos dos dois a respeito da segurança da filha dentro da selva imoral que podia ser a indústria do entretenimento.

Rochelle suspirou, cansada.

— Não tenho mais nada em comum com nenhum deles. Minhas irmãs estão grávidas. De novo. Minha mãe me deu sermões diários sobre meu relacionamento com Deus e meu pai só ficou com aquela cara de decepção.

— Parece péssimo.

— Foi como sempre. Pais podem ser assim. Eu sei que eles me amam e que não me entendem, mas estou fazendo o que quero fazer. — Rochelle abriu um sorriso largo. — Quando eu ganhar meu primeiro Emmy, finalmente ficarão emocionados por mim.

Finola riu.

— Não se esqueça de mim no seu discurso de agradecimento.

— Você será o primeiro nome.

— Vou cobrar.

Finola aproveitou aquele momento de normalidade por mais alguns instantes e depois fechou a porta.

— Precisamos conversar.

Rochelle desligou o ferro a vapor imediatamente.

— Diga.

Finola apontou para o sofá e puxou uma cadeira para ela. *Lá vamos nós*, pensou, melancólica. Tinha sido dada a largada para contar sobre Nigel. Ela mentiria e tentaria esconder, pelo menos pelo máximo de tempo possível. Em meio a um negócio como aquele, Finola sabia que, quando a verdade viesse à tona, ninguém a repreenderia pela omissão. Todos com quem ela trabalhava entenderiam. Aqueles no topo da cadeia alimentar não gostariam muito, mas de maneira alguma ela lhes contaria o ocorrido. Uma hora a história seria jogada no ventilador, e ela só lidaria com a situação quando acontecesse.

Mas Rochelle era diferente. Finola precisava de alguém ao seu lado, alguém que pudesse cuidar dela e interferir se necessário.

— Eu não fui para o Havaí — confessou, o mais calma possível. — Nigel está tendo um caso e saiu de casa.

Rochelle arregalou os olhos.

— Não. Não! Mas... ele estava aqui na sexta mesmo. Eu o vi. Vocês iam sair de férias. — Rochelle baixou o tom de voz. — Você ia engravidar.

Finola ignorou a onda de humilhação.

— Mudança de planos. De todos. Ele esteve aqui naquele dia para me contar o que estava acontecendo.

— Não acredito. Foi por isso que você estava tão alterada? — Ela começou a se levantar, mas logo afundou de volta no sofá. — Então quer dizer que seu marido apareceu a menos de meia hora de você entrar no ar ao vivo para contar que estava tendo um caso?

Finola assentiu. A indignação de sua assistente era comovente.

— E tem mais — continuou ela, sabendo que precisava colocar aquilo para fora logo. — Prepare-se.

Finola revelou que a mulher em questão era a cantora de country-pop mais famosa do mundo, e como Treasure a confrontara segundos antes da entrevista.

Rochelle levou a mão ao peito.

— Finola, eu sinto tanto. Não acredito em como você é incrível. Eu teria dado uns bons tapas na cara dela e tacado fogo depois. Você teve que *entrevistá-la*! Sabendo o tempo todo o que Nigel havia feito.

A assistente se levantou e foi até Finola para abraçá-la.

— Sinto muito. Eu odeio Treasure. Meu pai diria que é errado odiar alguém, mas a odeio mesmo assim.

O abraço foi reconfortante, assim como o apoio.

— Obrigada. Foi uma semana bem difícil.

Rochelle se recostou no sofá.

— O que posso fazer para ajudar?

— O que já está fazendo. Me dê apoio aqui dentro e me conte se ouvir alguma fofoca sobre o que está acontecendo. Quero deixar isso quieto pelo tempo que der.

Rochelle se encolheu.

— Vai ser feio quando vazar. Já conversou com um advogado?

Finola não entendeu a pergunta. Por que ela...

— Quer dizer sobre um divórcio? Ainda não chegamos lá. — Um divórcio? Não. Nigel ia voltar para ela. Ele se arrependeria e imploraria por perdão e nunca mais faria uma coisa dessas. Eles eram *casados*, tinham uma vida juntos. Uma vida boa que era importante para ambos... ou pelo menos tinha sido. — Você acha que eu devo?

Rochelle pôs as mãos para o alto.

— Não cabe a mim dizer. Precisa fazer o que é certo para você.

— O que você faria?

— Depois do que ele a fez passar? Se ele não está arrependido nem implorando por perdão assim que foi descoberto, então devia ser jogado logo para escanteio. Ele precisa respeitar você, coisa que não está fazendo neste momento. — Rochelle suavizou o tom de voz. — Tenho certeza de que você sabe o que está fazendo, Finola. Não me dê ouvidos.

— É que foi tudo tão de repente e confuso. Nunca pensei que ele faria isso comigo. Achei que éramos felizes.

Com certeza ela estava enganada, pensou, tristemente. O que mais não sabia a respeito do marido? O que mais ele escondia?

Finola fechou os olhos e desejou que aquilo tudo pudesse ir embora, mas, quando os reabriu, o mundo estava igual.

Seu celular apitou. Rochelle o passou a ela sem olhar para a tela. Finola leu o alerta e se encolheu, mostrando-o à assistente.

— Ativei as notificações para os tuítes de Treasure — explicou. — Só para saber pelo que esperar. Até agora não teve nada sobre Nigel.

Rochelle leu o tuíte em voz alta:

— *É tão triste quando as pessoas envelhecem e ninguém mais as ama.*

— Nada sutil — murmurou Finola.

— Acha que ela está falando de você? Não pode ser. Você não é velha.

— Comparada a ela, sou uma anciã.

— Não é não, e as pessoas te amam. Ela só está sendo uma cretina. Vamos ignorá-la. Venha. Tem gente lá fora que ficou duas horas na fila esperando para assistir ao seu programa. Hora de se arrumar para deslumbrá-las.

Finola não se deu o trabalho de dizer que não estava muito a fim de deslumbrar ninguém. Não porque Rochelle não ia nem querer ouvir aquilo, mas porque, no final das contas, não importava o que ela sentia. Tinha uma responsabilidade para com o programa e talvez para consigo mesma. Se ela não conseguia *ser* forte, podia pelo menos fingir que era. E, por enquanto, seria o bastante.

Ali voltou de seu intervalo de almoço com alguns minutinhos de sobra. Ela entrou no armazém, fazendo o melhor para, pelo menos de fora, parecer forte e confiante. Na verdade, tinha acabado de ir dar uma olhada no apartamento mais feio do mundo. O lugar não só tinha vista para um beco cheio de latas de lixo, como era pequeno, escuro e estava precisando desesperadamente de uma pintura nas paredes e carpetes novos. Mas o pior era o cheiro estranho, uma mistura de mofo e umidade.

Ela já visitara quatro lugares e odiara todos. Se continuasse assim, teria que aumentar seu orçamento em pelo menos mais cem dólares por mês. No entanto, com as despesas do casamento para pagar e os custos da mudança, ela não via como aquilo seria possível. Sim, ela tinha condições de pagar um aluguel mais caro e ainda arcar com as contas, mas não conseguiria guardar um centavo. Ali sempre tivera uma reserva de emergência, mas gastara tudo com o casamento e agora sua situação era bastante desesperadora. No ritmo em que as coisas estavam andando, seria preciso optar entre morar com a mãe ou morar no carro.

Ali se deparou com Ray e Kevin esperando na frente de sua mesa. Ray estava no seu estado rabugento e ríspido de sempre, enquanto Kevin parecia bastante assustado. Ela estava quase perguntando qual era o problema, quando viu Ray segurando o cartão que Ali deixara no armário dele.

Ray o pôs sobre a mesa.

— Sinto muito sobre Glen — começou. — Todos nós sentimos. — Ele respirou fundo e pareceu estar se preparando para continuar. — Quer ficar com a Coco Chanel no fim de semana?

O mau humor de Ali desapareceu imediatamente ao se dar conta da doçura daquela pergunta. Não havia nada nem ninguém que Ray amasse mais que sua ridícula cachorrinha, e lhe oferecer Coco Chanel era um ato de gentileza dos mais genuínos.

Ali se viu tendo que conter o choro mais uma vez, só que dessa vez não eram lágrimas de frustração nem de mágoa, e sim por encontrar apoio nos lugares mais inesperados.

Ela sorriu.

— É o presente mais incrível que já me ofereceram, muito obrigada. Queria poder aceitar, mas não tenho como, porque preciso cancelar a cerimônia e tudo mais. Eu ficaria com medo de não poder dar muita atenção a ela.

Ray relaxou visivelmente.

— Eu entendo. Ela pode ser uma diva às vezes, então dá trabalho mesmo, mas, caso precise passar um tempinho com ela num outro dia, sinta-se à vontade.

— Obrigada.

Ray olhou feio para Kevin e foi embora. O adolescente balançou a cabeça.

— Nossa, Ray deve gostar mesmo de você. Nunca achei que ele confiaria aquela cadelinha a ninguém. Lamento sobre o casamento. Eu não conheci Glen, mas, pelo que estão dizendo por aí, ele não era um cara legal. Todo mundo acha que você era boa demais para ele.

Ali odiava saber que estava sendo o assunto do dia no trabalho, mas já era de se esperar.

— Obrigada. Estou com bastante coisa para lidar.

— Ray disse que ninguém ficou realmente surpreso. Não sei se isso ajuda ou não, mas achei que você talvez gostasse de saber.

Ela se lembrou de que Kevin era um garoto e não estava sendo mau de propósito, e depois prometeu a si mesma que, quando estivesse em casa, faria brownies e comeria a assadeira inteira.

— Ok, então — murmurou Ali. — Preciso voltar ao trabalho, assim como você.

Kevin assentiu e saiu. Ela afundou na cadeira e repetiu para si mesma que uma hora tudo aquilo passaria. Em algumas semanas, ela mal se lembraria que tinha sido noiva. Quem era Glen?

Ali ouviu o celular tocar, tirou-o do bolso da calça e olhou para a tela. Ela não reconheceu o número e se perguntou se poderia ser um dos fornecedores.

— Alô?

— Ali? Oi, é a Selena. Só queria confirmar se hoje à noite ainda está de pé.

Ali estava tendo um branco.

— Hoje à noite?

— Vou buscar a mesa e as cadeiras, lembra? Estou tão animada. Nosso auxílio chegou, então minhas filhas e eu conseguimos nos mudar para o apartamento no fim de semana. — Selena estava emocionada. — Sei que é bobagem, mas temos morado em abrigos há tanto tempo que ter um lugar só nosso parece um milagre. Sua mesa e cadeiras ficarão na nossa cozinha. As meninas poderão até usar para fazer o dever de casa, como uma família normal.

Ali sabia que existiam dezenas de conjuntos de cadeiras e mesa de jantar total ou praticamente de graça na internet. Sabia que, se dissesse que as dela já não estavam mais à venda, Selena encontraria um conjunto novo em questão de minutos. Era isso que sua cabeça estava dizendo. Seu coração, entretanto, derreteu.

— Estarei em casa às cinco. Pode ser?

— Sim. Meu chefe vai emprestar a caminhonete dele por algumas horas. Lembro de você ter mencionado que a mesa não era pesada, então vamos conseguir buscar sozinhos. Até mais tarde então.

Ali tentou não se sentir idiota. Estava fazendo uma coisa boa para alguém que precisava mais que ela. Não era como se ela tivesse um apartamento onde enfiar seus móveis, afinal. Que importância tinha?

O problema era a sensação de que suas ações estavam muito mais relacionadas a autopunição do que altruísmo. Ela estava presa numa espiral emocional terrível e não sabia como escapar daquilo. Talvez devesse mesmo passar uns dias paparicando Coco Chanel.

O celular tocou de novo.

— Ali Schmitt?

— Sim.

— Veronica, do vestido de noiva. Seu vestido chegou dos ajustes e está pronto para quando quiser buscá-lo.

É claro, pensou Ali, batendo levemente a testa no tampo da mesa.

— Ótimo. Irei buscá-lo em alguns dias.

Depois ela precisaria resolver o que fazer com ele. Talvez atear fogo, numa espécie de sacrifício para limpar sua vida espiritual. É claro que, para isso, ela precisaria de sálvia, e talvez de uma permissão legal.

Ali endireitou as costas. Brownies, prometeu-se. Haveria brownies mais tarde. E vinho. Depois ela pensaria no que fazer com o resto da sua vida.

* * *

Finola estava alguns minutos adiantada para o jantar com Zennie. Ao entrar no restaurante cujo estilo lembrava o de um café, ela tentou se lembrar qual fora a última vez que as duas se encontraram sem Ali estar presente e, para falar a verdade, a resposta provavelmente era nunca. Em geral eram as três, ou apenas Ali e ela.

Ela viu a irmã já ocupando uma mesa e atravessou o salão do restaurante.

— Obrigada por sugerir isso — disse Finola, se sentando. — Agradeço o apoio. As coisas têm sido muito ruins. Não paro de esperar a notícia vazar.

Ela não entrou em detalhes — vai saber quem poderia estar sentado ao redor — e pegou o cardápio.

— O que tem de bom aqui? Com certeza vou tomar um drinque. E você?

— Vou dispensar o álcool hoje, mas vá em frente. Quanto à comida, é tudo uma delícia.

Havia alguma coisa no tom de voz de Zennie. Finola analisou o cabelo curto e rosto sem rugas da irmã, que nunca fora muito de maquiagem ou estilos elaborados. Ela se vestia para estar confortável, e sua ideia de diversão era correr oito quilômetros ou pegar uma onda às seis da manhã. Finola não tinha aqueles genes atléticos, mas se exercitava, e muito — sobretudo para ficar magra para as câmeras.

Quando o atendente se aproximou da mesa, Finola pediu uma vodca com soda, para não sair da dieta de baixa caloria, e passou o olho pelas entradas. Pediria um belo poke de atum grelhado com salada e uma porção de brócolis. Também já tinha incluído um segundo drinque nas calorias permitidas por dia. Já eliminara grande parte do inchaço e aumentara a musculação. Dentro de uma semana, suas roupas estariam folgadas e, em duas, a perda de peso seria visível. Finola mal podia esperar pelos elogios.

Zennie pediu chá gelado com limão. Depois que o atendente saiu de perto, Finola se debruçou por cima da mesa e perguntou;

— Tudo bem com você? Parece meio... diferente.

— Como assim?

— Não sei. Me diz você. Está tudo bem no trabalho?
— Sim.
— Que bom. — Finola suspirou. — Estou exausta o tempo todo. Sei que é o estresse, mas mesmo assim. Fico ansiosa para ter notícias de, hmm, você sabe quem. — Ela olha ao redor mais uma vez, mas ninguém parece interessado na conversa das duas. — Até agora, os programas têm dado certo, com bons convidados e nenhuma surpresa.

Finola queria comentar sobre como a casa parecia vazia, mas continuava com medo de alguém estar ouvindo. Droga. Ela deveria ter sugerido pedir para viagem e comer na casa dela.

— Finola, não te convidei para falarmos sobre você. Eu queria contar sobre o que está acontecendo com a Ali. Fiquei esperando ela mesma dizer alguma coisa, mas ficou claro que não será o caso. Acho que, na opinião dela, seu problema é mais importante que o dela, mas não. É importante também.

— Não faço a mínima ideia do que você está falando.

— Sim, eu sei. Glen terminou com a Ali. Não vai ter mais casamento.

Finola a encarou fixamente. O atendente voltou com as bebidas. Ela tomou um gole demorado e tentou entender o que havia acabado de ouvir.

— Terminou? Não pode ser. Ela não disse nada.

Nem uma palavra sequer. Na última vez que Finola vira Ali, sua irmã parecera normal como sempre. Só podia ser algum tipo de engano.

— Quando foi que isso aconteceu?

— No mesmo dia em que Nigel...

Finola a interrompeu com o olhar.

— Aqui não!

— Que seja. Naquela mesma sexta-feira. Ela me ligou porque achou que você estava indo para o Havaí e não queria arruinar suas férias. Quando você apareceu lá na mamãe, ela nos fez prometer não contar nada para focarmos apenas no seu problema. — O tom de voz de Zennie deixava claro que, para ela, Ali era uma tola. — Como já expliquei, fiquei esperando ela dizer alguma coisa, mas, quando percebi que não iria acontecer, achei que você gostaria de saber. Ou não.

— O que quer dizer com isso?

— Você parece mais preocupada com a possibilidade de alguém ouvir seu segredo do que com sua irmã ter sido largada praticamente no altar.

— Isso não é justo. Estou em choque. Você acabou de me contar e ainda estou absorvendo. Você já teve algumas semanas para processar, me dá um tempo. — Finola tomou mais gole. — Ele explicou por quê? Temos certeza absoluta de que terminou?

— Parece que sim. Ali já cancelou a cerimônia.

A cerimônia.

— Ela deve estar arrasada. Já conversou com ela? Claro que já. Como ela está levando?

— Apenas levando. Seria legal se *você* conversasse com ela. Vocês sempre foram tão unidas. Não é certo ela passar por tudo isso sozinha para poupar seus sentimentos.

— Ali é assim.

— Sim, e você também.

Finola a olhou feio.

— O que quer dizer?

Zennie deu de ombros.

— Você vive uma vida bastante finolacêntrica. Sei que acabou de descobrir o que aconteceu e que isso é problema dela, mas, não importa o que aconteça, o mundo sempre parece girar ao seu redor. Só que agora deveria ser a vez da Ali receber um pouco de carinho e conforto. Ela perdeu o Glen, tem um casamento inteiro para cancelar e ainda tinha entregado o apartamento para ir morar com ele, o que significa que, neste momento, ela não tem nem onde morar. Talvez ela pudesse ir morar com você por algumas semanas.

Finola ainda não conseguia raciocinar sobre o que estava acontecendo. Primeiro Nigel, agora Glen? Ali cancelando o casamento e precisando de um lugar para morar.

— É melhor eu ir falar com ela.

— É melhor mesmo. — Havia algo insistente na voz de Zennie.

— Quer dizer agora?

Sua irmã sorriu.

— Pode terminar seu drinque antes.

Capítulo Onze

Finola estava na porta de Ali meia hora depois. Ela trouxera frutos do mar para as duas jantarem e esperava desesperadamente que sua irmã tivesse vodca, soda e gelo. Ainda estava tentando abstrair da postura repleta de julgamento de Zennie no restaurante. Não era culpa dela não saber sobre o término. Se ninguém tinha comentado nada, como ela ia saber? Não tinha bola de cristal, e ninguém dera sequer uma pista. Ela trocava mensagens com Ali todos os dias e sua irmã não dissera nada.

Finola bateu com força na porta, apenas então se dando conta de que nem se dera o trabalho de descobrir se Ali estava em casa. Antes que ela pudesse pensar no que fazer, a porta se abriu. A irmã estava com uma colher de madeira suja de chocolate na mão.

— Finola! Você avisou que ia passar aqui? — Ali se afastou para deixar a irmã entrar. — Eu estava fazendo brownies e depois ia pedir alguma coisa para jantar.

Finola levantou a sacola que tinha na mão.

— Eu trouxe poke de atum para o jantar. Ouvi dizer que é uma delícia.

Ali parecia confusa, mas feliz.

— Ok, legal. Obrigada. — Ela olhou na direção da cozinha. — A gente, hm, vai ter que comer na mesinha de centro. Estou meio que sem mesa e cadeiras no momento.

— O quê?

— É uma longa história. Vou colocar os brownies no forno e a gente come e põe a conversa em dia.

Finola seguiu a irmã até sua pequena cozinha e viu que de fato havia um espaço vazio ao lado da janela no canto. Ela não se lembrava da última vez que tinha jantado sentada no chão, mas, desde que houvesse vodca e depois um Uber...

— Tem alguma coisa para beber? — perguntou ela, observando Ali derramar a massa do brownie numa assadeira grande.

— Tipo água, refrigerante ou outra coisa?

— Outra coisa.

Ali sorriu.

— Tem vodca no freezer e algumas misturas na geladeira. Os limões estão na tigelinha ali na bancada.

Cinco minutos depois, os brownies estavam no forno e os utensílios sujos na pia. Finola preparou um drinque para cada. Ao passar o copo para Ali, Finola começou:

— Querida, por que você não me contou?

Por um instante, sua irmã pareceu verdadeiramente confusa, então sua expressão mudou e ela torceu o nariz.

— Mamãe ou Zennie?

— Zennie. Mas você devia ter me falado alguma coisa. Quero saber quando acontecer algo assim, em especial quando seu noivo se mostrar um babaca de quinta categoria. Você está passando por tanta coisa... Por que não quis me envolver nisso?

— Não foi assim. Fin, sua história é pior. Tipo, fala sério, você e Nigel? Era mágico. Estão juntos há muito tempo e eu sabia que você queria engravidar. Eu não podia estragar isso, então decidi não contar de imediato. Além disso, eu achava que você estava saindo de férias. E depois, quando soube o que tinha acontecido, minha situação não pareceu mais tão importante.

Finola pôs o copo na mesa e abraçou a irmã.

— É importante, de verdade, e quero estar com você.

Ali retribuiu o abraço.

— Obrigada. Foi um choque, apesar de que, considerando como as pessoas têm reagido, o choque foi só meu.

— Como assim?

Ali se apoiou na bancada.

— Algumas pessoas no trabalho comentaram que não estavam muito surpresas. Alguns amigos nossos também disseram que não ficaram chocados. Acho que todo mundo sabia que Glen não me amava, menos eu.

Os olhos dela se encheram de lágrimas. Finola conhecia aquela sensação de desesperança e também sabia que não ajudava em nada.

— Eu não sabia — disse Finola rapidamente. — Zennie não sabia. Nós te amamos e achamos você perfeita. Se Glen é burro demais para perceber isso, então ainda bem que se livrou dele. Como está o processo de cancelar tudo?

— Está indo bem. Daniel tem ajudado, o que fez uma enorme diferença.

— Daniel? — Finola tentou associar o nome à pessoa. — Quem é esse?

— Irmão de Glen. Na verdade, foi ele quem me contou. Glen não quis falar comigo. Ele disse ao irmão que simplesmente não apareceria no casamento, então Daniel teve que resolver a situação. Ele tem sido incrível.

Finola a olhou fixamente.

— Ah, meu Deus, você não está se apaixonando por ele, está?

Ali ficou vermelha.

— O quê? Não! Não é nada disso. Ele me ajudou a cancelar os contratos com os fornecedores e esse tipo de coisa. Ele tem sido bem bacana. Não pense nada de errado, Finola. Sério, eu não conseguiria lidar. — Ali virou o rosto. — Sei que não se compara ao que você está passando, mas tem sido muito difícil para mim, tá? Não aguento mais pressão.

— Desculpa. Só estou cuidando de você. Ter alguém para superar é uma coisa, mas o irmão do Glen seria um grande erro.

— Como se isso fosse acontecer.

As irmãs ficaram alguns minutos num silêncio constrangedor, enquanto Finola pensava no que dizer.

— E como você está de grana? Precisa de um empréstimo para cobrir alguma coisa?

Ali parecia estar lutando contra várias emoções, mas, num tom de voz controlado, respondeu:

— Estou bem.

— E o apartamento? Você não ia se mudar? Conseguiu alterar o contrato para continuar aqui ou terá que sair?

— Terei que me mudar, mas tudo bem.

Finola teve a impressão de ter pegado um pouco pesado com Ali, então ela sorriu e ofereceu:

— Minhas portas estão sempre abertas. Tenho espaço de sobra, principalmente agora.

É claro que, se Nigel caísse em si e quisesse voltar, ter Ali por lá seria um problema. Mas Finola supôs que, se fosse o caso, poderia arranjar um quarto de hotel ou algo do gênero para a irmã. Honestamente, o mais fácil seria Ali recusar, mas ela fizera a oferta e agora estava num beco sem saída.

— Acho que seria complicado ir morar com você — respondeu Ali baixinho. — Com Nigel e tudo mais. Não esquenta, estou resolvendo tudo.

Ela ia começar a perguntar como, mas então se deu conta de que não queria saber. Porque se Ali não estivesse resolvendo tudo, talvez Finola tivesse que assumir as rédeas da situação, e ela simplesmente não estava em condições de fazer isso. Pensou em pedir ajuda a Rochelle. Sua assistente era sempre cheia de ideias e de pique.

Antes que pudesse oferecer a ajuda de Rochelle, Ali disse:

— Coitada da mamãe. Acho que ela vai ter que esperar um pouquinho pelos netos dela.

Finola sorriu de orelha a orelha.

— Definitivamente, a não ser que a Zennie apareça grávida por aí.

As duas riram ao pensar na ideia.

Ali pegou seu drinque e desencostou da bancada.

— Certo. Vamos jantar. Você disse que trouxe poke?

— Sim, com salada e uma porção de brócolis.

Ali fez uma careta.

— Sério? São essas coisas que você come?
— Você sabe que eu preciso ficar magra para as câmeras.
— Mesmo assim. Não trouxe nem um rolinho?
— Não estou comendo carboidratos.

Ali suspirou.

— Então é peixe, salada e verduras. Que delícia.

Finola levantou seu copo.

— E vodca, meu bem. Sempre tem vodca.

Zennie nunca foi muito fã de restaurantes, então duas refeições fora em dois dias não era sua ideia de diversão — mesmo que tecnicamente tivesse passado só meia hora no restaurante com Finola na noite anterior e não tivesse comido ali de fato. A ideia a reconfortaria se seu desconforto se devesse à experiência de jantar fora em si, e não com o fato de que estava num encontro às cegas. De novo. Pior ainda, um encontro às cegas arranjado por sua mãe.

Zennie sabia exatamente o que havia acontecido. Ela estava cuidando da própria vida, lendo o contrato da reprodução assistida que Hayes lhe entregara, quando sua mãe mandou uma mensagem com os detalhes do tal encontro. Zennie foi tomada de culpa, sabendo como sua mãe ficaria chateada com a ideia de que uma de suas filhas finalmente engravidaria, mas não ficaria com o bebê. Ela sucumbira à chantagem emocional autoinduzida — o pior tipo, diga-se de passagem.

Então agora lá estava ela, esperando uma pessoa sobre quem não sabia quase nada. A descrição de sua mãe tinha sido sucinta. "C.J. trabalha no mercado imobiliário e acho que vocês terão muito em comum."

Zennie ficou sentada no estacionamento, repetindo para si mesma que não seria tão ruim. O que era mais um encontro às cegas? Ela pegou o celular e mandou uma mensagem para a mãe.

Nem perguntei como ele é. Como vou reconhecê-lo?

A resposta veio quase imediatamente.

Eu mostrei sua foto. C.J. vai encontrar você. Divirtam-se.

Uma resposta não muito tranquilizadora, pensou Zennie, saindo do carro e trancando-o. Conhecer Clark tinha sido bem mais fácil. Nada de encontro às cegas, nada de expectativas. Ela tinha ido correr no zoológico, onde ele era voluntário. Depois de terminar a corrida, Zennie resolvera participar de um dos tours para aprender mais sobre os animais do lugar, e Clark era o guia. Ele era engraçado e interessante, e os dois acabaram conversando depois do passeio. Clark pegara o número dela e entrara em contato logo em seguida.

Ela gostava de Clark, admitiu Zennie, com relutância. Era um cara legal e ela estava um pouco triste pelas coisas terem terminado daquele jeito. Talvez se ele tivesse lhe dado mais tempo, pensou, mas balançou a cabeça logo em seguida. Não. Foi melhor terminar e cada um poder seguir com a própria vida. Zennie não era a mulher certa para ele e estava cada vez mais convencida de que, na verdade, o cara certo não existia.

Ela entrou no restaurante e ficou no saguão, sem saber bem o que fazer. Pedir uma mesa? Esperar?

— Zennie?

Ela olhou para trás e viu uma mulher hispânica alta e magra se aproximando. Ela era bonita, com cabelo castanho longo e ondulado e olhos grandes também castanhos. Estava usando um vestido justo laranja que destacava cada uma de suas impressionantes curvas. Com sua calça capri preta de sempre e blusa soltinha, Zennie imediatamente se sentiu um copo de água sem graça ao lado de uma piña colada.

A mulher sorriu.

— Eu sou a C.J.

Zennie precisava admitir que por *aquela* ela não esperava. Sua mãe marcara um encontro para ela com uma mulher, e não uma mulher qualquer. Se Zennie gostasse de jogar naquele time, seria obrigada a admitir que teria ficado tentada. Mas ela não fazia a mínima ideia do que dizer.

— Hm, oi.

C.J. a encarou por alguns segundos e começou a rir.

— Ah meu Deus, você não é lésbica.

— Que eu saiba, não.

C.J. riu.

— Gostei. Que eu saiba, eu sou. Puxa, que estranho. Por que sua mãe fez isso?

— Não faço a mínima ideia. Onde você a conheceu?

— Na loja dela.

Zennie notou mais uma vez o vestido lindo e colorido que gritava grife de luxo. A loja de sua mãe na Sherman Oaks Galleria seguia uma linha de roupas de trabalho estilosas, mas acessíveis. Terninhos pretos, vestidos simples e coisas assim.

— Mas não foi lá que comprou isso.

— Como sou corretora, na vida profissional uso sempre calça preta e terninhos. Mas, quando não estou trabalhando, gosto de ousar um pouco mais. E, depois que vi sua foto, quis impressionar.

— Estou impressionada mesmo, e desejando seriamente que eu fosse lésbica.

C.J. sorriu.

— Quer saber? Gostei de você. Vamos jantar assim mesmo. É por minha conta.

— Combinado, mas eu pago meu jantar. Sou dessas.

— Perfeito.

Elas foram até a hostess e logo estavam sentadas. C.J. pediu uma margarita com um shot de tequila e Zennie pediu chá gelado.

Depois de o garçom se afastar, C.J. se inclinou sobre a mesa, apoiando os cotovelos.

— Então... Por que sua mãe acha que você é lésbica?

— Por mil motivos. Nunca estou com um homem. Não sossego com ninguém. — Zennie sorriu. — Gostava de praticar esportes na escola.

C.J. levantou as mãos, se rendendo.

— Ah, claro. Tipo, todo mundo sabe que atletas homens são sexy, mas atletas mulheres só podem ser lésbicas. Voltamos aos anos setenta?

— Foi você quem perguntou.

— Tem razão. Quer dizer que não tem nenhum cara por aí?

— Uau, estamos indo direto ao ponto, hein? — Zennie pensou naquilo por um instante e chegou à conclusão de que não se importava em responder. — Não sou de viver em casal. Não preciso disso e não estou em busca de compromisso. Tenho uma vida ótima, amigos maravilhosos. Quanto ao sexo, que já sei que será a próxima pergunta...

C.J. arregalou os olhos.

— Sem dúvida. Já que chegamos até aqui, teremos que falar sobre sexo.

Zennie riu.

— Eu não adoro. Simplesmente não consigo. Acho bom e, sim, já tive um orgasmo. Mas, para mim, não é grande coisa. Já entendi que sou diferente da maioria das pessoas. Não estou fazendo nada de errado, só vivendo a vida do meu jeito.

— Que bom para você. — C.J. se ajeitou na cadeira. — Sou uma de quatro filhas numa família católica. Toda aquela coisa hispânica e bem tradicional. Colégio católico, uniformes.

— Você devia ficar bonitinha de uniforme.

C.J. sorriu.

— Eu ficava. E só deveria ver um homem pelado na noite do meu casamento.

— E quantos anos tinha quando viu um homem pelado pela primeira vez?

Zennie sabia que C.J. devia ter tentado pelo menos uma vez.

— Eu tinha 16. Foi nojento. Ele foi fofo e tentou fazer tudo certo, mas ele mesmo tinha apenas 17 anos, então acabou em, tipo, seis segundos. Não suportei a ideia de repetir aquilo. Tentei me convencer de que era porque eu viveria minha vida servindo a Deus, mas a verdade é que eu tinha uma queda enorme pela capitã das líderes de torcida da escola. Ela fazia muito mais meu tipo.

— Então quando foi que se deu conta?

— No primeiro ano da faculdade. Conheci uma menina mais velha.

Zennie se debruçou sobre a mesa.

— Quantos anos? Vinte?

— Ela tinha 19 e era viajada. Já tinha até ido à França.

— *Oh là là.*

— Eu sei. Foi incrível. Assim que ela me beijou, tive certeza. Quando fizemos amor, foi perfeito. Ela partiu meu coração e fiquei arrasada, mas pelo menos descobri onde eu pertencia.

— Sua família sabe?

— Sim, e, por mais que não estejam felizes, eles me apoiam, se é que faz sentido.

O garçom voltou com as bebidas. Elas brindaram e C.J. tomou seu shot de tequila, partindo em seguida para a margarita.

— Sua mãe me disse que você é enfermeira.

— Sou. Trabalho na sala de cirurgia, geralmente com cardiologistas. É intenso, mas eu adoro. Nenhum dia é igual ao outro. Nós salvamos vidas, nada poderia superar isso.

C.J. parecia arrasada.

— Tem razão. No fim, eu só vendo imóveis. — Ela baixou o drinque. — Calma, o que estou dizendo? Encontro casas para as pessoas. Isso também é importante. Tá bom, você é mais especial, mas continuo no páreo, não muito atrás.

— Só uma posição atrás — disse Zennie. — Em que região você atua?

— East Valley, principalmente. De vez em quando eu flerto com Burbank, mas sabe como aquele mercado é especializado. Você tem casa própria?

— Bem que eu queria, mas não. Moro num pequeno estúdio, perto do hospital.

— Devia comprar alguma coisa. É bom ter patrimônio. O resto do mercado imobiliário do país vive oscilando, mas estamos em Los Angeles, e aqui ele está sempre subindo. — C.J. ergueu uma sobrancelha. — A não ser que lá no fundo esteja esperando um cara dizer que vai resolver isso.

— Ui. Isso não. — Zennie parou para pensar. — Ok, talvez, mas só porque eu não estava prestando atenção, e nossa, como isso é burrice. O que estou esperando?

— Não tenho a mínima ideia. Talvez você apenas goste muito do seu cantinho.

Zennie pensou no seu pequeno apartamento. Era seu lar, mas não exatamente o que ela imaginava para si. A princípio, ela gostara da conveniência, mas, no fundo, sempre presumiu que iria…

— Estou esperando um homem — constatou ela, chocada com a verdade. — E eu nem sabia. Sofri lavagem cerebral pelas pressões sociais.

— Acontece com todo mundo. Não é fácil perceber isso. E quais outros sonhos estão em modo de espera?

— Você está me julgando?

C.J. pôs as mãos para o alto de novo.

— Jamais, amiga. Mando muito bem nas questões de carreira, mas na minha vida pessoal pulo de um relacionamento para outro rápido demais. Se alguém quer um segundo encontro, já começo a planejar toda a nossa vida juntas. É horrível. Odeio ficar sozinha, parece uma sentença de morte. Por isso, sou uma bagunça. — C.J. abre um sorriso. — Mas sou bonita.

— Você é. Hm, vamos ver, outros sonhos em modo de espera. Aprender italiano e ir à Itália. Não por uma semana, mas por, tipo, um mês. Quero viver no ritmo que eles vivem.

— Ótimo objetivo. Comece hoje, então. Baixe um daqueles aplicativos e aprenda italiano. Já pode estar pronta para ir no outono.

Zennie balançou a cabeça.

— Não neste.

— Está com medo?

— Acho que estarei grávida.

C.J. arregalou os olhos castanhos. Ela deu um último gole em sua margarita e chamou o garçom.

— Vou precisar de mais uma, depois quero ouvir essa história. Você vai ter um bebê?

— Não para mim. Para uma amiga.

— É bem mais responsabilidade do que ser uma babá de gatos.

Zennie riu e depois contou sobre Bernie e a reprodução assistida.

— Ainda não contei à minha mãe, então, por favor, não comente nada.

— Fique tranquila, e, só para constar, eu não saio com sua mãe. Não que ela não seja um amor, mas tenho minha própria mãe para me fazer sentir culpada. Uau, um bebê. Não sei se eu faria isso por uma amiga. Você é fascinante.

— Obrigada. Sei que é uma decisão importante, mas Bernie passou por muita coisa e sei que ela será uma excelente mãe. Ela é professora de jardim de infância, então está mais que preparada.

— Incrível. — C.J. olhou fixamente para ela. — Bem, acho que devemos ser amigas.

— Eu adoraria.

— Ótimo. Vou ao banheiro. Quando eu voltar, a gente come e depois podemos falar mal de nossos ex. O que acha?

— Perfeito.

Quando C.J. se levantou e foi até o banheiro, nos fundos do restaurante, Zennie pegou seu celular e mandou uma mensagem para sua mãe.

Não sou lésbica, mãe. Achei que a gente já tivesse conversado sobre isso.

Era só para ter certeza. Você podia ter mudado de ideia.

Não mudei, apesar de C.J. ser legal. Seremos amigas, então as possibilidades de ter netos com ela são pequenas.

Assim você me mata, Zennie. Neste exato momento, estou deitada aqui, morta.

Boa noite, mãe.

Pessoas mortas não respondem mensagem.

Zennie ainda estava rindo daquilo quando guardou o celular de volta.

Capítulo Doze

Ao voltar do estúdio, Finola deu de cara com as roupas de Nigel, arruinadas e manchadas de cloro, cuidadosamente dobradas sobre o deque. Ela não fazia ideia do que o limpador da piscina pensara ao encontrá-las, mas duvidava que ele tivesse ficado surpreso. Era Los Angeles, afinal, e coisas loucas aconteciam aqui, mesmo no San Fernando Valley.

Ela saiu da cozinha bolando um plano para aquela noite. Começaria com uma chuveirada quente, depois se maquiaria de novo, se vestiria e sairia. O trânsito estaria uma loucura, mas, se chegasse lá cedo, já era uma vitória.

Finola mal começara a subir as escadas quando ouviu o celular tocar. Ela olhou para a tela, viu que era seu padrasto e atendeu enquanto afundava numa poltrona.

— Oi, pai.

— Oi, meu bem. Sua mãe me contou o que aconteceu e eu quis saber como você está.

Finola suspirou, pronta para um pouco de carinho paterno.

— Tem sido péssimo, como já deve imaginar. O que Nigel tem na cabeça? Trair é uma coisa, mas logo com ela? E me contar daquele jeito! Não consigo nem explicar como foi difícil.

Ela sentiu os olhos começarem a marejar.

— Pai, ele foi tão mau, e ela foi tão megera. Agora todo mundo vai ficar sabendo e está tudo arruinado.

Finola respirou fundo e esperou por uma resposta, mas só ouviu silêncio.

— Pai? Não vai dizer nada?

— Lamento pela sua dor.

Era só isso mesmo?

— Um pouco mais de solidariedade viria a calhar — disse ela.

— Aposto que sim, mas você tem pessoas de sobra para lhe darem isso. Quero me certificar de que está fazendo as perguntas certas.

— Como assim?

— O motivo.

— O motivo do quê?

— De isso ter acontecido, Finola — respondeu o padrasto lentamente, como se estivesse falando com uma criança.

— Como assim o motivo de ter acontecido? O motivo por Nigel ter me traído? Não faço a menor ideia. Por que ele escolheu aquela pirralha vulgar? Porque ele podia. Porque ela é jovem e bonita. Se ele pensou em mim sequer uma vez? Se ele pensou no nosso casamento ou no que vai acontecer quando isso vier à tona? Duvido muito. Eu não tive nada a ver com o que aconteceu. Sou a esposa dele. Eu o amei e cuidei dele. — Finola mudou o celular de ouvido. — Eu queria engravidar durante nossa viagem para o Havaí. Agora nunca vai acontecer.

Seu padrasto suspirou.

— Precisa perguntar o porquê. Por que ele fez isso? Por que agora? Por que com ela? E quanto disso tudo foi culpa sua?

— Oi? — Finola fuzilou o celular com os olhos. — Minha culpa? Minha? Você enlouqueceu? A culpa não foi minha, não fiz nada de errado. Eu estava bem aqui, vivendo a nossa vida, enquanto ele estava por aí fodendo sei lá quem. Ele confessou minutos antes do meu programa. Mamãe contou essa parte? Ele despejou aquilo em mim cinco minutos antes de eu ficar cara a cara com sua amante num programa ao vivo. Não me importa o porquê de ele ter feito isso. Eu só quero que ele seja punido.

E que ele volte, sussurrou uma voz na sua cabeça. Apesar de tudo, ela também o queria de volta.

— Nenhum término é culpa de só uma pessoa — respondeu Bill calmamente. — É raro até ser oitenta por cento culpa de um e vinte do outro. A culpa é sempre dos dois.

Finola sentiu a fúria ganhando corpo dentro de si.

— Que legal. Quando foi que você se deu conta disso? Qual foi sua parcela de culpa no fracasso do seu casamento?

— Desde o começo eu sabia que Mary Jo não me amava como eu a amava. Eu tinha consciência de que ela achava que estava abrindo mão de seus sonhos em troca de segurança. Eu jamais teria conseguido realizar os sonhos da sua mãe, mas me casei com ela mesmo assim. Os verdadeiros problemas começaram quando parei de tentar realizá-los. Era um trabalho duro demais e eu me afastei emocionalmente muito antes de terminarmos. E isso foi responsabilidade minha.

Finola não estava esperando tamanha sinceridade do padrasto.

— Mamãe também não ajuda muito.

— É verdade, mas eu também não. Não me arrependo de ter me casado com ela e não estou dizendo que deveríamos ter ficado juntos. Mas reconheço minha parcela de culpa.

— Nenhum de vocês dois traiu. Você não tem como saber como é.

— Tem razão, não tenho, mas sei que trair é apenas uma parte. A grande questão ainda é o porquê, e você não conseguirá seguir em frente até que tenha essa resposta. — Bill tossiu e continuou. — Lamento que esteja passando por isso, de verdade. Mas o que sinto não importa. São os seus sentimentos que interessam agora. Enquanto se sentir como vítima, estará perdendo.

— Isso não é justo.

— Talvez não seja, Finola, mas é verdade. Pense no que falei. Ligo daqui a algumas semanas para ver como você está.

Antes que ela pudesse concordar ou gritar que ele estava errado, Bill desligou.

Finola se levantou, apertando o celular com força.

— Você não sabe do que está falando — gritou ela para a sala vazia. — Está completamente errado.

Finola correu até o segundo andar, energizada pela raiva. Em vez de tomar banho, simplesmente tirou a maquiagem do estúdio, passou sua maquiagem de sempre e afofou e passou um spray no cabelo. Foi até o closet e pegou um terninho azul cobalto com uma blusa de seda estampada. Finola hesitou na hora de escolher os sapatos, mas acabou se decidindo por um scarpin nude. Uma bolsa de matar e uma joia simples depois, e ela estava pronta para sair.

No caminho de carro até Pacoima, Finola tentou ao máximo não pensar em seu padrasto. *Dane-se ele*, repetia, amargamente. É muito fácil dar conselhos quando não se sabe do que está falando. Bill nunca se importara com ela, de qualquer maneira. Ele sempre fora grudado com Zennie. Ela era a favorita, a molecona para substituir o filho que ele nunca teve. Zennie, Zennie, Zennie.

Finola continuou o trajeto pelo San Fernando Valley, rumo ao norte. Naquela hora do dia, não fazia nem sentido tentar ir pela rodovia. Além disso, ruas menores eram mais diretas.

As reuniões mensais aconteciam no centro de recreação, e o grupo ajudava garotas de 14 a 18 anos a permanecer focadas na realização de seus sonhos. Finola havia sido convidada para um cargo no conselho diversas vezes, mas sempre recusara, porque não queria se comprometer. Em vez disso, ia lá algumas vezes por ano e passava tempo com as meninas. Falava sobre o mundo profissional e sobre como ter sucesso, dava conselhos práticos sobre como se comportar numa entrevista, seja de emprego ou para um estágio. Ela ressaltava a importância de saber se comunicar e de olhar as pessoas nos olhos ao falar.

Finola entrou no estacionamento do centro de recreação. Estava um pouco adiantada, mas sabia que várias garotas já estariam lá. Elas ficavam ansiosas pelas informações, determinadas em se tornar pessoas melhores. Admiravam Finola e a tomavam como exemplo. Em junho, ela gravara um quadro inteiro sobre a ONG e como aquele trabalho estava ajudando as meninas ali.

Finola desligou o carro e respirou fundo algumas vezes. Estava tudo bem, repetiu. Ela entraria lá e dividiria o que sabia, seria prestativa e engraçada, e mostraria às meninas que alguém acreditava nelas.

Mas só isso não basta para estar no conselho, sussurrou uma voz vil em seu ouvido. *Noooossa, você gravou um quadro para seu programa. Que máximo. Isso aí, garota, está realmente fazendo sua parte. Cuidado para não ficar exausta de tanto ajudar.*

— Não — sussurrou Finola. — Não é nada disso. Sou uma boa pessoa. De verdade.

Ela era, sim, repetiu Finola baixinho, se perguntando em seguida se era mesmo, ou se o resto da sua vida era exatamente como seu casamento: uma grande e completa mentira.

Ali se sentou no sofá — o único móvel com o qual ficaria, não importava o que acontecesse — e pensou nas questões mais urgentes em sua vida. Provavelmente o maior problema era não ter onde morar e, graças ao que ainda devia por causa de diversas despesas do casamento, ela estava lidando com uma dívida feia no cartão de crédito. Além disso, estava se sentindo incomodada com sua irmã.

Finola tinha sido surpreendentemente difícil na outra noite. Ali tentou se convencer de que era pelo que estava enfrentando com Nigel, a traição e tudo mais, mas puxa, tinha necessidade de acusar Ali de estar se apaixonando por Daniel? Era ridículo. O homem era um santo e ela estava grata, só isso.

Mas Finola não entendia isso e agora Ali estava se sentindo esquisita por causa de uma coisa que ela não tinha feito, o que podia ser bem constrangedor, considerando que Daniel estava para chegar a qualquer momento.

Naquele exato instante, ele bateu na porta da frente e Ali abriu. Ele sorriu, entregando-lhe a pasta de sempre.

— Resolvido. Está livre de todos os seus contratos. Glen vai viver o resto da vida sendo um idiota, e daqui a alguns anos você vai olhar para trás e agradecer por tudo isso.

O simples fato de vê-lo ali já fazia com que ela se sentisse melhor.

— Tem toda a razão. Eu também já terminei. Já devolvi todos os presentes e limpei minha lista de afazeres.

Eles foram até a pequena sala de estar. Daniel se sentou no sofá e ela na poltrona.

— Você está bem? — perguntou ele, observando-a com atenção.

— Estou. Dormindo mais, bebendo menos.

Ali ainda estava comendo por vinte pessoas, mas achava que ainda podia se permitir mais uma semana de indulgências antes de dar um basta naquilo.

— Já passei pela pior parte. Obrigada por ter ajudado tanto.

Ali pensou distraidamente em como ele estava bonito com aquela barba de três dias, calça jeans, camisa de manga comprida e botas de motociclista. Em outras circunstâncias, ela ficaria bem animadinha por estar com um homem tão bonito na sua sala de estar, mas aquela era uma situação diferente. Daniel fora um amor com ela e os dois eram amigos. Ela não seria burra — algo em que nem precisaria estar pensando se não fosse por Finola. Ah, irmãs!

— No que está pensando? — perguntou ele.

Ali ficou vermelha. Contar estava fora de cogitação, então rapidamente tentou pensar numa mentira.

— Em como eu, hm, admiro suas habilidades de negociação. As minhas são péssimas. Faço bem meu trabalho, mas realmente devia ter continuado na faculdade para pelo menos pegar o diploma. Além do mais, não tenho muita fé em mim mesma e, depois de toda essa história com Glen, me sinto ainda pior. — Ela deu de ombros. — Como o relógio.

— Que relógio?

— Minha mãe tem um antigo relógio de pêndulo. Sei que é antiquado e grande demais, mas eu o adoro. Ela está fazendo uma limpa na casa antes de se mudar para outra bem menor, então quer que fiquemos com algumas coisas. Pedi o relógio e ela negou. Ninguém mais o quer, então ela vai se livrar dele de qualquer maneira. Tipo, sério? Ela prefere doá-lo a me deixar ficar com ele?

— Você a enfrentou?

Ali revirou os olhos.

— Acho que nós dois sabemos a resposta.

— Essa atitude explica por que a mesa e as cadeiras da cozinha também sumiram?

— Não! — Ela se levantou e o olhou feio. — Isso é muito injusto. Pedi para você sentar de costas para a cozinha de propósito. Como sabia?

— Eu notei o sumiço assim que entrei.

— E não falou nada? Só esperou para atacar.

— Não estou atacando.

— Parece um ataque. — Ali afundou de volta na poltrona. — Tá bom, sim, eu as vendi. Não consegui entrar em contato com a mulher que havia se interessado e, quando ela me ligou, parecia muito animada para vir buscá-las. Ela e as filhas viviam em abrigos e agora finalmente vão ter onde morar e ela ficou falando de como as filhas fariam o dever de casa naquela mesa. Eu não podia dizer não.

Ali se sentia ao mesmo tempo desafiadora e tola. Daniel se levantou.

— Pega sua bolsa e a chave. Vamos comigo.

— Aonde estamos indo?

— Surpresa.

Ali não tinha medo de Daniel levá-la a um lugar perigoso, e além disso eram só cinco da tarde, então ainda nem estava escuro. Talvez eles fossem jantar, pensou, imaginando que qualquer lugar que Daniel escolhesse seria melhor que as sobras que a aguardavam na geladeira. Mais cedo ou mais tarde, ela teria que voltar a cozinhar. Depois de se recompor totalmente, voltaria à rotina de domingos na cozinha preparando refeições saudáveis para a semana toda como fazia antes. O.k., não exatamente *fazia*, mas pensava em fazer. Às vezes.

Os dois entraram na caminhonete e seguiram a leste. Ao chegarem nos arredores de Burbank, Ali olhou para ele.

— Por favor não me diga que estamos indo visitar minha mãe. Não que eu não a ame e tal, mas já estarei com ela no fim de semana para passarmos mais algumas horas revirando a casa.

Daniel sorriu e respondeu:

— Não estamos indo visitar sua mãe, estamos indo até minha casa.

— Ah.

Por essa ela não esperava. Para a casa dele. Ela nunca fora lá. Tentou se lembrar do que Glen lhe dissera. Ela sabia que o negócio de Daniel era um sucesso e que ele também tinha sido um bom piloto. Talvez ele morasse numa casa nas colinas.

Dito e feito. Em poucos minutos eles tinham passado pelas planícies e estavam subindo as colinas. Os prédios residenciais começavam a dar espaço a pequenas casas, que por sua vez davam espaço a casas maiores. A estrada ia ficando mais estreita e serpenteava a colina até eles chegarem a uma parte superexclusiva da cidade.

— Que chique — observou Ali quando Daniel estacionou na frente de uma casa grande de dois andares e uma garagem para quatro carros.

Ele apertou um botão, e uma das portas da garagem se abriu.

A primeira coisa que Ali viu foram as motos. Havia quatro, distribuídas em duas vagas.

— Você leva essa coisa de motocross bem a sério — comentou ela, saindo da caminhonete.

Daniel sacudiu a cabeça.

— São motos urbanas.

— Eu sabia disso.

Ele olhou para Ali, que sorriu e confessou:

— Eu não sabia, mas agora sei.

Daniel indicou a quarta vaga.

— É grande o bastante para suas coisas. Caixas, móveis, presumindo que não vá doar todos eles.

Ali entendeu o que ele estava tentando dizer e compreendeu por que ele a levara ali. Que bom que ela não fizera menção ao jantar ou algo do tipo.

— Você presumiu que eu vou morar com alguém, o que faz sentido — disse ela. — Que legal. Vai me ajudar a economizar com o aluguel de um depósito. Obrigada. É muito gentil da sua parte.

— Ali, não estou oferecendo um lugar para você guardar suas coisas, estou oferecendo um lugar para você ficar.

— O quê?

— Vem comigo.

Ficar? Tipo... morar? Com ele? Nesta casa? Com ele?

— Não estou entendendo.

Daniel continuou andando, obrigando Ali a segui-lo, e os dois entraram na casa após passarem por um hall. Havia uma grande lavanderia à esquerda e uma cozinha linda logo adiante.

O lugar tinha janelas enormes, armários escuros e uma ilha do tamanho da antiga cama dela, além de utensílios novos e brilhantes, alguns dos quais Ali nem sabia para que serviam.

— Não sou de cozinhar muito, mas até eu arrasaria numa cozinha assim — disse ela. — É gigantesca. A casa toda é gigantesca. Há quanto tempo mora aqui?

— Há alguns anos. É difícil encontrar uma casa pequena com uma garagem de quatro vagas. Além disso, achei que um dia eu sossegaria e me casaria.

Mulher de sorte, pensou Ali, continuando a segui-lo. Havia uma sala de estar enorme de frente para a cozinha.

Daniel foi até a outra ponta da cozinha, atravessou um corredor estreito e abriu uma porta.

— A edícula — mostrou ele, gesticulando para que ela entrasse.

A pequena área de estar tinha um sofá e uma TV sobre um aparador. Mais além, havia um quarto com uma cama *queen*, uma cômoda, mais uma TV e uma escrivaninha de frente para a janela. O closet era enorme, assim como o banheiro.

— É seu, pelo tempo que precisar — decretou Daniel. — Meu quarto fica no andar de cima e do outro lado da casa, então não vai nem me ouvir. Pode usar a cozinha, a sala, a lavanderia, o que quiser. Pode entrar e sair quando bem entender.

Ali olhou para as lindas cobertas cor de lavanda, a cômoda de gavetas grandes e o banheiro com pias duplas e um chuveiro enorme.

— Está disposto a alugar isso para mim? — perguntou ela. — Sério?

— Alugar não, Ali. Pode ficar aqui. Eu quero que fique aqui como minha convidada, pelo tempo que desejar. — Daniel enfiou as mãos nos bolsos ao dizer aquilo. — Sem segundas intenções. Tem minha palavra.

— Como assim?

— Não quero que ache que estou dando em cima de você.

Ela riu.

— Confie em mim, eu jamais acharia isso. Mas não pode estar falando sério, não posso simplesmente morar aqui.

— Por que não? Eu tenho o quarto e você precisa de um lugar. A gente se dá bem. Quero fazer isso, quero saber que está em segurança.

Ele era o homem mais gentil do mundo, pensou Ali, lutando contra a súbita ardência nos olhos. Glen tinha sido tão terrível, e Daniel era o exato oposto.

— Vem ver o resto do andar — chamou ele.

Ali olhou mais uma vez pelo quarto, lembrou a si mesma de que não podia aceitar e o seguiu de volta pela cozinha. Daniel a levou até uma sala grande com uma TV acima da lareira.

— Tem uma sala de jogos lá em cima.

Ali sorriu.

— Claro que tem.

Ela viu uma pequena sala de estar mais formal e uma sala de jantar bem maior, ambas vazias.

— Você é um cara tão típico. Não tem móveis na sala de jantar, mas tem uma sala de jogos.

Daniel abriu um sorriso de orelha a orelha.

— Prioridades.

Eles entraram então num escritório com uma mesa, algumas poltronas de couro e armários embutidos, além de uma estante cobrindo uma das paredes de ponta a ponta.

As prateleiras estavam repletas de dezenas de troféus e outros prêmios. A parede oposta tinha retratos de Daniel correndo ou pilotando, fotos dele no pódio, parecendo cansado, sujo e triunfante. Ali foi até a estante.

— Olha só isso tudo — comentou Ali, lendo o que estava escrito em algumas das placas. — Você é famoso.

— Isso já tem um tempo.

Ela o olhou por cima do ombro.

— Por favor, não subestime seu sucesso por minha causa. Estou impressionada. Eu queria ter descoberto antes. Acho que quando Glen e eu estávamos juntos, mal tive chance de conhecer você. — Ali resolveu ser sincera. — Na verdade, eu achava que você não gostava de mim.

Daniel continuou a encarando, firme.

— Por que pensaria uma coisa dessas?

— Não sei bem. Acho que eu não me sentia confortável perto de você. Agora me sinto, claro. Posso babar e ser sua tiete.

— Não precisa. Eu estava falando sério, Ali. Vem morar aqui por alguns meses enquanto resolve o que vai fazer em seguida. Eu quase não fico em casa, você terá espaço e privacidade de sobra.

— Suas namoradas não vão se importar?

Com um cara como Daniel, sempre haveria mulheres.

— Estou dando um tempo nos rolos.

— Agora, mas no futuro certamente haverá alguém.

Não que ela quisesse ficar pensando muito nisso, mas também não fazia sentido ignorar a realidade. Daniel era o tipo de homem que sempre tinha uma bela mulher ao seu lado. Não no sentido de ser um mulherengo — ela não o via dessa forma, mas como alguém poderia não gostar dele?

Voltando à questão atual, sinalizou Ali para si mesma. Morar aqui. Para dizer a verdade, suas opções eram limitadas. Ela não queria alugar um apartamento ruim só por estar vago e caber no seu orçamento. Se tivesse um tempo para terminar de quitar a dívida do cartão de crédito e ir juntando uma grana, certamente dormiria mais tranquila. Fora que morar com sua mãe não era uma alternativa. A situação de Finola era, digamos, instável, e o apartamento de Zennie era ainda menor que o dela.

— Se você tem certeza... — concordou ela.

— Eu tenho. Vamos combinar que pode ficar um ano aqui, sem pagar aluguel. Depois disso despejo você.

— Um ano? É muito tempo.

— Então vá embora quando quiser, mas, se depender de mim, você tem um ano.

— É muita generosidade da sua parte. Tenho que pagar alguma coisa.

— Na verdade não tem, não.

— Pelo menos metade das contas. Eu me ofereceria para cozinhar, mas nenhum de nós dois gostaria muito disso.

Daniel hesitou por um instante.

— Certo. Metade das contas. Eu mando para o seu e-mail.

Ali mordeu o lábio inferior. Era uma solução perfeita, pelo menos para ela.

— Ok. Muito obrigada. Eu agradeço mesmo.

— Ficarei feliz em ter você por aqui. Então, você mencionou que tinha alguma coisa para fazer com sua mãe no fim de semana. Pode se mudar no sábado que vem. Conheço uns caras que podem dar uma mão. Eu ajudo a encaixotar tudo e a fazer a mudança no sábado, e você pode se assentar no domingo.

— Perfeito. Preciso decidir com o que vou ficar e o que vai ficar guardado.

Não que Ali fosse precisar de muita coisa na casa de Daniel, o que era muito conveniente, considerando que ela já não tinha mais muitos pertences mesmo.

— Então estamos combinados?

— Estamos. Obrigada, Daniel.

— Sem problemas, mas me faça um favor. Tente não vender mais nenhum móvel.

Ali gemeu.

— Não foi culpa minha.

Daniel a olhou.

— Tá. Foi um pouco culpa minha, e sim, vou parar. — Ela sorriu. — Talvez eu fique tão inspirada pela sua cozinha que comece a fazer aulas de culinária.

— O que quer que a faça feliz.

Você faz.

Aquele pensamento foi tão inesperado que Ali tentou não tropeçar nos próprios pés de puro choque. Não, não e não. Ela não estava interessada em Daniel. De jeito nenhum, nem pensar. Ela tinha seus defeitos, mas também não era uma idiota. Não só existiam mil motivos para não se envolver com o irmão de seu ex-noivo, como também era uma maneira péssima de retribuir a alguém que só tinha sido gentil. Supergentil. Não mesmo, ela não gostava dele assim. Nem um pouquinho. De verdade.

Capítulo Treze

— Seus exames de sangue estão excelentes — disse a dra. McQueen a Zennie. — Você não toma anticoncepcional, não tem nenhuma IST. Do ponto de vista médico, não existe motivo para duvidar que possa ter uma gravidez tranquila e um bebê saudável.

— Mas? — perguntou Zennie à ginecologista. — Estou sentindo que tem um "mas" vindo aí.

A dra. McQueen era uma mulher de aparência sensata e quarenta e poucos anos. Ela tinha sido sua médica nos últimos cinco anos, e Zennie a visitava regularmente para um check-up anual, recusava suas ofertas de pílula anticoncepcional ou DIU e ia embora. Ainda faltavam anos para que precisasse fazer uma mamografia, ela nunca tivera nenhum problema de saúde íntima nem pensara em engravidar até duas semanas atrás.

— Engravidar é natural e a maioria das mulheres passa pelo processo sem grandes problemas. Dito isto, o corpo *sofre* uma pressão. Há grandes mudanças físicas e hormonais que requerem apoio e mudanças no estilo de vida. Você voltará a se sentir como antes poucos meses depois de dar à luz, mas seu corpo leva cerca de um ano para se recuperar por completo. Também existem os riscos inerentes a uma gravidez... Eu presumiria que são pequenos, no seu caso, mas continuam sendo riscos. E, no fim das contas, terá passado por tudo isso apenas para entregar a outra pessoa o que biologicamente será o *seu* bebê. — A médica suavizou o tom de voz e sorriu. — Zennie, o que está oferecendo à sua amiga é incrível, mas precisa ter certeza.

— Agradeço a sinceridade, de verdade, e você tem toda razão. É muita coisa para meu corpo passar, mas eu amo Bernie e quero fazer isso por ela e por Hayes. Sou jovem, saudável e não tenho planos de ter filhos para mim mesma, pelo menos não agora. Por isso, não acho que doar o bebê vá ser difícil para mim. Eu quero fazer isso.

Ela já tinha assinado a papelada e devolvido para Bernie. Agora, precisava apenas de um laudo de saúde positivo e estaria pronta para ir em frente e engravidar.

A dra. McQueen sorriu e respondeu:

— Pelo visto você já se decidiu. Certo. Já fiz a minha parte explicando todos os detalhes do "tem certeza?", então vamos em frente. Encontro você na sala de exame ao lado. Depois de confirmar que está em boa forma física, vamos descobrir quando deve ser sua próxima ovulação. E aí conversamos sobre as opções. O que acha?

— Perfeito.

Vinte minutos mais tarde, depois de a dra. McQueen terminar o exame, ela não parecia mais tão calma.

— O que foi? — perguntou Zennie.

Ela tinha feito seu check-up anual quatro meses antes. Os resultados do Papanicolau foram completamente normais. O que poderia ter mudado em tão pouco tempo?

— Nada — tranquilizou a médica. — É só que... — Ela sorriu. — Zennie, me parece que você está ovulando agora. Não quero apressar você, mas o laboratório fica aqui mesmo. Podemos confirmar se está mesmo pronta com um rápido ultrassom e chamar o marido da sua amiga para fazer, digamos, a doação. Depois que o laboratório coletar tudo, poderíamos tentar ainda hoje. — A médica suavizou o tom de voz. — Ou podemos esperar mais um mês, caso precise de tempo para processar isso tudo. Sei que é rápido demais.

A notícia foi um pouco desconcertante, mas, se ela ia mesmo fazer aquilo, para que esperar mais um mês?

— Vamos descobrir se estou ovulando. Depois disso eu resolvo.

Após uma dose de gel e um tempo com um transdutor, ela teve a confirmação. O coração de Zennie estava a mil. Ela estava ao mesmo tempo assustada e animada.

— Vamos nessa — disse ela à dra. McQueen. — Vou ligar para Hayes agora mesmo e pedir para que ele venha.

A dra. McQueen sorriu.

— Vou deixar vocês dois conversarem a sós — disse ela, com uma risadinha.

Zennie pegou o celular e ligou. A assistente de Hayes transferiu para a sala dele imediatamente.

— Oi, Zennie, o que foi?

Ela respirou fundo.

— Hayes, sei que é repentino, mas estou no consultório da minha médica. Ela confirmou que estou bem de saúde e, por acaso, ovulando neste momento. Então, caso queira começar a tentar hoje, precisa vir para cá agora mesmo.

Ele ficou um instante em silêncio e então pigarreou.

— Então está me dizendo que eu teria que, hmm, fornecer a amostra.

Zennie suspirou. Homens eram tão delicados.

— Tenho certeza de que eles têm uma sala aqui adequada para isso. Sem pressão.

— Ah, pressão tem. Agora? Está bem. Vou cancelar meus compromissos e já estarei aí.

Ela passou o endereço e desligou, indo em seguida dizer à dra. McQueen que Hayes estava a caminho.

Zennie olhou para o relógio na parede e deduziu que Bernie ainda estava na escola. Enviou uma mensagem a ela com a notícia, informando o endereço da clínica, e se preparou para esperar.

Menos de três horas depois, Zennie estava deitada com os pés ligeiramente elevados e Bernie segurando sua mão.

— Não acredito que isso está acontecendo — disse a amiga. — Obrigada, Zennie.

— Você sabe que talvez seja preciso tentar mais de uma vez, né? É improvável que dê certo na primeira tentativa.
— Eu sei, mas mesmo assim. Você simplesmente resolveu fazer, nem pensou muito nisso.
— Eu já tinha falado que queria. Para que esperar? — Zennie olhou para a porta. — Hayes não vai se juntar a nós?
Bernie sorriu.
— Ele foi para casa. Acho que está com vergonha de você neste momento.
— Foi meio estranho mesmo. Fiz o meu melhor para não pensar muito enquanto estava acontecendo.
As duas riram.
— Como está se sentindo? — perguntou Bernie. — Ouvi dizer que a inseminação artificial pode causar um pouco de cólica.
— Não sinto quase nenhuma. Uma dorzinha de leve, mas já está passando. — Zennie olhou nos olhos da amiga. — Estamos fazendo isso. Estamos fazendo uma família para vocês.
— Eu sei. Nem posso acreditar.
A dra. McQueen bateu uma vez na porta e entrou.
— Tudo certo, Zennie, já pode ir. Enviei uma receita à sua farmácia com a lista de vitaminas pré-natal, então comece a tomá-las imediatamente. — Ela colocou diversos papéis sobre a bancada. — E leve essas informações sobre o que você pode ou não comer, além de uma lista básica de restrições. Nada de álcool ou cafeína. Evite banhos de banheira quente. Se quiser, pode fazer um teste de gravidez de farmácia em duas ou três semanas, e volte para me ver independentemente dos resultados. Se estiver grávida, teremos que conversar e, se não, vamos continuar acompanhando seu ciclo. Combinado?
— Combinado — respondeu Zennie.
A dra. McQueen sorriu para Bernie e disse:
— Boa sorte. Espero vê-la com frequência nas consultas.
— Eu também.
A médica saiu e Bernie se afastou.
— Vou deixá-la se vestir. E, depois que sairmos daqui, não vamos mais tocar no assunto. Pelo menos não até você fazer os testes de farmá-

cia. Não quero que ache que vou ficar na sua cola. Não vou nem pensar nisso.

— Nem eu — concordou Zennie, se sentando. — Apesar de estarmos ambas mentindo ao afirmar isso.

Bernie riu e confessou:

— Mentindo na cara dura. Mas vamos fingir que somos normais. O que acha?

— Parece um bom plano.

Na manhã de sábado, Ali não queria mais nada além de dormir até tarde e ficar numa boa, mas aquela não era uma opção. Ela prometera à sua mãe ajudar a limpar o quarto extra. Mary Jo estaria trabalhando, então seriam só as irmãs. Se as três se esforçassem, talvez conseguissem terminar em poucas horas, ou pelo menos era isso que Ali esperava.

Ela estacionou ao lado do carro de Zennie e estava indo até a entrada da casa quando seu celular vibrou.

Zennie a encontrou na varanda e a deixou entrar.

— Você recebeu a mensagem de Finola? — perguntou a irmã, em vez de cumprimentá-la. — Ela não vem mais.

— Mentira! — Ali pegou seu celular, e lá estava.

Desculpa o bolo. Não consigo encarar mais lembranças hoje. Depois eu compenso por não ir.

Ali lutou contra sentimentos conflitantes. Por um lado, dava para entender que sua irmã estava passando por muita coisa. Por outro, ainda havia muito a se fazer na casa da sua mãe, e não era como se Finola fosse a única delas que estava passando por um turbilhão emocional.

— Vá em frente — disse Zennie enquanto elas subiam as escadas. — Me diga por que não posso chamá-la de uma megera egoísta. — Seu tom de voz era mais de brincadeira que de repreensão. — Você sempre fica do lado dela.

— Nem sempre. Só de vez em quando. Quanto a hoje, por mais que eu entenda que ela está passando por uma situação complicada, o mínimo que ela podia fazer era mandar um minion para fazer sua parte do trabalho braçal.

Zennie riu.

— Gostei dessa.

Elas entraram no quarto e encararam as caixas abertas, o closet quase vazio e os armários e gavetas prontos para serem atacados.

— Argh — gemeu Zennie. — Que saco. Vamos fazer o seguinte: a gente trabalha até meio-dia, encerra, e vai almoçar no Bob's Big Boy.

Ali sorriu.

— Plano perfeito. Você provavelmente vai pedir uma salada, mas eu juro que vou de hambúrguer com milk-shake.

Zennie torceu o nariz.

— Salada? Está me confundindo com Finola. Sou do time hambúrguer até o fim.

— Diz isso agora, mas Finola come daquele jeito só para ficar magra. Você come alimentos saudáveis porque é atlética e vê seu corpo como um templo ou coisa assim. É bem deprimente, na real.

Zennie fez uma cara estranha, mas, antes que Ali pudesse perguntar o que aquilo significava, ela virou de costas e apontou para o armário.

— Quer pegar esse primeiro ou terminar com o closet?

— Vamos terminar com o closet. Assim teremos espaço para empilhar as coisas que achamos que a mamãe vai querer guardar. E aí a gente deixa para fora o lixo e as pilhas de doação.

Elas pegaram as caixas e os cestos. Havia diversos vestidos chiques numa arara.

— É melhor deixarmos eles aí — sugeriu Zennie. — Não sei se a mamãe vai querer guardá-los, mas, não importa o que decidirmos, estaremos erradas.

Ali concordou. Ao finalmente terminarem de tirar tudo do closet, com exceção dos vestidos, colocaram de volta no espaço as caixas marcadas "guardar" e se sentaram no chão para revirar o que restara.

Ali abriu um cesto cheio de fantasias velhas de Halloween. Algumas eram bem elaboradas, enquanto outras eram dessas baratas e compradas prontas. Ela jogou fora as últimas e guardou as que sua mãe tinha feito. Estendeu um lindo vestido de sereia.

— Eu não usei este aqui. Foi você?

Zennie balançou a cabeça.

— Foi a Finola. Todos os bons eram dela. Eu nunca queria me vestir de princesa nem de nada feminino demais, então papai me ajudava com minhas fantasias de pirata ou sei lá mais o quê.

Ali se lembrou das discussões em família a respeito do Halloween. Zennie tinha razão — seu pai e ela iam para a garagem e inventavam alguma coisa lá. Naquela época, Finola não estava mais interessada em sair pedindo doces pela vizinhança, então Ali simplesmente ia à loja mais próxima com sua mãe para escolher uma fantasia pronta.

Ali deslizou os dedos pelas contas e pelo rabo de peixe da fantasia feita à mão. Em algum momento, aquele vestido teria cabido nela — não que sua mãe tivesse oferecido ou que Ali soubesse da existência daquela roupa, então ela também nunca pediu para usá-la.

Por um instante, pensou em todas as vezes em que se sentira deslocada na família. Sua mãe era louca por Finola e seu pai por Zennie. Não havia mais ninguém para ficar no seu time.

— Como estão os cancelamentos do casamento? — perguntou Zennie. — Precisa de ajuda para devolver os presentes ou algo assim?

— Obrigada, mas já foi tudo resolvido. — Ali torceu o nariz. — Para dizer a verdade, só não sei o que fazer com o vestido. Não me animei muito em vendê-lo, nem sequer doá-lo. Eu adoraria dar a alguém que sei que precise, mas não queria simplesmente largá-lo numa caixa de doação por aí, sabendo que vai acabar indo parar num brechó e ser vendido por cinco dólares.

Ela olhou para Zennie e completou:

— Não que seja ruim.

— Entendi o que você quis dizer. É um vestido especial e você quer que continue assim.

— É, tipo isso. Talvez eu devesse procurar na internet um grupo que doe vestidos de casamento para mulheres carentes ou algo assim.

— Tenho uma amiga que trabalha no setor de oncologia do hospital. Tinha uma paciente pensando em se casar entre suas sessões de quimioterapia. Quer que eu descubra se ela precisa de um vestido?

Ali sorriu.

— Eu adoraria. Só não se esqueça de avisar que vai precisar de ajustes. — Ali pegou o celular do bolso e continuou. — Acho que ainda tenho algumas fotos dele aqui. Te mando por mensagem e aí você encaminha para sua amiga.

Dar o vestido a alguém que precisava a faria se sentir melhor em se livrar dele.

Ali encontrou a foto e se analisou por um instante. Parecia tão feliz por finalmente ter encontrado o vestido certo para o casamento. Só que, enquanto ela estava toda contente, Glen já devia estar planejando sua fuga. Ela se perguntou quando foi que ele mudou de ideia quanto aos dois. Era impossível acreditar que tinha sido enganada desde o começo. Nem Glen poderia ser tão terrível assim, e, se fosse, ela preferia não saber. Chegara a um ponto em que estava triste, mas se recuperando do término. A recuperação havia sido mais rápida do que ela esperava, o que provavelmente já dizia muito sobre o relacionamento dos dois.

As irmãs reviraram mais caixas, encontrando pilhas de livros que liam quando eram crianças e colocando-os na montanha de itens para doação. Zennie pegou sua jaqueta do ensino médio.

— Vou guardar isso aqui — disse ela, levantando-a. — Será que posso lavar a seco ou algo assim? Deve estar cheia de poeira.

— Para não falar suor — provocou Ali. — Você tinha tanto orgulho dessa coisa. Usava o tempo todo.

Considerando que a temperatura estava sempre próxima dos vinte e três graus, mesmo no inverno, aquelas jaquetas pesadas com uma letra bordada eram raramente uma necessidade.

— Trabalhei duro por ela — disse Zennie, dobrando a jaqueta com cuidado e deixando-a ao lado da porta. — Papai e eu ficamos superchateados quando conquistei aquele campeonato e me disseram que eu só podia ter um suéter. Sério, não era como se estivéssemos nos anos 1880. Por que só os garotos podiam ter a jaqueta e as garotas tinham que se contentar com um suéter? Aquela diretoria estúpida. Mas nós conseguimos.

— Papai sempre a apoiou — observou Ali, mas não de um jeito ressentido. Fatos eram fatos.

— É verdade.

Elas prosseguiram para mais uma seção de caixas. Ali abriu a primeira e gemeu.

— Acho que teremos que ficar com essas. Sabe como a mamãe é.

Então ela mostrou diversos itens de um enxoval de bebê: vestidinhos e macacões, todos muito usados, mas limpos. Havia um belo vestido branco do qual Ali não se lembrava de usar, mas que as três irmãs sabiam ter sido a roupa de seus batizados.

Ali sacudiu o vestido.

— É tão difícil acreditar que já fomos desse tamanho. Mamãe definitivamente está alimentando o sonho de ter netos. E nós não paramos de decepcioná-la.

Zennie olhou para o vestido rapidamente e depois virou o rosto. Ela começou a falar, apertou os lábios e pigarreou.

— O que foi? — perguntou Ali. — Você está estranha. — Ela tentou entender por quê. — Você voltou com o Clark? Meu Deus, está apaixonada por ele e pensando em se casar?

— O quê? Não! Por que você pensaria uma coisa dessas? Clark e eu não estamos juntos, eu não estou apaixonada. O melhor primeiro encontro que tive em meses foi com uma mulher lésbica.

Ali fez uma anotação mental para retomar aquele assunto mais tarde.

— Então o que está acontecendo?

Ali já esperava que sua irmã negasse que estivesse acontecendo alguma coisa, mas, de repente, Zennie respondeu:

— Precisa jurar que não vai contar para ninguém. É sério. Jure de verdade.

— Eu juro.

Milhares de possibilidades se passaram pela cabeça de Ali. Ela não achava que Zennie estava doente e, se não era um cara, era o quê? Estava de mudança para outro estado? Ia adotar um gato? Não, um animal de estimação não seria motivo para jurar segredo. Talvez ela quisesse voltar a estudar.

— Você se lembra de quando Bernie teve câncer?

Ali subitamente se sentiu arrasada.

— Não me diga que voltou.

— Não voltou. Ela está ótima, mas, por causa da cirurgia e tal, não pode ter filhos. Hayes e ela conversaram comigo e, bom, serei a barriga solidária deles.

Ali processou a informação.

— Não sei exatamente o que isso significa. Vão implantar um óvulo fecundado em você e depois você dará à luz?

— Eu vou doar o óvulo. — Os olhos de Zennie se acenderam. — Fiz o procedimento ontem.

— O quê? — Ali olhou para a barriga irritantemente achatada da irmã. — Está me dizendo que pode estar grávida neste instante?

— Pois é.

A notícia era impactante.

— Isso é incrível, Zennie! Que coisa incrível de se fazer para uma melhor amiga! Para qualquer pessoa, na verdade. Um bebê. Você é tão generosa. Não sei se eu poderia fazer isso por alguém, mas você está fazendo. Está animada? Com medo? As duas coisas?

Zennie riu.

— Meio que as duas coisas. Não é de verdade ainda. Tipo, estive no consultório da minha médica e inseriram o esperma, mas não parece de verdade. Farei um teste de gravidez em algumas semanas para ter certeza.

— Que bom para você. Parabéns. Me avise se precisar de qualquer coisa.

— Você já está equilibrando muitos pratos, mas obrigada.

Ali dispensou o comentário com as mãos.

— Estou ótima. A cerimônia foi cancelada, posso já ter uma solução para o problema com o vestido, e eu, hm, vou morar com um amigo enquanto resolvo a questão do apartamento.

Mais cedo ou mais tarde ela teria que admitir que ia morar com Daniel, mas não naquele momento. O comentário de Finola ainda estava fresco demais.

— O que estou querendo dizer é que terei tempo de sobra para ajudar com a sua gravidez. — Ali franziu o cenho. — Apesar de eu não ter certeza sobre o que fazer. Acho que oferecer apoio moral e comprar um vidro de óleo de amêndoas para você não ter estrias.

— Vou precisar de óleo de amêndoas?

— Não tenho a menor ideia. Seria bom você dar uma pesquisada.

Zennie esticou o braço e apertou a mão de Ali.

— Obrigada por entender.

— Claro. Aliás, mamãe vai te matar.

— Eu sei. Por isso fiz você jurar. Vou esperar até ter certeza de que estou grávida antes de dizer qualquer coisa. Estou com medo de ela não conseguir entender.

Ali sorriu.

— Para dizer o mínimo. Depois desses anos todos nos pressionando por netos, ela finalmente terá um, só que você vai doá-lo. Acho que ela terá algumas coisinhas na ponta da língua.

Zennie gemeu.

— Disso eu tenho certeza. Mas, por enquanto, você é a única que sabe. Bom, você, Bernie e Hayes.

— Falando em Hayes, como obteve o esperma?

Zennie fez uma careta e respondeu:

— Sério, Ali? Você já esteve com um homem.

— Vocês não transaram. — Ela parou para pensar por um segundo. — Ah, não. Está brincando. Ele teve que fazer *aquilo* no consultório?

— Teve. Numa sala separada. Tentei não pensar muito no assunto enquanto acontecia.

Ali riu.

— Aposto que ele ficou grato por isso. Sei que é maravilhoso que você possa fazer isso por eles e que ficarão superfelizes quando estiverem com o bebê, mas às vezes a ciência é muito esquisita.

— Nem me fale.

Capítulo Catorze

Na manhã de domingo, Zennie encontrou suas amigas para uma corrida no Griffith Park. Não havia uma única nuvem no céu e o ar estava fresco. Bernie tinha mandado uma mensagem para avisar que ia dormir até mais tarde e que não se juntaria a elas. Zennie sentiu um ligeiro alívio, pois sabia que sua amiga estava ansiosa com a possibilidade da gravidez e estaria a observando em busca de qualquer tipo de sinal. Como faziam menos de quarenta e oito horas, era impossível saber se ela estava grávida, muito menos perceber qualquer indício.

Zennie disse a si mesma que não era justo. É claro que Bernie queria saber tudo que estava acontecendo. Todos eles queriam. Era algo importante. Mas a única coisa que eles podiam fazer agora era esperar. Ela estava determinada a tirar aquela história da cabeça pelo máximo de tempo possível e continuar com sua vida. Em algum momento nas próximas duas ou três semanas, faria o exame e todos saberiam... A não ser que ela menstruasse antes. Independentemente disso, ela não ficaria pensando na possibilidade de estar carregando um bebê.

Mais dois carros pararam no estacionamento ainda praticamente vazio. Naquele dia, as amigas subiriam a colina até perto do observatório.

O terreno era íngreme e desafiador, mas elas já tinham feito o percurso antes. Zennie gostava da mudança e do fato de que o foco era sempre a corrida, mais do que a conversa, e elas correriam em fila única durante a maior parte do trajeto.

Cassie, uma loura baixinha e cheinha, e DeeDee, uma coreana mignon com mechas roxas no cabelo comprido, já estavam lá. Gina, uma morena alta e em forma, saiu do segundo carro e acenou.

— Como estão se sentindo?

Cassie colocou um boné de beisebol e apertou os olhos contra o sol.

— De ressaca. Argh, voltei para casa tarde demais.

Gina sorriu.

— Você não tinha um encontro com aquele cara novo? Como foi?

— As partes de que me lembro foram ótimas. — Cassie suspirou. — Ele é um amor. Tem uma empresa de limpeza de piscinas e está divorciado há dois anos. Sem filhos.

— Estou sentindo um terceiro encontro a caminho — encorajou DeeDee. — E todas nós sabemos o que isso significa.

Cassie e Gina bateram as mãos.

— Sexo! — gritaram juntas. — U-hul!

— Estão animadas, hein — provocou Zennie, pensando em como sua noite de yoga, filmes e chá de ervas tinha muito pouco em comum com as noites de sábado de suas amigas.

— Uma de nós vai sair da seca — disse Gina. — Ei, você passou pelos três encontros com Clark antes de terminar. Chegaram nesse ponto?

— Não me prendo a um calendário.

DeeDee pôs as mãos na cintura.

—Zennie não é como a gente. Ela não se permite ser controlada por sua natureza animal. Devíamos admirá-la e imitá-la.

— Eu prefiro transar — admitiu Gina. — Estou na seca e já gastei todas as minhas pilhas.

O grupo de amigas riu e seguiu para o ponto de partida da trilha.

O primeiro quilômetro e meio era num solo relativamente plano onde elas podiam correr lado a lado. A conversa fluía despretensiosamente, e a maior parte era sobre quem estava saindo com alguém e quem queria estar saindo com alguém. Cassie deu todos os detalhes de seu encontro, incluindo os amassos antes de ir para casa.

— E você, Zennie? — perguntou Gina. — Alguma novidade?

Zennie pensou brevemente no procedimento da tarde de sexta, mas sabia que era cedo demais para tocar naquele assunto.

— Passei a manhã de ontem na casa da minha mãe. Ela está se preparando para vender a casa e se mudar para um lugar menor perto da praia. São trinta anos de lixo acumulado. Ali e eu terminamos o quarto extra, então pelo menos essa parte está pronta. Mas ainda temos todos os outros cômodos.

— Estamos chegando a esse estágio da vida — disse DeeDee. — Primeiro eles vão morar num lugar menor, depois começam a adoecer.

— Que otimista — murmurou Cassie.

— Mas você sabe que é verdade. Em breve seremos a geração sanduíche, criando nossos filhos e cuidando dos pais idosos. É um fato.

— Nem me fale — respondeu Gina. — Sou filha única, então estarei sozinha nessa.

Zennie não tinha pensado sobre os próximos anos, mas se deu conta de que, se acontecesse alguma coisa com seus pais, caberia a ela e às irmãs cuidar deles.

Elas alcançaram o trecho seguinte da trilha, onde o solo já era inclinado e mais estreito. Gina foi na frente, como sempre. Ela era técnica de raio X e praticara corrida de obstáculos durante toda a faculdade. Participava de campeonatos de triatlo algumas vezes por ano e sempre falava de como devia ter insistido em tentar uma vaga no time olímpico quando era mais nova.

Gina definiu uma velocidade desafiadora, mas alcançável. Zennie estava logo atrás dela, e Cassie e DeeDee na retaguarda.

A trilha era bem demarcada e gasta, com áreas mais largas para grupos passarem, e a vegetação rasteira era sempre aparada, uma coisa da qual Zennie gostava. Ela podia até ter sido uma criança meio moleca, mas ainda morria de medo de cobras. As encostas das colinas de Los Angeles eram um lar para cascavéis, e Zennie estava convencida de que, para essa comunidade, ela era uma presa.

O grupo chegou a uma área mais plana e parou para beber água e recuperar o fôlego. A vista das colinas e da cidade ao longe era deslumbrante. Ainda era cedinho, de modo que elas estavam praticamente sozinhas na trilha, e os únicos sons eram de suas respirações e das conversas.

DeeDee deu a Zennie sua garrafa d'água.

— Segura um minutinho, por favor? — DeeDee apoiou o calcanhar numa pedra e se alongou. — Esse tendão está sempre contraído.

Depois, a amiga se endireitou, esticou o braço para pegar a garrafa de volta, e Zennie esticou o próprio braço para devolver.

Zennie não soube muito bem o que aconteceu em seguida; apenas que pisou numa pedra e perdeu o equilíbrio. Ela cambaleou, a beirada da colina cedeu um pouco e, antes que ela se desse conta, estava escorregando, caindo e gritando, dando cambalhotas até parar uns bons seis metros abaixo da trilha.

A princípio, ficou surpresa demais para fazer outra coisa que não continuar caída ali. Ela ouviu suas amigas gritando seu nome. Gina desceu primeiro, agarrando-se aos arbustos e à grama seca para diminuir a velocidade da descida. Quando ela chegou, Zennie já conseguira se sentar e estava tentando ver o que havia machucado.

Ela estava abalada, mas não desorientada. Sua coxa ardia e, quando ela olhou para baixo, viu que estava com um arranhado feio do quadril até o joelho. Ela ignorou o sangue, a terra e as pedrinhas cravadas na sua carne. Aquilo era superficial e podia ser resolvido. Sua preocupação era com lesões mais sérias.

— Deite de novo — mandou Gina.

— E arriscar levar uma picada de cobra no rosto? Não, obrigada.

Gina acenou para as outras duas.

— Ela está consciente e continua com medo de cobras. Acho que é um bom sinal.

— Cobras, não — murmurou Zennie. — Cascavéis. Existe uma diferença.

Gina se agachou ao lado dela.

— Bateu a cabeça?

— Não.

— Ótimo. Vamos começar dos pés e ir subindo.

Gina pediu que ela mexesse os dedos do pé, tornozelos, e assim por diante. Elas logo concluíram que não havia nada quebrado, apesar de Zennie estar com diversos arranhões e resíduos entranhados na pele.

— Vai doer tirar isso — observou Gina, ajudando a amiga a se levantar.

— Estou tentando não pensar nessa parte — admitiu Zennie, levantando-se e esperando.

Ela se observou para ver se estava tonta ou sentindo alguma dor mais forte, mas era só a dor das escoriações. Estava dolorida, um pouco abalada, mas só isso.

Gina e ela subiram com dificuldade até a trilha, e DeeDee se atirou para cima de Zennie.

— Foi tudo culpa minha.

— Não seja boba. Eu escorreguei. A culpa foi minha, não sua.

— Você podia ter morrido.

Zennie abraçou a amiga.

— Você é tão estranha.

Cassie, uma enfermeira da ala pediátrica, deu uma olhada na perna de Zennie e fez uma careta.

— Terá que ir ao pronto-socorro. E nem adianta protestar.

— Tem um na descida da colina — comentou Gina. — Eu vou com ela e vocês duas terminam a corrida.

Cassie bufou.

— Até parece. Não vamos continuar sem vocês duas. Vamos todas para garantir que Zennie fique bem.

Zennie queria recusar, mas sabia que seria impossível limpar aqueles arranhões sozinha. Não só porque ela não conseguiria ver bem o que estava fazendo, mas também por causa da dor. Pelo menos no pronto-socorro poderiam aplicar um anestésico em spray para ajudar.

Trinta minutos mais tarde, ela estava na sala de exame. Um médico bonito numa cadeira de rodas entrou trazendo uma prancheta com as informações de Zennie no colo. Ele devia ter quase 40 anos, tinha cabelo comprido demais e usava óculos. Ele sorriu tranquilamente para ela.

— Sério? Não podia mesmo dormir até tarde em plena manhã de domingo?

— Desculpe. Não sou de dormir até tarde.

— Certo. Faça valer o meu salário, então. Sou o dr. Rowell, a propósito, mas pode me chamar de Harry. É assim que todo mundo me chama. — Ele parou diante dela e olhou sua perna. — Está feio. Ok. Vou apenas me certificar de que só está dolorida e que não tem nenhum ferimento sério, e depois vamos limpar isso. — Ele pegou a prancheta. — Você tem alguma alergia a medicamentos ou doença preexistente?

— Não, eu…

Zennie estava prestes a dizer que estava perfeitamente bem, só que não era verdade. Ela segurou a beirada da mesa e encarou o médico. O horror tomou conta dela e ela começou a se sentir enjoada. Seus olhos logo também se encheram de lágrimas.

— O que foi? — perguntou Harry, com o tom de voz gentil. — Zennie, qual é o problema?

— Talvez eu esteja grávida. Passei por uma inseminação artificial na sexta passada. Ninguém nem sabe. Estou tentando ter um bebê para minha melhor amiga e agora levo esse tombo. — As lágrimas começaram a escorrer por seu rosto. — E se eu tiver matado o bebê dela?

— Você não matou o bebê — assegurou Harry. — Francamente. Mesmo se você estiver grávida, são tipo quatro células. — Ele apertou sua mão. — Ok, vamos falar sério. Num estágio tão precoce assim, o embrião estaria inserido no seu útero, cercado por suas partes de menina e seus órgãos internos. Nem ovos Fabergé despachados pelo mundo afora recebem tamanho cuidado.

Zennie secou as lágrimas e conseguiu sorrir.

— Partes de menina? Tem certeza de que fez faculdade de medicina?

Harry abriu um sorriso largo.

— Acho que faltei nesse dia, mas eu era o melhor na hora de limpar ferimentos. — Ele apertou a mão dela mais uma vez. — Zennie, inseminação artificial é um procedimento simples que nem sempre vinga. Se descobrir que não está grávida, não terá nenhuma relação com sua queda. Eu juro. Acredita em mim?

Zennie assentiu.

— Não sei se no futuro vou acreditar, mas agradeço a informação.

Ela sabia que ele tinha razão a respeito de tudo, mas não estava conseguindo ser muito racional naquele momento.

— Só quero dar a ela um bebezinho saudável.

— Eu sei, e tenho certeza de que vai conseguir. — O médico soltou sua mão e examinou sua perna. — É, está feio. Ok, vamos dar uma olhada geral e descobrir o que mais aconteceu, depois iniciaremos a sessão de tortura.

Zennie riu.

— Parece um bom plano. Você é solteiro?

Harry ergueu as sobrancelhas.

— Você é bem direta.

— Não é para mim. Mas acho que gostaria da minha amiga DeeDee. Vocês têm o mesmo senso de humor.

— Vi suas amigas lá fora e estaria aberto a sair com qualquer uma delas. Depois que você estiver devidamente remendada, vamos casualmente me apresentar.

— Combinado.

Finola sabia que precisava se recompor. Esconder-se dentro de casa só estava deixando-a mais deprimida. Ela estava se distanciando de tudo que não tivesse relação com o trabalho, o que não era saudável.

Ela ainda estava zangada com os comentários de seu padrasto. Finola sabia que não era responsável pelo caso de Nigel, e sugerir aquilo fora simplesmente cruel. Mas, ainda assim, não conseguia parar de pensar no assunto, nem de se sentir culpada por não ter ido encontrar suas irmãs para ajudar na arrumação da casa de sua mãe. Passara a noite se revirando na cama e a manhã se sentindo enjaulada em casa. Por isso, ao meio-dia, chegou à conclusão de que precisava fazer alguma coisa.

Ela foi até a mercearia para fazer as compras para a semana seguinte e deu uma olhada nos horários da sua academia preferida. Finola viu que tinha uma aula de Barre Fit em uma hora. Ela faria a aula, suaria toda a frustração que sentia, voltaria para casa e planejaria os próximos dias. O primeiro item da lista seria um jantar de desculpas para suas irmãs.

A academia em Encino era ao mesmo tempo sofisticada e esnobe. Suas frequentadoras iam lá para malhar e julgar. Nenhuma flacidez passava despercebida, nenhuma coxa mole deixava de ser minuciosamente observada. Finola não gostava muito do clima do lugar, mas as aulas eram excelentes e pessoas importantes malhavam lá. A vida se resumia a quem você conhecia.

Ela mal tinha começado a se alongar quando ouviu uma voz conhecida dizendo:

— Tem alguém aqui nesse lugar?

Finola sorriu para sua assistente.

— Oi, Rochelle. Você é tão jovem e linda. Por que não está na praia com algum gato?

— Venho sempre aqui nas tardes de domingo. Você esbarra nas pessoas mais interessantes.

— Ótimo.

Foi por causa daquelas boas conexões que Finola tinha dado à Rochelle uma adesão na academia como presente de Natal. A jovem seria alguém de respeito num futuro não muito distante.

Finola se permitiu relaxar um pouco. Estar com Rochelle na aula era como ter um amortecedor. Um bônus inesperado, pensou ela, agradecida. Por mais que sua dieta rígida tivesse dado conta de qualquer efeito remanescente da semana anterior de carboidratos e pouco exercício, Finola sabia que ainda estava incrivelmente vulnerável. Não seria preciso muita coisa para despedaçá-la como um vaso de cristal derrubado no chão.

Durante os cinquenta minutos seguintes, Finola não conseguiu pensar em nada a não ser acompanhar a aula. Ela agachou, levantou e respirou até estar tremendo, o suor escorrendo pelas costas. Quando elas finalmente relaxaram nos tapetes para se alongar, Finola ficou satisfeita em perceber que sua mente havia se aquietado. Ela era forte e usaria a semana seguinte para se recompor, pararia de se esconder e andaria de cabeça erguida.

Quando a aula terminou, elas se levantaram e seguiram rumo a saída. Rochelle estava tão sem fôlego e suada quanto Finola.

— Essa aula me mata toda vez — admitiu ela.

— É essa a intenção.

Uma das mulheres na aula olhou pela janela e comentou:

— Hmm, tem alguma coisa acontecendo no estacionamento. Será que é a Jennifer Lawrence fazendo uma aula particular de novo? Minha filha é louca por ela.

Finola sentiu o coração subir até a garganta. *Não*, implorou ela mentalmente. Ela não presumiria nada. Precisava se lembrar de ser forte.

Diversas alunas foram até a janela e, sem dizer nada, Rochelle se juntou a elas, voltando rapidamente para junto de Finola.

— Seis fotógrafos esperando na entrada. Não estou vendo nenhuma van de emissora, então são freelancers. Pode ser que a Jennifer Lawrence realmente esteja vindo para uma aula particular.

O suor que começou a brotar de novo nas suas costas não tinha mais nada a ver com o treino.

— Acha mesmo?

Rochelle a olhou fixamente nos olhos.

— Não. Como vai querer lidar com isso?

Finola pôs a mão sobre o estômago. Ela precisava sair dali logo, entrar no carro, e escapar de uma vez. Existia uma chance de a movimentação não ter nada a ver com ela, mas era melhor não arriscar.

O problema não era a distância até seu carro, e sim as fotos. Elas durariam para sempre. Droga, por que ela escolheu um vestido tão feio para colocar em cima da roupa de malhar?

— O que você vestiu para vir até aqui? — perguntou ela à assistente.

Rochelle sorriu.

— Uma saia de couro e jaqueta jeans. Nada prático, eu sei, mas eu, hm, não vim da minha casa.

Apesar do horror e do enjoo que estava sentindo, Finola sorriu.

— A-há, então *existe* um gato por aí.

Havia um pequeno vestiário nos fundos. A última aula tinha terminado e a turma seguinte estava indo para o estúdio. O espaço estava vazio para as duas.

Rochelle abriu seu armário e pegou as roupas. Ela estendeu a saia e jaqueta para Finola. Graças a Deus as duas peças de roupa eram pretas, assim como a legging de Finola.

Ela vestiu a saia e calçou suas sandálias. Rochelle e ela usavam o mesmo número de roupa, mas seus tamanhos de calçado não chegavam nem perto. Ela tirou um pente da bolsa e vasculhou o interior atrás de um elástico. Rochelle a mandou se sentar diante do espelho, penteou seu cabelo para trás, e os prendeu num rabo de cavalo alto. Finola passou gloss e colocou seus enormes óculos de sol, enquanto Rochelle se enfiava no vestido de Finola.

— Me desculpe por ser tão feio — disse Finola.

— Tudo bem, ninguém vai reparar em mim. Se esses fotógrafos são quem achamos que são, a história aqui é você. Agora coloque a jaqueta.

Finola ajeitou a jaqueta no lugar e se levantou para se olhar no espelho.

Ela estava bem, em forma e elegante. Os óculos esconderiam seu olhar de espanto. Ela relaxou o rosto até chegar a uma expressão neutra que não demonstrasse nenhuma emoção. Era aquele o objetivo, manter-se neutra. Bonita, segura e nada perturbada pelo que estava acontecendo. Quando não faltava mais nada, elas caminharam para a saída da academia.

— Quer que eu pergunte se eles têm uma saída pelos fundos? — perguntou Rochelle. — Posso pegar o meu carro e aí busco você lá.

Finola conseguiu dar um sorriso.

— Acha que eles já não se amontoaram do outro lado do prédio também?

— Ah é. Bem pensado. Pronta?

Finola assentiu, visto que não tinha realmente muita alternativa.

— Vou direto para o meu carro. Você faz a mesma coisa. Quando eu sair do estacionamento, fica grudada em mim. Duvido que eu seja alguém que valha a pena seguir, mas, só por precaução, você pode bloquear a saída por um tempinho enquanto eu me misturo ao trânsito.

— Você está bem?

Finola deu de ombros.

— Vou sobreviver.

Ela estava tão focada em fugir que não tinha tempo de pensar ou sentir nada. O que provavelmente era uma coisa boa, pensou. Ela precisava lembrar que, por mais que pudesse ignorar perguntas, fotos duravam para sempre. Finola respirou fundo, abriu a porta da academia e começou a caminhar direto até seu carro.

Os fotógrafos pularam em cima dela imediatamente. O zunido dos cliques de suas câmeras era quase tão alto quanto as perguntas.

— Finola, quando ficou sabendo do caso?

— Está velha demais para ter filhos? Foi por isso que seu marido fez isso?

— Vocês já fizeram um *ménage* com Treasure?

— Incomoda você ela ser tão mais nova?

— Quando seu marido parou de te amar?

As perguntas a atingiam como dardos envenenados, um mais doloroso que o outro. Finola continuou andando de cabeça erguida, seu caminhar confiante, e viu seu carro logo à frente. *Rosto neutro*, repetia ela. Uma expressão neutra para que ninguém percebesse como isso era ruim. Ela passaria por mais aquela situação porque simplesmente não tinha escolha.

Finola alcançou seu carro. Assim que tocou na maçaneta, o carro destrancou. Ela deslizou para o banco do motorista, trancou as portas e ligou o motor. Os fotógrafos se aproximaram, mas não a cercaram e nenhum correu até o carro para segui-la. Graças a Deus Finola estivera certa quanto àquilo — ela não era tão interessante assim. Apenas o suficiente. Por causa de Treasure. Se Nigel a tivesse traído com qualquer outra pessoa, nada disso teria sido notícia.

Com Rochelle em sua cola, Finola saiu do estacionamento, misturando-se ao trânsito intenso do Ventura Boulevard. Escolheu o caminho mais demorado para casa, pegando vários retornos inesperados, fazendo outros motoristas buzinarem. Serpenteou por um bairro calmo e parou na frente de uma casa por três minutos. Não havia ninguém passando. Foi só então que ela se permitiu respirar e ligar para Rochelle.

— Acho que ninguém me seguiu.

— Não vi ninguém indo atrás de você. Lamento muito por tudo isso, Finola.

— Eu também.

— Vai sair em todos os lugares hoje. Terá que lidar com a repercussão no trabalho.

Ela nem queria pensar naquilo.

— Eu sei.

— Como posso ajudar?

— Não sei bem, mas qualquer coisa eu te digo.

— Quer que eu reserve um quarto de hotel para você?

Finola xingou internamente. É claro... Ela provavelmente não poderia ficar em casa. Não agora.

— Deixe-me pensar no que fazer e te aviso. E, escuta? Obrigada.

— Claro. Sabe que estou do seu lado.

Finola se permitiu mais uma felicitação. Ela tinha um bom faro para assistentes. Já em se tratando de maridos... nem tanto.

Ela saiu do meio-fio e, vinte minutos depois, o carro estava na garagem e ela no notebook. Finola entrou no site da TMZ e xingou quando leu as manchetes. As notícias sobre o amante de Treasure estavam por toda parte, acompanhadas por fotos da cantora com Nigel. Pior, havia trechos da entrevista no *AM SoCal*, mostrando uma Finola em choque. Naquele dia, as pessoas acharam que ela simplesmente não estava se sentindo bem. Agora, todos saberiam que ela tinha acabado de descobrir e que tivera que lidar com aquilo ao vivo na TV.

A humilhação e a raiva lutavam para ver quem era mais forte. Maldito Nigel. Por que ele aprontara aquilo com ela? Finola não fizera nada para merecer algo do tipo. Ele era um babaca completo, mas foi a vida da esposa que ele destruiu. Ninguém se importava se seu cirurgião plástico tinha um caso com uma cantora, mas toda a carreira de Finola girava em torno de como ela era em casa e com a família. Sua marca era uma de mulher esperta e divertida, sem qualquer espécie de drama. Seus espectadores se perguntariam, tal como seu padrasto, se a culpa poderia ter sido dela.

Seu celular começou a apitar conforme as mensagens de texto chegavam, e logo em seguida começou a tocar. Ela olhou para a tela, mas, como não conhecia o número, não atendeu. Pôs o celular no silencioso e ficou olhando-o vibrar incessantemente, como se estivesse sendo eletrocutado.

Ela precisava de um plano. Seria uma questão de horas até a imprensa descobrir onde ela morava. O lugar estava no nome dela e de Nigel, então era fácil encontrar a informação. Finola realmente não queria ir a um hotel. Seria deprimente demais e ela se sentiria vulnerável num lugar tão público. Qualquer pessoa poderia chegar e bater em sua porta.

Ela logo descartou suas irmãs. Ali estava lidando com seus próprios problemas de moradia e a casa de Zennie era do tamanho de uma caixa de fósforos. Quanto à Rochelle, por mais que Finola a adorasse, não violaria a relação das duas se intrometendo na casa dela.

A casa de sua mãe era uma opção. Finola mantivera o sobrenome de seu falecido pai mesmo depois de sua mãe se casar com Bill. Ela o usava na vida profissional e pessoal. Como o sobrenome de sua mãe era diferente, seria mais difícil de rastrear.

Ela recusou mais uma chamada recebida e ligou para Mary Jo.

— Finola, querida. Como estão as coisas? Que pena você não ter podido vir ontem, mas suas irmãs adiantaram muita coisa. O andar de cima inteiro está vazio.

— Que ótimo, mãe. Olha, estou com um problema. — Finola explicou rapidamente o que tinha acontecido e perguntou: — Posso ficar com você por alguns dias?

— É claro. Seu quarto está sempre aqui para você, Finola. Que confusão. Estou muito brava com Nigel, eu esperava mais dele. Faça uma mala e venha. Estarei à sua espera.

— Obrigada, mãe. Não tenho como expressar o quanto isso significa para mim.

— Não é problema algum.

Finola entrou correndo no quarto. O ideal seria levar o bastante para passar pelo menos uma semana fora, pensou, amarga. Suas roupas de trabalho ficavam no estúdio, mas, ainda assim, era bom supor que poderiam fotografá-la em qualquer momento que ela estivesse na rua.

Finola demorou mais de uma hora para juntar tudo. Antes de sair, ela ligou para Rochelle e pediu que a assistente lhe comprasse um celular pré-pago. Depois, ela desligou seu próprio aparelho e por um instante se perguntou se um dia seria seguro ligá-lo de volta.

Capítulo Quinze

Zennie quase cancelou seu encontro às cegas da noite de domingo. Ela definitivamente não estava a fim; ainda se sentia dolorida por causa da queda ridícula nas colinas. Mas Cassie insistia em armar aquilo, dizendo que serviria para distrair Zennie durante a recuperação, e Zennie não conseguira inventar uma desculpa para recusar a tempo. Sendo assim, ela diligentemente passou seu rímel, afofou o cabelo e vestiu a roupa que sempre usava nos encontros.

Pelo menos, pensou ela no trajeto até o bar em Toluca Lake, sua calça capri era de um tecido macio que não irritaria sua pele, que ainda estava cheia de casquinhas do ferimento. Mais importante ainda, até o momento ela não tivera nenhum efeito colateral da queda. Nenhuma câimbra, nenhum sinal de sangramento. Se ela estava grávida, a vidinha dentro dela parecia ter passado pelo acidente sem grandes problemas.

O bar era pequeno, com mesinhas agrupadas próximas demais umas das outras. A decoração tendia a um estilo do século passado, com referências àquelas séries de TV dos anos 1950. Zennie achou os pôsteres antigos e os objetos de decoração um pouquinho exagerados.

Ela procurou por um "cara alto o bastante para ser jogador de basquete" vestindo uma camiseta preta e viu um sujeito de cabelo castanho que se encaixava na descrição. Ele levantou a cabeça, viu-a e sorriu antes de se levantar e se aproximar.

— Zennie? Jake.

— Prazer, Jake.

Eles se cumprimentaram e voltaram para a mesa que ele já tinha ocupado. Zennie achou a cadeira dura, apesar de que talvez fosse porque ela ainda estava um pouco dolorida. Mesmo assim, um estofado cairia bem, pensou, se ajeitando para ficar mais confortável.

— Obrigado por vir — disse Jake, assim que eles estavam sentados de frente um para o outro.

A mesa era tão pequena e as pernas dele tão compridas que seus joelhos estavam praticamente se tocando. Zennie conteve a vontade de se afastar ou de se permitir um pouco mais de espaço.

— Cassie me disse que é enfermeira de centro cirúrgico.

— Sou. A maioria dos médicos com quem trabalho são cirurgiões cardíacos, então é um trabalho bastante recompensador. Cassie me contou que você é amigo do irmão dela e que é técnico de basquete numa escola.

Ele sorriu.

— Sou. Recém-divorciado. — O sorriso de Jake se desfez. — Ela foi embora para se encontrar — disse ele, fazendo um gesto de aspas no final. — Já superei e estou pronto para começar a sair novamente.

Que maravilha.

— O que gosta de fazer para passar o tempo? — continuou ele. — Cassie me disse que é bem atlética.

— Eu corro e escalo, adoro surfe e gosto de yoga. E você, gosta de ser técnico?

Eles continuaram naquele papo-furado constrangedor e insípido para se conhecerem por mais um tempo. Zennie tentou se manter interessada; Jake era gentil e atraente, mas, sinceramente, ela não sentiu nada. O encontro falso com C.J. tinha sido muito mais legal. Pelo menos entre as duas a química foi imediata.

Uma atendente parou ao lado da mesa.

— O que vão querer? — perguntou a bela loira. — Nosso drinque old fashioned sai muito bem.

— Vou querer um — respondeu Jake. — Zennie?

Droga. Droga, droga, droga. Ela não podia beber, algo em que já deveria ter pensado antes de concordar em ir a um bar com um cara.

— Água com gás.

Jake e a atendente a encararam por um segundo e a moça finalmente deu de ombros e se afastou.

— Você não bebe? Cassie não disse nada.

A desaprovação no rosto de Jake era clara.

— Não é que não bebo — começou ela, sem saber direito como explicar a situação. — É que no momento não estou bebendo.

Ele a olhou de cima a baixo.

— Está de dieta?

O tom de voz dele era de dúvida.

— Não exatamente. — Zennie sorriu e continuou. — Ok, preciso que prometa que não vai dizer nada à Cassie, pois ainda não contei para ela e isso é informação demais para um primeiro encontro, mas também é muito empolgante.

Jake pareceu mais receoso que interessado.

— Certo.

Ela explicou rapidamente sobre Bernie e a inseminação artificial.

— Faz só alguns dias, mas não quero arriscar beber agora.

Jake a encarou.

— Quer dizer que está grávida?

— Não, eu quis dizer que posso estar. Eu...

Ele se levantou.

— É, não vai rolar para mim. Não faço ideia de que diabo Cassie estava pensando. Jesus.

Antes que Zennie pudesse lembrá-lo de que Cassie não sabia, ele já havia ido embora, deixando-a sentada lá sozinha. Segundos depois, a garçonete voltou com as bebidas.

Zennie a agradeceu e percebeu que Jake tinha disparado dali sem sequer pagar pelo drinque dele. Ele nem quisera ouvir uma explicação.

Em se tratando de primeiros encontros, aquele definitivamente não fora dos melhores.

Zennie pagou a conta e foi embora. No caminho de casa, pensou naqueles poucos mas desastrosos minutos, achando a situação toda mais engraçada que decepcionante. Seu humor melhorou ainda mais quando ela percebeu que tinha agora a desculpa perfeita para não sair com ninguém: ela poderia estar grávida.

— Posso estar grávida — disse ela, testando a ideia em voz alta.

Ela realmente poderia estar e, se fosse o caso, não poderia ficar saindo por aí. Então como ela ficava?

Sozinha, concluiu, enquanto estacionava na sua vaga. Feliz e deliciosamente sozinha. Ela não precisava mais sair com ninguém, não até saber se estava carregando um bebê e, se estivesse, bem, aquilo duraria meses e meses.

Zennie correu para dentro de casa, praticamente eufórica com a sensação de liberdade. Nada mais de conversa fiada, nada mais de se preocupar com o que usar ou se devia ter depilado as pernas. Poderia fazer o que quisesse e os homens que se danassem. Poderia aprender italiano ou passar mais tempo com suas amigas ou descobrir o que queria da vida. Ela estava livre!

Parada na sala de seu apartamento, Zennie teve vontade de rodopiar ou gritar ou as duas coisas. Em vez disso, ela olhou de verdade para aquele espaçozinho e se perguntou se era hora de começar a pensar em comprar um apartamento. Só dela, para ela. Poderia encontrar exatamente o que queria e não ficar esperando um cara qualquer transformar sua vida. Porque se ela precisava de mudanças, oras, ela as faria sozinha!

As notícias sobre o caso de Nigel pareciam estar se espalhando mais lentamente do que Finola previra. Pelo visto, nem todo mundo ligava para o que a TMZ tinha a dizer. É claro que nem todo mundo tinha um marido que estava transando com Treasure também.

Na segunda-feira, Finola gravou o programa sem que ninguém tocasse no assunto. Depois, ela teve uma reunião constrangedora com seus produtores, na qual foi forçada a contar o que tinha acontecido. Eles foram muito gentis, ofereceram apoio e prometeram conversar com ela caso alguma coisa mudasse, o que correspondera à melhor das esperanças dela.

Rochelle pesquisou alguns seguranças pessoais, algo que Finola não queria ter que fazer, mas que sabia que deveria cogitar caso a imprensa saísse do controle. Ela guardou as informações e prometeu entrar em contato com uma das empresas tão logo se sentisse ameaçada. Rochelle deixou claro que achava que a chefe já devia ter alguém para atendê-la de antemão, mas Finola ainda não estava pronta para tomar aquela decisão.

Às três da tarde, ela estava indo do estúdio em Burbank rumo a Beverly Hills. Ela tirara um minuto para fazer login no computador do trabalho de Nigel e dar uma olhada na agenda de cirurgias dele. Ela não sabia se ele já estava de volta de sua viagem de esqui na América do Sul ou se ainda nem tinha ido, tampouco se importava. Tudo que importava para ela era que o canalha estava na cidade e que ela iria confrontá-lo.

Finola deixou o carro sob os cuidados do manobrista e pegou o elevador até o consultório chique de Nigel, grata por não encontrar nenhum fotógrafo rondando o lugar. Aparentemente, não valia a pena perseguir Nigel.

Ela tinha pesquisado sobre que tipo de cirurgia ele faria naquele dia e sabia o horário em que estaria terminando. A primeira coisa que Nigel sempre fazia quando saía do centro cirúrgico era ir até sua sala e gravar algumas notas. Ele podia ser um marido lixo, mas era um bom médico, algo que não dava à Finola o mínimo de conforto.

Ela entrou tranquilamente na sala de espera, acenou para a recepcionista e continuou andando. Por mais que tivesse quase certeza de que todos na equipe dele já sabiam sobre o caso, Finola ainda era sua esposa e ninguém podia impedi-la de entrar ali. Pelo menos não de primeira. Quando eles finalmente tivessem bolado um plano, ela já estaria longe.

Finola ouviu a recepcionista se levantar apressada de sua cadeira, mas a ignorou e prosseguiu direto para a sala do marido. Empurrou a porta parcialmente aberta e o encontrou sentado à mesa, ditando notas num pequeno gravador. Quando Nigel a viu, interrompeu a gravação. Finola fechou a porta e deixou o ódio ficar mais forte que as outras emoções mais sensatas dentro de si. Ela precisaria de poder e força, pensou. Os próximos minutos seriam duros, mas ela sobreviveria.

— Finola, o que está fazendo aqui? — perguntou Nigel, levantando-se. — Estou no trabalho.

A ênfase dele na última palavra a fez sorrir.

— Sério, Nigel? Está no trabalho? É aqui que faz suas coisas de trabalho e eu violei isso? Esta sala é adorável, a propósito. A paleta de cores, os quadros de bom gosto. Hmm... Quem foi que decorou a sala para você? Sua esposa?

— Pare com isso — rosnou ele. — O que você está fazendo aqui? Não pode simplesmente entrar desfilando aqui desse jeito.

— Seus dias de me dizer o que posso ou não fazer já acabaram há um bom tempo. Pelo menos eu tive a decência de esperar você terminar sua cirurgia. Eu poderia ter vindo mais cedo e aparecido segundos antes de você ter que fazer uma coisa importante, mas não fui tão escrota assim. Só você faz isso.

— Você está comparando um programa de televisão a uma cirurgia?

— Estou comparando trabalho e o que importa para cada um, tendo consideração pela pessoa com quem você se casou. Coisas das quais você se esqueceu. — Sua raiva aumentou e ela estava se esbaldando nas forças que o sentimento lhe dava. Finola se aproximou mais um pouco. — Os tabloides sabem. Os fotógrafos vieram atrás de mim ontem. A fofoca está correndo solta e vai se espalhar. Primeiro, você me pega completamente de surpresa no meu trabalho, agora isso. Você é um monstro.

Ela esperava que Nigel retrucasse, mas ele a surpreendeu ao se sentar de volta e indicar que ela fizesse o mesmo na cadeira diante dele. Finola hesitou, mas se acomodou.

— Precisamos conversar sobre isso de forma razoável — começou Nigel, claramente tentando manter o temperamento sob controle. — Essa é a situação em que estamos.

— Para você é fácil dizer isso. Essa é a situação em que você nos colocou. Não é você que está sendo perseguido por fotógrafos.

— Ah, me poupe. Desde que ajude com a audiência do programa, até parece que se importa.

As lágrimas começaram a arder nos olhos de Finola, mas ela se recusou a demonstrar fraqueza.

— É isso que você acha? Que isso é um jogo para mim? Está enganado. É a minha vida aqui. A nossa vida. É você quem está jogando, Nigel. É você quem está destruindo tudo que temos.

Ele a olhava fixamente.

— Posso ter sido quem traiu, mas não sou o único que destruiu as coisas. Você também fez a sua parte.

— Eu não estou transando com Treasure.

— Eu não procurei isso! — explodiu Nigel, baixando o tom em seguida. — Eu não estava procurando alguém para ter um caso. Sim, eu estava infeliz, mas convivia com aquilo. Foi ela quem deu em cima de mim e, para ser sincero, foi bom receber um pouco de atenção.

— Foi bom receber atenção? — gritou Finola, pouco se importando com quem estava ouvindo. — É essa a sua desculpa?

— Não estou dando desculpa e não estou pedindo desculpas. Estou dizendo o que aconteceu. Pode pensar o que bem entender. Você sempre pensa mesmo. Treasure estava interessada e correu atrás. Ela me lembrou de como é me sentir jovem, cheio de vida e atraente para a mulher na minha vida.

— Está pondo a culpa em mim? Está dizendo que eu não estava fazendo as coisas da forma como você queria? Você nunca mencionou que estava infeliz. O que foi exatamente que fiz de errado? Não li seus pensamentos? Tínhamos um bom casamento, gostávamos um do outro, tínhamos planos juntos. — Finola estava prestes a engravidar, apesar de ele não saber daquilo. — Não sou eu a questão aqui.

Nigel se recostou na cadeira.

— Então eu sou o vilão aqui? Você não teve responsabilidade nenhuma? Não vai assumir nem um pouquinho da culpa?

— E por que deveria?

— É uma pergunta interessante. — Ele pegou o celular de dentro da gaveta da mesa e o colocou sobre o tampo. — Lembra-se daquela vez em que sincronizamos nossos calendários por engano?

— O que isso tem a ver?

— Você dessincronizou o meu no seu celular, mas eu continuei conectado ao seu. Via todos os seus compromissos. Descobri o código, Finola. Eu vi o ícone que você usava para se lembrar de transar comigo.

Finola se sentiu ficando vermelha ao encará-lo.

— Não faço a mínima ideia do que está falando — mentiu ela.

Merda. Merda. Merda!

Nigel balançou a cabeça.

— Não finja. Posso mostrar o calendário agora mesmo, se quiser.

— Achei que transar era uma coisa boa.

— Seria se você realmente quisesse, mas não. Você agendava da mesma forma como agendava uma ida à lavanderia. Ninguém quer ser um afazer.

Finola se lembrou das palavras de seu pai a respeito de ela ter uma parcela de culpa no término. Ela dissera que ele estava errado, mas, ao ouvir Nigel, pensou que talvez, de repente, aquilo pudesse ser parcialmente verdade.

— Não era bem assim — sussurrou ela. — Nunca foi assim.

Só que tinha sido *exatamente* assim.

— Eu não saí por aí procurando por Treasure — repetiu Nigel. — Ela me procurou. Fiquei lisonjeado e estava me sentindo solitário e talvez um dia eu me arrependa, mas, neste momento, ela é a melhor coisa que já me aconteceu. Não sei explicar como me sinto quando estou perto dela, mas é como uma droga. — Ele se levantou e continuou. — Não quis magoar você e sinto muito pelos tabloides, mas não posso desfazer nada.

E nem quer, pensou Finola. Pelo menos não se o preço fosse abrir mão de Treasure. Nigel não chegou a dizer exatamente aquilo, mas nem precisava. Ela o conhecia bem o bastante para saber o que passava por sua cabeça.

Finola o olhou e decretou:

— Não vai durar. E depois? Espera que eu o aceite de volta?

Era uma pergunta que presumia que ele iria querer voltar.

— Acho que teremos que simplesmente esperar para ver no que vai dar.

— Simples assim? — Finola se levantou também. — Está disposto a arriscar tudo?

— Por ela? Estou.

Era sábado, e Ali estava correndo para se preparar para a mudança. Ela precisara gerenciar uma crise inesperada de controle de qualidade no trabalho nos dias anteriores, começando ao atender a primeira ligação de um cliente insatisfeito na quinta, passando quase a manhã toda tentando descobrir o que tinha dado errado e terminando com uma série de reuniões com muita gritaria na sexta. Como Ali não tivera culpa, só precisou ficar ouvindo, mas o problema arruinou qualquer chance de sair do trabalho mais cedo e preparar as coisas para a mudança.

Ela ficara acordada até tarde, organizando o máximo possível. Quando escreveu para Daniel contando tudo, ele lhe pediu que não se preocupasse; os caras que iam ajudar terminariam de encaixotar. Ela só precisava separar seus pertences em duas pilhas: as coisas que ia guardar na garagem de Daniel e os itens que ia querer usar ao longo do próximo ano.

Ali se deitara pouco depois da meia-noite, acordando cedo no sábado para revisar suas decisões e tentar se sentir desperta o bastante para estar animada e cooperativa ao terminar de encaixotar as coisas do quarto. Num dia normal, não seria difícil entrar no clima, mas, por algum motivo, e apesar das duas xícaras de café, Ali não conseguia não se sentir um pouco... triste.

Ela supôs que os motivos fossem óbvios. Estava saindo do apartamento onde morara durante três anos. Embora sempre tivesse planejado sair dali um dia, o motivo deveria ser o casamento com Glen, quando dariam mais um passo no relacionamento. Em vez disso, Ali se viu sendo forçada a sair para uma situação que admitia ser ótima, mas que também não era escolha sua. Ok, claro, tecnicamente ela tinha escolhido ir morar com Daniel, mas só porque não conseguiria pagar por um lugar decente sozinha. Ela aceitava que a relação com Glen tivesse terminado, só não queria ser lembrada o tempo todo de como as coisas estavam ruins.

A data do casamento estava cada vez mais próxima. Ao ver as caixas lacradas e os itens que ainda precisavam ser encaixotados, Ali se perguntou como se sentiria no fatídico dia. Será que ficaria triste, zangada, deprimida, determinada ou uma combinação de mil outras emoções impossíveis de prever? E, falando nisso, o que será que Glen estava sentindo? Será que ele sequer sentia falta dela? Falta deles? Ela queria que ele sentisse? Ali estivera tão enrolada com a logística que não tinha conseguido dedicar muito tempo às próprias emoções. Ou talvez estivesse se escondendo delas. De uma maneira ou de outra, em algum momento precisaria lidar com aquilo. Não apenas com a perda que sentia, mas também a falta da perda. A verdade é que ela quase não sentia nenhuma falta de Glen.

Ali odiava admitir aquilo, mas que escolha tinha? A princípio, sim, ela se sentira triste e humilhada — poxa, quem não ficaria? —, mas não destruída. Ela não se sentia arrasada nem achava que jamais seria feliz novamente. O que aquilo significava? Ela queria se convencer de que devia ser o choque, mas não tinha certeza. E, caso não fosse, se realmente superara Glen com tanta facilidade, o que aquilo dizia sobre Ali, sobre os dois? Se não estava apaixonada por ele, por que havia concordado em se casar?

Eram perguntas difíceis sobre as quais ela não queria pensar, mas, até Daniel e os amigos dele aparecerem, não havia muito com que se distrair. Ali andou pelo apartamento metade vazio, metade encaixotado, como se pudesse encontrar as respostas em alguma gaveta ou armário. Havia pedacinhos de sua vida com Glen, objetos da vida que ambos teriam juntos, mas não havia dor de verdade nem sofrimento. Ela tivera tanta certeza de que ele era o homem certo... só que ele não era.

Antes de começar a pensar no que tinha feito de errado, Ali escutou uma batida na porta e, quando a abriu, encontrou Daniel no meio de dois caras enormes. Ele tinha pelo menos um metro e oitenta e três de altura, então seus amigos deviam ter um e noventa e cinco ou quase dois metros. Ambos tinham a cabeça raspada e eram bastante tatuados. Ali observou uma das lindas tatuagens e se perguntou se devia fazer uma também. Algo que marcasse uma nova direção para sua vida ou...

— Bom dia — disse Daniel, oferecendo-lhe um copo descartável de café. — Pronta?

— Não tanto quanto gostaria. Tive uns problemas no trabalho, mas pelo menos separei as coisas.

Daniel assentiu para os dois homens.

— Sam e Jerome vão nos ajudar hoje. Esta é a Ali.

— Senhora — disseram os dois.

— Ficamos felizes em ajudar — acrescentou Sam. — É só nos dizer o que quer que a gente faça.

Ali recuou para eles passarem e os levou por seu apartamento, que ficou minúsculo de repente. Ela guardara tudo que ficava no quarto e na sala, mas ainda havia alguns itens nos armários da cozinha. Jerome desceu as escadas para buscar mais caixas e fita adesiva, enquanto Sam começou a carregar os móveis. Ele empurrou o sofá e a mesinha de centro até o meio da sala.

— Preciso fazer alguma coisa — disse ela a Daniel.

— Beba seu café.

— Preciso fazer mais que isso.

— Eles vão cuidar de tudo.

Dito e feito. Jerome partiu para a cozinha e encaixotou os pratos e copos com habilidade, usando papel pardo para embrulhar com cuidado cada item frágil. As caixas foram lacradas, etiquetadas e empilhadas na sala. Ao mesmo tempo, Sam envolvia o sofá com plástico-bolha. Ele desmontou a mesinha de centro e a embalou também, e depois fez o mesmo com os abajures. Às dez, todos os pertences de Ali estavam cuidadosamente empilhados ou embalados. Os homens começaram a levar os itens para o caminhão que Daniel alugara.

Conforme os cômodos eram esvaziados, Ali passava aspirador no carpete; ela já havia limpado a geladeira e o freezer, e cuidara do banheiro alguns dias antes. Não demorou muito para que estivesse tudo terminado, e Ali se viu em pé no que um dia fora seu lar, perguntando-se quando foi que as coisas tinham dado errado.

— Senhora — avisou Jerome da porta aberta —, já está tudo no caminhão.

Ali sorriu.

— Podem me chamar de Ali.

— Sim, senhora. Quando estiver pronta podemos ir.

Ali deu uma olhada ao redor.

— Eu não sabia se seria difícil ir embora ou não.

— E está sendo?

Ela respirou fundo.

— Acho que está mais para triste. Recomeçar não é fácil, mesmo quando é a coisa certa a se fazer.

— É verdade, mas, se você não recomeçar, fica presa onde estava. E às vezes isso é pior.

Ela se perguntou por que Jerome estava recomeçando. Não que ela fosse perguntar; retribuir o trabalho duro dele com perguntas bisbilhoteiras parecia falta de educação.

— Obrigada pela ajuda, Jerome.

— De nada, senhora.

Ali pôs as mãos na cintura.

— É sério? Não vai me chamar pelo meu nome?

Em vez de responder, Jerome deu uma piscadela e saiu do apartamento. Ali deu uma última olhada no lugar antes de sair também e trancar a porta. Foi até a administração, onde deixou a chave, e entrou em seu carro para partir rumo à casa de Daniel e ao que um otimista chamaria de primeiro dia do resto da sua vida.

Capítulo Dezesseis

Foi rápido descarregar tudo na casa de Daniel. Os móveis e as caixas para guardar ficaram na parte mais distante da garagem, com espaço de sobra. Jerome e Sam transportaram as outras caixas para o quarto em que ela ficaria. Daniel e Ali levaram as roupas que ela nem tirara dos cabides e, antes do meio-dia, ela estava instalada.

— Você precisa me deixar pagar o caminhão e as horas dos dois — insistiu Ali, assim que eles terminaram.

Daniel balançou a cabeça.

— Já cuidei disso. Sam e Jerome trabalham para mim, então serão pagos pela empresa, e o caminhão foi emprestado por um amigo. Não tem nada para pagar.

Ali insistiu em dar quarenta dólares para cada um, e Daniel foi fazer alguns sanduíches enquanto ela começava a arrumar suas coisas em seus futuros quarto e banheiro. Quando voltou, Daniel pôs a comida na cômoda e saiu.

Ela levou menos tempo que o previsto para arrumar tudo. Tinha mais espaço no armário e nas gavetas do que antes, o que facilitou muito na hora de guardar as roupas. O banheiro também era enorme, e todo o resto — seu notebook, pastas e alguns itens de escritório — ficou sobre a escrivaninha. Ali tinha até um pequeno armário repleto de lençóis e toalhas. Ela arrumou a cama, deixando um belo cobertor dobrado no pé, e abriu o notebook para ler seus e-mails.

Não havia nada além de alguns anúncios. Seu celular também estava quieto, sem mensagens de ninguém. Ela mandou uma mensagem para Finola e Zennie dizendo que estava pensando nelas, e parou no meio do quarto se perguntando o que fazer a seguir. E pelos próximos cinquenta anos.

Era uma pergunta um pouco assustadora. O que ela ia fazer? Arranjar um lugar para morar, sem dúvidas. Mas e quanto a todo o resto? Não havia Glen, não havia casamento, não havia possibilidade de filhos. Ela queria começar a sair de novo? Mudar de emprego? Voltar para a faculdade para ter um diploma? Começar a malhar?

Ali se tranquilizou, dizendo que sua minicrise existencial era consequência de todos os percalços que tivera nas últimas semanas. Ela se daria um tempo para se acostumar e depois bolaria um plano.

Foi até a cozinha, pegou um copo d'água e resolveu dar uma volta pela casa, imaginando que não haveria problema, mas se surpreendeu ao ver Daniel lendo na sala de estar. E não era num tablet, a propósito. O homem estava lendo um livro de verdade.

Ele levantou a cabeça ao vê-la.

— Já arrumou tudo?

— Sim, foi fácil, tem espaço de sobra. Ir de um lugar pequeno para um maior é muito mais fácil do que o contrário. Obrigada mais uma vez por me deixar vir morar aqui. Fico aliviada por ter esse espaço de transição.

Daniel baixou o livro e gesticulou para que ela se sentasse.

— Vai demorar um pouco para se acostumar a morar aqui — disse ele.

— Acho que isso vale para nós dois. Você não me parece do tipo que divide apartamento.

Daniel abriu um sorriso que fez o estômago dela fazer todo tipo de malabarismo.

— Já tive minha cota disso na vida.

— Estou falando de colegas de apartamento, não namoradas.

— Eu sei. — O bom humor dele sumiu. — Ali, eu estava falando sério naquele dia. Quero que leve o tempo que precisar para encontrar uma casa nova. Pode ficar aqui o quanto quiser.

— Obrigada. Vou esperar algumas semanas e depois pensar num plano. Não quero que fique de saco cheio de mim.

Ali notou algo no olhar dele, e, embora não tenha conseguido identificar o que era, não achava que fosse um mau sinal.

— Impossível — respondeu Daniel. — Você é forte, vai ter decidido o que quer muito antes de isso se tornar um problema.

— Você acha que sou forte? É assim que me vê?

— Claro. Olha por quanta coisa você passou nas últimas semanas. Teve alguns dias ruins depois das notícias de Glen, mas lidou com tudo muito bem.

— Na verdade, eu desmoronei completamente, e aí pedi ajuda a um cara que eu mal conhecia.

Daniel deu um sorriso doce.

— Você pediu ajuda a amigos. É a coisa mais saudável a fazer.

— Você me faz parecer ser melhor do que sou.

— E isso é ruim?

— Não, é bom. Eu só... — Ali desviou o olhar e depois voltou a ele. — Vou dizer uma coisa e quero que me escute. Sem julgar.

— Acho que nunca julguei você.

Ali hesitou.

— Não sei se cheguei a amar Glen de verdade.

Daniel não disse nada, e a expressão no rosto dele se mantinha indecifrável.

— Quando ele me deixou, fiquei zangada, magoada, envergonhada, ainda mais tendo que cancelar a cerimônia toda. — Ali entrelaçou os dedos. — Desde então, tenho estado ocupada com o trabalho, com a busca por um novo apartamento, ajudando minha mãe e tudo mais. Ainda estou furiosa com ele e o acho um babaca e não consigo acreditar que fui tão burra a ponto de me apaixonar por um cara desses, mas não sinto saudade de Glen nem penso em como estaríamos se ele não tivesse terminado tudo.

— E isso é ruim?

— Não, mas não consigo entender. Minha irmã está arrasada pelo que está acontecendo com o casamento dela. Eu não deveria estar me sentindo pelo menos um pouco assim também? E, já que não é o caso, por que então eu quis me casar com ele?

— Você estava num relacionamento e as coisas foram progredindo. É natural.

— Acho que sim. O que ainda não sei é quando foi que as coisas desandaram.

Daniel a olhou mais intensamente.

— Você sabe que seja lá o que tenha acontecido, a culpa foi dele. Você não fez nada. Foi Glen que resolveu se afastar.

— Ele obviamente não me amava e, por mais que doa dizer isso, essa constatação não dói muito. Na verdade, não sinto muita coisa. Então o que aconteceu? Eu estava me enganando? Seguindo o caminho mais fácil? Não quero ser uma pessoa rasa.

— Você não é. Ali, você acreditou e confiou nele, e ele traiu isso. Talvez você não estivesse tão apaixonada quanto pensava, mas não acho que isso faça de você uma pessoa rasa. Às vezes o amor aumenta ao longo do tempo e às vezes ele diminui. Talvez o seu tenha diminuído.

— Você está vendo as coisas de forma bastante positiva, considerando que eu ia me casar com ele — continuou Ali, tirando os sapatos e sentando-se sobre os pés. — Acho que no começo fiquei impressionada com Glen. Não louca por ele, mas gostei dele e então, conforme o relacionamento avançava, fui levando. Achei que ele era um cara legal que gostava de mim e que era bonito. — Ela hesitou de novo. — Não sou uma pessoa que recebe muita atenção.

— O que isso quer dizer?

— Fui bastante negligenciada quando era criança. Minha mãe concentrava toda a atenção dela em Finola, e Zennie era a preferida do meu pai. Não havia mais ninguém para mim. — Ali suspirou. — Sei que parece dramático, mas é verdade. Eu tinha amigos e tudo mais, mas... — Ela olhou para Daniel. — Muito patética?

— Nem um pouco patética. Somos todos produtos de nossa criação. Se seus pais tivessem sido diferentes, você seria diferente.

— Eu tive namorados antes, mas nada muito sério. Glen me deu bola numa angariação de fundos que minha irmã organizou. Ele se aproximou de mim e começou a conversar, coisa que nunca tinha acontecido comigo. Ele era engraçado e tinha um bom emprego. — Ali torceu o nariz. — Não é muito romântico, é? Eu deveria estar dizendo como ele me deixou sem ar, não é? Como eu não conseguia mais imaginar a vida sem ele? Será que quis ficar com ele porque era o estágio em que estávamos na vida? Sei lá, ele terminou comigo, então por que ele me pediu em casamento em primeiro lugar? Uma vez eu vi um comediante na TV falando que as pessoas se casavam porque chegavam a um ponto no relacionamento em que não havia mais nada a dizer um para o outro, a não ser justamente "vamos nos casar", e aí os dois têm um monte de coisas novas para conversar. Não quero que tenha sido esse o motivo.

— E não foi.

— Você não tem como saber.

— Eu conheço você. Só queria o que a maioria das pessoas querem, uma conexão. Um parceiro cujo amor fosse recíproco e que estivesse ao seu lado quando você precisasse. Queria ser parte de alguma coisa, queria amar e ser amada. Você queria filhos.

Ali sorriu.

— Pelo visto Glen falava mais de mim do que eu achava. Tem razão, eu queria tudo isso, sim. Queria ser como todo mundo. Não famosa nem nada assim, apenas ter a sensação de pertencimento. — Ela sentiu as lágrimas começarem a arder nos olhos. — Quer saber? Sinto falta disso. Não sinto falta do Glen, mas sinto falta de ser parte de um casal. Por que será?

— Acho que isso é normal.

Ela conseguiu dar uma risada.

— Você é muito bom para mim, Daniel. Obrigada.

— De nada. Você não fez nada de errado. Eu sei. Já fui casado. Começamos um relacionamento com a melhor das intenções, mas depois deu tudo errado. Não posso dizer que ela foi uma megera, porque não foi o caso, e eu não a traía nem usava drogas nem saía demais com meus amigos. Apenas não éramos felizes juntos.

— Nós dois sabemos que Glen não era feliz comigo.

— Nós dois sabemos que Glen é um bundão.

Ela sorriu.

— Também tem isso. Ok, vamos falar sobre outro assunto. Jerome e Sam trabalham mesmo para você?

— Claro. Por quê?

— Não sei. Eles foram muito educados, mas não pareciam os típicos caras de motocross, não sei por quê.

Daniel a surpreendeu desviando o olhar.

— Eu, hm, tenho alguns funcionários que, bem...

Ali pôs os pés no chão e sentou-se na beira do sofá.

— O quê? Eles eram policiais disfarçados ou algo assim?

— Não. Eles são parte de um programa do estado que ajuda ex-presidiários a encontrar uma forma de se reintegrar à sociedade. Eu contrato alguns nesse esquema de trabalho prisional.

Ali estava boquiaberta.

— Sério?

— Você não correu perigo em nenhum momento.

— Não me senti em perigo. Que legal. Então está ajudando os dois.

— Sim.

— Por quê?

Daniel deu de ombros.

— Já tive tantas oportunidades, parece razoável agora dar algumas.

— Simples assim?

Ele assentiu.

— Nossa. Glen nunca deixava mais que dez por cento de gorjeta num restaurante. Aquilo sempre me incomodou. Às vezes eu voltava até a mesa e deixava mais alguns dólares. Como vocês dois podem ser tão diferentes?

— Não faço a menor ideia.

— Não me leve a mal, mas tenho quase certeza de que gosto mais de você.

Aquele sorriso sexy dele voltou.

— Também gosto mais de você do que do Glen.

Ali riu. Um programa para ex-presidiários. Daniel era meio que um cara incrível.

— Adorei as tatuagens deles. Estava pensando em talvez fazer uma. Só que tatuagens são feitas com agulhas, né? — Ela estremeceu. — Uma simples vacina da gripe já vira um problemão para mim.

— Então é bom deixar essa ideia para lá.

— Você tem várias.

Glen tinha comentado sobre elas uma vez, mas de um jeito reprovador.

— Só uma ou outra.

Daniel estava de camiseta e calça jeans e, pelo menos nos braços dele, Ali não tinha visto nenhuma.

— Onde? Ah, não, não me diga que uma delas fica no cóccix. Isso mudaria tudo.

— Não é no cóccix, mas quem sabe num outro dia.

O que ele queria dizer? Que estavam em lugares normalmente não vistos em público? A ideia de explorar o corpo de Daniel em busca das tatuagens a atraiu imediatamente. A pele dele devia ser quente, os músculos torneados. O que aconteceria se ela se levantasse e se sentasse ao lado dele, e depois colocasse as mãos no…

Pare, disse Ali a si mesma com determinação. Ela precisava parar. Não retribuiria a generosidade dele com uma jogada constrangedora daquelas. Dar em cima de Daniel mudaria completamente a dinâmica entre os dois e, pior ainda, ele ficaria com pena dela, coisa que Ali não conseguiria suportar.

— A data do casamento está chegando.

O comentário de Daniel era tão distante de tudo em que Ali estava pensando que ela demorou um instante para entender.

— É verdade.

— Devíamos fazer planos para o dia. Talvez fazer alguma coisa que você nunca tenha feito.

— Tipo pular de paraquedas?

— Eu estava pensando numa coisa mais terrestre, mas sim.

— Tenho uma manhã de beleza planejada. Mantive os horários no spa porque achei que seria bom ser paparicada, mas, depois disso, estarei livre. No que estava pensando?

— Numa aula de motocross e jantar.

Sim, sim e sim, pensou Ali. Se ela estivesse disposta a ser imbecil, se atiraria agora mesmo em cima dele. Daniel era simplesmente irresistível se oferecendo para passar o suposto dia do casamento com ela.

— Uma aula de motocross e um jantar me parecem perfeitos. Obrigada. Mas, depois disso, você precisa voltar à sua vida normal e parar de se preocupar comigo. Vou ficar bem.

Os olhos escuros dele examinaram o rosto de Ali.

— Ali, sabe que gosto de passar tempo com você, não sabe?

— Hm, claro. Mas, tipo, você não precisa cuidar de mim nem nada.

Era impressão dela ou as coisas estavam ficando estranhas?

— Então já temos um plano para o dia do casamento — confirmou Daniel.

— Sim. Vou voltar do spa parecendo uma princesa e aí você pode me sujar toda. — Ali se encolheu com o comentário. — Você entendeu.

Ele deu um meio-sorriso.

— Entendi.

— Ótimo. — Ali apontou para sua parte da casa. — Vou sair dessa de forma elegante enquanto ainda há tempo.

Daniel deu uma risadinha.

— Acho que é uma boa ideia.

Finola não conseguia não se sentir receosa. Seus dias não estavam ficando mais longos, na verdade o caminho para o trabalho até tinha ficado mais curto, mas aquela sensação onipresente de exaustão só aumentava.

Ela sabia que era uma combinação de estresse e sofrimento. A notícia sobre Nigel e Treasure tinha explodido e estampava as capas dos tabloides, deixando-a praticamente sitiada. O estúdio havia contratado mais seguranças para afastar os fotógrafos, e Finola estava sendo inundada de convites para entrevistas. Seus produtores queriam ter uma conversa séria com ela, e sua agente estava furiosa por ela ter deixado as coisas irem tão longe sem comunicar nada à agência. Finola sabia que a mulher tinha razão — sua desculpa foi simplesmente porque queria que aquilo tudo desaparecesse logo.

Ela dirigiu até a casa da mãe e estacionou na garagem. Mary Jo ficaria trabalhando até tarde na loja, então Finola estaria sozinha em casa. Ela entrou pela porta da cozinha e parou para sentir aquele cheiro familiar. Parecia que toda casa tinha seu próprio cheiro. O daquela era uma combinação de anos de aromatizador de limão e uma pitada do perfume de sua mãe.

Finola não se lembrava de quantos anos tinha exatamente quando ela e sua mãe foram morar ali. Com certeza foi depois de Mary Jo e Bill se casarem, então talvez ela tivesse uns 6 ou 7. Ela adorava a casa — tinha um quarto só para ela e um quintal bem grande com um balanço que pertencera aos antigos donos. Finola tinha quase certeza de que sua mãe estava grávida na época e lembrava estar animada com a perspectiva de ter mais uma criança em casa; afinal, ser filha única era solitário.

Ela andou pela cozinha em direção à sala de estar. A casa era tão normal, tão comum — construída para uma família, pensou. Era onde ela morara, crescera e de onde saíra para ir para a faculdade. Não era bem que ela se importava com a venda da casa, mas o fato de sua mãe estar seguindo em frente significava mais uma mudança com a qual tinha de lidar.

Finola olhou para o sofá e o divã gasto, as mesinhas de centro e de canto combinando. O estilo não tinha nada a ver com o dela, mas era familiar, confortável.

Nigel não queria mais ficar com ela. Não dava para evitar a verdade para sempre. Ela podia dar voltas naquilo, gritar, correr, podia até tentar se esconder, mas não podia mudar a verdade. Não haveria bebê, não haveria felizes para sempre. Nigel jogara o futuro dos dois fora com aquele caso e, pelo que Finola estava vendo, sem sequer pensar nas consequências.

Ela queria dizer que Treasure o havia enfeitiçado, que ele estava sob a influência de alguma droga de sexo e que um dia voltaria a si. Queria acreditar que, com aconselhamento, terapia e quem sabe até algum tipo de desintoxicação, seu velho marido poderia voltar para seus braços. O problema era que, bem lá no fundo, ela não achava que ele queria. Nigel gostava de quem ele era ao lado de Treasure, e Finola não podia estar com alguém assim.

Finola tentou não dar ouvidos às acusações de ter agendado sexo com ele. Por que aquilo era tão ruim? Por que aquilo a tornava uma má pessoa? Eles eram ocupados. Sim, os dois se amavam, mas depois de tantos anos casados, a verdade é que era difícil encontrar tempo. Então ela se certificara de não esquecer de transar. Por que aquilo fazia dela uma má esposa?

Porém, aos olhos de Nigel, era como se ela tivesse cometido um crime imperdoável, e quando Treasure apareceu... Finola admitia que não sabia se ele estava se vingando, se não vira motivo para resistir ou se era um pouco das duas coisas.

Seu quarto ficava no começo da casa e tinha uma janela grande e um closet. Sua velha cama de casal, cômoda e escrivaninha estavam no lugar de sempre. Havia pôsteres na parede, mas os dela nunca foram de estrelas do cinema ou de bandas de rock. Em vez disso, Finola colecionava fotos de Jane Pauley, Andrea Mitchell, Diane Sawyer e Elizabeth Vargas. Suas heroínas. Enquanto suas amigas assistiam ao E! Entertainment o dia inteiro, ela ficava grudada nos noticiários e telejornais.

Suas prateleiras eram cheias de prêmios conquistados na escola e na faculdade. Finola trabalhara duro para ser uma boa jornalista. Assim que arranjou seu primeiro emprego como repórter televisiva em Bakersfield, ela soube que ia chegar longe. A oferta da emissora de Los Angeles havia sido ainda mais empolgante. Apresentar o *AM SoCal* a fizera mudar de rumo, mas para uma direção que a desafiava. Tudo era tão bom, e de repente seu mundo desmoronou.

Ela foi até a escrivaninha onde deixara o notebook. Ao lado estava a correspondência que trouxera de casa. Finola folheou as cartas e propagandas e notou um envelope grosso. Ela o abriu, leu o convite e gemeu.

O baile de gala para ajudar crianças com câncer era um evento de caridade importante. A emissora local era uma das patrocinadoras. Seria impossível recusar, e impossível ir com Nigel.

Ela desmoronou na cadeira e cobriu o rosto com as mãos. O que acontecera com todas as suas esperanças e sonhos? Como foi que ela perdera tudo do dia para a noite? E, mesmo sabendo que tinha acabado, por que ela ainda queria tão desesperadamente que seu marido voltasse?

— Eu consigo — murmurou Zennie baixinho.

Fazia duas semanas e um dia desde a inseminação artificial. Ela tomara um copo grande de água, estava com três testes de gravidez diferentes na sua frente, e agora lhe restava simplesmente esperar até ter vontade de fazer xixi.

Zennie estava se sentindo bem. Não grávida nem diferente de alguma forma, apenas bem. Estava comendo itens da lista de alimentos permitidos, bebendo bastante água e tomando suas vitaminas, embora tudo aquilo parecesse mais rotina do que algo com um propósito em especial. Ela se perguntou se mães "de verdade" se sentiam diferentes quando esperavam para finalmente terem a boa notícia.

Ela andou pelo apartamento, tentando pensar em qualquer coisa exceto ter que fazer xixi. Depois de alguns minutos zapeando pelos canais, ela se viu envolvida por um episódio de *Ame-a ou Deixe-a* na HGTV. Meia hora depois, durante um dos comerciais, Zennie se levantou e foi ao banheiro. Foi só quando ela viu os palitinhos dispostos com cuidado um ao lado do outro na bancada que percebeu que havia se esquecido completamente dos testes.

— Isso é ridículo — murmurou ela com uma risadinha, preparando-se para colocar a mão na massa.

Zennie seguiu as instruções e, depois de terminar, pôs os testes em cima de um papel-toalha e esperou. Não demorou muito para ver as mudanças. Cada um deles tinha um tipo diferente de indicador, mas os resultados de todos foram iguais. Segundo aqueles palitinhos, ela estava grávida.

Zennie ficou ali no seu pequeno banheiro sem saber o que pensar. Ela se olhou no espelho, reparando em como seus olhos estavam arregalados e sua expressão parecia bem assustada. Ela estava grávida. Grávida, tipo carregando um filho. Tinha um bebê crescendo dentro dela. Santo Deus!

Correu para buscar o celular, tirou uma foto dos testes e a enviou para Bernie. Zennie não precisou esperar muito para o celular tocar.

— Eu sabia que você faria hoje — disse a amiga, a voz embargada de emoção. — Eu simplesmente sabia. Sério? Sério?

— Estou só mostrando o que o testes disseram.

— Ah, meu Deus! — gritou Bernie. — Vamos ter um bebê!

Zennie sorriu.

— Parece que sim.

— Chego aí em um minuto.

— Estarei aqui. Quer que eu guarde os palitos ou posso...

— Não ouse jogá-los fora, vou guardá-los para sempre.

— Você sabe que fiz xixi neles, não sabe?

— Sei, e estou tão feliz por isso. Me dê quinze minutos. Talvez vinte.

Zennie ainda estava sorrindo quando desligou.

Ela guardou os palitos num saquinho plástico e depois tentou pensar no que fazer enquanto esperava Bernie. Antes que ela conseguisse resolver, a amiga estava tocando a campainha.

Bernie largou a bolsa e um saco de mercado no chão e se atirou em cima de Zennie.

— Obrigada — disse ela, abraçando-a com tanta força que Zennie mal conseguia respirar. — Obrigada, obrigada, obrigada. Eu já amaria você para sempre não importa o quê, mas agora te amo ainda mais.

Zennie riu e a abraçou de volta.

— Também estou feliz. De verdade.

— Oba! — Bernie se soltou. — Trouxe alguns presentes para você.

Ela pegou a sacola de compras e tirou um pote de picles de dentro. Zennie sorriu.

— Clichê, mas obrigada.

Havia também um pote de sorvete com pedacinhos de chocolate, além de dois exemplares de um livro grosso.

— Para lermos juntas — explicou Bernie, dando um exemplar a Zennie. — Todo mundo diz que este é *o* livro sobre gravidez. Ele cobre mês a mês. Vou criar um cronograma para lermos ao mesmo tempo. Vai ser o máximo.

Zennie aceitou o livro e folheou algumas páginas. Conforme Bernie dissera, ele continha capítulos sobre cada mês, com um desenho mostrando o tamanho do bebê e uma série de perguntas e respostas. A palavra *hemorroida* chamou sua atenção, e ela rapidamente fechou o livro de volta.

— Obrigada. Vou começar a ler hoje mesmo.

— Eu também. Hayes está superfeliz. Liguei para ele quando estava vindo para cá. Queremos levar você para jantar num vegetariano novo ótimo que não serve álcool, assim você não sente que está se privando de nada. Só não se esqueça de comer bastante proteína no almoço para suprir a necessidade diária. Eles têm uns pratos com queijo perfeitos para a dose de cálcio. — Bernie a abraçou novamente. — Isso vai ser tão incrível.

— Ahã.

Zennie reafirmou aquilo para si mesma. Não havia motivo para se sentir sobrecarregada, confusa ou um tiquinho apreensiva. É claro que Bernie estava nas nuvens, e Zennie realmente precisava saber o que estava acontecendo no corpo dela. Era sempre melhor ter informação demais do que de menos.

— Então vamos jantar hoje? — perguntou Bernie.

— Com certeza. Estou ansiosa.

— Nenhum encontro com um gato por aí?

— Você sabe que não. Nenhum gato quer lidar com uma grávida, e estou num bom momento agora. — Zennie riu. — O melhor encontro que tive em meses foi com uma mulher, então o que isso quer dizer?

— Que essa gravidez era para ser. Se você ainda estivesse com Clark, ele teria ficado chateado e implicado com a coisa toda.

O comentário pegou Zennie de surpresa.

— Acho que não, viu? A gente estava só se conhecendo, mas Clark não era assim. Ele me apoiava bastante.

— Sinto muito. — Bernie pôs a mão no braço da amiga. — Eu não quis dizer nada com isso. Só estou dizendo que agora não é um problema.

Na verdade, Zennie preferia ficar sozinha do que estar num relacionamento, mas não tinha certeza se tinha gostado da ideia de Bernie achar que ela estar com alguém pudesse ser um impedimento para ter o bebê.

— Então é melhor que eu fique sozinha para me concentrar?

O lábio inferior de Bernie estremeceu.

— Zennie, me desculpe. Está saindo tudo errado.

Zennie sacudiu a cabeça e abraçou a amiga.

— Não está, não. Sou eu. Sinto muito, não sei por que eu disse isso. — Ela começou a rir. — Acho que são os hormônios.

— Jura?

— De todas as suas amigas, não sou eu quem mais tem a cabeça no lugar?

— É. — Bernie segurou Zennie pelos braços. — Você realmente terá nosso bebê.

— Realmente terei. — Ela abriu a porta. — Eu te amo, mas agora vá comemorar com seu marido. Encontro vocês mais tarde.

Zennie fechou a porta e se sentou no sofá. Grávida. Ela estava realmente grávida e sem a menor ideia de o que fazer com a informação. Precisava contar para tanta gente. Sua mãe, para começar, e depois seu pai. Ela guardaria segredo no trabalho pelo máximo de tempo possível. E Ali já sabia sobre o procedimento, mas não dos resultados.

Zennie pegou o celular e mandou uma mensagem para sua irmã, recostando-se em seguida e tentando absorver o fato. Grávida.

Estou super animada por você! Parabéns!

Zennie sorriu ao ver a resposta de Ali. Ela rolou sua lista de contatos, hesitando ao ver o nome de Clark. Nem pensar, decretou. Ela não queria contar a ele. Além disso, seria esquisito demais mandar uma mensagem para ele contando que estava grávida. Jesus, que ideia louca. Por que ela pensaria...

Zennie caiu de volta contra o sofá e sorriu de orelha a orelha. Ah, sim, ela estava grávida e pelo visto aquilo seria uma grande aventura.

Capítulo Dezessete

Cumprimentar os fãs após o programa era uma tradição. Todos que queriam conhecer Finola ficavam para um rápido *meet & greet*. Embora normalmente gostasse de encontrar seus espectadores, Finola estava se sentindo relutante em estar tão próxima assim deles desde que a notícia viera a público. Até um sorriso e um aperto de mãos pareciam arriscados, e ela mantinha Rochelle por perto para tirá-la dali rapidamente caso fosse necessário. Mas já se passara mais de uma semana e ninguém dissera nada, então Finola sentiu-se mais relaxada ao passar pela fila de fãs enquanto Rochelle estava no camarim.

— Obrigada por virem — disse ela, cumprimentando um casal mais velho. — Vocês são daqui?

— Sim, moramos em Huntington Beach — respondeu o senhor. — Compramos nossa primeira casa lá há quase quarenta anos.

Finola deu uma risadinha.

— E agora vale muito mais.

— Vale mesmo. — Ele deu uma piscadela. — Você é bonita. Tão bonita pessoalmente quanto na TV.

— Ah, Martin, você não tem jeito — disse a esposa, revirando os olhos. — Como se ela estivesse interessada num velho como você. — Ela tinha o tom de voz zombeteiro e o sorriso amigável.

— Você é encantador, Martin — continuou Finola, rindo antes de se voltar para os próximos da fila. — Olá. Obrigada por virem.

As próximas pareciam ser mãe e filha, a mãe com seus quarenta e poucos e a filha na idade de ir para a faculdade. A menina sorriu e disse:

— Suas roupas são ótimas. Eu tento fazer minha mãe se vestir melhor, mas ela não me escuta. É você que arruma seu cabelo ou alguém faz isso para você?

Antes que Finola pudesse responder, a mãe fechou a cara.

— Não entendo por que lavar roupa suja em público desse jeito. O que você ganha com isso? Precisa tanto assim de atenção? Foi por isso que Nigel a deixou?

Finola sentiu o julgamento e o golpe na alma. Ela queria fugir, mas não havia como escapar e ninguém para protegê-la. Olhou ao redor, mas a maior parte da equipe tinha desaparecido, e os outros convidados já tinham ido embora. Só faltavam essas duas.

— A escolha não foi minha — disse Finola, antes que pudesse se conter. Embora soubesse que não fazia sentido responder e que era melhor simplesmente agradecer as duas e sair dali, Finola não conseguia se mexer. — Nem o caso, nem a publicidade. Há fotógrafos me seguindo. Eles descobriram onde moro e me perseguem de carro, fazendo com que eu me sinta com medo e insegura. É um pesadelo e uma humilhação.

Finola estava falando demais, mas parecia incapaz de parar. Queria que essa mulher soubesse que a culpa tinha sido toda de Nigel. Toda dele e daquela vagabunda da Treasure. Finola era a inocente daquela história e não fizera nada de errado.

Ao abrir a boca para dizer aquilo, ela sacudiu a cabeça. Que besteira. Seja lá o que se passasse pela cabeça daquela mulher, não era problema de Finola.

Ela se forçou a dar um sorriso educado para mãe e filha.

— Muito obrigada por comparecerem, espero que tenham gostado do programa.

Depois Finola deu meia-volta e foi embora, rumo ao corredor onde haveria pessoas se certificando de que aquela mulher horrível não viria atrás dela.

Ao se afastar, Finola ouviu a menina dizer:

— Mãe! Por que disse aquilo? Que falta de educação!

— Ela acha que é grande coisa só porque está na TV?

— Ela só está fazendo o trabalho dela.

— Foi ela quem escolheu isso.

Finola virou mais um corredor e não ouviu mais nada. Entrou no camarim, fechou a porta, usando-a de apoio para as costas, como se tentasse manter todos do lado de fora.

Rochelle tirou os olhos do notebook e se dirigiu para Finola.

— Tudo bem?

— Sim, claro. Só lidando com fãs… Você sabe como eles podem ser.

Rochelle a observou atentamente.

— Alguém falou alguma coisa?

Finola dispensou aquilo com um aceno de mão.

— Já recebemos os quadros para os programas da semana que vem?

— Então falaram alguma coisa.

— Não importa. É impossível evitar esse tipo de coisa. Todo mundo tem uma opinião para dar, mesmo que não gostem de mim ou de Nigel ou sequer de Treasure. Neste momento, somos interessantes. Semana que vem estarão todos prestando atenção num cachorro surfista ou coisa do tipo.

— Sabe quantas visualizações você teve? — perguntou Rochelle delicadamente. — Naquele quadro com a Treasure?

— Me conta.

— Mais de dois milhões.

Finola desabou no sofá.

— Não somos tão interessantes assim. Como é que alguém pode se importar tanto? — Ela não esperava uma resposta, e Rochelle também não falou nada. Finola fechou os olhos. — Já não bastaram as reuniões para conversar sobre quais quadros podemos fazer no programa? Minha agente teve um surto quando descobriu. Ela me lembrou que, quando esse tipo de coisa acontece, ela precisa ser a primeira a saber. Os produtores se amontoam e param de falar quando eu passo. — Ela abriu os olhos e encarou sua assistente. — Eu não sou a vilã aqui.

— Eu sei. Sinto muito. Vou buscar um chá para você.

Finola ainda não podia ir para casa. Ela tinha que fazer a prova de figurino da semana seguinte e depois ainda teria que malhar durante duas horas para continuar bonita e magra o suficiente para estar na TV e para ninguém achar que Nigel a havia traído porque estava acabada.

— Obrigada. Juro que vou dar um jeito nisso e parar de me lamentar.

— Você não está se lamentando — respondeu Rochelle, ficando de pé. — Finola, você passou por muita coisa. Está lidando bem com a situação, e isso é admirável.

— Obrigada.

Finola disse a si mesma que guardaria aquelas palavras de apoio. Ela seria forte e passaria por tudo aquilo, não importa o que acontecesse. E, quando as coisas estivessem resolvidas, ela iria...

Sinceramente, não fazia ideia do que faria, mas estava determinada a ser mais forte do que vinha sendo. Diamantes se formam sob pressão, ou seja lá o que diziam. Ela já estava cansada de se sentir destruída.

No meio da manhã, Ali já tinha terminado o inventário semestral das peças dos Mustangs. Os controles de fluxo que sugerira alguns meses antes tinham feito uma baita diferença, e ela tinha mais algumas ideias para discutir com Paul assim que colocasse tudo no papel. Enquanto fazia algumas anotações para revisar depois, Ali pensou na possibilidade de fazer faculdade.

Ela não tinha ensino superior; depois que Finola e Zennie terminaram seus cursos, seus pais lhe disseram que não tinham como pagar. Ali nunca tivera uma ambição fervilhante de fazer nada em especial, então na época também não se importara muito. Agora achava que deveria ter protestado um pouco mais. Suas irmãs estudaram por quatro anos e conseguiram seus diplomas, enquanto ela não tinha nada. Ambas tinham carreiras e ganhavam bem, e Ali trabalhava num armazém de peças de carro. Sim, havia crescido ali dentro, saindo do estoque, passando pela expedição e chegando ao controle de inventário, mas era isso que ela queria fazer para o resto da vida? E se ela quisesse crescer, ser desafiada e talvez contribuir mais do que apenas garantir que um estoque tivesse faróis em quantidade suficiente? Não que não se orgulhasse de seu trabalho, mas era ali que ela se via dali a vinte anos?

Ali sabia que aquela inquietação tinha a ver tanto com o término como com o emprego. Ela estava passando por uma transição, algo que nunca era fácil — até mudanças boas podem ser estressantes. Então tudo bem, se ela não tinha uma direção, daria um jeito de descobrir. Enquanto isso, poderia cursar um curso técnico e começar a fazer matérias mais gerais. Pelo menos estaria avançando em vez de permanecer parada.

Depois de inserir os dados do inventário no computador, foi até a impressora compartilhada para buscar os papéis e encontrou Ray no caminho. Em vez da calça jeans e camiseta de sempre, ele vestia calça social preta, camisa de botão e terno.

— Ray, o que é isso? Você tem um encontro na hora do almoço?

Ele revirou os olhos.

— Sim, Ali, tenho um encontro. — Ele puxou a gola da camisa. — Cara, odeio me vestir desse jeito, mas é por uma boa causa, certo?

— Não sei do que está falando.

Ray franziu o cenho.

— Não ficou sabendo? Paul pediu demissão e vai finalmente se aposentar. O dono me convidou para uma entrevista para a vaga dele. Me deseje sorte.

— Boa sorte — disse Ali automaticamente. — Depois me conta como foi.

— Pode deixar.

Ali ficou parada ali sem conseguir se mexer. Ninguém pensara *nela* para a entrevista. Ninguém dissera nada. Ela agora trabalhava sozinha, mas, nos cargos anteriores, tinha subordinados. Quando Paul saía de férias, era ela quem ficava no seu lugar. Fazia aquilo havia dois anos. Não seria ela a substituta mais óbvia para o cargo? Ray era ríspido e mal-humorado e dava medo nas pessoas. Não exatamente o perfil de um gerente, então por que não ela? Só porque não tinha diploma? Não sabia nada sobre o currículo de Ray, mas talvez ele tivesse cursado pelo menos alguns anos de faculdade. Será que era outra coisa? Era por causa da idade de Ali? O fato de ser mulher? Ou será que era porque ela nunca havia comentado com ninguém, nem sequer uma vez, que queria crescer na carreira? Ela nunca expressara desejo de assumir mais responsabilidades.

Ali não tinha resposta e não sabia onde obter uma. Tudo que sabia era que, quando finalmente encontrara um pouco de paz, as coisas mais uma vez viravam uma porcaria.

Era manhã de sábado, e Finola arriscou uma ida à mercearia. Imaginou que os clientes não dariam a mínima para o fato de ela também ter que comprar pão e melão — todo mundo tem suas vidas e seus compromissos. Sua mãe tinha ido trabalhar; o shopping era sempre movimentado aos finais de semana, e a loja mais ainda. Jovens em busca de roupas que as fizessem se sentir poderosas estariam por lá, e a bem-sucedida loja de Mary Jo era parada obrigatória.

Num esforço para se distrair e evitar um dia inteiro sozinha chorando pelos cantos, Finola mandou uma mensagem para suas irmãs, convidando-as para almoçar. Pelo intervalo entre as mensagens, Finola desconfiou que Ali e Zennie tivessem conversado entre si antes. Ela já estava achando que era muita paranoia da parte dela, mas as duas responderam exatamente ao mesmo tempo, usando quase as mesmas palavras.

Mal posso esperar. Quero te ver.

Legal. Quero te ver.

Finola não sabia o que estava por trás daquilo, mas, sinceramente, também não estava com cabeça, então ignorou. Era seu novo mantra: apenas ignore. Talvez não fosse tão espiritualmente reconfortante como ver todo o bem presente no mundo ou se permitir mais gentilezas, mas, por ora, estava dando certo, e aquilo bastava.

Ela escolheu suas compras pensando na companhia. Tinha ingredientes para sanduíches de frango com curry, folhas e legumes para salada e tudo de que precisava para preparar seu famoso molho ranch com manjericão.

Finola passou a manhã aprontando tudo e foi dar uma caminhada pelo bairro. Com o cabelo preso num rabo de cavalo, boné de beisebol e óculos de sol, ela acreditava estar razoavelmente irreconhecível. Quase cinco quilômetros depois, estava quase sem fôlego, mas sentindo-se bem melhor consigo mesma. Ela tomou uma ducha, se arrumou e foi dar uma olhada na comida. Ali chegou assim que ela terminou de arrumar a mesa.

— Oi, querida — disse a caçula, abraçando-a forte. — Como está se sentindo?

— Já estive melhor.

— Aposto que sim. Ainda odeio tanto Nigel. E nunca mais vou escutar uma música de Treasure na vida. Eu a odeio também. — Ali fez um afago no braço de Finola enquanto elas entravam na cozinha e se sentavam. — Você está bem morando aqui de novo? Mamãe me deixaria louca, mas vocês parecem se dar melhor.

— Não é exatamente onde eu me via a esta altura da vida, mas está ajudando. Quem diria que um simples sobrenome diferente pode ser uma coisa boa?

— O que importa é que esteja segura — disse Ali, demonstrando preocupação.

— Eu estou. A notícia ia vazar uma hora ou outra. Treasure é um imã de paparazzi, assim como todos do círculo dela. — Finola lutou para não chorar. — Só ainda não entendo por que ele fez isso. Uma coisa é ter um caso, mas ter um caso logo com ela? Precisava mesmo? É tão público, todo mundo sabe, todo mundo está falando de mim e me julgando. Odeio isso.

Ali a abraçou.

— Claro que odeia. Eu sinto muito, queria poder fazer alguma coisa para ajudar.

— Ter vindo aqui hoje já ajuda.

— Que bom, fico feliz.

Zennie chegou e entrou na casa com sua altura e boa forma de sempre. Tinha alguma coisa naquele ar de confiança da irmã que fazia Finola sentir que precisava se esforçar mais. Não para competir exatamente, mas sim como um desafio. Zennie era estonteante, só que sem fazer esforço algum. Ela não se interessava por maquiagem, nem por roupas, nem por atenção.

— Como estão as coisas? — perguntou Zennie, abraçando as irmãs. Ela olhou para Ali e perguntou: — Ainda difíceis?

— Estou dando meu jeito. A cada dia fica mais fácil.

Naquele instante, Finola se deu conta de que nem perguntara como Ali estava se sentindo. As duas estavam, de certa forma, passando por situações semelhantes, apesar de, venhamos e convenhamos, o término de um casamento ser bem mais grave que o de um noivado. Ainda assim, Ali era sua irmã, e não era como se Finola tivesse demonstrado algum tipo de preocupação com ela. Como foi que ela deixou aquilo passar?

— Você teve notícias do Glen? — perguntou Finola, como se estivesse pensando em Ali aquele tempo todo.

— Nada. Ele me mandou um cheque e só.

— Canalha — resmungou Zennie, deixando a bolsa no chão e juntando-se às irmãs na mesa. — Ele é um tormento. Devia arcar com pelo menos metade do casamento. Talvez até com tudo. Foi ele quem pediu você em casamento e foi ele quem desistiu.

Finola não sabia que Glen não estava ajudando a pagar pela cerimônia cancelada.

— Você quer conversar com um advogado? Posso lhe dar uma indicação.

— Não, está resolvido, já cuidei de tudo sozinha. Eu, hm, consegui negociar acordos razoáveis para a maioria dos contratos. Agora só preciso terminar de pagar os cartões de crédito, juntar uma grana e tudo certo. Sinceramente, não quero falar no assunto. — Ali sorriu para Finola e continuou: — Obrigada pelo convite para almoçar. Parece que já faz um bom tempo que não nos encontramos. — Ela revirou os olhos. — Limpar as tralhas da mamãe não conta.

Zennie suspirou.

— Isso vai levar uma eternidade. — Ela olhou para Finola e sugeriu: — Já que está aqui, você podia fazer um pouquinho toda noite.

— Obrigada, mas não. Acho que tem que ser uma atividade em grupo.

— Finola ignorou o bolo que tinha dado nas irmãs na última vez que elas combinaram de arrumar o quarto extra. — Se for só eu arrumando, mamãe vai querer que eu fique com tudo, e isso nem pensar. — Finola se inclinou para Ali. — Ela está tentando despachar aquele relógio de pêndulo horroroso em cima de mim, mas sempre insisto que é você quem o quer.

— Ela quer dar meu relógio? Não! Por que ela faria isso? Preciso conversar com ela, era para o relógio ser meu. Pelo visto o jeito realmente será roubá-lo para mim. — Ali olhou para Zennie e perguntou: — E você, quais são as novidades?

Se Finola não estivesse olhando para suas irmãs, nem teria notado um clima diferente. Mas havia alguma coisa ali. Quando Ali perguntou aquilo, Zennie retorceu a boca, como se tivesse acabado de ser repreendida, e hesitou.

— O que foi? — indagou Finola, olhando de uma para a outra. — Estão sabendo de alguma coisa que eu não sei.

Zennie sorriu para ela.

— Então, é uma coisa engraçada. Estou grávida.

A informação foi tão inesperada que Finola não entendeu direito o que Zennie estava dizendo.

— Está o quê?

— Grávida.

— Mas você não está nem namorando.

— É, tem isso. Mas posso explicar.

Grávida? Zennie ia ter um bebê? Finola pensou no presente que tinha comprado para Nigel, nos brinquedos eróticos e nos sapatinhos de bebê. Era para os dois terem ido ao Havaí juntos e para ela estar grávida agora. Era para eles terem sido felizes para sempre.

— Você se lembra da Bernie, minha amiga?

— O que ela tem a ver com isso?

Zennie explicou sobre Bernie, o câncer e a inseminação artificial.

— Sou a barriga solidária deles. Terei o bebê e depois eles assumem. Ah, mamãe ainda não sabe. Uma hora vou ter que contar, mas agradeceria se não dissesse nada agora.

Finola mal podia acreditar.

— Está louca? Quem faz isso? Meu Deus, é um prato cheio para um pesadelo jurídico. E se eles se separarem? E se um dos dois morrer? E se houver algum problema com o bebê? Terá que ficar com ele? Você sequer parou para pensar nisso tudo? Sei que ela é sua amiga e tudo mais, mas isso foi um erro enorme. Você tem certeza de que já está grávida? Precisa continuar mesmo?

Finola parou ao perceber que suas irmãs a estavam encarando com expressões parecidas de confusão e desgosto.

Ali foi a primeira a falar.

— Foi um gesto incrível. Um presente maravilhoso para uma pessoa que ela ama. Na minha opinião, Zennie foi fantástica por ter topado.

— Então você é tão idiota quanto ela.

Ali se encolheu com o comentário, e Finola sentiu-se mal imediatamente.

— Desculpa. Isso soou ríspido demais. É um passo muito importante, e aposto que existem aspectos legais que você precisa levar em conta.

— Sim, existem — afirmou Zennie, sua voz fria. — Hayes é advogado. Já conversamos sobre todos eles e está tudo certo. Posso não ser tão calculista e autocentrada quanto você, Finola, mas não sou burra. Sei que as coisas podem dar errado, mas também existe uma chance de dar tudo certo. Amo Bernie e quero ajudar ela e seu marido a terem um bebê. Tudo bem não concordar com a minha decisão, mas eu agradeceria se você tivesse o mínimo de respeito e não fosse tão negativa.

As duas a estavam olhando com reprovação, pensou Finola, sentindo-se desconfortável e ligeiramente atacada.

— Claro. Não quis chatear você, é que foi um pouco chocante. — Ela pigarreou. — Parabéns. Deve estar animada.

— Ainda estou me acostumando à ideia — admitiu Zennie, relaxando um pouco. — É muita coisa para absorver. Bernie me deu um livro para ler.

— *O que esperar quando você está esperando?* — perguntou Finola afoitamente, querendo mudar o clima e não ser a vilã. — É sobre esse que todo mundo fala quando fazemos algum quadro sobre gravidez no programa. Parece ser ótimo.

— Esse mesmo. As informações são dadas mês a mês, então é fácil de ler. Estou com medo de começar, mas preciso fazer isso urgentemente.

Ali sorriu para ela e disse:

— Estou tão impressionada por estar fazendo isso. É um ato tão altruísta, não fica nada atrás de uma doação de rim.

Zennie ficou vermelha.

— Não é para tanto.

— É para tanto sim.

Finola queria gritar que ela também era impressionante, e que sempre fora a favorita da Ali. Quando elas eram crianças, Ali parecia uma sombra da irmã, admirando-a e dizendo que Finola seria uma repórter famosa, que iria a lugares perigosos e faria trabalhos incríveis de jornalismo investigativo. Aquele tinha sido o sonho de Finola também. Quando ela conseguiu o emprego na filial de Los Angeles, ficara cheia de esperança de começar a apurar pautas mais complicadas que mudassem a vida das pessoas. Em vez disso, ela se tornara âncora aos finais de semana e depois assumira o *AM SoCal* e, bem, já fazia um tempo desde sua última reportagem sobre alguma coisa.

— Espero que as coisas deem certo para você — disse Finola, lutando contra o sabor amargo na boca.

Zennie sorriu e respondeu:

— Tenho certeza de que vão. Então, o que vamos almoçar?

Elas comeram os sanduíches e conversaram sobre tudo, de seus trabalhos à determinação da mãe em simplificar sua vida e ir morar numa casa perto da praia.

— O trajeto dela até o trabalho será péssimo — observou Ali. — Hoje em dia ela vai só de Burbank até Sherman Oaks, mas ir da praia até o Valley vai ser um pesadelo.

Finola concordou. A ideia de "ir no contrafluxo do trânsito" não existia, pelo menos não em Los Angeles.

— Talvez ela peça demissão e vá fazer outra coisa — cogitou Finola. — Ela nunca quis trabalhar com varejo mesmo. Gerenciar aquela loja jamais foi um sonho.

Ali parecia duvidar.

— Você acha que ela quer começar a atuar?

Mary Jo sempre falava sobre seus breves dias como atriz na juventude. Viera morar em Hollywood em busca de sua grande chance, como tantas outras garotas. Em vez disso, conseguira apenas bicos como figurante e uma fala ou outra num filme. Porém, numa daquelas produções, ela conhecera um belo ator chamado Leo e os dois se apaixonaram perdidamente. Eles logo se casaram e Finola nasceu. A carreira de Leo decolara, e Mary Jo gostava de sua vida cuidando da filha e visitando as locações com Leo. Quando ele morreu inesperadamente, Mary Jo ficou arrasada.

Finola só sabia daquilo tudo porque lhe contaram. Por mais que na teoria ela tivesse estado lá, vivenciando tudo aquilo, não se lembrava do pai biológico, nem tinha nenhuma lembrança ou pequena recordação que fosse. Escutara as histórias e vira as fotos que Mary Jo guardara, assim como os filmes dele, mas, para ela, Leo era apenas uma história que sua mãe narrava e um ator que ela via em filmes antigos.

— Ela não me conta nada — disse Zennie, despreocupada. — Talvez ela arranje um emprego como gerente de uma loja na praia. Há muito comércio por lá. Ela tem o grupo de teatro com que costuma passar tempo, talvez eles encontrem alguma coisa para ela mais perto de casa.

— Vou deixar vocês duas conversarem sobre isso — avisou Ali, sorrindo. — Não sou corajosa o bastante para ter essa conversa com a mamãe.

— Eu não — recusou-se Zennie, apontando seu garfo para Finola. — Isso é tarefa sua, vocês é que são grudadas.

— Tem razão. Você e mamãe, Zennie e papai, e eu sozinha.

Zennie deu uma ombrada de brincadeira nela.

— Todos nós te amamos, Ali.

Alguma coisa passou pelos olhos de Ali, mas logo desapareceu.

— É, é o que todos dizem. Enfim, não vamos planejar a vida da mamãe por ela. Por mim nós deixamos que ela mesma resolva isso.

— Boa ideia — concordou Finola baixinho, pensando em como se sentia afastada de sua família. Era como se ela só os conhecesse de longe.

Depois que suas irmãs foram embora, ela limpou a cozinha e foi para o quarto. O lugar estava uma bagunça, o notebook aberto sobre a escrivaninha e roupas jogadas por todo lado. Prometeu a si mesma que arrumaria tudo, mas, em vez disso, caiu na cama e deitou de costas. Levou um ursinho de pelúcia velho e surrado para junto do peito e o abraçou enquanto as lágrimas escorriam de seus olhos e se perdiam em seu cabelo.

Ela não era má pessoa, assegurou Finola para si mesma. *Não* era. Ela era esperta, engraçada e gentil. O problema era que tinha tanta coisa acontecendo que ela não conseguia entender quanto as coisas tinham mudado. Não só com Nigel, claro, mas com suas irmãs também. Ela não conseguia acreditar que Zennie teria um filho por uma de suas amigas. Era uma decisão louca e com muitas chances de dar errado. Sério, o que Zennie tinha na cabeça? Só que a irmã também parecia estar em paz com aquela decisão, e Ali ainda estava agindo como se Zennie tivesse andado sobre as águas. Era desconcertante, desconfortável e estranho.

Finola convenceu-se de que tudo bem Ali admirar Zennie, que a atitude da irmã não dizia nada a respeito dela como pessoa. Mas, bem lá no fundo, Finola sabia que jamais conseguiria ser tão altruísta. Simplesmente não seria capaz. Se fosse para ter um bebê, ficaria com a criança.

Finola sem querer se lembrou do que seu padrasto dissera. Que, apesar de tudo que tinha acontecido, parte do fracasso de seu casamento também era culpa dela. Finola não queria acreditar nisso, só que não havia como ignorar a ideia completamente. Não parava de se lembrar daquela conversa estúpida, como se ele a estivesse desafiando a admitir que parte da culpa era mesmo dela. Mas, mesmo se admitisse que a premissa fazia algum sentido, o que ela poderia ter feito para merecer que Nigel a traísse daquele jeito?

Finola se sentou e apoiou os pés no chão. *E se*, pensou relutantemente, não querendo alimentar a ideia, mas incapaz de ignorá-la. E se Nigel a tivesse traído com uma pessoa normal? Isso mudaria as coisas? E se ele não a tivesse traído? E se ele tivesse simplesmente ido embora?

Embora a dor estivesse tomando conta dela, Finola ignorou o coração partido e tentou entender como se sentiria naquelas circunstâncias. E se Nigel tivesse simplesmente confessado que era infeliz no casamento e que queria se separar? Não se trataria mais dele, nem de Treasure, nem de traição. Se trataria dela.

Seria culpa dela.

Finola abraçou o urso com mais força. *Não*, afirmou. Não seria. Ainda tinha sido ele que... Foi ele. Tudo ele. Tinha que ser. Ela só...

Ela pensou no que Nigel dissera sobre agendar o sexo e se sentiu ardendo de vergonha. Quanto ao resto das queixas dele, de que ela era ocupada demais e muito focada na carreira, o mesmo poderia ser dito sobre ele. O trabalho de Nigel importava mais que tudo. Ambos eram pessoas bem-sucedidas e ambiciosas.

Mas Nigel estava infeliz. Finola não queria pensar naquilo, mas as palavras não saíam de sua cabeça, e ela não conseguia parar de escutá-las. E, se aceitasse a ideia de que, sem Treasure e sem traição, a culpa era dela, como eles ficavam? Ainda restariam cacos para recolher ou eles já tinham ultrapassado aquele ponto? Eles tinham sofrido tudo aquilo para terminarem sem nada?

Nigel fora o único homem que Finola amara... Ela não podia perdê-lo. E, ainda assim, aparentemente já o perdera.

Capítulo Dezoito

Ali estava sentada no escuro. Ainda não eram nem dez horas, mas parecia mais tarde. Ou talvez fosse apenas seu humor. Ela sabia que tinha que se levantar e se aprontar para dormir. Ou então ir buscar um sorvete.

Não, emendou ela, ainda sem se mexer no sofá da enorme sala de estar de Daniel. Ela não *deveria* comer sorvete, mas provavelmente comeria. Talvez uma boa dose de açúcar pudesse distraí-la de seus pensamentos, que giravam em sua cabeça como um hamster num daqueles brinquedos de rodinha. Ela não se importaria tanto se fossem pensamentos bons sobre si própria, mas não era o caso. Palavras como *otária, burra* e *insignificante* não paravam de pipocar.

Ela levou os joelhos ao peito e afirmou a si mesma que estava bem. Ou que ficaria bem. Que aquela sensação passaria e que ela ficaria...

Uma luz se acendeu no corredor e, segundos depois, Daniel entrou na sala.

Ele estava contra a luz, então Ali só via sua silhueta. Daniel era grande e forte, como se pudesse lidar facilmente com qualquer coisa que a vida atirasse em cima dele. E era tão inteiro. Tinha uma casa linda, um negócio bem-sucedido e um futuro maravilhoso pela frente. Em comparação, ela não tinha onde morar, estava presa num emprego que não a levaria a lugar algum, com um chefe que não via potencial nela. Além do mais, se continuasse comendo sorvete daquele jeito, ficaria mais acima do peso do que já estava.

— Você quer falar sobre isso? — perguntou Daniel, acomodando-se numa das poltronas diante do sofá.

Ele acendeu o abajur ao seu lado, olhou para Ali e aguardou.

— Estou meio chorona — admitiu ela. — Vai por mim, você não vai querer entrar nessa.

Daniel sorriu.

— Manda ver. Eu aguento.

Ali realmente não queria desmoronar na frente de Daniel, pois já fizera aquilo vezes demais. Só que, de alguma maneira, as palavras dele pareciam sempre amaciar qualquer autocontrole que ela possuía, e Ali logo se viu desabafando:

— É horrível. Você não faz ideia. Achei que descobrir que Glen estava me dando o fora tinha sido a pior parte, mas não. Talvez tenha sido apenas a primeira de uma série de descobertas infelizes. — Ali apoiou os pés no chão e as mãos no colo. — Sabia que meu pai e eu não nos falamos há seis meses? A gente nunca se fala. Trocamos mensagens de vez em quando. Quando ele descobriu sobre Glen, me mandou uma mensagem. Nem me ligou para dar um apoio. Só uma mensagem de texto. Minha mãe foi um pouquinho mais solidária, mas também não foi grande coisa. Tivemos uma conversa durante a qual ela me perguntou o que fiz de errado para perder Glen.

Ali parou, esperando que Daniel dissesse alguma coisa, mas ele apenas continuou olhando para ela, como se esperando a continuação da história. Ela respirou fundo.

— Achei que as coisas no trabalho estavam ótimas. Achei que eu estava fazendo um bom trabalho. Cuido do controle de inventário e implementei uma série de mudanças que estão fazendo diferença. Já administrei outros departamentos e comandei outros funcionários. Quando o gerente do armazém sai de férias ou fica doente, sou eu quem o substitui. — Ali o olhou com raiva. — E quer saber o resultado? Ele vai se aposentar e estão entrevistando o Ray para a vaga dele, não eu. Por que não eu? Conheço o armazém melhor. Sou uma gerente melhor. Ray foi convidado para uma entrevista e ninguém me falou nada. Nem um pio. É como se eles nem percebessem que eu estou ali. Zennie terá um bebê pela melhor amiga dela. Ela está dando um bebê para Bernie e Hayes. Um bebê! Isso é incrível. Ela é incrível e eu não. Eu também quero ser incrível.

Daniel se ajeitou um pouco na poltrona. Ali achou que ele finalmente ia dizer alguma coisa, mas não, então ela continuou.

— Para piorar ainda mais, e sei que isso não fará sentido para você, mas para mim importa — disparou, tentando ao máximo esconder a voz embargada de choro —, tem o lance do relógio. Eu o amo desde pequena. Sei que é bobagem e que ninguém precisa de um relógio daqueles, mas é muito importante para mim, e agora sabe o quê? Minha mãe está fazendo uma limpa geral, implorando para que levemos coisas. Ela decididamente não quer o relógio, mas também não quer que eu fique com ele. Ela prefere doá-lo para caridade a me deixar ficar com ele. — Ali apertou os lábios. — Me sinto pequena, negligenciada e inútil. Justo quando achei que estava pondo minha vida nos eixos, descubro que está tudo desmoronando e que não sei nem o que fazer.

Ela estava precisando se esforçar para não chorar.

— Eu jurei que estava farta de ser a vítima — continuou, secando o rosto furiosamente. — Não quero sentir que minha vida está desmoronando a cada oito segundos, mas também não sei como melhorar as coisas. — Ali fungou. — Então, se você quiser me dar algum conselho motivacional, agora é a hora.

Daniel deu um meio-sorriso.

— É isso que você quer?

— Eu quero *alguma coisa*. Qualquer coisa que não seja me sentir uma tonta o tempo inteiro. O que estou fazendo de errado? Por que não consigo me recompor?

— Está mais recomposta do que pensa.

Ali suspirou.

— Daniel, por mais que eu fique agradecida por suas palavras, de verdade, pode ser realmente honesto comigo. Eu juro que aguento. Por favor.

— Ok — concordou ele, mantendo o olhar fixo nela. — Não sei o que dizer sobre seu pai. Ele parece um babaca e lamento por ele não ter dado apoio. Mas você precisa do apoio dele ou apenas o quer?

— Hm, boa pergunta. Nunca pensei dessa forma antes. — Ali refletiu por um instante. — Passei esse tempo todo sem ele. Acho que imaginei que meu pai me ligaria para falar sobre Glen ter terminado o noivado. Liguei algumas vezes para ele, mas não tive mais notícias depois daquela primeira mensagem. Acho que quero ter o apoio dele, mas não preciso.

— Poderia confrontá-lo a respeito.

— Sim, apesar de não saber o que diria. "Oi, pai, seria legal se você fingisse me amar um pouco." — Os olhos dela ficaram marejados de novo. — Emoções idiotas.

Daniel se mexeu ligeiramente, como se fosse se levantar e ir até o sofá, talvez para oferecer algum conforto ou abraçá-la. Por um instante, Ali pensou na ideia de estar nos braços dele e...

Pode tirar o cavalinho da chuva, repreendeu-se. Daniel era seu amigo e não haveria ninguém nos braços de ninguém. Ela era inteligente demais para fazer isso.

Ali voltou sua atenção à conversa sobre seu pai.

— Ok, meu pai é um babaca e, quando eu tiver coragem, vou dizer exatamente isso a ele.

Daniel inclinou a cabeça.

— Você faz muito isso, se coloca para baixo. Por que precisa ter coragem? Você não é fraca, Ali. Passou por muita coisa nas últimas semanas e aguentou tudo. Deveria se orgulhar disso. Talvez você não precise de mais isso agora. Talvez, depois que tiver se recuperado dessa bagunça toda, esteja pronta para lidar com seu pai.

— Ah. É uma boa também.

— Agora vamos ao seu trabalho.

Ela gemeu.

— Sim.

— Você trabalha num universo masculino. Os carros, o armazém, tudo isso é dominado por homens. Se quer avançar, precisa entrar no jogo deles.

— Odeio isso. Não é como se eles fossem super-receptivos. Como vou fazer isso?

— É simples. Marque presença. Se quer ser promovida, diga a eles. Quando perguntarem por que você merece, tenha na ponta da língua uma lista de todas as suas conquistas lá. Mostre os resultados. Explique como já os fez economizar dinheiro, tempo e sei lá mais o quê. Exponha seu ponto de vista nas reuniões. Não precisa ser agressiva, mas precisa que eles vejam você ali. Não deixe que eles não lhe deem o devido valor. Quando fizer alguma coisa certa, fale sobre ela. Quando fizer alguma errada, conserte-a.

Ali caiu para o lado, a cabeça e o corpo quicando nas almofadas.

— Não — gemeu ela. — Não me faça falar das minhas conquistas e ficar me vangloriando. Eu não sou assim.

— Então não vai conseguir ser promovida e vai ficar velha e amarga enquanto faz o controle do estoque.

Ela se sentou de volta.

— Essa doeu.

— É a verdade. Ali, você é mais que qualificada, mas precisa agir como tal. É bem possível que seu chefe saiba que você é a pessoa mais qualificada para o cargo, mas não faça a menor ideia de que tem interesse. Você nunca nem conversou com ele sobre dar o próximo passo nem tem um plano para daqui a alguns anos.

— Como sabe disso?

— Você não tem um plano para daqui a alguns anos.

Daniel tinha razão, claro, Ali só queria que ele não tivesse dito aquilo de forma tão direta. *Realmente honesto*, lembrou-se. Foi ela quem pediu.

— Certo — resmungou. — Vou pensar num plano e nas minhas conquistas e aí falo com meu chefe.

— Você tem certeza de que quer a vaga? Vai trabalhar muito mais e terá mais responsabilidades.

— É claro que quero a vaga. Eu seria boa nela e seria interessante para mim. Além disso, não vou trabalhar no armazém para sempre, apesar do que você disse. A promoção seria ótima para o meu currículo.

Daniel abriu aquele sorriso de novo.

— Tenha essa postura na entrevista e se sairá bem.

— Você tem razão. Obrigada. Às vezes é difícil lembrar que preciso ser como eles, quando na verdade só quero ser eu mesma.

— E não mude muito. Eu meio que gosto de como você é agora.

— Um desastre?

— Doce, engraçada, gentil, interessante. Não perca isso.

— É assim que você me vê? — indagou Ali, sem conseguir se conter. — Porque eu não me descreveria assim.

— Mas deveria. Você precisa parar de se colocar para baixo. — O olhar de Daniel pareceu se intensificar. — Por que não consegue aceitar elogios?

Ali piscou algumas vezes.

— Sim, bom, não é uma pergunta fascinante? E olha só que horas são. Você provavelmente deve estar louco para ir dormir.

Ali esperou Daniel fazer alguma coisa, mas ele nem se mexeu. Ela suspirou.

— Você tem razão. Me sinto desconfortável com elogios e não sei por quê.

— Então se eu dissesse que você é linda…

Ali caiu de lado no sofá de novo e cobriu o rosto com as mãos.

— Eu saberia que estava mentindo. Sou completamente comum e num dia bom posso até me passar por bonitinha, mas em geral não. Não mesmo.

Ele riu.

— Estou vendo que nós temos muito trabalho pela frente.

— Não há "nós" nesse departamento. É tudo por minha conta. — Ali se sentou de volta. — Você é um cara tão legal. Obrigada. E, se quer saber minha opinião, sua ex-esposa foi muito burra de ter ido embora.

— Eu diria o mesmo de Glen.

Ali dispensou o comentário com uma das mãos.

— Não precisa. Agora eu vejo que ele era completamente errado para mim. Acabou e estou grata por isso.

— Idem.

— Você pensa em se casar novamente?

— Ainda quero uma vida tradicional. Esposa, filhos, cachorro.

— E um gatinho?

Ele sorriu.

— Sim, Ali. E um gatinho.

Daniel se levantou e, por um segundo, Ali pensou que ele fosse se aproximar, talvez levantá-la e... Ok, ela não sabia o que aconteceria depois, mas, seja lá o que fosse, estava superdentro.

Mas, em vez de beijá-la até deixá-la tonta, Daniel apenas a olhou e disse:

— Está tarde. Vejo você amanhã.

Ali se esforçou para não demonstrar sua decepção e respondeu:

— Sim. Obrigada pelo papo. Me deu muito para pensar. Vou rascunhar algumas coisas e conversar com meu chefe na segunda-feira.

— Essa é a minha garota. Boa noite.

Ela o observou sair. Garota dele. *Quem me dera*, pensou, suspirando. Porque ser a garota do Daniel de fato seria ótimo.

Zennie cogitara encontrar sua mãe num restaurante, mas aquilo parecia injusto para ambas, então enviou uma mensagem e perguntou se podia passar na casa dela depois do trabalho. Conforme Zennie caminhava até a porta da frente, afirmava para si mesma que, não importava o que acontecesse, ela ficaria bem. Estava fazendo exatamente a sua vontade, e pelos motivos certos. Se Mary Jo não entendesse aquilo, o problema era de Mary Jo.

— Oi — disse Zennie assim que entrou.

— Estou na cozinha, abrindo o vinho.

Zennie se preparou e entrou na cozinha antiquada.

— Oi, mãe.

Mary Jo sorriu para ela e serviu uma segunda taça de chardonnay.

— Você veio direto do trabalho? Deve estar cansada. Sei bem como meus pés ficam no final do dia. — Ela indicou a mesa da cozinha. — Sente-se. Está com fome? Posso preparar alguma coisa.

— Estou bem, mas obrigada.

Sua mãe se sentou de frente para ela e pegou a taça.

— Lamento pelo encontro às cegas com C.J. Eu só estava tentando ajudar.

Zennie relaxou.

— Não precisa se desculpar. Na verdade, C.J. e eu nos divertimos. — Ela levantou uma das mãos antes que sua mãe pudesse começar. — Não, eu não sou lésbica, mas acho que seremos amigas, o que por mim é ótimo.

— E já conheceu alguém desde então?

— Mãe, por favor. Precisa parar de tentar arranjar alguém para mim.

— Por quê? Quero vê-la feliz. Quero que você tenha alguém. Você ainda é jovem, mas o tempo voa. Daqui a pouco está na metade da sua vida e depois? Não quer uma família? Não quer fazer parte de alguma coisa? Aposto que deve ter algum médico bonito no hospital que conseguiria te conquistar. Se não fizer nada, você vai morrer sozinha.

— Não sou sozinha. Tenho um monte de amigas.

— Você não tem um *marido*. — Sua mãe esticou os braços e pôs as mãos sobre as de Zennie. — Quero que seja feliz.

— Eu sou feliz, mãe. Precisa acreditar em mim.

— Eu bem que queria. — Mary Jo se endireitou e tomou um gole de vinho. — Certo, vou ficar na minha por um tempo. Então, o que me conta de novo?

Zennie reafirmou para si mesma que ficaria tudo bem. Sabia que era mentira, mas repetiu aquilo mesmo assim.

— Algumas coisas. Você se lembra da Bernie, minha amiga?

— Claro. Aquela garota adorável. E um marido advogado. Nada mal.

— Valeu, mãe. Bom, por causa do câncer que ela teve, Bernie não pode ter filhos, mas Hayes e ela querem uma família mesmo assim, então serei a barriga solidária deles.

Sua mãe a encarou.

— O quê? Você vai ser o quê?

— A barriga solidária deles. Eu forneci o óvulo, Hayes forneceu o esperma e depois eu levo a gestação até o fim e...

— Você ficou louca? — A pergunta saiu num grito agudo. — Enlouqueceu completamente? Vai engravidar e ter o bebê *de outra pessoa*? Não. Não! Não pode. Isso é ridículo. Meu Deus, Zennie, você sempre teve umas ideias meio estranhas, mas isso é ridículo. Eu não vou permitir. Você sequer parou para pensar direito nisso? Seria o quê, um ano inteiro da sua vida? Você não faz a mínima ideia de como uma gravidez pode ser difícil. Não é como nos filmes. Você tem dor nas costas, hemorroidas, estrias e... Meu Deus, não. Não e ponto-final. Você corre o risco de morrer no parto. Acontece. Não. Essa ideia é totalmente louca. Ela pode ter um filho de outra forma.

Zennie olhou melancolicamente para a taça de vinho. Ah, se pelo menos ela pudesse...

— Mãe, eu já estou grávida.

Mary Jo começou a chorar.

— Grávida? Como você pôde fazer isso? Nem falou comigo antes. Vai ter um bebê e simplesmente dá-lo a alguém? Quem faz uma coisa dessas? Você sabe muito bem como quero ter netos. Como pôde ser tão cruel? Você sempre foi a egoísta, Zennie. Sempre.

— Mãe, eu...

Sua mãe a olhou furiosa.

— Não. Não há nada que possa dizer para consertar isso. Não acredito que você faria algo assim. — Mary Jo se levantou. — Vá embora. Não quero te ver agora. Você é uma decepção para mim. Não sei nem explicar quão grande. Eu me orgulhava de você, mas agora não dá mais. Não acredito nisso. Vai. Vai embora.

Zennie teria ficado mais chocada se sua mãe a tivesse estapeado.

— Não podemos conversar?

— Não há nada para conversar, não é mesmo? Você fez o que queria fazer, como sempre fazia quando era pequena. Minha opinião não importava e, pelo visto, até hoje não importa.

Zennie sabia que sua mãe não ficaria nada feliz, mas não esperava aquilo. Ela se levantou, pegou a bolsa e saiu. No caminho para casa, disse a si mesma que ficaria bem, que sua mãe mudaria de ideia. Podia levar um tempo, mas elas eram família.

Chegou em casa já quase convencida de que daria tudo certo. Ela jantou algo saudável e já havia posto o vídeo de yoga pré-natal quando seu celular vibrou. Ela olhou para a tela e viu uma mensagem de seu pai.

É verdade?

Para duas pessoas divorciadas havia mais de uma década, seus pais não pareciam ter problema algum em se comunicarem, pensou Zennie, cinicamente.

Se está perguntando se terei um filho para minha melhor amiga, sim, é verdade.

De todas as burradas que você poderia fazer, vai ter um filho para uma amiga? Já pensou no que isso envolve? Meu Deus, Zennie, o que há de errado com você? Como pode ser tão impulsiva?

Seu jantar saudável de repente parecia não ter caído muito bem.

Eu quis ajudar minha melhor amiga, pai. Posso dar isso a ela.

Dê um maldito vale-presente, não um bebê. Você vai destruir sua vida, e a troco de quê? Ela é apenas uma amiga. É tarde demais para fazer um aborto?

Zennie largou o celular como se aquelas palavras tivessem sido um tapa na cara. Ela pegou o aparelho de volta e respondeu:

Pai, não. Não seja assim. Mesmo que você não entenda, tem que aceitar minha decisão. Você sempre disse que eu tinha a cabeça no lugar. Pensei muito nisso e resolvi ir em frente.

O que estou vendo é minha linda filha arruinando a vida dela. Você era tão sensata e ajuizada. Eu tinha orgulho de você. O que aconteceu?

Mary Jo dissera a mesma coisa sobre ter orgulho dela. Zennie esperava uma reação assim de sua mãe, mas não de seu pai.

E você era alguém com quem eu podia contar se precisasse de apoio, não importasse o quê. O que aconteceu?

Ela ficou sem resposta por alguns minutos, e então viu que seu pai estava escrevendo.

Você vai se arrepender disso e, quando acontecer, não venha correndo pro meu colo.

Zennie atirou o celular na cama. *Que pais mais solidários eu tenho*, pensou, tentando manter-se calma. A reação de sua mãe fora exagerada, mas não completamente inesperada. Mas seu pai... Zennie nunca imaginou que ele não entenderia.
Ela pôs uma das mãos na barriga ainda achatada.
— Eu vou cuidar de você — sussurrou. — Não me importo com o que os outros digam. Vamos dar um jeito de passar por isso juntos.
Não era como se ela estivesse sozinha. Ela tinha Bernie, Hayes e Ali. Era forte, saudável e lá no fundo sabia que havia tomado a decisão certa. Quanto ao pai, ela imaginou que toda garota chegava a um momento na vida em que seu pai partia seu coração. Ela só não achava que doeria tanto ou que a deixaria tão triste.

Capítulo Dezenove

Finola adentrou um posto de gasolina no Ventura Boulevard. Para dizer a verdade, ela nem precisava abastecer, só estava fazendo aquela parada como uma tática para se atrasar. Zennie lhe avisara que Mary Jo já sabia sobre a gravidez e que não reagira muito bem à notícia.

Que surpresa, pensou Finola, inserindo o cartão de crédito na máquina. O que Zennie tinha na cabeça, afinal?

Finola inseriu o bocal no tanque e começou a enchê-lo. Foi só então que reparou em duas adolescentes do outro lado da bomba. Elas estavam cochichando e apontando para ela.

Finola imediatamente teve vontade de entrar correndo no carro e sair dali, mas ignorou o impulso, afirmando que devia estar imaginando coisas. Elas não tinham como saber quem ela era...

— É você, não é? — perguntou a mais baixa, o rabo de cavalo loiro balançando conforme ela falava. — A Treasure foi no seu programa.

Ambas estavam usando uniforme escolar, sem dúvida de uma das escolas particulares caras da região.

Finola olhou para o medidor e desejou que o combustível pudesse fluir mais rápido. Ao se dar conta de que não havia como escapar, forçou um sorriso.

— Sim, eu a conheci. Vocês são fãs dela?

As garotas se olharam e depois olharam de volta para ela. A mais alta revirou os olhos e confirmou:

— Claro que somos. Ela é simplesmente incrível. Talentosa, bonita, ela poderia ficar com qualquer um. Ela está mesmo transando com seu marido? Ele não é, tipo, meio velho?

A loira deu uma cotovelada na amiga.

— Para.

— O quê? Só estou perguntando. Eu odiaria se meu namorado me traísse, mas com a Treasure acho que dá para entender. Minha mãe disse que você fez umas plásticas, mas não o suficiente para mantê-lo feliz. Eu estava pensando em colocar silicone, mas ainda estou meio indecisa.

A loira balançou a cabeça.

— Não coloca. Espera até ter a idade dela para fazer plástica. Você já é linda assim.

Ela voltou sua atenção para Finola.

— Então, você está chateada por ele estar com a Treasure? Quer dizer, quando se chega a uma certa idade você para de se importar ou essas coisas ainda doem? Sabe... ser largada e os outros rirem de você e tal.

Finola afirmou para si mesma que elas não estavam sendo cruéis de propósito, eram apenas jovens e sem noção. Pelo menos era o que ela esperava, ou então essa geração seria uma total decepção.

Sem se importar se o tanque já estava cheio, Finola tirou o bocal e o colocou de volta no lugar, fechando a tampa do tanque em seguida.

Conforme ela caminhava até a porta do motorista, uma das garotas gritou:

— Não vai dizer nada, vai? Cara, você é uma megera mesmo. Você mereceu, sabia?

Finola ligou o motor e saiu dali, tomando o cuidado de verificar os carros vindo em sua direção antes de se misturar ao fluxo. Apenas quando ela estava a uma distância segura do posto a tremedeira começou. Um efeito tardio do trauma, pensou.

Não havia como escapar. Não havia um lugar para ir onde não seria reconhecida e humilhada. Todo mundo tinha uma opinião para dar sobre seu casamento, sobre o caso, sobre sua aparência. Não adiantava tentar se convencer de que não se importava, porque ela se importava, e muito. Finola queria que gostassem dela. Mais importante ainda, para ter sucesso em seu trabalho ela *precisava* que gostassem dela. Era tão injusto — seis semanas antes estava tudo bem, e agora estava tudo uma droga.

Ela voltou até a casa da mãe em Burbank e pensou com saudosismo em sua linda casa. *Que saudade*, pensou, entrando e avisando:

— Oi, mãe. Cheguei.

— Estou na cozinha.

Finola deixou a bolsa sobre a mesinha ao lado da entrada e tirou os sapatos. Ao entrar na cozinha, ela se deparou com pelo menos meia dúzia de caixas empilhadas ao lado da porta. Uma delas estava aberta e o conteúdo espalhado sobre a mesa. Sua mãe afastou uma mecha de cabelo da testa.

— Depois que Zennie saiu, fiquei tão chateada que precisava fazer alguma coisa, então arrastei essas caixas todas da garagem. Era isso ou encher a cara. — Mary Jo suspirou. — Não que eu não vá tomar um vinho depois, mas pelo menos estou fazendo algo de útil antes. Você já sabia?

A pergunta foi tão direta que Finola concluiu que nem fazia sentido fingir que não sabia do que Mary Jo estava falando.

— Ela me contou há alguns dias.

— E você não me disse nada?

— Ela queria contar pessoalmente.

Finola foi até a mesa e olhou a coleção de itens aleatórios. Havia um álbum de fotos, algumas roupas velhas e alguns livros. Ela olhou de volta para sua mãe.

— Na minha opinião ela está sendo uma idiota — continuou Finola, secamente. — Está toda envolvida na emoção do momento, isso de dar um bebê à melhor amiga, mas e se der alguma coisa errado?

— Foi o que eu disse. Isso é tão mais sério do que ela acha. Estará com um bebê na barriga, vai senti-lo crescendo dentro dela, vai começar a gostar dele. Eu lembro de como me senti quando descobri que estava grávida de você. — A expressão de Mary Jo ficou mais branda e ela sorriu. — Seu pai e eu ficamos tão felizes, foi a realização de um sonho.

Finola não conseguia se imaginar sendo o sonho de alguém, mas era bom ouvir aquilo.

— Que confusão — continuou sua mãe. — Nigel trai você com aquela cantora ridícula, Glen termina o noivado com Ali e agora Zennie vai ter um filho para outra pessoa. Eu juro que devo ser a pior mãe do planeta.

— Fico feliz em colocar toda a culpa em você — disse Finola sem pensar.

Sua mãe a encarou por um segundo, mas logo explodiu numa gargalhada.

— É sempre culpa da mãe, não é? — Mary Jo apontou para a montanha de tralhas na mesa e disse: — Vamos dar um jeito nisso. Vamos revirar as outras caixas e depois finalmente tomar o vinho que abri.

Elas terminaram as duas primeiras caixas rapidamente, examinando as roupas e separando as que ainda estavam em condições de uso para doações e o resto para o lixo. Mary Jo e Finola classificaram os livros e empilharam os álbuns de fotos para olharem depois.

A segunda caixa continha basicamente a mesma coisa, com a exceção de várias colheres de pau pintadas.

— São tão feias — decretou Mary Jo, pegando as colheres. — Melhor irem para o lixo.

— Nem pensar. — Finola as pegou da mãe e agitou uma delas. — Eram nossas colheres de batalha.

Sua mãe a olhou sem entender.

— Brincávamos como se elas fossem espadas — explicou Finola. — Lá em cima. Nós três fazíamos batalhas.

Ela sorriu ao se lembrar daquela época com suas irmãs. Era mais velha e já não se interessava tanto por brincadeiras, mas as outras duas sempre conseguiam convencê-la a se juntar com as colheres de batalha.

— Vá por mim, Zennie e Ali vão querer ficar com elas. — Ela separou duas colheres verde-escuras. — E estas são minhas.

— Se você diz.

Havia uma caixa com roupas de verão de quando elas eram bem novas e uma estola de pele empoeirada e ligeiramente comida por traças. Mary Jo a sacudiu e a pôs em volta dos ombros.

— Seu pai me deu de presente. — Ela deu um sorriso triste. — Seu pai biológico. Éramos pobres, mas tão felizes. Fomos convidados para uma festa chique e usar pele era a última moda. — Mary Jo fez um biquinho. — Não era como hoje em dia que usar pele tem toda uma questão. Na época não havia problema, e seu pai encontrou esta peça num brechó.

Ela suspirou e andou pela cozinha, a estola contrastando com sua camiseta e calça de yoga.

— Me senti tão paparicada e linda. — O sorriso tornou-se mais melancólico. — Seu pai sabia fazer isso. Ele transformava qualquer ocasião em algo especial.

— Você ainda sente falta dele?

— Menos do que antes, é claro. Era um homem maravilhoso. Tenho certeza de que, com o tempo, teríamos nossos altos e baixos, mas ele se foi quando as coisas ainda eram perfeitas. Na época éramos só eu e você. — Mary Jo pendurou a estola numa das cadeiras da cozinha. — Sei que é bobagem, mas acho que vou querer ficar com ela. Talvez eu mande lavar, não está tão destruída assim.

Lembranças eram coisas poderosas, pensou Finola, perguntando-se o que gostaria de guardar do seu casamento quando...

Não, pensou ela com determinação. Seu casamento não estava acabando. Nigel e ela iam passar por tudo aquilo e sairiam mais fortes do que antes. Eles precisavam.

Finola colocou a próxima caixa em cima da mesa e a abriu. Sua mãe ainda estava acariciando a estola de pele e não notou até que a filha tirasse uma grande caixa de chapéu listrada de verde.

— Que linda — comentou Finola. — Mas não me lembro disso.

Mary Jo levantou a cabeça.

— Ah, aí está — comentou ela, quase que para si mesma. — Eu estava me perguntando... É melhor você não abrir.

— Sério? — Finola riu. — Você está guardando segredos?

Sua mãe a surpreendeu alisando o tampo da caixa.

— Acho que não importa mais. Tem tanto tempo. Vá em frente, eu vou buscar o vinho.

Finola rapidamente liberou espaço para a caixa de chapéu. Ela se sentou e retirou a tampa com cuidado. Dentro, havia uma miscelânea de cartões, caixas de joias, pastas e diversos roteiros.

Mary Jo voltou com uma garrafa aberta de pinot grigio e duas taças.

— Pronto. Pode revirar tudo e fazer suas perguntas depois.

Finola abriu uma das caixinhas azuis com as palavras *Tiffany & Co.* gravadas na tampa. A caixa continha um lindo broche de estrela-do-mar incrustado de diamantes.

— Puxa, são de verdade?

Mary Jo serviu o vinho.

— São.

— Não pode guardar algo valioso assim na garagem, mãe. Isso deveria ter seguro e estar trancado num cofre.

— Acho que sim. — Mary Jo pegou o broche e o admirou. — É bonito, mas não é meu estilo. Parker insistiu mesmo assim.

— Parker?

Finola tirou uma das pastas e a abriu. Dentro dela, havia fotos profissionais de Parker Crane.

O ator estava muito mais novo nas fotos, bonito, com um sorriso sexy e um brilho nos olhos. Parker Crane fora tão famoso por sua reputação com as mulheres como por seus filmes, pensou Finola, tentando se lembrar do que mais ela sabia a respeito dele. Mas aquilo havia sido muito antes de seu tempo. Hoje em dia ele era um ator de TV bem-sucedido que ainda tinha um ar meio malandro.

— Você conheceu Parker Crane? — perguntou Finola, desviando o olhar das fotos para sua mãe. — Não, você teve um caso com ele. Quando?

— Depois que seu pai morreu. Durante meses fiquei de luto demais para qualquer coisa a não ser cuidar de você. Não tinha dinheiro suficiente para nos sustentar, então eu precisava fazer alguma coisa. Quando comecei a procurar emprego, alguns amigos insistiram para que antes eu fosse numa dessas festonas de Hollywood. Só para ver se eu me animava. Parker estava lá, e ele me conquistou rapidinho. Você e eu fomos morar com ele. Viajávamos pelo mundo. Era muito romântico.

— Não me lembro de nada disso.

— Você ainda era um bebezinho. Devia ter um ano de idade.

— Você conheceu um cara numa festa e viajou pelo mundo com ele?

Mary Jo sorriu.

— Gosto de pensar que o fiz se esforçar um pouco mais, mas foi basicamente isso mesmo. Fiquei tão contente por não me sentir mais triste. Eu sabia que não daria em nada. Parker era o típico playboy, e não era como se eu o amasse de verdade. Meu coração ainda era do seu pai, mas foi divertido enquanto durou.

Finola tomou um gole de vinho.

— E como foi que acabou?

— Um dia, acordei num hotel em Roma e ele tinha sumido. A conta estava paga e ele havia deixado duas passagens para voltarmos para casa. Lembro de me deitar na cama e pensar que chegara a hora de começar uma vida de verdade. Que estava cheia de toda aquela farsa e cansada de Hollywood.

Finola pegou uma caixinha de anel e arfou quando a abriu e encontrou um enorme rubi cercado por diamantes.

— Você podia ter vendido as joias e vivido desse dinheiro por alguns anos.

— Sim, eu ia fazer isso, mas não foi necessário. — Mary Jo sorriu novamente. — Eu não era tola a ponto de considerar os presentes de Parker intocáveis, mas quis ver se conseguia me sustentar antes. Vendi alguns brincos para pagar o curso de secretária, depois arranjei um emprego como recepcionista nos estúdios da ABC, e foi lá que conheci Bill.

Finola pensou em seu belo pai biológico, também astro do cinema, e depois em Parker, um homem do mesmo tipo.

— Você se casou com Bill porque ele era uma pessoa normal?

— Achei que as coisas seriam diferentes se admitisse que eu era uma pessoa comum. E por um tempo elas foram. Vivemos anos bons. — Ela tomou mais um gole de vinho. — Mas eu nunca pude dar a Bill o que ele queria.

E vice-versa, pensou Finola, presumindo que Bill devia ver Mary Jo como uma flor exótica. Ele a admirava, mas não sabia muito bem o que fazer com ela.

— No final — prosseguiu sua mãe —, não pude fazê-lo feliz. Acho que depois de um tempo parei de tentar.

— Foi a mesma coisa que ele me disse. Papai me ligou ao saber sobre Nigel e queria me dizer que, apesar de Nigel ter me traído, eu também tinha culpa pelo fracasso no casamento.

Mary Jo a olhou com uma expressão de solidariedade.

— E não era o que você queria ouvir.

— Claro que não. Nigel me humilhou. Ele não apenas me traiu, ele fez isso em público.

— Sim, ele realmente fez tudo e é uma pessoa terrível por isso, mas Bill não estava errado.

— Mãe! Está me dizendo que a culpa é minha? — Finola não se importava por estar parecendo uma menininha de 7 anos. — Eu fui a vítima aqui.

— Se você pensa que é, você é. — Mary Jo vestiu a estola de pele e pôs o anel num dos dedos da mão direita. — Mas ser a vítima é uma armadilha. Se passar tempo demais sentindo pena de si mesma, nunca mais vai agir. — Ela olhou para Finola. — Demorei até os 50 anos de idade para entender isso. Talvez você queira aprender a lição um pouco mais cedo.

Zennie e Gina estavam em pé perto do bar, vendo se encontravam uma mesa vazia. Eram quase cinco da tarde e a Cheesecake Factory da Sherman Oaks Galleria estava começando a encher.

— Lá — disse Gina, apontando.

Havia uma mesa vazia atrás do bar e elas foram correndo até ela, deslizando pelos bancos.

— A mesa perfeita para um grupo de amigas — disse Gina, rindo.

— Foi uma escolha interessante para nós.

O grupo normalmente frequentava bares locais em vez de se aventurar na Galleria.

— DeeDee está há dois dias falando de rolinhos de abacate — admitiu Gina. — Acabei cedendo. Até porque, quem resistiria a uma ideia dessas?

— Estou dentro.

Zennie podia não estar bebendo, mas ainda estava comendo. E, depois de dias seguindo sua dieta à risca, achava que estava na hora de comer uma boa fritura.

Cassie e DeeDee se juntaram a elas, e DeeDee ocupou o lugar ao lado de Zennie.

— Sorte a sua que você não estava na cirurgia hoje — disse DeeDee, suspirando. — O dr. Chen estava atacado. Rita já estava aos prantos antes mesmo da primeira incisão. Senti sua falta para aliviar o clima. — Ela sorriu para Gina e Cassie. — Zennie é a preferida dele.

— Ah, sim, nós sabemos — afirmou Gina. — Ele deixa isso bem claro.

— Por que você não estava lá? — perguntou Cassie.

— Tivemos uma revascularização de emergência por volta das cinco da manhã. Eu estava de plantão.

O celular dela tocara às quatro, e às cinco ela já estava no centro cirúrgico. Seis horas depois, o paciente estava bem e em recuperação.

Um atendente se aproximou da mesa para anotar os pedidos. Elas escolheram coquetéis, DeeDee providenciou logo dois pratos de rolinhos e chegou a vez de Zennie.

— Água com gás — disse ela, já se preparando para as perguntas.

— O quê?

— Você não está bebendo?

— A gente vai voltar de Uber. Ah, Zennie, esqueça que é um dia de semana por um tempinho.

Ela sorriu para o atendente e repetiu:

— Uma água com gás.

Depois que ele saiu, Gina a olhou e perguntou:

— O que está havendo? Não está se sentindo bem?

— Acordei muito cedo hoje.

Nenhuma delas parecia convencida, o que não era surpresa. Quatro da manhã não era exatamente muito cedo, não quando Zennie já tinha o costume de acordar às cinco. Ela respirou fundo e explicou rapidamente sobre Bernie, a inseminação e o fato de que estava grávida.

As três amigas a encararam fixamente. DeeDee foi a primeira a se recuperar e sorrir.

— Que coisa mais incrível! Parabéns. Não acredito que está fazendo uma coisa tão maravilhosa por uma amiga. Tipo, eu já sabia que você era uma pessoa fantástica, mas isso é...

— Idiotice demais para minha cabeça — interrompeu Gina secamente. — No que estava pensando, Zennie? Ter um bebê e não ficar com ele? E se der alguma coisa errado? E se eles mudarem de ideia?

As perguntas doeram.

— Você está parecendo minha mãe.

— Talvez porque sua mãe tenha razão.

O ataque foi um choque para Zennie. DeeDee tentou acalmar os ânimos.

— Relaxa, Gina. O que a Zennie está fazendo é extraordinário.

— Não é, não.

Gina estava séria e balançou a cabeça.

— Quanto tempo até o dr. Chen tirar você da escala? Você pode até ser a preferida dele, mas ele não vai querer uma grávida operando. E se ficar enjoada e desmaiar ou coisa assim?

Zennie nem tinha pensado naquilo.

— Ele não pode fazer isso, é ilegal.

— Ele vai achar um jeito — disse Cassie com cuidado. — Zennie, o que está fazendo realmente é maravilhoso para Bernie, mas você já pensou em como vai virar sua vida de cabeça para baixo?

— É um bebê, não uma doença terminal.

— Uma gravidez nunca é fácil — continuou Cassie. — Já vi minhas irmãs passarem por isso e é duro de verdade. Você não faz ideia de onde se meteu. Espero que valha a pena.

DeeDee olhou furiosa para as duas.

— Não escute as amargas de plantão. Você é minha heroína. Que bom para você, Zennie. O dr. Chen não vai fazer nada só porque você está grávida. Ele é um amor.

As três olharam para ela, que ficou vermelha.

— Tá, talvez não um amor, mas ele não é tão ruim assim.

— Você acabou de dizer que ele fez Rita chorar e tudo — murmurou Gina. — E Rita serviu na Marinha.

Zennie tentou processar as reações de suas amigas. Seus pais terem ficado contra sua decisão era uma coisa, mas ela realmente esperara mais apoio de suas amigas. E se elas tivessem razão sobre o dr. Chen? E se ela fosse tirada da equipe?

— Sabe qual é a pior parte? — insistiu Gina. — E se você conhecer o cara certo? Como é que vai explicar que está grávida?

— Eu não estou atrás de cara nenhum.

— É justamente nessas horas que se encontra um — observou Cassie. — Ah, Zennie, eu queria que não tivesse feito isso.

Zennie olhou feio para elas duas.

— Sabem o que eu queria? Amigas que ficassem felizes por mim e me apoiassem. — Ela olhou para DeeDee e informou: — Preciso ir.

DeeDee deslizou do banco para abrir passagem e Zennie se levantou. Ela olhou de volta para a mesa.

— Não sei nem explicar quanto me decepcionaram hoje — disse ela, dando um abraço em DeeDee em seguida. — Não você, amiga.

— Obrigada, mas você não precisa ir.

— Preciso sim.

Ela deixou vinte dólares na mesa para cobrir sua bebida e sua parte dos rolinhos e foi embora.

Assim que Zennie entrou no carro, sentiu-se nauseada. Ela não sabia se era um caso de enjoo matinal fora de hora ou se era por causa do aborrecimento. Independentemente do motivo, ela respirou fundo algumas vezes até a sensação passar e foi para casa.

Ao chegar lá, Zennie se atirou no sofá e chegou à conclusão de que tinha todo o direito do mundo de se lamentar um pouquinho — pelo menos por algumas horas. Seus pais serem contra sua decisão era uma coisa, e ela ainda se sentia zangada com as palavras de seu pai, mas Gina e Cassie a repreenderem daquele jeito estava sendo mais difícil de lidar. Até agora, apenas Ali e DeeDee pareciam estar do seu lado, mas ela esperara mais apoio.

Zennie fez alguns exercícios de respiração e tentou reunir um pouco de entusiasmo para o jantar, sabendo que precisava comer. Talvez se sentisse melhor se conversasse com alguém, mas quem? DeeDee ainda estava com Gina e Cassie, e Zennie não queria mencionar aquele problema para Bernie, porque só serviria para chateá-la.

Ela começou a escrever uma mensagem para Ali, mas parou no meio. Zennie era mais forte que isso; não havia necessidade de incomodar ninguém. Ela só queria se sentir menos sozinha.

Talvez estivesse na hora de ter um animal de estimação, pensou. Um cachorro não, ela não ficava muito em casa, mas e um gato? Gatos ronronavam e aquilo seria bom. Ela poderia ir a um abrigo da região e adotar um gato adulto comportado que sempre estaria ao lado dela. Um gato iria…

Zennie xingou baixinho. Não havia alguma coisa sobre gatos na gravidez? Um parasita ou coisa assim? Ela olhou para o livro em sua mesinha de centro, confiante de que a resposta estaria lá, mas sem coragem de procurar.

Ótimo. Ela não podia comer sushi, não podia beber café nem vinho, não podia nem pisar numa sauna e agora também não podia ter um gato. Zennie não queria admitir que estava tendo dúvidas, mas estar grávida era muito mais chato do que ela imaginara ser possível.

Capítulo Vinte

—Você precisa sair com alguém.

Rochelle disse aquilo com determinação, como se realmente esperasse que Finola fosse lhe dar ouvidos.

Finola encarou sua assistente por cima da xícara de café que segurava.

— Está brincando? Sair com alguém? Sério? Como se eu precisasse de mais problemas.

— Eu juro que você vai se sentir melhor. Nada sério, só um encontro de vingança com um cara mais novo e lindo com um baita crush em você.

Finola pensou em como ainda não estava conseguindo dormir bem e em como a aplicação de corretivo para ter uma aparência descansada estava se tornando uma arte, tamanha a destreza exigida.

— E onde encontraríamos um cara tão incrível? Na Amazon?

Elas estavam uma de cada lado da mesinha de centro no camarim de Finola.

— Você já teve dezenas de propostas — disse Rochelle, afoita.

— Isso é coisa da sua cabeça.

— Não é não. Você está esquecendo que seu celular antigo está comigo. Ele está pegando fogo. Sou eu que vejo suas mensagens todo dia.

E as apaga, pensou Finola. Rochelle estava deletando os comentários maldosos, convites para entrevistas e todo o resto do lixo que a fazia se sentir ainda pior do que já estava.

Rochelle sorriu de satisfação.

— Confie em mim, há homens de sobra loucos para ajudá-la a superar Nigel, e algumas das propostas são bastante tentadoras.

— Então saia você com eles.

— Eles não estão interessados em mim.

— Mas ficariam se a vissem.

Rochelle era bela e jovem, repleta de possibilidades, enquanto Finola estava simplesmente gasta e cansada.

— Não estou pronta para um encontro de vingança.

— Está esperando que Nigel volte?

— Claro que não. No começo sim, eu não sabia direito o que estava acontecendo, me sentia arrasada. — E ainda era o caso, admitiu Finola mentalmente. — Eu queria, sim, que as coisas voltassem a ser como antes. — Ela pegou sua xícara de café e admitiu uma verdade que ainda não havia conseguido verbalizar. — Mas acho que é simplesmente impossível.

Sua voz parecia tão fraca, pensou Finola. Tão impotente. Nigel não só a traíra, também roubara sua essência. Ele tirara tudo dela e a deixara sem nada além de mágoas. Com exceção do caráter público de tudo, Finola sabia que sua situação não era incomum. Não era a primeira mulher a ser traída e certamente não seria a última. Mas admitir aquilo não mudava em nada a dor e a sensação de perda. Ela estava despedaçada, achando que jamais se sentiria inteira novamente.

— Pode até ser que as coisas não voltem a ser como antes — concordou Rochelle. — Mas talvez elas possam ser melhores.

Finola olhou mais uma vez para a assistente.

— Você acredita mesmo nisso?

— Não importa no que acredito ou não. Estamos falando de você.

— Qual é o propósito de um encontro de vingança?

— Acho que o nome já meio que diz tudo.

— Sim, mas isso supõe que Nigel vá se importar, e ele não se importa. Então onde fica a vingança nisso?

— Não se trata de Nigel. Se trata de você se lembrar de quem é. Se trata de admitir que existem homens por aí que a acham linda e inteligente e que Nigel é um burro que logo vai se arrepender amargamente do que fez.

Arrependimento seria bom, pensou ela, tomada pela melancolia. Arrependimento, remorso e talvez uma alergia bem incômoda e cheia de prurido.

— Fiz uma lista dos caras de quem acho que você gostaria.

Finola a encarou.

— Você fez uma lista? — Ela não conseguiu segurar o riso. — Claro que fez. Vou chutar: está tudo numa planilha e você classificou os caras por idade, aparência, conveniência e o que mais?

Rochelle sorriu.

— Salário e como suponho que eles sejam na cama. Essa última qualidade é subjetiva, mas achei importante incluir. — Então o sorriso desapareceu. — Finola, aquele baile de gala está chegando. Não vai querer levar um acompanhante?

— Não posso, isso traria especulações demais. — Finola ainda não tinha resolvido o que fazer. — Ficarei bem indo sozinha.

— Não ficará não. Eu me ofereceria para ir com você, mas todo mundo sabe que sou sua assistente e seria esquisito.

Finola concordava.

O celular de Rochelle vibrou. Ela olhou para a tela e em seguida para Finola.

— Preciso atender.

Rochelle saiu do camarim. Finola pensou no baile de gala e em quem seria uma opção segura. Por algum motivo, ela gostou da ideia de Zennie, que ficaria maravilhosa num traje de gala. Todos ficariam se perguntando quem era ela.

Ir com uma irmã seria seguro, pensou Finola. Uma irmã pegaria bem com a imprensa.

Finola pegou seu celular, mas logo se lembrou de que, da última vez que conversara com Zennie, surtara com a história da inseminação. Não fora exatamente um bom exemplo de como demonstrar apoio. Ela hesitou por alguns instantes, mas resolveu começar a escrever.

Me desculpe por ter sido tão cruel no outro dia. A notícia me pegou de surpresa e, na minha situação atual, acho que ando reagindo mal a tudo. O que você está fazendo é incrível sim. Sei como Bernie e o marido dela devem estar felizes com isso.

Ela clicou em enviar, certa de que Zennie só responderia depois. A irmã com certeza estaria em alguma cirurgia naquele momento, porque era isso que Zennie fazia — ela salvava vidas e agora ainda estava grávida para dar um filho à melhor amiga. Finola, por sua vez, apresentava um programa de TV idiota e se preocupava por estar sendo fotografada pela imprensa e ocupando as páginas das colunas de fofocas.

— Sou uma pessoa completamente rasa — sussurrou Finola.

Não queria que fosse verdade, mas era meio difícil negar. Finola era rasa e autocentrada e ambas as suas irmãs eram pessoas melhores do que ela jamais poderia ser. Ela pedira desculpas a Zennie só para ter sua companhia no evento de gala, e não por realmente achar que estava errada.

Aquela constatação a incomodou. Finola se sentiu ligeiramente enjoada e até sua pele estava estranha, como se de repente fosse pequena demais para seu corpo. Seu rosto estava quente e a sensação de ser menor que todo mundo retornou. Sem saber bem onde enfiar todas aquelas emoções indesejadas, rapidamente ligou a TV.

O *Today Show* entrou no ar com uma mulher bem-vestida conversando com uma das apresentadoras. "Sim, acho que a culpa é sempre dos dois lados."

"Mesmo quando só um dos lados trai?"

Finola congelou. Aquilo não estava acontecendo, pensou, segurando o controle remoto. Antes que pudesse desligar, ela ouviu: "Sim, mesmo nesses casos. Por mais que às vezes uma das partes se veja tentada a trair, na maioria dos relacionamentos existe um motivo implícito que precisa ser abordado".

Finola apertou o botão para desligar a TV e a tela escureceu, só que já era tarde demais. Se o universo estava tentando chamar sua atenção, ele conseguira, e ela não estava gostando nem um pouco da experiência.

* * *

Ali passou dois dias observando discretamente os homens com quem trabalhava. Eram simpáticos e engraçados, sempre insultando uns aos outros. Tudo era uma competição, e o vencedor sempre se vangloriava de sua vitória. O estilo de comunicação deles era completamente diferente do dela.

Ela se lembrou de quando começara a trabalhar na empresa; de como era a única mulher e como não entendia nada de carros. Tinha sido negligenciada, desvalorizada e ignorada. Aprender a fazer o inventário do estoque não tinha sido uma tarefa fácil, e depois ela ainda teve que provar seu valor à equipe, o que conseguira. Agora os novos funcionários iam tirar dúvidas com Ali e, quando alguma coisa dava errado, era a ela que recorriam. Era respeitada e querida, mas não tinha certeza de que era vista como ambiciosa.

Ali não falava sobre seus feitos nem sobre o que fizera de certo no dia. Não contava vantagem nem colocava ninguém para baixo. Não jogava basquete no almoço. Não era um dos caras, mas era parte da equipe.

Ela sabia que havia uma diferença entre as duas coisas, e sua intuição lhe dizia que seu problema não era não ser um dos caras. Ali suspeitava que o problema fosse sua reticência natural. Ela fazia um bom trabalho e esperava que aquilo fosse o bastante. Só que, considerando o que acontecera com Ray, evidentemente não era o caso. Ela precisava começar a falar mais sobre o que fazia pela empresa. Teria que bolar um plano, e rápido, porque se não fizesse aquilo jamais seria cogitada para a promoção, o que seria uma droga.

Ali usou o horário de almoço para elencar tudo que alcançara no ano anterior e que não fazia parte de suas atribuições. Depois andou pelo armazém e fez anotações sobre o que achava que deveria estar sendo feito diferente. Ela defenderia aquelas ideias com sugestões práticas que melhorassem o fluxo de caixa. Havia tempo — o dono estava de férias e só retomaria a escolha para a vaga quando retornasse.

Ali tinha acabado de voltar para sua mesa quando o celular tocou. Ela não reconheceu o número, mas era da região.

— Alô?

— Oi, aqui é a Betty, da Confeitaria Todas as Ocasiões. Seu bolo está pronto, pode vir buscar. Só gostaria de lembrá-la de que está dividido em diversas caixas, e que elas não podem ser empilhadas. Afinal, não vai querer que aconteça nada ao seu lindo bolo antes do grande dia.

Ali fechou os olhos e gemeu. Havia se esquecido completamente do bolo e de cancelá-lo, o que significava que teria que pagar por ele, e depois o quê? Ficaria com um bolo para centenas de pessoas. E a cerimônia seria no próximo fim de semana... Um fato que até agora ela tentara ao máximo ignorar.

— Certo, obrigada — disse Ali, suspirando. — Vou passar aí mais tarde para buscar.

— Ficamos abertos até às seis da tarde.

Ali desligou e pensou em bater com a cabeça no tampo da mesa algumas vezes, mas sabia que isso não adiantaria nada. Em vez disso, pensou no enorme bolo que Glen insistira em encomendar. Eles precisavam de um que desse para cerca de duzentas pessoas, mas Glen tinha gostado logo do de cinco camadas, então foi aquele que eles encomendaram.

Cinco camadas, pensou, amargamente. Aquilo jamais caberia em seu carro.

Ali pegou o celular e ligou para Daniel.

— Oi — disse ele ao atender. — E aí?

— Será que você pode me emprestar sua caminhonete?

— Claro. Para quê?

— Esqueci completamente de cancelar o bolo. Ele é enorme e acho que não cabe no meu carro.

— Sem problemas. Posso encontrar você em casa depois do trabalho. O que vai fazer com ele?

— Não sei, talvez doar. Você por acaso não conhece alguém que esteja se casando por esses dias e tenha esquecido de encomendar o bolo, né?

— Não, mas conheço uma ONG bem boa. Podemos doá-lo para eles.

— Fechado. Pelo menos irá para uma boa causa.

— Vejo você mais tarde.

— Até mais.

Ali desligou e desejou que só uma vez pudesse ser alguma coisa além de incapaz perto de Daniel. Era pedir muito se sentir no controle, segura e sofisticada, uma única vez que fosse? Mesmo já sabendo a resposta, ela ainda assim tinha esperanças de um milagre.

Conforme prometido, Daniel estava a esperando assim que Ali chegou do trabalho. Ela estacionou o carro na garagem e entrou na caminhonete dele.

— Obrigada por fazer isso. Fico muito grata.
— Fico feliz em ajudar. Além disso, é um bolo. Que mal tem?
Ela riu.
— Pois é. Então, como está o mundo do motocross?
— Bom. Há uma porção de jovens promissores querendo fazer acontecer. Veremos se algum deles chega lá.
— Todos homens?
— Às vezes temos garotas, mas não muitas. Exige bastante do corpo e... — Daniel voltou a atenção para o trânsito. — Vou parar de falar antes que vire um problema para mim.
— Acho que é melhor mesmo. Eu sei que é um esporte fisicamente extenuante, mas mesmo assim você deveria apoiar mais garotas.
— Eu faço o meu melhor para apoiar.
Ali acreditava. Ele certamente a apoiara quando ela precisou.
— Ando observando os homens do trabalho, tentando entender como eles se comunicam.
— E?
— Realmente falam bastante deles mesmos. É interessante. Agora vejo como é fácil não me enxergarem. Não de propósito, mas só por causa da minha tendência a não chamar muita atenção.
— E o que vai fazer a respeito?
— Já marquei uma conversa com meu chefe assim que eu voltar da minha semana de folga e ele voltar das férias dele. Estou fazendo planos para melhorar o armazém e listando todas as minhas conquistas do último ano. — Ali levantou uma das mãos e continuou: — E isso significa quanto dinheiro ajudei a empresa a economizar ou como eu trouxe novas oportunidades, e não apenas como sou uma boa funcionária.
— Excelente. Se quiser ensaiar comigo, ficarei feliz em ser sua plateia.
— Como se você estivesse me entrevistando?

— Se quiser. Tenho experiência em contratar e demitir.

Ali fez uma careta.

— Não deve ser muito legal demitir alguém.

— Não é mesmo. Prejudicar a vida de uma pessoa é péssimo, mas às vezes não tem jeito.

Quando eles chegaram à confeitaria, Ali se preparou para mais um baque no cartão de crédito e entrou. Betty, uma mulher de meia-idade com um avental num tom de amarelo vibrante, sorriu ao vê-los.

— Posso ajudá-los?

— Sou Ali Schmitt. Vim buscar o bolo.

— Claro. Ficou lindo. — Betty olhou para Daniel e deu uma piscadela. — Estou vendo que vocês dois terão filhinhos adoráveis.

Ali ficou vermelha, sem saber o que dizer. Parecia complicado demais explicar quem Daniel era, mas não queria que ele pensasse que ela... Bom, Ali não sabia o que não queria que ele pensasse, apenas que não fosse nada ruim.

Antes de conseguir pensar numa resposta, Daniel deu uma risadinha e devolveu:

— Espero que esteja certa. Agora vamos dar uma olhada no bolo.

Betty já estava com as caixas num carrinho. A maior devia ter pelo menos noventa centímetros de diâmetro e sessenta de altura. Minha nossa, era muito bolo!

Enquanto Daniel colocava os bolos em sua caminhonete, Ali passou o cartão de crédito e tentou não se contorcer de horror ao ver o valor total.

— Sabe o que mais odeio em ter que pagar pelo bolo sozinha? — comentou Ali ao sair. — Pagar por um bolo de especiarias. Odeio especiarias, mas Glen quis esse, então é óbvio que eu disse sim.

Daniel alocou a última caixa e fechou a traseira da caminhonete.

— Você queria agradá-lo.

— Claro que sim, mas por que ele não quis me agradar? — Ela bateu com os pés no chão. — Odeio isso. Tudo isso. Lidar com a cerimônia, o dinheiro que estou gastando, minha situação de vida. Preciso de um apartamento limpo e que não me leve à falência, de uma promoção e sem dúvidas de um noivo melhor. Preciso defender o que quero e não sei se consigo, mas odeio me sentir assim e não sei mais o que...

Antes que Ali terminasse, Daniel segurou o rosto dela entre suas mãos grandes e a beijou. Simples assim — no estacionamento da confeitaria, com o sol se pondo.

A princípio, ele a beijou suavemente, um beijo delicado que a fez se sentir estimada. Ali estava começando a se acostumar com a sensação dos lábios de Daniel nos seus e com a maciez da barba dele quando tudo mudou. Ele a apertou com um pouco mais de força e moveu a boca contra a dela. Ali não esperava, mas de repente estava com as mãos nas costas de Daniel e se aproximando ainda mais. Ou talvez ele tenha se aproximado — ela não sabia ao certo, mas também não se importava.

Daniel desceu as mãos para os ombros de Ali e a abraçou, a envolvendo com a mesma intensidade. Ele inclinou a cabeça e lambeu levemente o lábio inferior dela.

Ali sentiu o calor explodindo por todo o corpo. Um calor líquido, sexy, voraz, que deixou seus seios imediatamente em estado de alerta e fez suas partes íntimas deixarem claro que gostavam muito desse cara novo. Ela acolheu a sensação da língua dele na dela. Daniel a beijava com vontade, trazendo à tona formigamentos, possibilidades e necessidades o bastante para fazê-la suspirar.

Beijar Glen era bom, mas beijar Daniel era como decolar num foguete rumo a Marte. Talvez fosse de mau gosto comparar irmãos, mas ela não estava nem aí, porque *olá, Marte*.

Daniel deslizou as mãos até a bunda dela e a apertou de leve. Depois, lentamente, com aparente relutância, ele se afastou.

Ali olhou nos olhos escuros dele e soltou:

— Se eu ganhei isso tudo por causa de um bolo, nem imagino o que você teria feito se eu tivesse esquecido de cancelar o bufê.

Daniel riu e a beijou de novo até os dois estarem sem fôlego e ele se afastar novamente.

— Estou confusa — sussurrou Ali.

— Eu também.

— Talvez devêssemos fingir que isso não aconteceu.

— Se é o que você quer.

Era? Ali estava tão desorientada. Quanto disso era real e quanto era por causa do término?

— Alguma parte desse beijo foi por pena?

Os olhos escuros dele estavam sérios.

— Parecia ter pena ali?

— Isso não é resposta.

— Não foi um beijo por pena.

Então o que foi? Ali não perguntou porque, sinceramente, não queria saber.

— Provavelmente é melhor fingir que não aconteceu — repetiu Ali, sabendo que era a decisão mais sensata, mas esperando, lá no fundo, que Daniel insistisse que os dois fossem dali direto para o quarto dele e resolvessem a história na cama.

Só que aquele não era o estilo de Daniel. Ele acariciou o rosto de Ali com delicadeza e disse:

— Bonita e inteligente. Gosto disso numa mulher.

O que soava ótimo, mas a deixava com suas partes íntimas levemente molhadas e desesperadamente insatisfeitas.

Mais tarde, depois de deixar o bolo na ONG e ir para casa, Ali se perguntou se tinha sido mesmo sensata ou apenas covarde em relação a Daniel. Por mais que ele evidentemente gostasse o suficiente dela para beijá-la e fosse sempre tão doce e gentil, ela não conseguia se esquecer da advertência de Finola. Envolver-se com o irmão de seu ex-noivo era idiotice, envolver-se com alguém novo tão rápido assim era idiotice, não saber o que ela sentia por ele e vice-versa era idiotice, então tinha sim tomado a decisão certa. Não tinha?

Por volta das dez, Ali foi até a cozinha para beliscar alguma coisa, e encontrou uma caixa cor-de-rosa na bancada com seu nome escrito na tampa. Quando ela a abriu, havia um bolo de chocolate de duas camadas com calda do mesmo sabor.

Claro, pensou ela, lutando contra mil sentimentos que não conseguiria nem começar a explicar. A única coisa que ela sabia com certeza era que, quando se tratava de Daniel e Glen, ela definitivamente tinha escolhido o irmão errado.

* * *

Zennie e Bernie estavam sentadas de frente para a dra. McQueen, que olhou para seu tablet e de volta para as duas com um sorriso.

— Certo. Devo admitir que para mim é a primeira vez. Já atendi casais heterossexuais e lésbicas, mas nunca uma barriga solidária e sua melhor amiga. Vai demorar um pouquinho para me acostumar.

Bernie segurou e apertou a mão de Zennie.

— Só estarei aqui enquanto ela se sentir confortável. Assim que ela quiser que eu saia, eu saio.

Zennie ficava grata por aquilo, mesmo que parecesse estranho. Como não querer Bernie ao lado dela? Ela teria o bebê da amiga.

— Seus exames de sangue estão excelentes e não havia glicose na sua urina, então está tudo certo em relação a isso. Você tem tomado as vitaminas?

— Todos os dias. Estou bebendo bastante água e me alimentando de acordo com as sugestões da lista. Não bebi nada alcoólico ou com cafeína.

A médica sorriu.

— Estou sentindo uma pontada de melancolia. Eu adoraria lhe dizer que fica mais fácil, mas, em vez disso, vou dizer apenas que em alguns meses já poderá comer e beber o que bem entender.

Bernie soltou a mão de Zennie e se dirigiu à médica:

— Hayes e eu estávamos pensando num serviço de entrega de refeições. Comida para Dois. Você conhece?

— Eu não — disse Zennie. — O que é?

— Um delivery de refeições especializado em alimentação para gestantes — explicou a dra. McQueen. — Diversas pacientes minhas gostam bastante. Você recebe refeições balanceadas alguns dias por semana, e você só precisa aquecê-las para comer.

Bernie sorriu para Zennie.

— Só queremos facilitar as coisas para você. Nos deixe fazer isso, por favor.

— Eu posso fazer meu próprio jantar, não é grande coisa.

— Sei disso, mas comprar os ingredientes e preparar tudo é. Você já está sempre ocupada com o trabalho. Dessa forma não tem que se preocupar com o que vai comer. Estávamos pensando no pacote completo, então seriam três refeições e dois lanches por dia.

A ideia de ter alguém decidindo o que ela ia comer não agradou muito a Zennie, mas ela não queria desapontar Bernie.

— Vamos conversar sobre isso depois — sugeriu Zennie, cautelosamente.

— Claro.

A dra. McQueen assentiu e continuou:

— Certo, então vamos falar sobre exercícios. Zennie, sei que gosta de correr e de surfar. O que mais você faz?

— Yoga de vez em quando. Musculação, claro. Escaladas. Costumo fazer trilhas com algumas amigas no Griffith Park. Também faço snowboard, mas estamos quase no verão, então não será problema.

— Impressionante — disse a médica. — Você já sabe que deve evitar saunas e jacuzzis. Quero que fique longe de hot yoga também e que, por ora, não corra mais de cinco quilômetros por vez. Mais adiante terá que parar completamente, mas ainda não é necessário. Surfar também é arriscado, há chances demais de machucar sua barriga, e prender a respiração debaixo d'água também é um problema. Tudo bem continuar com as trilhas por enquanto. Depois que tiver ganhado algum peso, terá problemas com equilíbrio, então seria bom cogitar mudar para caminhadas ou exercícios num elíptico. Além disso, vamos suspender as escaladas, pelo risco de queda.

Zennie se lembrou do que aconteceu na trilha e de como ficou com medo.

— Definitivamente posso deixar as escaladas de lado até depois de o bebê nascer.

Quanto ao resto, ela fez o seu melhor para parecer feliz e não como se a médica estivesse acabando com toda a diversão na sua vida.

— Terá que começar a usar meias de compressão no trabalho. Ajudarão com o cansaço nas pernas e evitarão problemas de varizes depois. Descanse bastante e, quando tiver uma oportunidade, sente-se. Agora não precisa, mas será necessário no futuro, então é bom já criar o hábito.

Elas continuaram conversando sobre mais algumas restrições e advertências. Zennie se lembrou de que era natural se sentir atordoada e que aqueles cuidados eram temporários. Em poucos meses, ou mais precisamente oito, sua vida estaria de volta ao normal.

Oito meses! Ela piscou algumas vezes pensando naquilo. Ainda estaria grávida por oito meses.

Bernie e Zennie saíram juntas assim que a consulta terminou.

— Nossa, foi muito empolgante — disse Bernie. — Há muita coisa para assimilar. — Ela enganchou o braço no de Zennie e continuou: — Estou tão feliz por você ter concordado com o serviço de refeições. Vou enviar o link e assim você pode editar suas preferências. Eles entregam tudo na sua casa. Ah, e me avisa quando puder ir fazer compras para procurarmos as meias. Elas também serão por nossa conta.

— Não precisa — recusou Zennie, tentando se lembrar de quando exatamente concordara com a entrega de refeições.

— Mas são caras, e vai precisar de mais de uma. Precisam ser lavadas à mão e de tempo para secar no varal.

— Ah. Eu não sabia.

Bernie sorriu.

— Tenho lido tudo sobre gravidez. Pode me perguntar o que quiser.

Zennie ignorou a ideia de seu banheiro minúsculo com várias meias para senhorinhas penduradas pelos cantos e se lembrou de que aquilo também passaria. Ela estava grávida, o que exigia algumas concessões. Oito meses não era tanto tempo assim e, no final, quando ela tivesse um bebê feliz e saudável, saberia que tinha feito uma coisa boa. Até lá, aguentaria o tranco e comeria suas verduras. E, pelo visto, vestindo meias de compressão.

Capítulo Vinte e Um

Finola começara a ter cada vez mais dificuldade de ir à sua antiga casa. Toda vez que passava de carro por aquelas ruas tão familiares, era obrigada a admitir que estava sozinha, que havia sido forçada a sair de lá e que agora estava morando com a mãe. Não era bem o que se espera de alguém no auge do sucesso. Finola vivia com medo de ser reconhecida, de alguém apontar para ela e rir. Ir trabalhar tinha se tornado cada vez mais difícil, e ela não dormia mais direito.

Ela já apresentara programas suficientes sobre saúde mental para saber que estava lidando com um episódio de depressão. Apesar de já ter lido sobre o assunto, não estava pronta para a sensação de peso que invadia cada momento de seus dias, como se de repente o mundo tivesse mais gravidade. Sentia-se lenta, feia e triste quase o tempo todo. Além de desesperançada, pensou, entrando na garagem e fechando o portão com cuidado.

Finola entrou em casa e ficou parada em silêncio. Estava tudo como da última vez que estivera lá, assim como na anterior. A correspondência estava empilhada na mesinha de entrada — o serviço de limpeza mantinha tudo arrumado, e ela cancelara apenas o de entrega de refeições. O jardineiro e o rapaz que limpava a piscina mantinham a área externa em ordem. Só faltavam ela e Nigel, e, sem ele, qual era o sentido naquilo tudo?

Finola deu uma olhada nas correspondências. A maioria de suas contas vinha por e-mail, então não havia motivo para preocupação. Nigel não esvaziara a conta conjunta deles e ela tinha a própria conta-corrente, então dinheiro também não seria um problema. Pelo menos não a curto prazo. Sua mãe até estava a pressionando para procurar um advogado, mas Finola não conseguia nem imaginar aquilo. O que diria? Um advogado perguntaria o que ela queria e, sinceramente, Finola não fazia a menor ideia.

Ela atravessou a cozinha, a sala de estar e depois o corredor. Os porta-retratos ainda estavam onde sempre estiveram, e as rachaduras decorrentes de um terremoto estavam exatamente iguais. Ela tocou nas paredes texturizadas e desejou que a casa pudesse tocá-la de volta, dizendo-lhe que ficaria tudo bem. Só que a casa não podia fazer aquilo e, mesmo se pudesse, Finola duvidava de que iria mentir.

Ela subiu até o segundo andar, passou pela suíte principal e finalmente entrou no quarto que ambos sempre presumiram que seria o quarto do bebê. As paredes tinham sido pintadas de um tom de amarelo-claro e os rodapés de branco. Havia um banco junto à janela e um grande closet.

Quantas vezes os dois tinham falado sobre ter um bebê? Quantas vezes Nigel dissera que estava pronto, que não queria ter 70 anos de idade na formatura do filho, e quantas vezes Finola mudara de assunto? *Em breve*, prometia ela. *No ano que vem, com certeza.* Mas os anos foram se passando até que Nigel parara de pedir.

Finola olhou para o quintal. Ele parara de pedir, repetiu ela. Quando? Seis meses atrás? Oito? Como ela não reparara? O silêncio de Nigel tinha sido um sinal que ela ignorara completamente. Ignorara não, porque isso implicava que ela havia reconhecido o fato e deliberadamente não prestado atenção. Finola nem percebera. O que mais tinha deixado passar?

Ela desceu de volta e foi até seu escritório. Sua mesa estava arrumada como sempre, pois não gostava de bagunça ali. O cômodo era a cara dela, com paredes num cor-de-rosa clarinho e um lindo tapete floral que ela mesma escolhera. A única cadeira para alguém de fora era propositalmente desconfortável. Finola não queria ninguém se demorando ali — quando ela estava trabalhando de casa, fazia questão de evitar distrações.

Ela olhou para as fotografias e os prêmios nas paredes. Havia dezenas deles; fotos dela com diversas personalidades importantes e celebridades, junto com algumas capas de revista emolduradas. Não havia fotos dela com Nigel, tampouco uma dele sozinho. Nem na parede, nem na mesa. Ela sempre afirmara a si mesma que não queria misturar carreira e vida pessoal, e foi justamente por isso que tinha decidido não mudar seu sobrenome depois do casamento. Nigel dizia não se importar. Finola usava o sobrenome dele socialmente, claro, mas não para assuntos jurídicos ou importantes.

Então ela atravessou o corredor e entrou no escritório de Nigel. Os tons eram mais escuros e a decoração mais masculina. A mesa estava cheia de papéis empilhados e ficava de frente para um enorme sofá de couro. Era o tipo de lugar que convidava qualquer um a se enroscar e ler um livro, ou então tirar uma soneca. Eles tinham transado naquele sofá mais de uma vez. Finola conhecia bem a sensação do couro em sua pele nua. Eles já tinham conversado, dado boas risadas e brigado naquele sofá.

As paredes exibiam obras de arte, os diplomas e os prêmios dele ficavam no consultório. Havia uma grande foto do casamento dos dois na parede atrás da mesa e, sobre ela, diversas fotos de Finola.

Sem saber como, Finola se viu lembrando do spa onde estivera no ano anterior. Ela tirara uma semana de folga e fora sozinha, para relaxar, aproveitando o tempo livre para ler, dormir e fazer massagens. Foram dias maravilhosos, e Finola não sentira muita falta de Nigel. Não o suficiente para convidá-lo a se juntar a ela.

O que será que ele achou de ela ter ido sozinha? Finola não temia que Nigel suspeitasse que ela tivesse um caso, mas ela simplesmente foi e pronto, deixando-o para trás. Eles não tinham nascido grudados, e ele sempre viajava para congressos e simpósios de medicina, mas aquele retiro no spa de certa forma era diferente. Não que não pudesse ou não devesse fazer coisas para si mesma, mas era mais que aquilo, só que Finola não conseguia identificar exatamente o quê.

Ela saiu e voltou para a cozinha, certificando-se de que não havia nenhum vazamento e que a geladeira estava funcionando — coisas que o serviço de limpeza já teria feito —, mas Finola estava impaciente, com medo de ficar, porém sem estar pronta para ir embora. Seu pai diria que era a culpa, que ela estava sendo forçada a admitir que, por mais que o caso fosse culpa de Nigel, a infelicidade dele antes daquilo também tinha uma parcela de culpa dela. Pouco a pouco, Finola começava a se perguntar se não dera valor a Nigel. Se estava sempre preocupada demais consigo mesma para se envolver o suficiente no seu casamento.

Uma vez Ali dissera que devia ser difícil conviver com Finola. Zennie, por mais perdida que estivesse, estava disposta a desistir de quase um ano da própria vida para ter um bebê para sua melhor amiga. Até Mary Jo investia o tempo livre naquele grupo de teatro ridículo na praia. E o que Finola tinha além do trabalho? Não tinha amigos de verdade. Havia Rochelle, mas, por mais leal que ela fosse, um dia receberia uma oferta de emprego melhor e iria embora. Seu trabalho voluntário também não contava. Finola não fazia nada, só aparecia — era o rosto da causa, afinal —, mas não se envolvia.

Ela achara que teria Nigel para sempre, que eles seriam felizes juntos. Achara que eles se amariam até estarem velhinhos e de cabelo branco, esperando a morte. Mas eles não iam mais fazer nada daquilo.

Ela voltou ao carro e, antes de abrir a porta da garagem pelo controle remoto, ficou sentada no escuro se perguntando se realmente causara aquilo tudo. Será que ela era a responsável por sua infelicidade? Será que era um ser humano tão terrível assim?

Apavorada com a possibilidade de a resposta ser sim, Finola abriu a garagem e ligou o motor, aumentando o som do rádio até que se tornasse impossível pensar.

Zennie estava cheia de dores. Estava com fome, dor nas costas e nos pés, e morrendo de sede. As dez horas de cirurgia tinham sido estressantes do começo ao fim. O paciente estava bem, mas a recuperação dele seria um inferno.

Ela conseguiu trocar de roupa, embora aquilo tenha consumido o resto de suas forças. Queria que alguém a levasse até seu carro enquanto lhe oferecia algum tipo de elixir mágico e um enorme sanduíche de pastrami. Só que, em vez disso, ela beberia água e iria para casa, onde um jantar composto por algum tipo de proteína bem nojenta e couve estaria esperando.

— Que cara feia.

Zennie se virou e viu Gina se aproximando. Ela não via a amiga desde aquela noite desastrosa na Cheesecake Factory. Cassie enviara uma mensagem pedindo desculpas, mas Gina não tinha dado sinal de vida.

Ao vê-la agora, Zennie sentiu-se enrijecendo, subindo a guarda e se preparando para mais críticas.

— Só estava pensando na refeição saudável que me aguarda em casa — explicou Zennie, sem demonstrar emoção. — Bernie, a mãe do bebê, contratou um serviço de entrega especializado em refeições para gestantes.

Gina se apoiou nos armários e deu um sorriso fraco.

— Então nada de bolacha de chocolate recheada e shots de tequila?

Zennie torceu o nariz.

— Provavelmente não. Mas terei verduras e legumes de sobra.

— Fritos?

— Quem me dera.

Elas ficaram em silêncio por alguns instantes. Zennie permitiu-se sentir alguma esperança.

Gina respirou fundo.

— Me desculpe por ter magoado você.

— Isso não é pedir desculpas pelo que você disse.

— Não, não é. — O lábio inferior de Gina tremeu. — Zennie, sei que você acha que está fazendo a coisa certa, mas eu não concordo. Acho que está correndo um risco enorme. Você é minha amiga e eu te amo, mas também acho que cometeu um erro.

Não foi exatamente um soco no estômago, mas quase.

— Então teremos que concordar em discordar — respondeu Zennie, abrindo seu armário e tirando sua mochila de dentro. — Não sei como fica a nossa amizade, então.

Gina se encolheu um pouco.

— Você não pode deixar minha opinião para lá?

— Não quando você não consegue guardá-la. Você tem razão, pode dar alguma coisa errado, mas sabe o quê? Também pode dar tudo certo. Daqui a um ano eles podem estar com um bebê feliz e saudável, e eu vivendo minha vida, depois de ter dado o melhor presente do mundo para minha amiga. Mesmo que exista uma chance de desastre, quero tentar. Quero fazer isso e, se não pode me dar apoio, então não posso estar próxima a você.

Ela não tivera a intenção de falar tudo aquilo, mas saiu.

— É difícil — admitiu Zennie. — Muito mais do que eu pensava e, considerando tudo que tenho lido, só vai piorar. Preciso parecer calma para Bernie e o marido dela, então realmente também preciso que minhas amigas me ajudem a passar por isso.

Zennie abriu sua mochila, tirou uma camiseta que fora deixada dentro de uma sacola na porta da sua casa e a levantou para mostrar.

— Está vendo isso? — Ela apontou para a ilustração boba de uma cegonha aconselhando-a a deixar o trabalho com ela. — Minha irmã autocentrada deixou isso para mim no meio da noite. Não estou pedindo que você vá na minha casa duas vezes por semana e faça massagem nos meus pés, mas preciso que respeite minha decisão. Você já disse que não concorda e tudo bem, mas se não consegue deixar isso para lá e estar comigo nessa empreitada, então não posso ter você na minha vida agora.

Como se não bastasse aquela falação toda, de repente seus olhos se encherem d'água.

— Isso é ridículo — continuou Zennie, secando-os. — Juro que não vou me render aos hormônios.

Gina a encarava boquiaberta.

— Você nunca falou assim comigo.

— E nunca falei assim com ninguém. Me desculpe. Eu quero dizer que te amo não importa o que aconteça, mas aparentemente meu amor tem algumas condições.

— Ok, você foi bem clara. Não estou pronta para tomar esta decisão, então acho que vejo você depois.

Sua amiga — sua possível *ex*-amiga — deu meia-volta e foi embora. Zennie sentiu a pressão típica de mais uma onda de choro, mas a ignorou. Ela só precisava chegar em casa, comer, beber água, se deitar e dormir. De manhã as coisas estariam melhores. Zennie tentou se convencer de que estaria melhor sem Gina caso ela não a apoiasse, o que parecia muito forte e corajoso, mas na verdade a fazia se sentir completamente perdida, sozinha e amedrontada. Só mais uma mudança para a conta, agora que ela ia ter um bebê.

Ali acordou cedo na manhã do casamento que não aconteceria mais. Ela se enrolou num cobertor e foi silenciosamente até a sacada de seu quarto para ver o nascer do sol. Não sabia muito bem o que estava sentindo sobre si mesma, suas circunstâncias ou o que quer que fosse, mas de uma coisa Ali tinha certeza: não se lamentava por não estar se casando com Glen.

Ela tinha um horário marcado cedinho no salão e depois manicure e pedicure. Daniel lhe prometera um dia bacana assim que ela voltasse. Ali já sabia que ele a levaria na pista de motocross para ver como era. Qualquer coisa que afastasse seus pensamentos do dia que deveria estar tendo. Ela podia estar agradecida por não estar mais se casando com Glen, mas isso não significava que não estava se sentindo um pouco triste pelo dia em si.

Duas horas depois, Ali tinha luzes, um corte chanel novo que lhe caía bem e unhas feitas. Ela escolhera um verde-água para o pé e rosa-bebê para as mãos. Estava se sentindo animada e sexy e mais do que pronta para um pouco de aventura.

— Estou pronta para minha aula de motocross — anunciou, entrando em casa.

Daniel estava na cozinha. Ele a encarou de olhos arregalados do outro lado da ilha da cozinha.

— O que foi? — perguntou Ali, lembrando-se só depois do corte de cabelo.

Ela ficou gelada na hora. Será que tinha ficado feio? Que ele achava que fora uma péssima escolha? Não! Ela tinha amado seu cabelo novo e, se Daniel não gostava, então azar o dele.

— Está incrível — respondeu ele, pondo a xícara de café na mesa.
— Seus olhos parecem maiores e seu rosto está... — Daniel gesticulou vagamente na direção dela. — Você está linda.

— Obrigada, estou me sentindo bem. Agora vamos encarar algumas motos.

Daniel deixou a xícara dentro da pia e apontou para o chinelo de Ali.

— Vai precisar de sapatos fechados e de uma camiseta de manga comprida. Mas pode ficar com a calça jeans.

Ali buscou um par de tênis, meias e uma camisa e o encontrou na caminhonete.

— Minhas unhas já terão secado quando chegarmos — explicou. — Vou deixar para calçar as meias e o tênis lá.

— Beleza antes de segurança.

Ela agitou os dedinhos do pé e confirmou:

— Dã.

Daniel sorriu e abriu a porta do carro para ela.

No caminho até a pista, eles conversaram sobre a aula que Ali estava prestes a ter.

— É para iniciantes, então deve ter algumas crianças lá.

— De que idade?

— Sete ou oito anos.

Ali se queixou:

— Ótimo. Vou me sentir grande e descoordenada demais. Perfeito.

Daniel sorriu e respondeu:

— Vai dar tudo certo. O instrutor vai explicar as regras básicas de segurança e depois nós vamos escolher alguns equipamentos de proteção. Vai precisar de um colete, joelheiras, óculos e capacete.

— Um colete de proteção? Sério?

— Nós nos preparamos para bater, não para pilotar.

— Animador. Lembrete mental: evite bater.

Eles pegaram a I-5 e seguiram na direção norte, rumo a Sun Valley. Ali já tinha acompanhado Glen ao local onde Daniel trabalhava algumas vezes. Ela se lembrava de três pistas, uma arquibancada, uma oficina de reparos onde as motos eram consertadas e modificadas e diversas instalações usadas para todo tipo de coisa — de salas de aula a vestiários e escritórios. Pelo que ela tinha entendido, o negócio era bem menor quando Daniel o herdara, e ele trabalhara duro para torná-lo um sucesso.

Ali ficava impressionada com a capacidade que Daniel tinha de pegar uma coisa boa e melhorá-la ainda mais — mas não surpresa. Ela o observou de soslaio, lembrando-se do beijo. Ainda não tinha certeza do que aquilo havia significado, mas tinha sido meio que incrível, e Ali estava disposta a admitir que havia alguma coisa entre os dois. Àquela altura, também não tinha ideia do quê, mas, fosse o que fosse, ela gostava.

Duas horas depois, Ali já tinha feito uma aula de segurança de quarenta e cinco minutos, experimentado os equipamentos e sobrevivido às duas primeiras voltas na pista. Ela estacionou ao lado do instrutor e tirou o capacete. Brandon, um menino de 8 anos, parou ao seu lado e lhe ofereceu a mão para bater.

— Você se saiu bem, Ali — disse ele, sorrindo.

— Obrigada. Você foi melhor. Foi tão rápido.

Brandon estufou um pouquinho o peito.

— Eu vou ser o melhor, você vai ver. Quando eu for famoso, podemos sair, se quiser.

Ali se conteve para não rir.

— Isso seria superlegal.

Daniel se aproximou dos dois.

— E aí, meu chapa — disse ele a Brandon. — Se divertiu?

— Muito! Minha mãe vai me inscrever nas aulas de verão; nem acredito!

— Vou gostar de ver você por aqui.

Brandon fechou o visor do capacete e partiu para mais uma volta. Daniel se aproximou de Ali.

— Parece que tenho concorrência.

Ela riu.

— Vamos sair quando ele for famoso, então sim, eu diria que tem.

— Está gostando?

Ali pensou na velocidade, na pista de terra, em como a moto se inclinava nas curvas.

— Senti medo e adorei ao mesmo tempo. Quero voltar para aprender mais.

Ali se levantou e sentiu suas pernas se queixarem. Todos os músculos que não estavam acostumados a um esforço como aquele estariam doloridos depois.

— Fico feliz. — Daniel pegou a moto dela e os dois foram caminhando até o prédio dos aluguéis. — Motocross é bem intenso, você realmente precisa se concentrar, o que faz dele uma maneira excelente de esvaziar a cabeça. Quando se está na pista, não dá para pensar em mais nada.

Daniel devolveu a moto e Ali começou a tirar os equipamentos de proteção. Suas roupas estavam cobertas de terra e ela sentia o corpo todo meio sujo.

— Preciso de uma chuveirada — confessou.

— É um dos riscos do esporte. Vamos voltar para casa, daí você toma banho e arruma a mala.

Ali levantou a cabeça para ele.

— Para quê?

Daniel fixou os olhos escuros nos dela.

— A gente combinou de ter um dia cheio.

Por um instante, Ali não fazia a mínima ideia do que ele estava falando. Aprender a andar de moto e pilotar por aquela pista ocupara toda a sua concentração. Não havia espaço para mais nada, incluindo a lembrança de que aquele teria sido o dia do seu casamento e o fato de que Daniel a convidara para jantar.

— Sim, combinamos — concordou ela.

— Pensei em passarmos o resto do fim de semana em Santa Bárbara. Reservei dois quartos num hotel ótimo. Podemos dar uma volta pela cidade, jantar, beber um pouco de vinho demais e xingar Glen.

Ela ainda estava presa no "dois quartos", mas logo se aconselhou a não ser gananciosa. Daniel tinha sido excepcional com ela de inúmeras maneiras, e ele era um cavalheiro... É claro que teria reservado dois quartos.

— Você não precisa fazer isso — disse Ali. — É sério. Esta manhã já foi o suficiente. Você provavelmente tem mais um monte de coisas que preferia estar fazendo a passar o dia comigo.

— Nenhuma — respondeu Daniel, despreocupadamente.

A inclinação natural dela era recusar de novo, só que Ali não queria mais ser aquela pessoa. Daniel ofereceu, ela lhe dera uma chance de voltar atrás, e ele recusara. Acreditaria na palavra dele, iria a Santa Bárbara e os dois se divertiriam juntos como sempre faziam.

— Parece ótimo então. Não vou demorar muito para arrumar minhas coisas.

O clima estava perfeito, como naqueles filmes ambientados em Los Angeles, com a temperatura na faixa dos vinte e cinco graus e o céu num azul deslumbrante. Eles pegaram a costa no sentido norte e passaram por Carpinteria rumo a Santa Bárbara.

Para o almoço, eles pararam num mexicano simples, onde pediram meia dúzia de tacos de carne com uma porção extra de guacamole. As tortillas e a salsa eram caseiras, o molho escorria pelo queixo dos dois e pingava nos pratos, mas estava tudo tão delicioso que a lambança valia a pena. Eles tomaram suas cervejas na parte externa de frente para a praia e se sentaram na sombra, admirando o mar.

— Isso é perfeito — disse Ali, apoiando os pés no corrimão e fechando os olhos.

— Eu concordo.

— Que horas são?

— Três.

— Vamos ver. Eu estaria me arrumando e a maquiadora estaria em ação. Eu estaria nervosa, mas não com medo. Minha mãe e minhas irmãs estariam comigo. — Ali abriu os olhos e olhou para Daniel. — É esquisito eu estar dizendo isso?

— Não. Falar sobre o casamento deve ajudar.

— A situação toda é tão surreal. Como se o noivado e o término tivessem acontecido com outra pessoa. — Ela tomou mais um gole da cerveja. — Daniel, não sei nem como agradecer tudo que tem feito por mim. Do instante em que me contou sobre Glen até agora, você tem sido incrível. Não sei se eu teria conseguido passar por tudo isso sem você.

— Fico feliz em ajudar.

Ali o analisou, observando o contorno definido do queixo e os ombros largos.

— Queria saber por que fez tudo isso. Eu entendi a primeira parte. Glen te colocou numa posição horrível e você estava sendo um cara legal. Mas por que continua me salvando?

— Não estou salvando você. Estou sendo um amigo. — O olhar dele era determinado. — Gosto de você, Ali. Achei que eu já tivesse deixado isso claro.

O que ele queria dizer exatamente? Daniel gostava dela como se ela fosse fofa como um cachorrinho e porque eles se divertiam? Ou *gostava* dela do jeito que um homem gosta de uma mulher?

Daniel ergueu uma das sobrancelhas como se estivesse lendo seus pensamentos. Ali aguardou, na esperança de que ele falasse alguma coisa, mas ele continuou em silêncio.

— Você vai me fazer perguntar, não vai?

— Foi você quem reclamou de ter topado o bolo de especiarias quando não queria. Talvez esteja na hora de exigir um pouco mais de chocolate.

Ela ficou quente e depois gelada. Sua vergonha e sua frustração estavam em conflito. Daniel tinha razão, pensou Ali, conforme sua resignação se juntava àquele caldeirão de emoções. Ela nunca pedia o que queria, só aceitava o que lhe era oferecido e geralmente ficava decepcionada, seja no trabalho ou com sua mãe e o relógio idiota ou na sua vida pessoal. Ela sempre fizera aquilo.

— E se eu for invisível porque é assim que quero ser? — soltou Ali. — E se eu estiver fazendo uma escolha? Não é que as pessoas não me vejam, e sim eu que simplesmente não queira ser vista por elas?

Ali não sabia se estava certa, mas a constatação *parecia* certa... empoderadora, até. Ela precisava assumir o comando. Se queria alguma coisa, era preciso correr atrás. Ela deveria se respeitar e exigir o mesmo dos outros.

— Eu quero roubar aquele relógio.

— Boa. Quando voltarmos, podemos bolar um plano. Mais alguma coisa?

Daniel a estava observando com atenção, como se esperasse outra coisa. Algo a mais. Ali pensou na pergunta inicial, juntou coragem, respirou fundo e perguntou:

— O que quis dizer quando disse que gosta de mim?

A expressão facial de Daniel ficou mais relaxada. Ele se recostou na cadeira, sua postura muito confiante e masculina, de um jeito sexy.

— Gosto da sua companhia. Gosto de passar tempo com você. Fico ansioso para ver você. Gosto da sua aparência, do seu jeito e de como você fala. Gosto do som da sua risada e gosto de beijar você.

— Ah.

Ali abriu a boca para dizer alguma coisa, mas não conseguiu pensar em nada. Sua mente estava ocupada demais revirando aquelas palavras do avesso, procurando por um significado além do óbvio, que era que Daniel *gostava* dela. Tipo como num casal. Tipo eles poderiam se beijar de novo.

Sentindo-se ao mesmo tempo empoderada e incrivelmente tímida, Ali abaixou a cabeça e olhou para ele através dos cílios.

— Eu também gosto de você — sussurrou.

— Provavelmente teria sido bom termos tido esta conversa antes de virmos até aqui — provocou Daniel. — Mas pelo menos agora sabemos.

Ela riu.

— Sim, agora sabemos.

Daniel atirou sua garrafa na lata de reciclagem e depois fez o mesmo com a de Ali. Ele a ajudou a se levantar, a puxou para junto dele e a beijou de leve.

— Vamos nessa?

Ali assentiu. Seu estômago se revirava de ansiedade. Não fazia ideia do que ia acontecer, mas sabia que, seja lá o que fosse, seria bom.

Capítulo Vinte e Dois

O resort Four Seasons Biltmore, um antigo complexo de arquitetura hispano-americana, havia sido construído na virada do século anterior. Ainda elegante e com um ar de velho mundo, o lugar era um celebrado pedacinho da história de Santa Bárbara.

Depois de deixar o carro com o manobrista, Ali e Daniel entraram e fizeram check-in. Um bagageiro os levou até suas acomodações. A decoração do bangalô de ambos os quartos era repleta de tapetes orientais e estampas botânicas. Havia um grande sofá e uma mesinha de centro, além de uma mesa de jantar para seis pessoas numa das extremidades. Na área externa, havia um pátio com bancos confortáveis, uma lareira e vista para o mar.

Os dois tiveram uma breve discussão quanto ao quarto principal *versus* o menor. Ali achava que Daniel deveria ocupar a suíte maior, mas ele insistiu e ela acabou aceitando ficar nela, na esperança de que, à noite, eles a compartilhassem, de qualquer maneira.

Depois de desfazerem as malas, resolveram dar um passeio na cidade, caminhando pela State Street e entrando em algumas lojas.

Daniel insistiu em comprar uma pipa para que os dois soltassem na praia na manhã seguinte, e depois eles passaram um tempo numa livraria. Ele a surpreendeu ao comprar algumas biografias sobre generais da Guerra Civil Americana, enquanto Ali comprou um livro para ajudá-la a decidir qual seria o próximo passo em sua carreira.

Quando os dois voltaram ao hotel e ao quarto, Ali viu um balde com gelo e champanhe ao lado de uma bandeja do que pareciam ser canapés deliciosos.

— Pensei em comermos aqui mesmo — disse Daniel. — Tudo bem?

Ali desviou o olhar do champanhe para ele. *Coragem*, lembrou a si mesma. Aquele seria seu novo mantra.

— Você está tentando me seduzir?

— Estou.

Ela sorriu.

— Certo, então. Bom saber. Vou vestir algo mais digno de sedução.

Ali colocou um vestido e retocou a maquiagem, ajeitou seu novo corte de cabelo e torceu para que Daniel tivesse trazido camisinha. Seus nervos estavam à flor da pele de ansiedade, inquietando seu estômago. Ali estava sentindo medo e empolgação e ficava se perguntando se aquilo estava mesmo acontecendo.

Ao voltar para a sala de estar, Daniel tinha colocado música e aberto o champanhe. Ele passou uma taça para ela e os dois foram para o pátio.

Daniel puxou duas cadeiras, pôs uma mesinha entre elas, e os dois se sentaram lado a lado, admirando o quebrar das ondas do oceano. Ele interrompeu o silêncio.

— Eu sempre soube que eu era do tipo de casar — começou, dando de ombros. — Considerando minha profissão, você provavelmente acharia que sou do tipo que não quer nada sério, mas nunca foi meu estilo. Sou convencional. Tive mulheres, mas uma de cada vez. Nunca me importei com quantidade.

— Bom saber.

— E eu estava falando sério em relação ao meu primeiro casamento. Não houve nenhum drama. Só nos apaixonamos e depois nos desapaixonamos. Acho que estávamos mais interessados em passar para a próxima etapa do que descobrir se de fato poderíamos passar o resto da vida juntos. Ela é uma boa pessoa, e não brigamos durante o divórcio. Não sinto saudade dela, mas quero encontrar a pessoa certa. Não estou a fim de brincadeira.

Era muita informação, pensou Ali, sem saber o que fazer com aquilo tudo.

— Você conhece minha história com Glen — começou Ali, esperando que seu tom de voz demonstrasse leveza em vez de surpresa. — Tive alguns namorados antes dele, mas nada que tenha durado muito. Eu gostaria de dizer que eles não me viam de verdade, mas, com a minha recente constatação de que talvez eu estivesse tentando ser invisível, agora devo admitir que talvez fosse eu quem tivesse medo de querer mais do que já tinha. Talvez seja eu que me proteja demais e não deixe ninguém entrar.

— Até Glen aparecer.

— Sim, até Glen aparecer. Não sei bem por que me senti mais confortável com ele. Sinceramente, eu me pergunto se talvez tenha sido porque não existia paixão entre nós. Estar com ele era confortável, mas não excitante. Acho que talvez eu tivesse medo do excitante.

— E ainda tem?

Ali sorriu.

— Estou disposta a arriscar.

— Bom.

Ali não acreditava que eles estavam conversando assim — colocando todas as cartas na mesa. Ela se sentia vulnerável, mas forte também. Confiava em Daniel. Bem no fundo, Ali sabia que ele não seria um babaca caso as coisas dessem errado. Ele jamais mandaria o irmão terminar com sua noiva em seu lugar.

A música de fundo — um jazz antigo calmo — parou por alguns segundos e recomeçou com "I'll Be Seeing You". Daniel se levantou e estendeu a mão.

— Dança comigo.

Ali se levantou, Daniel a levou para dentro e a puxou para mais perto. Os dois dançaram em sintonia com a música.

— Eu vi você pela primeira vez numa manhã de domingo — observou ele.

— Eu me lembro. Marcamos um brunch com seus pais. Você mal falou comigo, achei que tivesse me odiado.

Daniel afastou o corpo só o suficiente para olhá-la nos olhos.

— Você estava de calça jeans, um suéter branco de decote V e uma trança no cabelo. Seu perfume tinha cheiro de baunilha. Quando te vi, foi como levar um soco no estômago. Eu não conseguia pensar, não conseguia respirar. Definitivamente não conseguia falar, não sem dizer nada inapropriado.

Eles tinham parado de dançar. Ali estava tendo dificuldade em processar o que Daniel estava revelando.

— Você começou a gostar de mim naquele dia?

— Eu queria fugir com você. Eu nunca tinha sentido essa história toda de descarga elétrica antes, mas com você eu senti. Fiquei com vontade de levar você para algum lugar e passarmos horas conversando. Queria jogá-la por cima do ombro e encontrar um canto escondido para transar com você. Queria desafiar Glen para um duelo por você. Em vez disso, apenas comi meu quiche.

Ali estava sentindo o peito apertado e as pernas bambas. Nada do que Daniel estava dizendo fazia sentido, mas havia uma intensidade nos olhos dele que mostrava que era tudo verdade.

— Por mim? — perguntou ela, sua voz um guincho baixo.

— Por você. O dia em que Glen me ligou para dizer que estava cancelando o casamento foi o melhor e o pior dia da minha vida. Finalmente você estaria livre dele, mas antes eu teria que partir seu coração. Eu o odiei pelo que ele estava fazendo com você e, ao mesmo tempo, fiquei aliviado por voltar a estar solteira.

Ali não estava conseguindo ligar os pontos. Daniel gostava dela esse tempo todo? Ele achou que ela era como uma descarga elétrica?

— Você nunca disse nada.

— O que eu ia dizer? — Daniel passou os dedos pelo cabelo. — Oi, Ali, eu sou louco por você. Larga esse meu irmão imprestável e foge comigo.

Ali percebeu a frustração e a dor no tom de voz dele. Ela não fazia ideia do que dizer, então decidiu agir levando as mãos ao rosto de Daniel e o beijando. Ele reagiu imediatamente, sua boca faminta pela dela. Eles logo se tornaram um emaranhado de braços puxando um para junto do outro e línguas se acariciando. O desejo e a necessidade ardiam, derretendo cada parte dela.

Ali se afastou um pouco e o encarou.

— Por favor me diga que trouxe camisinha.

O sorriso lento e sexy de Daniel fez Ali estremecer.

— Opa se eu trouxe.

Em poucos segundos eles já estavam no quarto de Daniel tirando a roupa enquanto se beijavam e se tocavam. Quando ficaram nus, ele explorou cada pedacinho de Ali, primeiro com as mãos e depois com a boca. Daniel beijou sua parte mais íntima, amando-a até que ela gritasse de prazer. Depois ele a penetrou e Ali teve mais um orgasmo, agarrando-se a ele ao mesmo tempo que ele atingia seu clímax dentro dela.

Depois que eles terminaram e estavam deitados em meio aos lençóis embolados, Ali se apoiou num dos cotovelos e confessou:

— Eu nem suspeitava do que sentia por mim.

— Eu não queria que você soubesse.

— Mas você era tão fechado. Você me... — Ali hesitou e resolveu se esquivar daquela palavra com a. Daniel não tinha dito aquilo, então ela não queria tirar nenhuma conclusão precipitada. — Você estava louco por mim e nunca deu uma pista sequer. Me sinto uma tola.

— Não se sinta. — Daniel acariciou o braço de Ali, prosseguindo até seu mamilo e tocando-o levemente. — Eu não queria que se sentisse desconfortável comigo. Era melhor ser seu amigo do que ser rejeitado.

Ele tinha medo de que ela pudesse rejeitá-lo? Sério? Ali subiu em cima dele.

— Ainda está com medo de ser rejeitado?

Daniel sorriu.

— Estou pensando menos nisso. — Ele apertou a bunda dela e pegou mais uma camisinha. — Tudo bem para você ficar em cima?

— Sim. Ou de lado, ou do jeito que você quiser.

Descobrir o que Daniel sentia por ela a fizera se sentir livre e sexy.

— Interessante. Eu não teria imaginado que era do tipo aventureira.

— E não sou. Quer dizer, não era. — Ali sacudiu a cabeça. — Tá, não vamos entrar em detalhes sobre minha vida sexual. É esquisito demais. Só vou dizer que, com você, é diferente. Eu quero brincar.

Daniel olhou nos olhos dela e sorriu.

— Eu também quero.

Finola não achava que um bar chique em Beverly Hills seria mais interessante do que qualquer outro bar no San Fernando Valley, mas ela estava em Los Angeles, e a localização das coisas eram importantes. Sendo assim, lutou contra o trânsito do início da noite de sábado, dirigiu até a entrada do estacionamento e deixou seu carro com o manobrista. Depois de pegar seu tíquete, endireitou os ombros e entrou.

Por algum motivo que ainda não estava claro, ela concordara em sair com um homem para um drinque. A insistência de Rochelle somada à própria fossa a convenceram de que precisava tomar uma atitude. Talvez uma hora ou duas com um homem a idolatrando fosse exatamente o que ela precisava. O problema era que Finola se arrependeu assim que aceitou o convite, mesmo não tendo mais volta.

Chip Knipstein era repórter esportivo do canal de notícias local. Ele tinha acabado de fazer 30 anos, era incrivelmente bonito e ambicioso. O mercado de Los Angeles não era grande o bastante para ele. Todos sabiam que Chip queria ir para um programa transmitido em rede nacional pela ESPN, e Finola ouvira rumores de que aquilo estava prestes a acontecer.

Segundo Rochelle, Chip deixara mais de uma mensagem no celular de Finola, convidando-a para um jantar, um drinque ou um fim de semana em Maui — o que ela preferisse. Finola só o vira algumas vezes, mas ele parecia inofensivo o bastante e fotografava bem, então resolveu concordar com um drinque.

Chip estava numa mesinha de canto e, assim que Finola se aproximou, ele se levantou, atingindo seu um metro e oitenta e cinco de altura, e sorriu.

— Finola — disse ele, beijando seu rosto. — Está ainda mais bonita hoje do que normalmente, algo que jamais pensei ser possível. Obrigado por vir.

Chip indicou a cadeira de frente para a dele. Havia uma taça de vinho branco esperando por ela.

— Tomei a liberdade de pedir — continuou Chip. — Você parece do tipo que bebe vinho branco.

Finola estava menos interessada no vinho e mais em dar aquela noite por encerrada de uma vez. O que a fez pensar que um drinque seria uma boa ideia? Antes que pudesse dizer que vinho branco estava ótimo, Finola se lembrou de que jamais se deve beber algo que já esteja na mesa. Chip poderia ter batizado sua bebida.

Assim que Finola pensou aquilo, ela espantou a ideia como sendo ridícula. Sério? O repórter esportivo Chip a drogando? O problema era que ela não conseguia deixar a preocupação para lá, o que só aumentava sua vontade de sair correndo.

Finola se orientou a aguentar e agir normalmente. Ela sobreviveria a algumas horas. Mulheres iam a encontros o tempo todo — exceto que ela não ia a um primeiro encontro havia oito anos, e na época estava muito mais concentrada em sua carreira do que em arranjar "o cara certo", então também nunca fora muito de entrar naquela dança de flertar-ligar-sair. Estava totalmente despreparada para esse novo mundo dos encontros e ainda precisava decidir se confiava ou não no vinho na sua frente. Argh! Quando foi que a vida se tornara tão complicada?

Finola sabia a resposta, mas aquilo não ia ajudar em absolutamente nada.

— Vinho branco me dá dor de cabeça — mentiu, com uma expressão de pesar.

Chip imediatamente chamou um atendente.

— Sem problemas. Da próxima vez eu já sei.

Ela se forçou a sorrir, pensando em como preferia passar por uma colonoscopia a ir a mais um encontro.

Chip devolveu o vinho branco e pediu um tinto, se aproximando em seguida.

— Você ficou sabendo que Steve e a esposa dele terão gêmeos? Deve ser ótimo e ao mesmo tempo apavorante.

Steve apresentava a previsão do tempo na rede local.

— Não sabia. Obrigada por me contar, vou enviar alguma coisa para os dois.

Pelo menos um casamento estava dando certo, pensou ela, tentando não se sentir amarga demais.

— Tudo bem? — perguntou Chip.

Finola conteve um suspiro.

— Desculpe. Tudo isso está sendo um pouco difícil para mim. Me sinto tão desajeitada.

A expressão no rosto dele era de seriedade.

— É por que sou bonito demais?

A pergunta inesperada a surpreendeu.

— Não, não é isso.

— Ei, você podia pelo menos ter pensado um pouquinho antes de responder que não. — O tom de voz de Chip era brincalhão. — Estou realmente arrasado.

— Você vai superar.

— Não antes de alguns anos de terapia. — Chip levou a mão ao peito. — Meu coração está em pedaços.

— Ninguém acredita em você.

Ele sorriu.

— Ok, então aí vai. Sei que você está passando por alguns problemas e que demora um tempinho para voltar a sair por aí. Fico feliz por ter concordado em sair comigo, e vou me parabenizar mentalmente por isso a noite toda, mas depois paro por aí. Vou passar os próximos dez minutos falando de mim, assim você pode sentir quão desconfortável está e se quer ficar ou fugir. Daí podemos avaliar a situação e ver o que fazer.

O atendente chegou com o vinho. Finola pegou a taça e olhou para Chip.

— Acho que você nunca foi casado — disse ela lentamente. — Então essa percepção incrível sobre a mente de uma mulher separada deve ter vindo da prática.

— Anos de prática.

— Você gosta de mulheres que acabaram de se separar ou divorciar.

— Você me pegou — disse ele, alegre. — É o sexo. Sexo por vingança está na moda, e fico contente em ser o meio para esse fim. Portanto, se quiser se vingar de Nigel, vou ser bem claro com você: estou dentro. — Chip se aproximou um pouco mais. — E quis dizer isso em todos os sentidos, pelo tempo que desejar, Finola.

Ela tentou não gargalhar.

— Não sei se fico impressionada ou horrorizada.

— Eu diria impressionada, mas não cabe a mim resolver. Ah, e para sua informação, comigo é uma mulher de cada vez. Nada sério, claro, mas sou monogâmico.

— Durante os dois minutos inteiros? — perguntou ela secamente.

Chip se encolheu.

— Estou mais para um cara de vinte minutos.

— É o que todos dizem. — Finola tomou um gole do vinho. — Agora me conte sobre você.

Chip contou sobre sua infância em San Bernardino e como sempre se interessara por esportes. Finola assentiu no que julgou serem os momentos certos, mesmo sentindo sua mente divagar.

Chip era um cara legal. Mais divertido do que ela esperava e realmente bonito, mas Finola não queria estar ali. Nada ali parecia certo. Em seu coração, ela queria estar com Nigel, e no fundo sentia como se estivesse o traindo. Nem sua mente, que começava a acreditar que seu casamento estava mesmo nas últimas, parecia estar minimamente curiosa por Chip.

Ela preferia estar em casa assistindo a TV, lendo ou fazendo qualquer coisa que não fosse estar tomando um drinque com um homem. Não estava pronta nem interessada.

Ela o interrompeu no meio de uma frase.

— Chip, sinto muito, mas não posso fazer isso.

— Eu entendo. Se mudar de ideia, sabe onde me encontrar.

Finola não sabia, mas Rochelle, sim, o que já bastava. Ela assentiu.

Os dois se levantaram. Chip deixou algumas notas na mesa e a acompanhou até a saída. Ele entregou o tíquete do estacionamento ao manobrista, voltou para seu lado, pôs uma das mãos na sua lombar e se inclinou para ela.

— Me avise quando estiver pronta para o sexo por vingança — murmurou Chip. — Sem compromisso, apenas eu deixando-a mais feliz enquanto você pune o canalha que a traiu. Vai gostar, Finola. Eu prometo.

Ela entrou no carro, acenou, e se juntou ao trânsito para iniciar a volta para casa. No primeiro sinal, sentiu as lágrimas começarem a escorrer pelo rosto.

Finola sabia que Chip quis que aquelas palavras parecessem sexy ou até tentadoras, mas, para ela, foram como um tapa na cara. Pior ainda, a proposta dele a envergonhou, porque era aquilo que sua vida tinha se tornado.

A mágica do fim de semana de Ali com Daniel durou até eles entrarem de volta em casa. Daniel deixou as malas dos dois na sala e a olhou, como se perguntando o que aconteceria em seguida.

O tempo passado no hotel tinha sido maravilhoso. Eles pediram jantar no quarto, e comeram tomando champanhe e usando roupões felpudos. Depois transaram de novo, dessa vez na grande cama da suíte principal, onde dormiram juntos. Todas as vezes que Ali acordou durante a noite sentiu Daniel junto dela, o braço jogado por cima da sua cintura.

No domingo eles dormiram até tarde e fizeram um passeio de bicicleta antes do brunch, para depois pegarem a estrada de volta. Ali amara cada segundo ao lado de Daniel, mas ainda estava tentando absorver aquilo tudo. Seis semanas antes, achava que Daniel não gostava muito dela. Agora os dois estavam envolvidos, e ele deixara claro que sentira alguma coisa por ela desde o início. Ali precisava de um segundo para recuperar o fôlego.

— Será como você quiser — começou Daniel quando eles chegaram em casa. — Tivemos um fim de semana ótimo, mas isso não precisa necessariamente levar a algo mais. Podemos voltar ao que tínhamos antes. Sei que você tem passado por muita coisa e não quero pressionar.

— Obrigada. É só que tudo aconteceu tão depressa.

Ali vislumbrou algum tipo de emoção triste nos olhos dele, mas foi tão rápido que ela não conseguiu ter certeza do que era. Talvez decepção, talvez outra coisa.

Daniel começou a ir até a escada que levava ao quarto dele, no segundo andar. A cada passo ele ficava mais e mais longe de Ali.

— Espera! — exclamou ela.

Daniel parou e se virou.

Ali pensou em tudo pelo que havia passado, em todas as vezes que não pedira o que queria, não arriscara se deixar levar. Ela pensou em como Glen a tratara, em como ele desapareceu e a deixou com todas as buchas para resolver sozinha com apenas Daniel ao seu lado, aguentando o tranco. Pensou em como ele a convidara para ficar na casa dele e como a deixava segura e a abraçara a noite toda. Pensou no bolo de casamento pelo qual tivera que pagar. Bolo de especiarias em vez de chocolate, porque Ali sempre teve medo de pedir o que queria. Não, pedir não… exigir. Porque às vezes, para o mundo prestar atenção, era preciso exigir.

Ali foi até Daniel.

— Quero que fiquemos juntos. Quero que a gente comece a namorar e quero que seja monogâmico. Quero que sejamos amantes e namorado e namorada, e quero aprender a pilotar uma moto de verdade.

Daniel parecia calmo, mas um dos cantos de sua boca denunciava o despontar de um sorriso.

— Isso foi bem direto.

— Foi sim.

— E específico.

— Sei bem o que quero. — Ali sentiu um pouco de sua coragem indo embora. — O que você quer?

Daniel segurou o rosto de Ali.

— Você, Ali. Eu sempre quis você. — Ele tocou os lábios levemente nos dela. — Quer levar suas coisas lá para cima?

Ali passou os braços pelo pescoço dele e sorriu.

— Daqui a pouquinho. Antes, acho que precisamos de sexo.

Ele sorriu.

— Acha, é?

— Sim. Imediatamente. — Ela olhou ao redor. — Na mesa da cozinha.
Daniel deu uma risadinha.
— Vai estar gelada.
— Conto com você para me aquecer.
Ela confiava em Daniel para muito mais, mas aquecê-la já era um ótimo começo.

Capítulo Vinte e Três

Zennie não gostava de estar grávida. Pronto, ela admitira. Tudo bem, não em voz em alta, mas pensara. Na verdade, estar grávida não era tão ruim, mas os hormônios estavam acabando com ela.

Sentia-se *frágil*, coisa que nunca se sentira na vida. Emocionalmente, era como se Zennie fosse de vidro, as lágrimas sempre prontas para brotar e um coração que parecia permanentemente partido. No dia anterior, ela tinha chorado duas vezes. Duas! Quem fazia isso? Gina e ela ainda não tinham voltado a se falar, o que estava sendo difícil, assim como todo o resto de sua vida. Decidir qual camiseta usar para ajudar sua mãe numa tarde de domingo parecia uma missão impossível. Comerciais a deixavam com as emoções à flor da pele. Zennie queria segurar gatinhos no colo, salvar baleias e ter alguém bem grande e forte para abraçá-la e prometer que ficaria tudo bem.

Mas ela não queria ficar pensando nisso, afirmou para si mesma no caminho até a casa de Mary Jo, onde aconteceria mais uma sessão de organização. Esperava que ela e as irmãs não encontrassem nada de muito valor emocional, porque não queria derramar lágrimas na frente de ninguém. Já bastava ficar soluçando de tanto chorar em casa.

Quando chegou, descobriu que sua mãe tinha saído e que apenas Finola estava lá.

— Mamãe saiu com as amigas do teatro e Ali não vem — disse Finola ao cumprimentá-la. — Ela foi passar o fim de semana em Santa Bárbara. Provavelmente foi melhor assim, com uma escapada para facilitar as coisas.

— Que coisas? — perguntou Zennie.

Finola a surpreendeu ao sorrir.

— Obrigada por não se lembrar. Sinto que tenho me superado na escala de megera ultimamente, mas é bom saber que você também pode ser negligente às vezes.

Um comentário típico de irmã, que não teria sido um problema em outras circunstâncias, mas não era o caso daquele momento, pensou Zennie, já sentindo as lágrimas virem.

— Como fui negligente? — perguntou, com a voz trêmula.

Finola a encarou.

— O que você tem? Está chorando? Você nunca chora.

— São os hormônios — explicou Zennie, secando o rosto. — Estou um caco. Nos últimos três dias, usei mais caixas de lenço de papel do que em toda minha vida. Estou odiando.

Finola a surpreendeu mais uma vez a abraçando.

— Você está um caco mesmo. Eu meio que curti.

O abraço foi bom. Zennie a abraçou de volta por mais tempo do que teria feito antes, e Finola não a soltou até a irmã estar pronta. Quando elas se afastaram, Zennie prometeu que seria forte.

— A parte hormonal deve melhorar em algumas semanas — explicou Zennie. — São os hormônios que dão enjoos matinais. Os picos de alguma porcaria qualquer. Até agora, meu estômago tem aguentado bem, mas caio no choro vinte vezes por dia. É humilhante. — Ela tentou deixar aquilo para lá. — O que foi que esqueci?

— Ontem teria sido o casamento da Ali.

Zennie desabou no sofá e cobriu o rosto com as mãos.

— Sou a pior irmã do mundo.

— Você e eu. Mamãe foi a única a se lembrar. Pensei em mandar flores para ela, mas, sério, o que eu escreveria no cartão? Lamento por ter sido largada e hoje ser o dia do casamento? Talvez pudéssemos levá-la para jantar durante a semana.

Zennie assentiu.

— Coitada da Ali, ela deve estar se sentindo péssima. Sozinha, sofrendo, lembrando de como Glen a deixou. Não acredito que deixei passar o dia do casamento.

— Sim, foi horrível. Agora deixa para lá.

— Como?

— Não é por nada não, mas eu gostava muito mais de você quando era metida a besta e a santa. — Finola fez um gesto para que Zennie levantasse. — Vai agir desse jeito no baile de gala? Realmente prefiro que não fique choramingando a cada cinco minutos. As pessoas vão começar a comentar.

Zennie seguiu a irmã até a sala de jantar. Seria fácil se livrar da mesa e das cadeiras, mas a enorme cristaleira era outra história. As prateleiras superiores estavam cheias de pratos, copos e louças, enquanto as inferiores e as gavetas guardavam diversas porcarias acumuladas ao longo da vida.

— Eu não vou chorar no baile — garantiu Zennie. — Vou tomar um suplemento.

Finola a encarou.

— Existem suplementos para esse tipo de coisa?

Zennie revirou os olhos.

— Claro que não. Estou grávida. Não posso tomar nada. Mal posso tomar leite de amêndoas sem medo de estar prejudicando o feto. É um inferno. Se o bebê fosse meu, acho que eu conseguiria relaxar um pouco, mas ele não é e ainda assim sou completamente responsável por ele. Preciso levar o bebê em conta em cada decisão que tomo.

Finola sorriu.

— Está se arrependendo da gravidez.

— Não estou, não, e pare de soar tão satisfeita. É só um pouco mais difícil que pensei. O choro, a dor nos seios e Bernie monitorando cada migalha que como ou partícula de ar que respiro. O tempo tem estado perfeito para surfar, mas não posso ir. É criminoso. Pelo menos quando eu parar de chorar toda hora, estarei melhor.

— Você quer café.

Zennie gemeu.

— Quero, e uma taça de vinho, quando normalmente nem ligo para beber. Mas sim, vinho, sushi, usar uma sauna. Quero correr até ficar exausta, a ponto de vomitar. Quero não tomar cuidado. E só se passaram algumas semanas. Ainda faltam meses.

— Vai ficar mais fácil.

— Como sabe?

— Porque somos incrivelmente resilientes. Vai se acostumar com isso e superar. Olha para mim. Até agora não consegui decidir se sou capaz de vender um rim para ter Nigel de volta ou se quero vê-lo morto, mas ontem à noite fui tomar um drinque com outro homem.

— Mentira. Como foi?

— Horrível. Ele se ofereceu para transar comigo, ou por vingança ou apenas para tirar o atraso. Estava bastante aberto a ambas as opções.

Zennie estremeceu.

— Sexo me parece uma péssima ideia no momento.

— Infelizmente, para mim também. E eu nem estou grávida. — Finola pôs uma das mãos no braço de Zennie. — Eu sei que no começo não concordei, mas existe uma grande chance de você estar fazendo a coisa certa.

— Você parece surpresa.

— Eu meio que estou. Falei isso para ser gentil, mas agora estou percebendo que concordo. Você é uma boa pessoa, Zennie. Lamento por estar sendo difícil. Agora vamos começar pelas gavetas.

Zennie sorriu.

— Me dá só um segundinho para absorver o elogio?

— Acho que não.

Elas tiraram uma gaveta cada uma e as colocaram sobre o tampo da mesa de jantar. Zennie começou a revirar blocos de anotações usados pela metade e algumas dezenas de canetas. Havia clipes de papel, folhetos velhos, cartas de baralho, algumas pilhas e um grampo de cabelo em formato de borboleta. Ela encontrou boletins antigos e os separou em três pilhas, e depois mostrou um montinho de moedas de um centavo embrulhadas.

— Estamos ricas — disse, agitando o rolinho.

— Bom saber. Ah, olha só isso.

Finola lhe passou um envelope.

Zennie o abriu e viu ingressos de um show da Kelly Clarkson, além de passes para os bastidores. Ao olhar o verso dos ingressos, lembrou-se de como Ali e ela sonharam com aquele show. Zennie implorara e de alguma forma seu pai concordara. Os três ficaram na quinta fila, bem no meio, e depois foram nos bastidores e conheceram a cantora. Ela tinha sido um doce, posando para fotos e dando autógrafos e até oferecendo cupcakes da mesa de seu camarim.

— Não vai começar a chorar — comandou Finola.

— Tarde demais. — Zennie levantou os ingressos. — Foi meu primeiro show. E de Ali também. Conseguimos conhecer Kelly e a banda. — Ela deu um risada com dificuldade. — Lembro de usar esse passe para os bastidores pendurado no pescoço durante uma semana, até a professora mandar deixá-lo em casa. Fiquei me achando toda descolada e especial.

— Você era as duas coisas.

Zennie fungou.

— Não seja gentil comigo. É perigoso.

— Desculpe. Você era uma pirralha mimada que não merecia um passe para os bastidores.

Zennie assentiu.

— Melhor assim. Obrigada.

Finola gargalhou.

— Nossa, hormônios são poderosos mesmo. Eu não fazia ideia. Tenho muito mais respeito pela Mãe Natureza agora do que antes, isso eu garanto.

— Eu também.

Depois que elas terminaram com as gavetas, Finola foi até a cozinha para preparar um lanche, enquanto Zennie ficou sentada diante da mesa, segurando os passes.

Ela estava sentindo falta de seu pai. Foi isso que Ali quis dizer quando falou que Bill nunca estivera ao lado dela? Zennie precisava admitir que era uma sensação horrível.

Ela pegou o celular e tirou uma foto dos ingressos e passes para mandar para ele.

Lembra? Que noite e lembranças incríveis. Pai, você está errado em não apoiar o que estou fazendo. Eu só sou capaz de ajudar uma amiga assim pela forma como você me criou, então a culpa também é sua. É ridículo você simplesmente não falar comigo. Nós dois sabemos que sou sua preferida, então pare de agir assim. Estou grávida e preciso do meu pai.

Depois de alguns segundos de silêncio, Zennie notou que ele estava digitando.

Imogene não está falando comigo. Ela está furiosa e, vou te dizer, é difícil brigar com alguém quando se mora num barco. Não tenho para onde fugir. E, por mais que eu não vá admitir que seja minha preferida, você é uma filha maravilhosa. Só odeio vê-la se arriscando assim. E se alguma coisa der errado?

Zennie parou para pensar por um segundo.

E se não der?

Entendo seu ponto de vista. Eu te amo, Zennie, e estou com saudade. Você tem razão — eu devia estar do seu lado. Mas está falando sério? Um bebê?

Ela fungou.

Sim, pai, um bebê. Desencana.

Desencanei. Eu te amo, minha menininha. Nos falamos em breve.

Ela sorriu e depois vieram mais lágrimas — é claro —, só que dessa vez de felicidade. Ainda havia diversas questões: Gina, sua mãe, o trabalho, como contar aos seus colegas do hospital, o fato de ter que estar grávida por mais oito meses, o parto, a recuperação, pratos de couve — mas eram coisas contornáveis, convenceu-se Zennie. Daria tudo certo.

Ali passou a primeira parte de sua semana de férias trabalhando nas anotações para a conversa com seu chefe assim que voltasse ao armazém na segunda-feira seguinte. Ela queria todos os fatos e números à mão. Depois de terminar aquilo, almoçaria com Finola, ajudaria sua mãe a esvaziar mais alguns armários e passaria suas noites com Daniel. O homem era um deus na cama e ela não se importava se alguém ficasse sabendo.

Pensando bem, ela se importava, e por isso não comentou nada sobre aquela mudança no relacionamento deles com ninguém. Ali sabia, e isso bastava. O tempo que os dois passavam juntos era incrível. Daniel era engraçado e gentil e sempre queria saber no que Ali estava pensando. Ele a queria por perto e gostava que ela dormisse com ele.

Glen nunca queria passar a noite no apartamento dela nem que Ali dormisse no dele. Ela só se dera conta daquilo havia pouco tempo. Eles geralmente faziam amor na casa dela e depois Glen ia embora. Ao se dar conta daquela situação, Ali se perguntou como é que eles teriam feito a transição para um casamento de verdade. Será que Glen achava que eles teriam quartos separados ou algo do gênero? Não que ela se importasse — a única parte relevante daquilo era indicar mais um item na lista de motivos pelos quais o relacionamento deles jamais teria dado certo.

Na quinta-feira de manhã, Ali foi à pista de motocross. Ela teria uma aula naquela tarde, mas queria passar a manhã se familiarizando com a empresa de Daniel. Os dois almoçariam juntos, mas, antes, havia muito para conhecer.

As pistas ficavam abertas sete dias por semana, assim como as demais trilhas. Nos meses de inverno, os estandes de locação e quiosques só funcionavam aos finais de semana, mas, em poucas semanas, com o verão se aproximando, também estariam à disposição dos clientes todos os dias.

Ali entrou na enorme área da garagem. Motociclistas podiam alugar o espaço para fazer consertos ou contratar os serviços dos mecânicos de lá — por um preço, é claro. Havia uma variedade de ferramentas, além de uma ótima iluminação e conselhos de sobra.

Ela passou pelas portas vaivém até os fundos, onde as peças ficavam guardadas. Aquele era seu mundo, pensou Ali, sorrindo. Fileiras de prateleiras de metal compridas repletas de peças para locação ou para donos de motos em busca de reparos. Foi só quando ela começou a andar pelo local que percebeu como a disposição de tudo era, no mínimo, desorganizada. Componentes de diversas peças estavam espalhados, e peças restauradas ficavam armazenadas com as novas. Algumas das prateleiras mais próximas estavam empoeiradas por falta de uso, enquanto as peças que Ali sabia que eram usadas quase todos os dias ficavam nos fundos. Resumindo, o estoque de Daniel estava uma zona.

Ela foi até um computador e notou que não estava protegido por senha. Ali entrou no sistema do estoque e o imprimiu. Depois, descobriu que era fácil mudar os números nele, o que significava que seria fácil roubar dali.

— Ah, Daniel — murmurou ela. — Precisamos conversar.

Ali tirou algumas fotos e medidas e começou a estudar o relatório. Quando Daniel chegou com sanduíches e refrigerantes, ela estava sentada a uma mesa nos fundos e rodeada de papéis.

— Lição de casa? — perguntou ele, num tom provocador.

Ali levantou a cabeça.

— Já está na hora do almoço? Eu estava trabalhando.

— Estou vendo. Quer me contar sobre o projeto?

— Me dê um segundo e encontro você na sua sala.

Ali foi ao banheiro lavar as mãos e pegou suas anotações para encontrar Daniel na sala dele.

— Está tão séria — comentou ele, parecendo mais intrigado do que preocupado.

— E você tem um sério problema de inventário — revelou Ali, sentando-se e pondo um canudo no copo de refrigerante. — Não me admira estar sempre precisando que eu lhe envie peças às pressas. Seus computadores não têm senha, e qualquer um pode entrar no seu controle de estoque. Centenas de peças podem estar saindo todo mês por aquela porta sem você ver. Não existe um método para como elas são armazenadas e, se eu não conhecesse você, diria que simplesmente as larga na primeira prateleira que vê pela frente.

Daniel se ajeitou na cadeira.

— Costumava ser assim mesmo, mas fiz algumas melhorias.

— Não, Daniel. *Eu* fiz algumas melhorias. — Ali arrastou sua cadeira para ficar ao lado dele e mostrou no que estava trabalhando. — Primeiro listei as peças por volume de vendas. Como em todo negócio, vinte por cento do seu estoque é responsável por oitenta por cento da receita. Você precisa mantê-las na frente, onde possam ser facilmente encontradas e enviadas para distribuição.

Eles analisaram o restante das anotações. Ali falou sobre estabelecer algumas verificações periódicas, além de exigir assinatura para a retirada das peças.

— E alguns itens precisam ficar trancados.

— Confio no meu pessoal — disse ele.

Ali encarou os olhos escuros de Daniel.

— Sim, mas não é só seu pessoal que fica lá atrás. O cliente pode entrar e sair quando bem entender. Tenho certeza de que você está perdendo dinheiro com furtos. Você precisa descobrir quanto.

Daniel lhe entregou um sanduíche.

— Bonita e inteligente. Sou um cara de sorte. O que mais você mudaria por aqui?

Ali se permitiu alguns instantes para curtir o elogio. Daniel era sempre generoso naquele sentido, e ela estava realmente começando a acreditar que ele achava aquilo dela de verdade.

— Os quiosques precisam de uma reforma. Estão velhos e gastos. Talvez uma boa pintura já ajude, assim como novas placas. Nada muito rebuscado. Além disso, tem muito espaço lá fora, e nem tudo está sendo ocupado pelas pistas.

— Tomado?

— Você entendeu. Tem toda essa natureza ali fora e estamos em Los Angeles, adoramos estar na natureza.

— Você não adora.

Ali sorriu.

— Eu tolero. A questão é que você não está ganhando dinheiro com todo esse terreno desocupado.

— E o que você sugere?

— Invista uns dois mil dólares para isolar uma área, instale uma cercas simples e a alugue.

Daniel franziu o cenho, confuso.

— Para quê?

— Casamentos, festas, retiros corporativos. — Ali arregalou os olhos. — Puxa. Você pode oferecer aquelas dinâmicas corporativas. Seria uma ótima maneira de fazer o negócio crescer. As grandes empresas estão sempre organizando esse tipo de coisa para suas equipes de executivos. É muito mais divertido pilotar uma moto do que ficar fazendo aqueles exercícios batidos. E você já tem salas de aula e banheiros decentes. Eles poderiam alugar por um dia inteiro.

Daniel a encarava.

— Você pensou mesmo nisso tudo.

— Na verdade, não, foi só um *brainstorming* rápido. A questão é que seu controle de estoque não está nada bom e lhe custando muito dinheiro. Conserte isso. Depois podemos conversar sobre ampliar os negócios. Acho que você podia ter até cerimônias de casamento aqui.

— As motos são barulhentas.

— Elas param de circular às seis, então os casamentos teriam que começar a partir das sete. Não é grande coisa.

— Ali, você teve um monte de ideias em dez minutos. É boa nisso.

— Obrigada. — Ali balançou o sanduíche. — E que tal uma minialdeia de Natal? Sabe, com as lojinhas e as renas e um Papai Noel?

— Nada de aldeia de Natal.

Ela se sentou no colo de Daniel e passou o braço por seu pescoço.

— Diz isso agora, mas aposto que consigo convencê-lo.

— Provavelmente consegue mesmo. — Daniel a beijou. — Só para você saber, essa confiança toda é bem sexy.

Confiança? Ela? Ali quase riu alto, mas percebeu que estava mesmo se sentindo meio confiante. Estoques eram sua praia, então essa parte não era uma baita surpresa, mas o resto das ideias tinha simplesmente surgido de repente.

— Você é boa para mim — continuou ele, beijando-a na boca em seguida.

Enquanto o beijava de volta, Ali percebeu como Daniel também era bom para ela.

Finola prometeu a si mesma que não desmaiaria. Ela tomara um shake proteico havia algumas horas e à noite poderia ingerir comida de verdade. Só que ela teria que tomar cuidado, pois a última coisa que queria era vomitar depois de cinco dias sem comer nada sólido. Aquilo não faria nada bem à imagem que estava apresentando ao mundo.

Ela estava sarada, bronzeada com a ajuda de um spray e tinha passado por uma limpeza de pele dolorosa que deixara seu rosto radiante. Só faltava terminar de se maquiar e vestir.

Sua mãe parou na porta do quarto.

— Eu já tinha me esquecido de como é se arrumar toda — comentou Mary Jo, suspirando. — Dá trabalho, mas vale a pena. — Ela foi até o espelho e se olhou. — Não que eu consiga ficar parecida com como eu era.

Finola pôs as mãos nos ombros da mãe e beijou seu rosto.

— Você está linda. — Ela fez uma pausa. — Mãe, você está namorando?

Mary Jo a olhou pelo espelho.

— Ah, céus, não. Namorando! Na minha idade.

— Você ainda tem cinquenta e poucos anos. Pode viver até a casa dos noventa. Tem certeza de que quer passar esse tempo todo sozinha?

— Não estou sozinha. Tenho minhas meninas e meus amigos. — Mary Jo suspirou. — Além disso, amor é complicado demais.

Finola sorriu.

— É sim, mas sexo pode ser fácil.

— Finola Louise!

— Ah, fala sério. Vai me dizer que não sente falta? Encontre um homem bom e leve-o para um *test drive*. Afinal, você não vai querer enferrujar.

Elas ainda estavam rindo daquilo quando Zennie chegou. Finola notou que sua irmã tinha passado rímel e usado alguma coisa no cabelo para deixá-lo mais espetado. Seu vestido estava numa capa de plástico.

Zennie e Mary Jo se entreolharam por alguns instantes e Finola sentiu a tensão crescendo no quarto.

— Mãe.

Finola queria que sua mãe deixasse aquilo para lá.

— Como está se sentindo? — perguntou Mary Jo. — Não tive enjoos matinais na gravidez, mas, emocionalmente, fiquei um caco. Era só ver um gatinho que passava horas chorando.

Zennie riu.

— É com esse tipo de coisa que estou lidando. Tudo é um grande drama e não consigo me conter.

— Espere só até seus seios começarem a doer. Passa depois de algumas semanas, mas, até lá, é como ser esfaqueada.

— Obrigada pelo aviso.

Zennie e Mary Jo sorriram uma para a outra, e Finola relaxou. Enquanto as duas conversavam, ela vestiu sua lingerie modeladora e por cima o vestido Rachel Gilbert de paetês preto e prata. O figurino pesava alguns quilos, mas tudo bem. Era deslumbrante e caía bem nela. Finola queria fazer uma entrada triunfal e sair bem nas fotos — o resto não tinha importância.

— Você está linda — disse Zennie, tirando as roupas e pondo o vestido de madrinha que teria usado no casamento de Ali.

É claro que o vestido simples e barato ficava espetacular em Zennie. *Quem me dera ser tão alta, tão em forma e geneticamente abençoada*, pensou Finola com uma pontinha de rancor.

Enquanto Mary Jo fechava o zíper do vestido, Finola entregou à irmã uma clutch azul-marinho. A campainha tocou assim que as duas calçaram os sapatos.

Mary Jo foi receber o motorista e Finola verificou se estava com tudo antes de embarcar com a irmã na limusine.

— Obrigada por ir comigo — disse, assim que o carro começou a andar. — A emissora é uma das maiores patrocinadoras desse evento, então eu não tinha como não ir, mas não queria passar por isso sozinha.

— Fico feliz em ajudar — respondeu Zennie. — Não é muito minha ideia de diversão, mas, ultimamente, tenho me sentido inquieta e meio fora de mim, então será uma boa distração.

Finola a observou.

— Sem arrependimentos?

— Uma surpresa ou outra aqui e ali, mas sem arrependimentos.

Finola instintivamente apertou a mão da irmã.

— Que bom.

Elas logo chegaram ao Beverly Hills Hotel e esperaram na fila de limusines até chegarem ao tapete vermelho. Zennie olhou a multidão de fotógrafos.

— Eu não estava esperando isso. O que devo fazer?

— Sorrir e entrar. Estarei ao seu lado.

— E se eu tropeçar?

— Vai sair na imprensa.

Zennie sorriu.

— Bom saber.

Elas entraram sem nenhum incidente, e Finola foi na frente até o credenciamento, onde informou sobre sua chegada. A noite naquele evento razoavelmente tradicional incluiria coquetéis e um leilão fechado seguido por um jantar e um leilão ao vivo. Ela estaria numa das três mesas da emissora, cercada de pessoas que conhecia e em quem confiava. Zennie estaria sentada ao seu lado e Finola se certificara de que Rochelle estaria do outro. Mas, antes, era preciso passar pelo coquetel.

Finola enganchou o braço no da irmã.

— Pronta?

— Não sei bem para o quê, mas tudo bem. Vamos nessa.

As duas entraram no enorme salão de baile. As paredes estavam repletas de retratos de crianças. A foto da esquerda mostrava uma criança doente e triste, e a da direita era da mesma criança, dessa vez com uma aparência saudável e feliz. Havia banners por toda parte dizendo VOCÊ PODE FAZER MILAGRES.

No caminho até o bar, elas passaram por muitos conhecidos de Finola. Algumas mulheres a paravam com uma expressão de preocupação.

— Como você está? — perguntou uma ruiva alta. — De verdade, Finola. Você está bem?

Finola sorriu.

— Ótima, Maddie. E você?

— Eu me sinto *péssima*. Foi tudo tão *público*. Você realmente *não fazia nem ideia*?

Finola deu um passo para trás.

— Estamos morrendo de sede. A gente conversa depois, está bem? Tem um dry martini me chamando.

Maddie assentiu melancolicamente, como se estivesse preocupada.

— Ela parece legal — ofereceu Zennie.

— É uma megera cruel que me detesta.

— Ela disfarça bem.

Quando as duas chegaram ao bar, Zennie pediu uma água com gás e Finola fez o mesmo.

— O que aconteceu com o dry martini? — perguntou Zennie, parecendo confusa.

— Não como há cinco dias, eu passaria mal. Na hora do jantar eu tomo um pouco de vinho.

— Cinco dias? — Sua irmã a encarou. — Só para estar bem hoje?

— Claro. Todos querem saber como estou. Se eu mostrar algum sinal de fraqueza, serei relegada ao ostracismo, e isso na melhor das hipóteses.

Zennie olhou por todas aquelas pessoas bem vestidas no salão.

— Então por que faz isso?

— Porque amo meu trabalho, e vale a pena aguentar isso para que eu possa aparecer no estúdio na segunda-feira e amar meu trabalho de novo.

Elas andaram pelo leilão. Zennie já ia começar a dar seu lance numa aula de artes marciais oferecida por uma celebridade quando se deu conta de que os valores começavam em cinco mil dólares. Ela enfiou a clutch debaixo do braço.

— Melhor só olhar, então — disse Zennie, parecendo chocada.

— Está grávida, mana. Nada de artes marciais para você por um bom tempo.

— Certo. Eu esqueci.

Diversas outras convidadas as abordaram e ofereceram à Finola o mesmo abraço capenga e beijo no ar de solidariedade. O marido de uma conhecida parou ao passar por ela apenas para lhe entregar seu cartão de visita, sem dizer mais nada. Quando ele se afastou, Finola olhou o verso e viu que o homem tinha escrito *Me liga* ao lado de seu telefone.

Zennie espiou por cima do ombro da irmã.

— Estou imaginando coisas ou é um convite para transar?

— Acho que é um convite para transar.

— Eu não fazia ideia de que seu mundo era assim. Sem ofensas, mas não sei muito se gostei.

— Era mais fácil quando eu tinha Nigel.

— Posso arranjar um taco bem grande para você se defender. Talvez ajude.

Finola riu.

— Obrigada por vir comigo.

— De nada. Você sabe o que vão servir? Estou morrendo de vontade de comer alguma coisa que não envolva couve ou iogurte.

— Cansada de comida saudável?

— Você não faz ideia.

Finola apontou para um leilão.

— Aquele é para um ano de entrega de uma caixa de brownies e cookies a cada três meses. Vou comprá-lo para você, custe o que custar.

Em vez de rir, Zennie a encarou com os olhos cheios d'água.

— Isso é tão legal da sua parte. — Ela a abraçou. — Você é a melhor irmã do mundo.

— E você é tão fácil — murmurou Finola. — Vamos lá. Vamos pegar mais uma água com gás para você. Depois pode chutar o balde e tomar um refrigerante de gengibre.

Elas foram até o bar novamente. Enquanto Finola passava pela multidão, percebeu que, apesar de ter falado de Nigel alguns minutos antes, não estava sentindo falta dele, nem como um mero apoio. Pelo visto já estava se acostumando a estar sem o marido, uma coisa que parecera impossível um mês antes. O que Finola não sabia era se superar as coisas emocionalmente era bom, ruim, ou apenas inevitável.

Capítulo Vinte e Quatro

Apesar de ter usado sapatilhas no baile beneficente de Finola, Zennie ainda estava com dor nos pés no domingo de manhã. Por mais que estivesse acostumada a ficar em pé o dia todo, no trabalho ela nunca usava sapatilhas que esmagavam seus dedinhos. Ela tinha certeza de que, se tivesse optado por saltos altos, ficaria incapacitada por dias. Zennie pensou nos saltos de dez centímetros de Finola e se perguntou como sua irmã conseguia.

Mais que apenas os sapatos, ela continuou ponderando sobre aquilo durante sua série de yoga e alongamento matinais. A noite inteira. Todas aquelas pessoas lindas eram tão diferentes do resto do mundo. Alguns dos supostos amigos de Finola tinham demonstrado apoio, mas muitos estavam apenas procurando uma ferida aberta para cutucar. Aquilo definitivamente não era a ideia de diversão de Zennie.

O vídeo tinha acabado de terminar quando seu celular vibrou, e ela ficou surpresa ao ver que era uma mensagem de C.J.

O dia está lindo, vamos fazer alguma coisa.

Zennie pensou no convite. Ela adoraria passar um tempo com C.J. As duas tinham se dado tão bem e, como ela e Gina ainda não estavam se falando, estava se sentindo meio vulnerável no quesito amizades. Mas também não conseguiria lidar com mais uma pessoa a criticando. Por mais que fizesse mais sentido não contar a C.J. sobre sua "condição delicada", Zennie se surpreendeu escrevendo:

Primeiro acho que seria bom você saber que estou grávida.

C.J. não respondeu durante alguns minutos.

Eu só estava pensando em sair de boa, mas, claro, pode estar grávida.

Aquilo fez Zennie rir.

Preciso de um tempinho para tomar um banho e me arrumar. Nos encontramos em uma hora?

Ótimo.

Logo em seguida C.J. mandou o nome de um restaurante que servia brunch.
As duas chegaram lá ao mesmo tempo, se abraçaram e ocuparam uma mesa. C.J. esperou até Zennie terminar de olhar o cardápio e perguntou:
— Grávida? Então o procedimento deu certo? Confesso que estou ao mesmo tempo impressionada e me sentindo meio superficial. Eu jamais faria isso por alguém. Como todo mundo está reagindo?
— Meu chefe ainda não sabe. Minha mãe está irritadíssima, mas amolecendo. Meu pai também ficou chateado, mas eu o repreendi e agora acho que ele voltou a me amar. Também perdi algumas amigas.
Zennie se viu tendo que conter as lágrimas.
— Sinceramente, estar emotiva demais tem sido a pior parte. Não costumo ser assim.
— Apesar das evidências?
— Exatamente.

— Eu tenho uma solução: vamos em alguns apartamentos mobiliados. Tem uns lindos que acabaram de entrar no mercado e, quando vi os anúncios, pensei logo em você.

— Quer dizer apartamentos à venda?

— Sim.

Zennie a encarou por alguns instantes.

— Não estou pronta para comprar um apartamento. Sozinha? Eu não poderia...

Zennie se forçou a parar. É claro que poderia. Na verdade, ela deveria! Ela sorriu e continuou:

— Certo, vou olhar os apartamentos com você, vai ser divertido. Só me prometa que não precisamos conversar mais sobre o bebê.

— A última coisa sobre a qual quero conversar é um bebê. Vamos simplesmente reclamar do trânsito de Los Angeles e criticar carpetes feios, porque sempre tem um carpete feio em pelo menos um desses apartamentos.

Zennie sorriu, mesmo quando a ideia estranha de que Clark gostaria de se juntar a ela e C.J. para visitar apartamentos lhe veio à cabeça. Ela pegou o cardápio de volta para se distrair, afirmando para si mesma que não existia motivo para estar pensando em Clark. Eles não estavam mais juntos. Havia um bom tempo. Claro que ele era legal e interessante, mas não era para ela. Dane-se o Clark.

— O que foi? — perguntou C.J.

— Mal posso esperar para meus hormônios sossegarem. Minha mãe jura que vai acontecer em breve. Acho que vou dar uma festa.

Ali estava disposta a admitir: estava se sentindo bem. Melhor que bem. Tinha tirado a semana de sua suposta lua de mel de folga e, em vez de ficar se sentindo deprimida e burra, passara aquele tempo na companhia de Daniel, pensando nos próximos passos de sua carreira. Rira com ele, conversara com ele, fizera amor com ele e dormira aninhada nos braços dele. E ainda havia o fato de que estar ocupada daquele jeito também a fazia comer menos. Ao longo das últimas duas semanas, suas roupas tinham ficado um pouco mais folgadas. Ela ficara em choque ao subir na balança e constatar que perdera quase cinco quilos.

No primeiro dia de volta ao trabalho, Ali usou uma calça jeans escura que não lhe servia havia talvez oito meses e um suéter de tricô pesado de trama aberta que ela quase tinha esquecido no fundo do armário. Uma das partes boas da mudança — além do colega de apartamento gostoso — era rever todas as suas roupas e se lembrar do que ela tinha. Algo que se deveria fazer com mais frequência, pensou Ali no caminho do armazém.

Emagrecer um pouco a inspirara até a acordar mais cedo e passar meia hora subindo e descendo as colinas do bairro de Daniel e a levar marmita para o trabalho em vez de optar pelo *food truck* mexicano. Não que ela nunca mais fosse comer tacos, mas um pouco de proteína e salada por alguns dias não seria um grande esforço, e ainda poderia ajudá-la a continuar no bom caminho.

— Estou bem — sussurrou ela ao estacionar, determinada a fazer aquela sensação durar.

A reunião com seu chefe seria às nove e meia e, na sequência, Ali se concentraria em seu trabalho e em suas responsabilidades.

Ali se sentou à mesa alguns minutos adiantada e verificou sua caixa de e-mails. Depois de imprimir o relatório de vendas da semana, ela abriu o programa de controle de inventário e foi buscar as impressões antes de ir falar com Paul.

Ali abriu a porta dele exatamente às nove e meia. Paul a olhou de sobrancelhas erguidas.

— As férias fizeram bem a você — comentou o chefe, indicando para que ela entrasse e se sentasse.

Ali fechou a porta antes de se sentar e colocar uma pasta sobre a mesa.

— Pois é, aproveitei. Achei que ficaria triste por causa do Glen, mas mal pensei nele.

— Que bom. Ele nunca foi bom o bastante para você. Então, em que posso ajudá-la?

Ali sentiu uma pontinha de insegurança, mas se forçou a ignorá-la. Ela estava preparada, munida de todas as informações e argumentos. Se Paul não achava que ela estava pronta para assumir o cargo dele, era bom saber. Ela adaptaria seus planos e, de uma maneira ou de outra, apresentaria sua defesa.

— Soube que você vai se aposentar — começou ela. — Parabéns.

— Obrigado. Estou planejando há bastante tempo, mas estou pronto. A patroa e eu vamos comprar uma casa no Arizona para fugir dos nossos filhos.

Ali sorriu.

— Sei muito bem o quanto você adora seus filhos, e seus netos mais ainda, então também sei que não é bem assim. — Ela pigarreou. — Você tem demorado para encontrar um substituto, o que me faz pensar se esse cargo será mais difícil de preencher do que as pessoas tinham pensado. E pode haver um motivo para isso. Fiquei decepcionada por não ter sido chamada para uma entrevista. Tenho as habilidades, conheço o funcionamento do armazém, sou boa com as pessoas e, quando você tira férias, sou eu quem administra as coisas.

Paul parecia surpreso.

— Nunca achei que você teria interesse, Ali. Você nunca fala em dar um próximo passo e, nos últimos seis meses, esteve mergulhada só no casamento. Achei que poderia ver a promoção como trabalho demais.

As palavras de Paul foram como um tapa na cara. Enxergar a si mesmo do ponto de vista de outra pessoa era revelador, mas doloroso.

Ali queria responder que não era verdade, que não estivera mergulhada só no casamento, mas talvez Paul tivesse razão. Depois que Glen fizera o pedido, ela meio que apenas foi levando a vida, passando as horas planejando, sonhando e escrevendo seu novo sobrenome em pedaços de papel.

— Não quero administrar um inventário pelo resto da vida — explicou ela, mantendo o tom de voz firme. — E gostaria de ser considerada para a vaga. Reuni algumas informações sobre o que já fiz para reduzir furtos e custos de envio, junto com uma série de procedimentos que adotei no inventário.

Ali deslizou a pasta sobre a mesa na direção de Paul.

— Ali, eu sei o que você já fez pela empresa.

— Provavelmente não de tudo — explicou ela, mantendo o tom de voz leve.

— Tem razão. Obrigado. — A expressão no rosto de Paul era de gentileza. — Eu realmente não sabia que você poderia se interessar. Agora que sei, entrarei em contato para marcar uma entrevista com você, eu e o dono. Preferimos promover alguém de dentro, e acho que você seria uma excelente candidata.

— Obrigada.

Ali respondeu aquilo calmamente, mas por dentro estava comemorando. Eles conversaram por mais alguns minutos e ela voltou para sua mesa, onde fez de tudo para agir normalmente. Seria difícil explicar se começasse a dançar em pleno trabalho.

Na hora do almoço, foi até a caixa postal que alugara antes de desocupar o antigo apartamento, pegou alguns folhetos e a conta do cartão de crédito, e só a abriu quando estava dentro do carro. Ali encarou a fatura de cinco dígitos e ficou gelada. Como era possível o total ter *subido* desde a última vez?

Ela verificou as transações, suas mãos trêmulas. Só havia duas, e uma delas astronômica. O bolo, pensou amargamente. Aquele tinha sido um golpe duro, e ainda havia os juros por não ter pagado muito mais que o mínimo da última fatura. Mesmo podendo usar o que estaria gastando com aluguel para cobrir os gastos, Ali levaria um ano para terminar de quitar a dívida. Mas que droga, o cancelamento do casamento não fora sua culpa e ela não devia ter que pagar.

Sem parar para pensar no que aconteceria ao chegar lá, Ali dirigiu até o escritório de Glen. Ela não fazia ideia se ele estava na cidade, mas estava disposta a correr o risco. Presumindo que o encontraria sentado atrás daquela mesa idiota dele, sendo o idiota que ele era, Ali o confrontaria de uma vez por todas.

Ela entrou furiosa no prédio e foi direto até o terceiro andar. A assistente de Glen, uma mulher sem graça na casa dos 50 anos, arregalou os olhos enquanto Ali se aproximava.

Ali apontou para a porta entreaberta.

— Ele está?

A assistente afirmou com a cabeça sem tentar impedi-la de entrar.

— Ótimo. Vai ser rápido.

Ali empurrou a porta.

Assim que ficou cara a cara com seu ex-noivo, Ali se deu conta de que não via Glen desde antes de ele abandoná-la. Todas as interações dos dois tinham sido por meio de mensagem ou telefone. Por um instante ela ficou com receio de sentir alguma dor por estar perto dele depois de todo aquele tempo, de perceber que sentia falta do ex e que ainda estava arrasada com a perda. Só que não foi o caso.

Ao olhar nos olhos castanho-claros dele, Ali reparou em como Glen era uma versão menor do irmão, e não apenas fisicamente. Por mais que antes não ligasse para o fato de ele ser mais baixo, menor e mais pálido, naquele momento Ali se sentia meio convencida por estar dormindo com o irmão maior e melhor. Porém, ainda mais importante que a aparência eram o temperamento e o caráter. Enquanto Glen era exigente, Daniel era descontraído. Glen tinha pavio curto e Daniel era paciente. Glen era crítico e seu irmão era um homem doce, engraçado e gentil, que fazia com que Ali se sentisse uma princesa.

— Ali! — Glen arregalou os olhos de susto e subiu os óculos pelo nariz. — O que está fazendo aqui?

— Confrontando você.

Glen pôs uma das mãos sobre o telefone em cima da mesa.

— Se começar a ser violenta, terei que acionar a segurança.

Ali revirou os olhos.

— Sério? Violenta? E quando foi que isso aconteceu?

— Você provavelmente veio aqui para se vingar.

Aquilo quase a fez gargalhar, mas então ela se lembrou da fatura do cartão de crédito. Ali se aproximou mais da mesa e balançou o envelope.

— Eu vim por causa de uma dívida monstruosa por causa da cerimônia. Você me pediu em casamento, Glen. Ajudou a planejar tudo e depois foi embora e ignorou suas responsabilidades. Estou disposta a pagar metade, mas só. Vou ficar aqui até você me entregar um cheque de doze mil dólares.

Glen empalideceu.

— Não vou fazer isso, e você não pode me obrigar.

O tom de voz dele era de petulância. Ao observá-lo, Ali tentou entender o que vira nele. Será que estava tão solitária e desesperada na época que se dispôs a passar o resto da vida com aquele cara? A resposta era óbvia e embaraçosa. Graças a Deus Glen havia terminado tudo, mas e se não tivesse? Eles poderiam estar casados agora.

— Glen, apenas seja um ser humano e me dê o dinheiro. Você sabe que é a coisa certa a fazer.

Ali ficou esperando e, após alguns segundos, ele murmurou:

— Eu, hm, não estou com meu talão de cheques.

Ali suspirou.

— Você está sempre com ele na maleta, Glen. Anda logo. Pare de sacanagem comigo.

Glen fez uma careta e pegou a maleta de debaixo da mesa. Ele levou um segundo para preencher o cheque e o entregar a Ali.

— E a aliança? — perguntou ele assim que Ali guardou o cheque no bolso de trás da calça. — Quero ela de volta.

Ali sorriu.

— Engraçado você dizer isso. Sabe o que eu descobri? Segundo a lei da Califórnia, se eu tivesse terminado o noivado, seria seu direito ter a aliança de volta, mas, como foi *você* quem terminou, ela é minha. — Ali sorriu antes de continuar. — E, caso tente fingir que não foi assim que as coisas aconteceram, não vamos esquecer que você nem sequer teve coragem de terminar comigo pessoalmente. Mandou seu irmão no seu lugar, o que significa que tenho uma testemunha.

Glen se levantou e a fuzilou com os olhos.

— Você mudou, e não sei se gostei.

— Glen, o que você gosta ou não gosta a meu respeito não é mais problema meu. — Ali deu um sorriso falso. — Obrigada pelo cheque, e tenha um bom dia.

Ela saiu sem dizer mais uma palavra e, quando entrou no carro, estava se sentindo ao mesmo tempo exultante e trêmula. Aquela combinação era inquietante, mas Ali a aceitou.

Ela abriu o aplicativo do banco e depositou o cheque. Assim que a transação fosse aprovada, daria para pagar uma grande parcela do cartão de crédito e seguir em frente com sua vida. Melhor ainda, em menos de cinco horas seu dia de trabalho chegaria ao fim e ela iria para casa, veria Daniel e teria uma noite de sexo maravilhosa para celebrar a ousadia que havia descoberto em si.

Quando Mary Jo disse que os seios de Zennie iriam doer na gravidez, a filha não entendeu a seriedade por trás do aviso. Eles não simplesmente doíam, mas queimavam e a deixavam tão desconfortável que ela tinha vontade de chorar.

— Achei que tivéssemos um combinado — disse Zennie para si mesma ao tirar seus pertences do armário e ir para o carro. — Sempre cuidei de você, faço exercícios, minha alimentação é saudável. Só estou grávida, não dá para você cooperar um pouquinho?

Antes que seu corpo pudesse responder — ou não —, Zennie já tinha se aproximado o bastante do carro para notar alguma coisa presa no para-brisa. Mesmo rezando para ser apenas um panfleto de um novo lava-rápido ou um bilhete de alguém que arranhara seu carro por acidente, ela sabia que não tinha tanta sorte. Pelo menos não mais.

Ela desdobrou o bilhete e gemeu ao reconhecer a letra de Bernie.

Apenas um pequeno lembrete para não se esquecer de tomar seu cálcio todos os dias. Ah, e estou com um cupom para uma massagem de casal. Pensei em marcarmos um horário para nós duas. A sua pode ser pré-natal. Seria bacana, não? Te amo.

Zennie entrou no carro, largou a mochila no banco do passageiro e apoiou a cabeça no volante.

— Não consigo fazer isso — disse ela em voz alta, não dando a mínima por estar falando sozinha com cada vez mais frequência. — Simplesmente não dá.

As mudanças em seu corpo já estavam sendo difíceis, mas Bernie estava lhe dando nos nervos.

Não era só o serviço de entrega de refeições ou as meias de compressão apertadíssimas e horrorosas que Bernie deixara para ela. Eram os lembretes por e-mail de sua próxima consulta com a médica, os bilhetinhos como o que Zennie acabara de encontrar e as mensagens sobre fosse o que fosse que a amiga tinha lido nos livros sobre gravidez; era compreensível o interesse de Bernie, e uma pessoa mais bondosa gostaria daquilo tudo, mas para Zennie estava sendo sufocante e invasivo.

Ela se lembrou de que Bernie era sua melhor amiga e que é claro que estava preocupada com o bebê, mas Zennie também estava precisando muito de um tempo. E de um abraço. E de alguém para ouvi-la se lamentar. E de vinho.

Zennie ignorou as lágrimas inevitáveis que já eram rotina em sua vida e ligou o carro. Tudo que precisava fazer era ir para casa, e depois ficaria tudo bem. Ela sempre ficava feliz em ficar no seu cantinho e poder relaxar depois de um longo dia de cirurgias, mas de repente sentia-se menos animada em relação a, bom, tudo.

Era só aquele bilhete, convenceu-se Zennie. E a comida idiota que a esperava em casa, pensou com um suspiro. Todo jantar vinha com uma salada balanceada de folhas escuras, cheia de coisas cruas e crocantes, além de feijão e um molho que tinha gosto de piche. Ela não aguentava mais peixe branco sem graça e peitos de frango sem graça e duas porções de verduras e iogurte sem açúcar porque ela precisava de laticínios, ao mesmo tempo em que uma fatia de brie e um sundae com calda quente seriam o fim do mundo.

— Que saco — admitiu.

Estava grávida de apenas dois meses e ainda faltavam sete. Ela não aguentaria. Zennie ia surtar bem no meio de um supermercado, correndo pelos corredores de salgadinhos, abrindo sacos de cookies e comendo chantilly direto da lata enquanto implorava para alguém lhe dar um café com uma dose de vodca dentro.

A verdade era que — e Zennie odiava admitir aquilo — fora impulsiva em sua decisão sobre a gravidez e, por mais que não estivesse arrependida, definitivamente não estava feliz.

Seu celular tocou e ela atendeu sem olhar para a tela, estremecendo ao imaginar que provavelmente era Bernie.

— Alô?

— Oi, Zennie, é o Clark.

Zennie piscou algumas vezes até absorver.

— Clark, nossa, que estranho. Eu estava pensando em você outro dia mesmo. Tudo bem? Como estão as coisas?

Ela notou o entusiasmo no próprio tom de voz e ficou surpresa ao se dar conta de que *estava* feliz em falar com ele. Clark era um cara legal e Zennie estava com a sensação de que o havia julgado demais quando os dois estavam saindo.

— Tudo bem. Eu, hm... estou ligando porque ainda sinto sua falta. Sei que acabou, você foi bem clara quanto a isso, mas não consigo te esquecer e queria que soubesse.

Zennie ficou olhando pela janela tentando processar o que acabara de ouvir. Clark sentia falta dela? A informação não a deixava irritada; pelo contrário, era meio que bom ouvir aquilo. Na verdade, se ela pensasse mais a fundo, provavelmente cairia no choro pela terceira vez naquele dia.

— Sei que você foi bem clara — continuou ele —, mas fiquei pensando se toparia continuarmos amigos.

Amigos? Como assim? Zennie nunca tivera muitos amigos homens, pelo menos não depois de adulta. Ela não sabia bem quais eram as regras, mas logo se viu pensando que também não importava. Zennie queria vê-lo.

— Imagino que a resposta seja não — disse Clark, com a voz gentil.

— A resposta não é não. Desculpe, você só me pegou de surpresa. Achei a proposta interessante, é só que tem uma coisa que você precisa saber antes.

— Você está saindo com alguém.

— O quê? Não. Meu Deus, não. Estou grávida.

Ela não queria mandar aquela novidade assim do nada, mas aconteceu. Zennie ouviu-o arfando alto e um tom de voz magoado na resposta dele:

— Essa foi rápida. Olha, não vou mais tomar seu...

— Espera, não. Não é o que você está pensando. Não tem nada a ver com o que está pensando.

— Porque você não saiu com ninguém?

— Porque eu não saí com ninguém.

Zennie explicou rapidamente a história de Bernie, Hayes e a seringa de temperar peru de Natal.

— Vai ter um bebê para a sua amiga? Vai ficar nove meses grávida e depois dar o bebê?

— Sim, é o plano.

Zennie fechou os olhos, esperando que pelo menos Clark entendesse, porque, de verdade, não conseguiria lidar com mais uma pessoa sendo cruel em sua vida.

— Isso é maravilhoso, Zennie. Não sei nem o que dizer. Você é incrível.

Os olhos dela logo se encheram de lágrimas.

— Não sou, não. Estou um caco. Meus hormônios me fazem chorar de quinze em quinze segundos, meus peitos doem, e se eu tiver que comer mais uma salada vou dar um escândalo. Estar grávida é um saco.

— Parece ser mesmo. Olha, que tal eu levar uma comida chinesa para a gente conversar? Pode ser?

Zennie pensou no jantar congelado à sua espera. Ela o comeria no almoço de amanhã, prometeu a si mesma. Por mais que Bernie tivesse insistido em assinar o pacote com três refeições diárias, Zennie a convencera a optar pelo que incluíra apenas café da manhã e jantar.

— Seria ótimo. Você se lembra do meu endereço?

— Sim. Tem alguma coisa que você não possa comer?

Zennie deu uma lista rápida e concordou em encontrá-lo na casa dela em cerca de quarenta minutos. Ao encerrar a ligação, estava sorrindo.

Trinta e cinco minutos mais tarde, Zennie estava de banho tomado, pondo a mesa e colocando música. O frio que sentia no estômago era inesperado, assim como a ansiedade. Ela supôs que, por mais que não tivesse nenhum interesse romântico por Clark, estava feliz em ver alguém que não ia lhe dizer o que fazer ou ficar decepcionado com ela. Além disso, o cara estava trazendo comida chinesa. Como não ansiar por aquilo?

Quando ouviu a batida na porta, Zennie correu para atender e ficou ali olhando para Clark. Ele parecia um pouco mais alto do que ela se lembrava e ligeiramente mais bonito. Zennie sorriu.

— Oi — cumprimentou, dando um passo para trás para deixá-lo entrar. — Bom te ver.

— É bom ser visto.

Eles riram, e ela o levou até a cozinha.

Depois de alguns minutos desembalando a comida, Zennie ofereceu uma cerveja a Clark, que recusou.

— Só porque não posso beber não significa que você também precisa sofrer.

Clark ergueu seu copo d'água.

— Em solidariedade.

Eles se sentaram à mesa, um de frente para o outro. Zennie inspirou profundamente os aromas e tentou não gemer.

— Isso faz tão mal — murmurou ela. — Todo esse sódio e esses temperos, mas não me importo. É só uma noite. Amanhã de manhã volto para minha alimentação regrada.

Clark passou uma colher para ela.

— Pode atacar.

Zennie encheu o prato e deu uma mordida no kung pao. Os sabores pareciam explodir por toda sua boca.

— Não sei nem como agradecer — confessou ela depois de engolir. — Você me salvou. Quando ligou, eu estava tendo um verdadeiro colapso no carro. Achei que não ia mais conseguir.

— Conseguir comer suas refeições saudáveis?

— Ter o bebê. Desculpe, não quis dizer isso. Tenho certeza de que vai ficar tudo bem, mas é que este momento está sendo difícil. Ainda estou me acostumando e, para completar, agora estou sempre muito emotiva. Bernie é superatenciosa e sei que só quer o meu bem, mas ela está me enlouquecendo e não é como se eu pudesse dizer isso para ela. E ainda tem a lista do que posso e não posso fazer. Eu nunca fui de vinho e nem gosto tanto assim de queijo brie, mas agora seria capaz de cometer um crime por eles. Ou por café. Ou sushi. Não me lembro da última vez em que estive numa jacuzzi, mas, agora que está na lista de restrições, sonho acordada com isso. É ridículo. Não posso surfar, não posso fazer hot yoga. Sou uma pessoa forte, motivada, quero fazer isso pela minha amiga, então qual é o meu problema?

Clark pegou um rolinho-primavera.

— Aconteceu meio rápido, Zennie. Não você dizer sim, eu já esperaria isso de você, mas engravidar. A maioria das pessoas teria mais tempo para se acostumar à ideia, mas você engravidou logo na primeira tentativa.

— Como você sabe?

Ele sorriu.

— Sei há quanto tempo nos vimos pela última vez e sei fazer contas.

— Ah, é. Sim, foi bem rápido. — Zennie contou sobre a consulta e sobre estar ovulando exatamente naquele dia. — Hayes foi até lá, fez o que tinha que fazer e aqui estamos.

Clark pareceu desconfortável.

— Não sei se eu teria conseguido lidar com a pressão de pessoas do lado de fora esperando pela, hm, amostra.

Zennie deu uma risadinha.

— Foi o que pensei também, mas acho que ele estava motivado.

Os dois conversaram sobre o trabalho de Clark e as melhorias que ele estava planejando para a área dos orangotangos e o fundo que o departamento dele recebera. Zennie falou sobre sua família e o atualizou a respeito de Finola e Ali.

— Nós todas levamos um pé na bunda no mesmo final de semana — declarou Zennie, servindo-se de mais arroz. Assim que terminou de dizer aquilo, ela gemeu. — Desculpe, não quis que soasse assim.

— Se você não está chateada, eu também não estou.

Zennie olhou para Clark, mas não conseguiu decifrar o que ele estava pensando.

— Não teve mais ninguém — garantiu ela.

— Eu sei. E você jurou que não era lésbica.

— E não sou. Na verdade, minha mãe marcou um encontro às cegas com uma mulher para mim. C.J. Ela é ótima. Se era para eu sentir faíscas por alguém do mesmo sexo um dia, teria sido por ela, mas não foi o caso. Talvez eu simplesmente tenha sido feita para ficar sozinha.

Zennie já havia pensado naquilo, mas dizê-lo em voz alta a deixou triste. Realmente queria ficar sozinha pelo resto da vida, sem ninguém com quem contar? Talvez a gravidez a estivesse deixando mais vulnerável do que o costume, mas, pela primeira vez, não queria que seu futuro parecesse tão vazio.

— Você não foi feita para ficar sozinha — discordou Clark. — Você simplesmente tem um ritmo diferente do das outras pessoas. Não há nada de errado nisso. — Ele hesitou antes de continuar: — E eu estava falando sério antes. Eu gostaria de ser seu amigo, se tiver interesse.

Zennie sorriu timidamente.

— Eu também gostaria, mas precisa estar de boa com essa história da gravidez. Às vezes as coisas saem do controle.

— Acho que consigo dar conta — concordou ele, sorrindo.

— Mesmo quando eu estiver de mau humor?

— Especialmente quando você estiver de mau humor.

— Então estou dentro. Quer ficar depois do jantar e ver um filme?

— Não poderia pensar em nada melhor.

Palavras simples, pensou Zennie, mas exatamente as que ela queria ouvir.

Capítulo Vinte e Cinco

— Tem certeza? — perguntou Daniel.

— Tenho. — Ali torceu para que seu tom de voz passasse mais confiança do que ela estava sentindo. — É a coisa certa a se fazer. Ok, não a coisa *certa*, mas a coisa correta. — Ela parou, sem saber se havia muita diferença. — Você entendeu o que eu quis dizer.

— Entendi. Eu só quis confirmar se você estava mesmo disposta. — Daniel deu ré na entrada da casa da mãe de Ali e desligou o carro. — Ainda dá tempo de pedir de novo para ela.

Ali sacudiu a cabeça.

— Eu já pedi cinco vezes e ela disse não em todas. Aparentemente, não sou madura o suficiente ou sei lá o quê. Ela prefere doar o relógio para a caridade a me deixar ficar com ele. Não importa. Sou a única que o quer e nós vamos pegá-lo.

Roubá-lo, na verdade. Daniel e ela foram à casa de Mary Jo num sábado em que Ali sabia que a mãe estaria na loja, com claras intenções de roubar o relógio. Ali mandara uma mensagem para Finola contando o que queria fazer, de modo que a irmã pudesse sair de casa na hora e assim evitar se envolver com o problema. Finola também deixara a porta da frente destrancada.

Armados de ferramentas e instruções para a desmontagem baixadas na internet, os dois entraram na casa. Daniel parou na sala de estar e olhou ao redor. Ali o encarou.

— Você está dando para trás? — perguntou.

— Não, só queria ter uma ideia de como era quando você era pequena. Você cresceu aqui.

Ela tentou ver a sala de estar pelos olhos de Daniel, os móveis gastos e o excesso de mesinhas e luminárias. Era uma casa confortável num bairro agradável, mas Ali nunca tivera a sensação de pertencimento. A desvantagem de ser a terceira filha de pais que só podiam ter uma preferida cada.

Não era uma ideia nova para Ali, mas, pela primeira vez, pelo menos desde que se lembrava, ela compreendia mais do que se ressentia. Ali não tivera mais notícias de seu pai desde aquela mensagem de texto patética e também sabia que não teria — não se não tomasse a iniciativa. Sua mãe estava sendo gentil o suficiente, mas Mary Jo nunca se envolvera de verdade na vida da filha. Ali tinha suas irmãs e alguns amigos, mas nunca sentira uma conexão real com ninguém. Não como as outras pessoas sentiam.

Foi por *isso* que aceitara se casar com Glen, pensou Ali subitamente. Porque com Glen ela seria a mais importante, a primeira, quem ele mais amava. Ela se afeiçoara tanto à ideia de finalmente poder ser como as outras pessoas que ignorara sinais de alerta gigantescos, incluindo o fato de que nunca o amara de verdade. Estivera desesperada e pagara o preço por isso.

Daniel se aproximou e pôs uma das mãos no rosto de Ali.

— O que foi?

— Só estou tendo algumas revelações emocionais. Entendi por que fiquei noiva do Glen mesmo sem estar apaixonada por ele. Eu queria ser especial para alguém.

Daniel a beijou e disse:

— Você é especial.

Para você, pensou Ali, deixando o amor dele tomar conta de si.

— Agora — disse ela, com uma voz provocadora. — Antes não tanto.

— Você sempre foi especial. Vamos lá. Hora de cometer um crime.

Ali deu um risadinha e o seguiu até o relógio. Era enorme, antiquado, cheio de ornamentos e inutilizado havia tempos. O acabamento estava fosco de tantos anos de negligência, e Ali tinha certeza de que precisaria de uma boa afinada ou seja lá o que relógios precisavam para voltarem a funcionar.

— Já sei o que você está pensando — começou ela.

— Duvido.

— É feio e não é o objeto de decoração que a maioria das pessoas gostaria de ter em casa, é só que eu amo este relógio.

Daniel franziu o cenho.

— Ali, você não entende mesmo, né? Se você ama o relógio, então quero que fique com ele. Minha casa é enorme, tem espaço de sobra. Eu estava pensando em colocarmos na sala de jantar.

Ali havia tido a mesma ideia.

— Na parede menor ao lado da entrada da cozinha?

— Exatamente.

— Perfeito. Precisa ser uma parede interna para não haver mudanças bruscas de temperatura e também não pode estar perto de saídas de ar e... — Ali apertou os lábios. — Desculpa, me empolguei um pouco.

— Estou vendo, mas agora vamos nessa.

Eles puseram as instruções sobre a mesinha de centro e Daniel pôs mãos à obra, desmontando as partes do relógio enquanto Ali desaparafusava as dobradiças da portinha de vidro.

Ao longo do processo, Daniel ia tirando fotos para ajudá-lo na hora de remontar tudo mais tarde e guardava as pecinhas em sacos transparentes. Ali pegou o carrinho de mão. Juntos, os dois levaram as peças para fora, acomodando-as sobre o banco de trás da caminhonete, voltando em seguida para dentro. A estrutura de madeira era pesada, mas eles conseguiram tirá-la e erguê-la até a traseira da caminhonete, onde Daniel a amarrou com cuidado.

Daniel dirigiu sem pressa de volta para casa e os dois fizeram todo o processo ao contrário assim que levaram as coisas para dentro. Remontar o relógio na sala de jantar levou cerca de duas horas e, quando terminaram, Ali deu corda com cuidado e acertou o horário. Ela aguardou ansiosamente para ver se o pêndulo se manteria em movimento. Os dois ficaram em um silêncio apreensivo até a familiar badalada sinalizar quinze minutos.

— Perfeito! — exclamou Ali, batendo palmas e atirando-se em cima de Daniel. — Vou encontrar alguém para dar um belo trato nesse relógio para que ele continue em forma. Obrigada pela ajuda.

— De nada. Essa coisa de cometer crimes até que é divertida.

Ela riu.

— Talvez possamos cometer mais algum.

Daniel a olhou com segundas intenções.

— Estou dentro.

O celular dele vibrou e Ali se afastou um pouco.

— Espero que não seja a polícia — zombou ela.

— Sua mãe só volta do trabalho à noite — relembrou Daniel, olhando para a tela e lendo a mensagem. Ele olhou de volta para ela com receio. — Ali, precisamos conversar sobre uma coisa.

O bom humor de Ali desapareceu e seu estômago se revirou.

— O quê? É ruim, não é?

Será que tinha acontecido alguma coisa? Daniel ia terminar com ela? Será que ele queria que ela se mudasse e...

— Era a minha mãe. Contei a ela sobre nós dois.

Daniel fizera o quê? Ali não contara a ninguém. Não porque estava com vergonha ou coisa do tipo, mas era meio estranho ter se envolvido com o irmão do ex-noivo. Socialmente, aquilo era meio malvisto.

— Ela me odeia — gemeu Ali. — Só pode. Ou então me acha uma vagabunda. Gostei dos seus pais quando os conheci e achei que eles tivessem gostado de mim.

— E gostaram. Eles sabem que foi tudo culpa de Glen. — Daniel hesitou. — Minha mãe já tinha sacado o que eu sentia por você há um tempo. Ela nunca falou muito sobre isso, mas sabia. E está feliz por eu estar feliz.

Ali permitiu que um pouco de seu pânico fosse embora.

— Tem certeza?

— Sim. Eles querem que a gente vá jantar lá. Pensei em combinarmos para as próximas semanas.

Jantar com os pais dele? Não era cedo demais? Eles não eram exatamente estranhos, mas mesmo assim...

— Vai ser constrangedor.

— Sim, vai.

Ali deu um gritinho:

— Como pode dizer isso? Era para você ter me tranquilizado.

— Da próxima vez vou me lembrar disso.

— Glen não vai estar lá, né? Porque aí seria um nível de constrangimento com o qual ainda não consigo lidar.

— Nada de Glen. Apesar de que, mais cedo ou mais tarde...

Ali levantou a mão para interrompê-lo.

— Daniel, você é ótimo e não sei nem expressar como agradeço a ajuda com o relógio e tudo que fez por mim, mas ainda não estou pronta para conviver com seu irmão. Preciso que você esteja de boa com isso.

Daniel esboçou um sorrisinho.

— Estou muito de boa com isso.

— Jura?

Ele a puxou para junto dele e respondeu:

— Juro. Então, jantar com meus pais?

— Ahã. — Ali suspirou. — E eu vou contar para minha mãe e minhas irmãs. Odeio tanto ser madura.

— Talvez, mas a maturidade cai muito bem em você.

A resiliência emocional dos seres humanos era algo admirável, pensou Finola enquanto voltava ao seu camarim depois de uma longa reunião de planejamento. Sua equipe e ela se reuniam a cada trimestre para falar sobre as próximas datas importantes, as estreias dos filmes mais importantes e os eventos sociais, de modo que todos pudessem preparar quadros pertinentes. Os desfiles de volta às aulas não se planejavam sozinhos.

Finola não teve problemas na reunião, fez sugestões e tomou nota de quais membros essenciais da equipe tirariam férias e quando. Conseguira fazer seu trabalho, rir e até pensar em coisas como volta às aulas sem associar nada a Nigel. Ele estava sempre lá, claro, em algum cantinho de sua mente, mas ela estava lidando com a situação.

O fato de a imprensa não estar mais interessada nela ou em sua vida era de grande ajuda. Treasure estava sendo surpreendentemente discreta quanto ao seu caso da vez e, na ausência de mais escândalos, Finola também não era mais interessante. Ela aproveitara aquela calmaria para voltar para sua casa e até pegara seu celular de volta.

Em algum momento, o caso com Treasure esfriaria e Nigel estaria livre para voltar para seu casamento. A pergunta era: Finola queria que ele voltasse? Dois meses antes teria feito qualquer coisa para tê-lo de volta, mas agora já não tinha mais tanta certeza assim. Não só pelo modo como ele a traíra, mas também porque ela analisara friamente quanto estava disposta a se dedicar ao casamento e, para dizer a verdade, não era muito. Finola não sabia se o motivo de seu desinteresse era ele, ela ou os dois, mas era algo a se pensar. Se o casamento já estava tão fragilizado antes, valia a pena salvá-lo agora?

Tão importante quanto era a questão a respeito dela mesma. Por que Finola deixara as coisas esfriarem com seu marido? Talvez não estivesse mais apaixonada ou simplesmente fosse egoísta demais para amar alguém de verdade. Ela não queria que fosse a segunda hipótese, mas descobrira recentemente que não era a santa afetuosa, amável e generosa que sempre imaginou ser.

Finola entendia a tolice de se planejar um futuro sem ter informações o suficiente, mas aquilo não a impedia de procurar terapeutas de casal na região, assim como advogados para o divórcio. Até então, não tinha ligado para nenhum dos dois.

Rochelle entrou de supetão em sua sala, os olhos arregalados.

— Você viu? Está na internet.

— Vi o quê?

— Você precisa ver.

Rochelle pegou o notebook de Finola e abriu um link. Em segundos, surgiu na tela um vídeo de Nigel sendo entrevistado por um repórter que ela não reconheceu.

Ele estava mais magro, pensou ela distraidamente, como se não estivesse comendo direito. E cansado... Nigel parecia bem cansado. Finola esperou sentir alguma sensação reconfortante de vingança ou até prazer por ele também estar sofrendo, mas não. Sentiu apenas preocupação por ele e tristeza. Muita tristeza.

Rochelle aumentou o volume. Nigel estava falando sobre estar sob os holofotes e como aquilo fora inesperado.

— Você e Treasure formam um casal interessante — disse o repórter. — As coisas entre vocês começaram bem rápido.

Nigel se ajeitou desconfortavelmente na cadeira.

— Sim.

— E você era casado na época?

Ele contraiu a mandíbula.

— Ainda sou.

— E o que sua esposa acha do caso?

Nigel estreitou os olhos.

— Tenho certeza de que você pode imaginar.

— Você ainda ama sua esposa?

A pergunta pegou Nigel de surpresa; Finola percebeu por causa da rigidez de seu corpo e de como ele desviou o olhar. Aquilo também a surpreendeu. Ela deu um passo para trás instintivamente, como se a distância pudesse protegê-la. Rochelle segurou o braço da chefe.

— Não se preocupe. A resposta é boa.

Nigel endireitou-se para a câmera e assentiu.

— Sim, eu amo minha esposa. Muito.

— Valeu a pena? — insistiu o repórter.

Finola pôs a mão sobre o estômago e virou de costas.

— Desligue. Não quero mais ouvir.

— Você está bem? Achei que ficaria feliz. Nigel ama você. Aposto que ele já está cansado de todo o drama com Treasure e agora quer voltar para casa. É claro que ele foi um babaca e que terá que se esforçar muito para reconquistar sua confiança... — A assistente foi baixando a voz. — Sinto muito. Achei que ficaria animada.

— Em boa parte do tempo não sei nem o que pensar — admitiu Finola. — Nigel não fala comigo há semanas. Não sei nem onde ele está. Tive que lidar com tudo isso sozinha.

As feridas ainda estavam lá, algumas mais cicatrizadas do que outras. O sangramento estancara. Finola ficou repetindo as palavras de Nigel mentalmente. Ele dissera que ainda a amava. Dissera aquilo em público, como se quisesse que ela soubesse.

— Treasure não vai ficar nada feliz — declarou.

— Eu sei. Não é ótimo?

Finola não tinha tanta certeza assim de que alguma coisa ali era ótima. Dois meses antes, teria ficado toda contente, mas agora estava simplesmente confusa.

Ela olhou para Rochelle e notou como sua assistente parecia ao mesmo tempo culpada e resignada. Como se estivesse esperando uma reação diferente. Finola rapidamente entrou em modo de alerta. Tinha alguma coisa acontecendo, ela sentia. As duas trabalhavam juntas quase sete dias por semana, e o relacionamento exigia confiança. Sempre foram sinceras uma com a outra. As regras eram simples: se dedicar de corpo e alma enquanto trabalhava para Finola e, em troca, a chefe a ensinava tudo sobre o negócio, a apresentava às pessoas certas e, quando chegasse a hora...

O golpe foi duro. Finola se apoiou nas costas de uma cadeira para não cambalear. Estava acontecendo, pensou, mesmo querendo gritar que ainda não estava pronta. Em geral, ela não se importava quando suas assistentes pediam demissão, mas daquela vez era diferente. Finola ainda estava muito sensível, exausta pela montanha-russa emocional na qual andara. Ela não conseguiria passar por aquilo sozinha, e contratar alguém novo sempre dava muito trabalho. Treinar alguém não era a parte cansativa, mas descobrir se podia confiar naquela pessoa ou não era. Levava tempo.

Ela olhou para sua bela assistente. Rochelle era inteligente, esperta e ambiciosa. Elas tinham um combinado, e Finola sabia que teria que cumpri-lo, independentemente quanto fosse doer.

Ela se sentou e indicou para que Rochelle se sentasse na cadeira da frente.

— Então, qual foi a oferta? — perguntou Finola.

Rochelle arregalou os olhos castanho-escuros.

— Não faço a menor ideia do que...

Finola ergueu as sobrancelhas e interrompeu:

— Não comece a mentir para mim agora. Você sabe que vou acabar recebendo uma ligação pedindo sua referência.

Rochelle baixou a cabeça.

— Produtora assistente no *Late Night LA*.

— Impressionante. É um cargo importante.

O *Late Night LA* era um programa agitado e moderno sobre a noite na cidade. Alguns quadros eram dedicados aos lugares da moda e melhores restaurantes, mas alguns tinham um apelo mais sentimental, além de reportagens investigativas. A audiência era excelente, especialmente entre o público de 18 a 34 anos. Era um programa local em que todos ficavam de olho. Se tudo desse certo lá, Rochelle rapidamente subiria para o topo da pirâmide alimentar.

— Há quanto tempo estava esperando para me contar?

Rochelle respirou fundo.

— Algumas semanas. Eu não queria ir embora com as coisas ruins desse jeito. Você precisava de mim e me deu tanta coisa. Queria estar aqui do seu lado.

Finola sorriu.

— Muito obrigada por isso. Eu não teria conseguido passar por tudo sem você, mas agora chegou a sua hora de ir. Aceite a proposta.

— Mas se você e Nigel não vão voltar, então...

— Aceite a proposta.

Era óbvio que ela queria que Rochelle ficasse, mas não aceitaria que alguém de quem gostava tanto desistisse de uma oportunidade daquelas só porque o coração de Finola ainda estava despedaçado. Seria ridículo.

— Você tem alguma indicação? — perguntou ela, visto que parte das responsabilidades de Rochelle seria ajudá-la a encontrar uma substituta.

— Três. Mas não temos que...

— Ligue para elas hoje, e amanhã já começamos as entrevistas. Até o final do dia eliminamos uma. Depois disso, vou querer que ligue para o meu advogado para ele verificar os antecedentes das outras duas.

Rochelle a encarou.

— Você fez isso comigo?

— Claro e, um dia, quando você tiver que confiar sua vida a uma assistente, fará o mesmo.

— Verificação de antecedentes. Eu não fazia ideia...

Havia muito sobre o que Rochelle não fazia ideia, pensou Finola, com inveja. A assistente ainda tinha a vida inteira pela frente. Tanto para aprender e experimentar. Num impulso, Finola pegou as mãos de Rochelle.

— Escute. Este ramo é difícil. Seja forte, inteligente e determinada. Tome cuidado. Faça com que as pessoas se esforcem para ganhar sua confiança, mas não seja uma megera. E, não importa o que aconteça, nunca se esqueça de ser um ser humano decente.

As lágrimas já estavam rolando pelo rosto de Rochelle.

— Não posso fazer isso, não posso sair. Eu vou ficar.

— Não vai, não. Está na hora. Já passou da hora, na verdade. Eu deveria ter percebido, e isso foi erro meu, mas, com tudo que está acontecendo, me esqueci do nosso combinado. Sinto muito. — Finola soltou a mão de Rochelle. — Diga a seja lá quem entrevistou você que podem me ligar quando quiserem. Ficarei feliz em recomendar você.

Rochelle assentiu e se levantou. Ela foi até a porta, parou e olhou para trás.

— Nunca poderei agradecer você.

— Eu sei, e também não precisa. Apenas passe adiante. Faça por outra pessoa o que estou fazendo por você. E, quando estiver incrivelmente famosa e eu for apenas uma antiga conhecida, atenda minha ligação.

Novas lágrimas brotaram.

— Eu sempre vou atender sua ligação.

Rochelle saiu e Finola fez o seu melhor para ignorar a sensação de horror tomando conta dela. Treinar uma nova assistente era um pouco assustador, mas não havia escolha. Ela estragara quase todas as outras partes de sua vida e não estava disposta a estragar sua carreira nem seu combinado com Rochelle.

    Finola olhou para a tela do notebook e pensou em rever o vídeo. Nigel ainda a amava, e ela tinha quase certeza de que ainda o amava também. Mas, por mais que aquilo devesse bastar, no fundo Finola sabia que não bastava. Não mais.

Capítulo Vinte e Seis

Ali desfrutou da sensação da moto correndo pela pista. Ela completara as primeiras duas voltas devagar, para entender o que estava acontecendo, mas, conforme ganhava confiança, pegava mais velocidade.

Mesmo com proteção nos ouvidos e capacete, ainda dava para ouvir o rugido do motor. Uma nuvem de terra a envolvia quando pilotos mais experientes a ultrapassavam. Ela queria correr mais, mas se lembrou de que aquilo era apenas um treino, não uma competição. Ainda não sabia muito bem o que estava fazendo.

Ali completou mais uma volta e decidiu que já dava para acelerar um pouco. Ao se aproximar da curva, lembrou-se do que o instrutor dissera sobre se inclinar na direção do percurso em vez de tentar equilibrar a moto. Ela experimentou a técnica e ficou em choque quando a moto fez a curva perfeitamente.

A euforia se juntou à adrenalina que já estava correndo em seu sangue. Não era surpresa que Daniel amasse tanto o trabalho dele — tudo aquilo era emocionante.

No trecho reto, Ali pisou ainda mais no acelerador e estava prestes a ultrapassar um piloto mais lento quando viu uma moto à frente fazer a curva rápido demais. A moto girou, o piloto caiu e foi rolando pelo circuito.

Ela imediatamente desacelerou, dizendo sem parar a si mesma para se manter calma, e estava indo bem até outro piloto bater de leve nela, lançando-a direto até as barreiras na parte interna da pista.

Ali entendeu na hora que ia bater e esqueceu o que deveria fazer naquela situação. Pisou no freio com força demais e bateu com tudo na barreira. Em um segundo ela estava absorvendo o impacto e no outro estava sendo lançada por cima da barreira e caindo no chão duro, com uma pancada que a deixou sem ar. A dor explodiu em tantos lugares que não ela sabia em qual se concentrar primeiro. O céu parecia estar girando e mudando de cor, e de repente sua visão começou a escurecer.

Aquilo era ruim, pensou Ali, confusa. Muito...

— Ali! Ali! Está me ouvindo? Ali!

Ela abriu os olhos e viu Daniel debruçado sobre dela, pálido e a examinando freneticamente.

— Ali?

— Eu caí — murmurou ela, desejando que a dor se instalasse em um ou dois lugares só para ela tentar entender o que havia acontecido.

— Eu vi, não foi culpa sua. Aquele babaca bateu em você.

— O babaca tem 8 anos, Daniel. Também não foi culpa dele.

Ali tentou se mexer. Certo, suas pernas estavam se movendo e suas costas não estavam tão ruins assim. Ela não achava que a pancada na cabeça tinha sido tão forte, talvez ela estivesse...

— Ai!

Mexer o braço esquerdo tinha sido um grande erro, pensou Ali, olhando para ele. Com todos aqueles equipamentos de proteção, ela não conseguia entender o que havia de errado, mas a dor era intensa.

Ali mexeu os dedos, que pareciam estar bem, e em seguida levantou o braço direito, que também doía, mas não tanto. Então ela fez cuidadosamente o mesmo movimento com o braço esquerdo e o apoiou na barriga. A dor aumentou. Ainda mantendo o braço junto ao corpo, Ali conseguiu se sentar.

Ela olhou para Daniel e disse:

— Acho que quebrei alguma coisa.

Daniel xingou.

— Era o que eu temia. Também pode ter tido uma concussão.

— Estou bem.

— Você apagou.

— Por um segundo.

— É o suficiente. Olha para mim, quero ver se suas pupilas estão dilatadas.

Ali queria recusar, mas depois concluiu que Daniel já devia ter feito um monte de aulas de primeiros socorros e provavelmente sabia o que estava fazendo. Ela obedeceu e respondeu às perguntas básicas sobre que dia era e onde estava.

— É melhor eu chamar uma ambulância — disse ele, pegando o celular.

— Não ouse. — Ali se ajoelhou. — Estou bem, foi só o braço. Me ajuda a levantar e depois pode me levar de carro ao hospital.

Quando Daniel não se mexeu, ela ameaçou:

— Eu vou levantar com ou sem a sua ajuda.

— Você é muito teimosa.

— Então somos parecidos.

Daniel a ajudou a se levantar. Ali demorou alguns instantes para recuperar o equilíbrio, mas ficou contente quando tudo finalmente parou de rodar. Daniel tirou o capacete e as luvas que ela estava vestindo, mas a deixou com o restante dos equipamentos.

Conforme eles voltavam para os prédios, Ali viu que todos estavam bem depois do engavetamento. Um dos funcionários da oficina de reparos recolhera a moto dela e estava levando-a de volta. Os pilotos já tinham voltado a correr.

— Então esse tipo de coisa acontece o tempo todo? — perguntou Ali.

— São ossos do ofício.

— Que coisa de machão.

— É um esporte de machão.

Ela queria continuar a brincadeira, mas seu braço estava doendo muito. Ali esperou Daniel ir buscar a bolsa dela, e os dois foram para a caminhonete. Ele a ajudou a se acomodar no banco e a pôr o cinto de segurança antes de partirem para o hospital.

Noventa minutos depois, o médico mostrava o raio X confirmando o que Ali pensara: um braço quebrado. Não havia sido uma fratura muito feia, mas ela levaria algumas semanas para se recuperar e ganharia um gesso do pulso até o cotovelo.

Daniel ficou pálido ao ouvir aquilo e, por um segundo, Ali pensou que ele fosse desmaiar.

— Foi um acidente leve — disse ela, assim que o médico saiu. — Não sofri nenhuma concussão e não foi nada muito feio. Estou bem.

Daniel a abraçou forte.

— Droga, Ali. Eu te amo e era para eu cuidar de você, não deixar que se machucasse assim.

Ele a amava? *Ele a amava?* Ali o encarou.

— O que você disse?

Daniel fixou os olhos escuros nos dela.

— Eu te amo. Isso tudo foi culpa minha.

Ali sentiu a felicidade invadindo seu corpo. Felicidade e uma sensação leve e excitante que fez a dor no braço desaparecer. Daniel a amava. Considerando o que ele havia dito antes, provavelmente a amava havia um bom tempo. Durante todo o período em que ela estivera com Glen, prestes a cometer o maior erro de sua vida, Daniel a amara.

Ali pensou em tudo que os dois tinham passado juntos e, por mais que quisesse declarar que o amava também, precisava de um tempinho para pensar naquilo, então se conteve. Eles não estavam juntos havia tanto tempo, pelo menos não na opinião dela, e Ali queria ter certeza.

— Não foi culpa sua — começou ela, pensando em começar pequeno, dizendo que também gostava muito dele. Que gostava muito e estava em via de estar perdidamente apaixonada, mas as coisas tinham acontecido tão rápido e...

— Ali?

Ela virou o rosto e viu sua mãe parada na porta. Sua mãe?

— Mãe? O que está fazendo aqui?

Vestida para o trabalho — era sábado, afinal, dia em que sempre estava na loja —, Mary Jo correu até Ali. A mesma Mary Jo que gritara com a filha no telefone durante vinte minutos ininterruptos por causa daquele relógio idiota.

Ela olhou para o braço inchado de Ali e tocou o rosto da filha.

— Você está no hospital. Onde mais eu estaria?

— Mas como soube que eu estava aqui?

Ali olhou para Daniel.

— Você ligou para a minha mãe?

— Não — respondeu ele. — Seu celular tocou enquanto você estava fazendo o raio X. Eu vi que era ela, então atendi.

— Sim, sim — disse Mary Jo. — Por mais fascinante que isso seja, o que aconteceu? Como foi quebrar o braço?

— Eu estava na pista de motocross e um garoto bateu em mim e voei para longe. Não foi tão ruim assim, mãe. Só vou usar um gesso durante duas semanas e depois estarei bem.

— Você estava andando de moto?

— De motocross, mas sim.

Mary Jo olhou para Daniel.

— Conheço você. De onde é que conheço você?

— Eu sou, hmm, Daniel Demiter. — Ele hesitou. — Irmão do Glen.

— Glen, seu ex-noivo? Aquele Glen?

Ali percebeu o lado negativo de sua decisão de não contar muito sobre sua vida para a mãe.

— Então, é uma história engraçada. Glen não teve nem coragem de falar comigo pessoalmente quanto quis terminar o noivado, então mandou Daniel no lugar dele. Daniel me ajudou a cancelar o casamento e nós, hmm, ficamos amigos. Eu queria experimentar alguma coisa diferente e, como ele já foi piloto profissional, fui andar de motocross.

Sua mãe alternou o olhar entre os dois algumas vezes antes de parar em Ali.

— Obrigada por achar que estou velha e senil, mas até um cego veria que vocês estão dormindo juntos. Sério, Ali? O irmão do seu noivo?

Ali conteve um choramingo.

— Mãe, pode parar. Por favor, pare. Daniel é um cara incrível e, mesmo que você não queira acreditar, acabei de quebrar o braço e mereço um pouco de solidariedade.

— Sra. Schmitt — começou Daniel —, garanto a você que eu jamais colocaria Ali em perigo.

— Apesar de esse acidente provar o contrário? Simplesmente não entendo. Uma hora você vai casar com Glen, e na outra está quebrando o braço, dormindo com o irmão dele e roubando relógios das pessoas. O que deu em você, Ali? Parece que mal a conheço.

— Mãe, não é nada disso.

— É exatamente isso. Você está se tornando outra pessoa e não estou gostando nada. Quem é esse Daniel?

— Ele está bem aqui — disse Ali, nervosa. — Podemos conversar sobre isso mais tarde, por favor?

— Não. Quero conversar agora. Ele roubou a namorada do próprio irmão, Ali. O que isso diz sobre o caráter dele?

Daniel começou a ir até a porta.

— Vou ficar lá fora.

— Não vá.

— Tudo bem, Ali. Ela é sua mãe.

Ali não fazia ideia do que aquilo queria dizer, mas sabia que não era bom. Ela se recostou de volta no travesseiro e se perguntou por que justo agora, de todas as horas, sua mãe de repente resolvera dar a mínima para sua vida.

— Ela está *dormindo* com ele — disse Mary Jo pela décima quarta vez desde que Finola chegara na manhã de domingo. — É um pesadelo.

— Mãe, já chega, vai. Ali é bem grandinha e sabe o que está fazendo — respondeu Finola, tentando absorver tudo que Mary Jo havia revelado sem se deixar distrair pelo fato de que sua irmã aparentemente tinha ido morar com alguém por quem estava apaixonada sem contar para ninguém.

Apesar de seu primeiro instinto ter sido ficar zangada com a irmã, Finola tinha a sensação de que o problema era com ela. Para falar a verdade, mal entrara em contato com Ali nas últimas semanas. As duas costumavam ser muito próximas, mas o vínculo havia se perdido de alguma maneira ao longo do tempo.

Finola concluiu que a culpa era das duas; ambas estavam lidando com tantos contratempos que não sobrava muita energia para manter contato. Ainda assim, ela deveria ter se esforçado um pouco mais.

Ah, não, pensou ela, lembrando-se de quando Ali mencionara que Daniel a estava ajudando a cancelar o casamento. A irmã falara superbem dele, e Finola a advertira para que não agisse como uma tola. Não era de se admirar que Ali não dera mais notícias.

— Você não está me ouvindo — reclamou Mary Jo enquanto elas organizavam os pratos da cristaleira.

A venda da casa estava cada vez mais próxima, mas ainda havia armários e closets para esvaziar. Finola tinha prometido que as duas terminariam a sala de jantar naquele dia.

— Estou ouvindo sim, mãe, mas também estou pensando. Estou pensando em como Ali estava com um cara que não a amava da maneira como ela mereceria, e como deveríamos ficar felizes por ela estar com alguém legal agora.

— Mas não sabemos se ele é legal. E se ele for pior?

Finola pensou no que sua irmã havia contado sobre Daniel.

— Ele ficou do lado dela quando Glen a largou... Ele se ofereceu para ajudar e cuidou de tudo. Daniel é um cara legal.

Sua irmã estava tentando convencê-la daquilo havia um tempo, mas Finola não estivera ouvindo.

— Ali sabe o que está fazendo, vamos dar um pouco de crédito a ela.

— Ela sabe o que está fazendo? — O tom de voz de Mary Jo subiu duas oitavas. — Ali foi praticamente largada no altar.

— Sim, e o meu casamento está em frangalhos e o seu terminou em divórcio, então ninguém aqui está em posição de julgar.

Sua mãe olhou feio para Finola.

— Você está sendo toda generosa de repente.

— Digamos apenas que estou tentando compensar meu comportamento do passado.

— Certo. — Mary Jo fungou, insatisfeita. — Pode escolher pensar o melhor, mas tudo vai por água abaixo em breve. Não consigo entender onde foi que fracassei com minhas filhas.

Finola resolveu não dar corda e mudou o assunto, perguntando quando finalmente anunciariam a venda da casa, de modo a conseguir aguentar o restante da manhã. Assim que ela foi embora, por volta de meio-dia, mandou uma mensagem para a irmã.

Mamãe me contou que você quebrou o braço. Me avise se precisar de alguma coisa.

Finola hesitou antes de acrescentar:

Ela também contou sobre Daniel. Eu estava errada quanto ao que disse antes. Estou feliz por estarem juntos e espero que ele te faça feliz. Te amo.

Finola mal clicara em enviar quando seu celular vibrou com uma nova notificação. Como Ali poderia ter respondido tão rápido? Só que a mensagem não era de sua irmã. Era de Nigel.

Podemos conversar? Eu queria passar em casa. Você está livre hoje?

Finola sentiu a temperatura de seu corpo oscilar, de pelando para congelando. Seu estômago se revirou, e ela não sabia se chorava ou vomitava.

Estou na minha mãe. Daqui a uma hora podemos nos encontrar em casa.

Até daqui a pouco.

Finola respirou fundo, sem saber o que pensar. Tirou o carro da frente da garagem e foi para casa. Quando chegou lá, até pensou em trocar de roupa ou passar maquiagem ou algo assim, mas resolveu que tudo que devia fazer era respirar. O resto se resolveria sozinho.

Nigel chegou cinquenta minutos depois. Finola ouviu a porta da garagem abrindo e pensou em ir até a sala, mas parecia formal demais. Em vez disso, se serviu de uma xícara de café e se sentou à mesa da cozinha.

Nigel entrou segundos depois. Sua aparência era a mesma da entrevista: mais velho e mais magro. Cansado. Parte dela queria ir até ele e abraçá-lo, e outra parte queria sair correndo dali. Apesar disso, em nenhum momento ela se sentiu satisfeita ou feliz pelas coisas claramente estarem dando errado entre Nigel e Treasure. Finola não queria que ele fosse punido, não mais. Na verdade, ela só queria parar de se sentir tão infeliz.

Nigel também encheu uma xícara de café e se sentou diante dela. Os dois se olharam por vários minutos até ele finalmente começar.

— Que merda.

— Eu vi a entrevista. Imagino que, se ainda não acabou, será em breve. Treasure não me parece do tipo que aceitaria muito bem as coisas que você disse.

— Acabou. — Nigel baixou os olhos para o café. — Eu fui um idiota. É a história mais manjada da humanidade. Achei que tinha arranjado algo melhor, algo duradouro, e errei em ambas as coisas.

Finalmente, pensou Finola, esperando a sensação de alívio ou de satisfação por estar certa. Finalmente eles poderiam juntar os cacos do casamento e recomeçar. Poderiam fazer terapia de casal e perdoar um ao outro. Ela poderia até engravidar.

Só que não havia muito para juntar. Era como se Finola tivesse sentido tanta coisa nos últimos tempos que suas emoções tinham se esgotado.

— Não sei quanto você quer saber — continuou ele.

— Não quero saber de nada. Não importa.

Nigel a olhou.

— Sei que o que fiz foi imperdoável. As coisas que eu disse para você... — Ele sacudiu a cabeça. — Como peguei você de surpresa, como me comportei com aquela viagem para esquiar, todo o resto. Estou envergonhado, Finola, e arrasado. Sinto muito. Nunca conseguirei expressar isso o bastante. Éramos ótimos juntos e eu estraguei tudo. Destruí uma coisa maravilhosa e preciosa. Destruí nossas vidas, e tudo isso pelo quê? Um caso? É patético.

Nigel estava visivelmente abalado. Finola sentia-se mal por ele, mas também um pouco indiferente, como se não estivesse realmente ali.

— Sei que nosso casamento estava com problemas — continuou ele —, mas isso não é desculpa. Eu deveria ter conversado com você e contado como eu estava me sentindo. Andei lendo sobre infidelidade e descobri que sou um caso típico. — Nigel envolveu a xícara com as mãos e olhou para Finola. — Por favor, fala alguma coisa. Me diga que podemos tentar ou me mande para o inferno, o que você quiser. Grite comigo, jogue alguma coisa em mim, diga que sou um canalha e que jamais vai me perdoar. Eu mereço tudo isso.

— Simples assim? — indagou Finola, mais curiosa que chateada. — Há um mês você disse que ela era como uma droga e agora você quer voltar?

Ele assentiu.

— Sim.

— Nigel, você estava errado. Não foi só o caso, mas também como você não me apoiou. Você me sabotou e desdenhou nosso casamento publicamente.

— Sim, você tem razão.

— Como quer que eu acredite que você não vai correr atrás da próxima que flertar com você e te prometer o mundo? Como quer que eu acredite que sou importante para você?

— Terei que reconquistar a sua confiança. Podemos procurar ajuda, Finola. Eu quero consertar isso.

Finola queria acreditar, queria ter certeza que eles poderiam juntar os pedaços. Que havia conserto, que os cacos cicatrizariam, que no final ambos estariam marcados, mas unidos e mais fortes devido ao que tinham passado.

Porém, mesmo que ela conseguisse superar o que tinha acontecido, e o resto?

— Sabe o que tem no meu escritório? — perguntou Finola, surpreendendo-se com as próprias palavras. — Fotos minhas com políticos e celebridades. Prêmios, certificados. Sabia que nunca me dei ao trabalho de participar do conselho de uma instituição de caridade? Vou aos eventos, faço uma doação, mas Deus me livre de me comprometer a trabalhar de verdade regularmente. Pus a minha carreira em primeiro lugar, Nigel, e para mim ela era mais importante que o nosso casamento. Você devia ter me contado que estava infeliz, mas eu também devia ter me dado conta. Eu devia ter percebido que estávamos com problemas.

— Minha clínica também sofreu — contou ele. — Meus sócios estão furiosos comigo e terei que trabalhar duro para reconquistar a confiança deles. Eles estão me dando uma chance, Finola. Você não pode me dar uma também? Deixe o trabalho comigo. Eu estarei presente, farei o que for preciso e estarei aqui.

— Você ouviu o que eu disse? — perguntou Finola suavemente. — Estou dizendo que parte disso tudo foi culpa minha.

— Não, foi minha. Toda minha. Agora eu vejo. — Nigel estendeu as mãos na direção dela. — Somos um time, Finola. Somos tão bons juntos. Me dê uma chance, por favor.

Finola pôs as mãos sobre a dele, sentindo o calor familiar da pele de Nigel. Ela pensou em tudo que tinha passado, em como sua vida foi despedaçada. Pensou no próprio comportamento e em quem ela havia se tornado. Finola podia contar nos dedos de uma mão os relacionamentos dos quais se orgulhava. Fizera a coisa certa com Rochelle e fora uma boa filha. Ela queria ser melhor com suas irmãs. Quanto a Nigel...

— Você errou — disse ela, soltando as mãos dele. — Mas sejamos sinceros. Treasure foi um sintoma, não o verdadeiro problema. Nós dois sabemos disso.

Os olhos de Nigel se encheram de lágrimas.

— Não. Não diga que não podemos consertar. Não diga que acabou.

Ela não diria. Jamais diria aquilo. Finola ainda queria que os dois ficassem juntos. Eles tinham tanta história e potencial, e ela desejara Nigel de volta desde o momento em que o caso viera à tona. Mas agora Finola não queria mais.

A verdade veio de maneira delicada e inesperada, permeando seu cérebro como uma brisa fresca. Ela não fazia ideia do que queria, mas sabia que não era aquele casamento. Talvez eles pudessem ter reparado o dano em determinado momento, mas agora era tarde demais. Eles tinham tomado direções diferentes.

— Você já resolveu — disse ele, secando o rosto. — Eu estraguei tudo.

— Não, Nigel. Nós estragamos. Nós dois. Deixamos escapar e agora é tarde. Sinto muito.

Ele assentiu.

Finola se levantou e foi até ele. Nigel fez o mesmo e os dois se abraçaram. Ela cedeu às lágrimas e ambos ficaram ali, chorando pelo que um dia tiveram e que agora haviam perdido.

Eles demoraram alguns minutos para se recuperar e voltar a se sentar.

— Vamos mesmo fazer isso? — perguntou ele.

Finola confirmou com a cabeça.

— Onde está morando?

— Num hotel.

— É caro. Por que não vem para cá? Eu volto para a casa da minha mãe e, enquanto isso, organizamos a venda da casa.

Não seria preciso muito esforço; o mercado não só estava sempre ávido por aquele bairro, como o imóvel era lindo e estava em perfeitas condições. Finola sentiria falta da casa, pensou com tristeza. Sentiria falta de muita coisa.

— Obrigado — disse Nigel. — Me avise quando estiver pronta e eu saio do hotel.

— Posso ir amanhã. É só uma questão de avisá-la e levar as minhas coisas. Podemos pensar no resto depois.

Finola estava falando aquilo com calma, um pouco surpresa por sua falta de emoção. Provavelmente estava anestesiada pela situação. O choque e a dor viriam depois, mas por ora ela estava apenas ali, vendo seu casamento chegar ao fim e desejando que as coisas tivessem sido diferentes para ambos.

— Prometo não ser um escroto no divórcio. Dividiremos tudo e seguiremos em frente.

— Eu concordo.

E lá estava, pensou Finola, com resignação. O fim.

Os dois subiram. Finola arrumou as malas recém-desfeitas e Nigel andou pela casa. De repente, ele saiu do closet com um pacote embrulhado do qual Finola quase se esquecera. Pela primeira vez desde que eles começaram a conversar, ela sentiu uma facada no peito.

— O que é isso? — perguntou ele.

Finola balançou a cabeça.

— Não abra. Comprei isso quando ainda achava que íamos para o Havaí. Não abra, Nigel. Não vai querer ver...

Nigel não deu ouvidos. Ele puxou o laço, rasgou o embrulho e levantou a tampa da caixa. Lá estava: um par de sapatinhos amarelos, um potinho de talco corporal com sabor e um vibrador engraçadinho fluorescente. Nigel olhou para ela.

— Não estou entendendo.

Finola sentiu seu coração já despedaçado virando pó.

— Era para nossa semana no Havaí. Achei que poderíamos finalmente tentar engravidar.

Nigel se sentou na beirada da cama e chorou até soluçar. Finola pôs a mão no ombro dele delicadamente, pensando com tristeza no quanto havia sido perdido. Eles quase tiveram tudo, mas agora não tinham nada, e a culpa era dos dois.

Capítulo Vinte e Sete

Arrependimento não começava nem a descrever o que Zennie estava sentindo. Ela ainda tinha meses e meses pela frente, e seu corpo já estava ficando irreconhecível. Seus seios não estavam apenas latejando; estavam crescendo. Suas emoções continuavam à flor da pele. Na sala de operações naquela manhã, ela se viu tão envolvida pela maneira como uma cirurgia cardíaca parecia uma dança que quase começara a chorar de emoção. Zennie estava um caco e furiosa consigo mesma por ter concordado em ter o bebê de Bernie.

Quem fazia aquilo? Quem fazia aquilo sem pensar nas consequências? Isso mesmo, ela. Concordara cegamente com uma coisa momentânea sem pensar duas vezes e agora estava pagando o pato. Estava presa naquela situação, com um bebê crescendo dentro de si, e não havia nada que ela pudesse fazer a respeito.

O dr. Chen observava a nova integrante da equipe, a dra. Kanji, suturar o paciente após a cirurgia. Zennie recolheu os instrumentos e materiais que haviam sido usados e, ao passar pelo dr. Chen, ouviu-o dizer:

— Zennie, você pode me encontrar no consultório 3 em dez minutos?

Ainda de máscara, ela virou a cabeça subitamente, olhou para o dr. Chen e assentiu uma vez, saindo apressada da sala.

Dez minutos depois, Zennie estava uma pilha de nervos. E se ele a mandasse embora? E se gritasse com ela? O dr. Chen não gostava de mudanças, incompetência ou qualquer tipo de interferência em suas salas de cirurgia. Ele era perfeccionista e exigente e, por mais que Zennie sempre tivesse se orgulhado de ser um pouco como ele à sua própria maneira, era impossível não ser tomada pela dúvida.

Zennie voltou para levar o paciente até a sala de recuperação e repassou as instruções do dr. Chen. Ele verificaria o estado do paciente várias vezes antes de liberá-lo para a unidade cardíaca. Assim que saiu de lá, Zennie foi direto para o consultório onde o médico a aguardava.

Ela fez o melhor para não parecer preocupada nem na defensiva e fechou a porta. O dr. Chen indicou para que ela ocupasse a cadeira diante dele, do outro lado da mesa.

Os consultórios eram usados apenas para consultas com a família antes da cirurgia, geralmente de emergência. Eles ofereciam um pouco de privacidade, apesar de estarem longe de serem à prova de som. Zennie agradeceu mentalmente pelo dr. Chen não ser de gritar e disse a si mesma para não chorar. Como se uma instrução daquelas fosse fazer diferença para seus hormônios descontrolados.

— Tem alguma coisa acontecendo com você, Zennie — começou o dr. Chen. — Não sou muito bom com pessoas, mas até eu percebi. Até agora não está afetando seu trabalho, e fico grato por isso, mas eu gostaria de saber qual é o problema. Talvez eu possa ajudar.

Aquela abertura inesperada a fez sorrir. O dr. Chen a ajudando na gravidez. *Hmm, obrigada, mas não.*

— Estou bem — começou ela.

O dr. Chen ergueu as sobrancelhas.

— Sempre confiei na sua sinceridade. Não me faça duvidar dela agora.

Ai.

— Está tudo bem — repetiu Zennie —, mas aconteceu uma mudança em minha vida.

Ela hesitou, pensando se não seria melhor seguir seu plano inicial e adiar aquela conversa por mais alguns meses, mas naquele momento parecia não ter mais muita saída.

— Estou grávida — confessou ela, olhando-o nos olhos.

Zennie explicou sobre a inseminação artificial, sobre Bernie, e revelou de quantas semanas estava grávida.

— Sou saudável e tenho um plano de saúde ótimo. Não há motivo para pensar que eu não possa continuar trabalhando na sala de operações por mais vários meses.

Zennie queria ter parado ali. Era tudo de que o dr. Chen precisava saber, mas, de alguma forma, ela ainda estava falando.

— É só que é muito mais difícil do que pensei — admitiu. — Eu me sinto sensível o tempo todo. Não tenho problema com cheiros, o que é bom, nem com enjoos matinais, mas meu corpo está mudando e tudo que como é nojento. Achei que minha alimentação era razoavelmente saudável, mas estou cansada de outras pessoas regularem quantas porções de laticínios preciso ingerir por dia. Tive que reduzir minhas corridas, sinto falta do café e do vinho e, por mais que eu saiba que estou fazendo uma coisa boa e que amo a minha amiga, às vezes parece que estou completamente sozinha, aí fico com medo e começo a chorar.

Assim que parou de falar, as lágrimas começaram a encher os olhos de Zennie.

— Viu? É um pesadelo, e agora estou com medo de você me tirar da escala.

O dr. Chen abriu uma gaveta e tirou dela uma caixa de lenços de papel. Zennie aceitou um e secou os olhos.

— Está usando meias de compressão? — perguntou ele.

— Hein?

— Meias de compressão. Existe um risco de varizes. As meias vão ajudar com isso.

— Sim. — As meias eram só mais um insulto à sua dignidade. — Achei que eu seria uma pessoa melhor, que engravidaria e me sentiria feliz o tempo todo, mas não. Não quero fazer um aborto ou nada do tipo, mas é muito mais difícil do que eu pensava. Minha mãe não levou numa boa e algumas amigas reagiram de forma horrível. Clark reapareceu na minha vida, o que é estranho, mas bom. Ele é um cara legal. Dessa vez vamos ser só amigos, eu gostei disso.

— Não sei quem é Clark.

— Eu sei. Desculpe, vou parar de falar.

Zennie apertou os lábios para tentar silenciar a enxurrada de palavras.

— Zennie, você é a melhor enfermeira da minha equipe. Não quero perder você e fico contente por ter me contado o que está acontecendo. — O dr. Chen se debruçou sobre a mesa. — Está fazendo uma coisa boa. É claro que terá dúvidas, você é humana e é bastante coisa com que lidar, mas vai passar. Quanto ao trabalho, confiarei em você para vir me dizer quando não estiver se sentindo bem para ficar tantas horas em pé. Considerando a sua idade e saúde física, acho que ainda pode trabalhar por vários meses, mas em algum momento terá que sair da unidade.

Mais lágrimas.

— Eu não quero.

Ele sorriu.

— Eu também não, mas será apenas temporário. Confie em mim, estarei contando os dias para o seu retorno.

— Promete?

Ele abriu um sorriso ainda maior.

— Sim. Agora, para aguentar tudo isso, você precisa fortalecer seu tronco e suas costas. Vai ajudar a aguentar as horas de pé. Além disso, peça para esse Clark fazer massagens nos seus pés vinte minutos por dia. Estudos mostram que isso ajuda na circulação da parte inferior das pernas. — O dr. Chen deu uma piscadela e completou: — E, pelo que dizem, é uma delícia.

Zennie teve uma imagem louca do dr. Chen fazendo exatamente aquilo com a sra. Chen. Quem diria que o homem tinha camadas.

— Crianças são bênçãos — continuou ele. — Pouca gente faria o que você está fazendo. Lembre-se disso. Você é uma pessoa incrível.

— Acho que estou mais para rabugenta.

— Tudo bem também. Mais alguma coisa?

— Não. Sou dessas pessoas que têm apenas um grande segredo de cada vez, e já contei o meu.

— Estou orgulhoso de você, Zennie. Você também deveria estar.

As palavras dele a emocionaram.

— Obrigada, vou tentar.

E, se aquilo não desse certo, sempre existiriam massagens nos pés.

Ali fechou os olhos para Finola passar o delineador.

— Eu conseguiria ter feito isso sozinha — disse ela. — Quebrei o braço esquerdo, não o direito.

Mas Ali não estava reclamando. Era bom ter sua irmã cuidando dela, igual a quando as duas eram crianças.

Finola havia mandado uma mensagem para Ali e Zennie para conversar sobre o acidente de moto. A troca se transformara em uma grande conversa em grupo sobre o braço quebrado de Ali e como Mary Jo tinha aparecido no pronto-socorro. O relacionamento com Daniel não era mais segredo. Por mais que Ali estivesse esperando ser repreendida, suas irmãs lhe deram apoio. Quando Finola soube do jantar com os pais de Daniel, insistiu em ajudar Ali a se arrumar.

— Eu quero estar aqui com você. — Finola passou mais sombra. — Sinto muito pelo que eu disse antes sobre o Daniel.

Ali abriu os olhos involuntariamente.

— Tudo bem.

— Não. Posso inventar uma desculpa e dizer que eu estava num momento ruim, mas isso não justifica. Eu deveria ter dado mais apoio a você. — Finola sorriu. — Obviamente eu estava errada em relação ao que ele sente por você.

Ali se sentiu ficando quente e vermelha.

— Ele, hmm, está bem a fim.

— Então ele é um cara de sorte. — O sorriso de Finola era gentil. — Você está feliz. Muito feliz. Dá para ver na hora. Não me leve a mal, mas você não era assim com Glen.

— Eu sei. O término foi horrível, mas, para falar a verdade, o trabalho que deu cancelar o casamento foi pior que perder Glen.

— Todas nós cometemos erros. Você aprendeu com os seus e está seguindo em frente com a sua vida.

Ali sorriu.

— Obriguei Glen a pagar metade da minha fatura do cartão. Entrei sem avisar no escritório e pus ele contra a parede. Quando ele perguntou sobre a aliança, citei a lei da Califórnia, que decreta que eu fique com o anel.

— Que bom para você.

— Mas não vou ficar, só estou esperando um pouco para devolvê-la. Não tenho interesse nenhum em ficar com nada que ele tenha me dado.

Além disso, Ali via a devolução da aliança como prova de que havia superado tudo. As coisas pareciam estar ficando melhores, pensou ela, satisfeita. Finola tinha ido visitá-la e até sua mãe mandara uma mensagem de quase desculpas por como se comportara no pronto-socorro.

— Olha só para você — provocou Finola, pegando o rímel. — Toda crescida e feliz com a sua nova vida.

Havia mais, pensou Ali com uma pontinha de orgulho. Daniel dissera que a amava. Ela não estava pronta para dividir aquela informação com o resto do mundo, não até ter certeza de que o que sentia também era amor e não apenas uma combinação de sexo maravilhoso e gratidão. Além disso, ela tinha arrasado na entrevista de emprego, e em duas semanas seria oficialmente a nova gerente do armazém. Ali também resolvera finalmente ir atrás de um diploma. Em setembro, começaria a frequentar duas aulas noturnas num curso técnico. Ela se formaria em administração e conquistaria o mundo, com Daniel ao seu lado.

— E você, como está? — perguntou Ali.

Finola terminou de passar o rímel e pegou um lápis de sobrancelha.

— Estou lidando.

— Mamãe disse que você voltou para casa dela.

— Sim... Nigel está em casa.

Ali endireitou as costas.

— Treasure e ele não estão mais juntos.

— Aparentemente não.

— Vocês dois vão...

Finola torceu o nariz.

— Nós não vamos voltar. — Ela levantou uma das mãos e continuou: — Não vamos falar sobre isso agora. Você tem seu jantar e eu não quero que fique pensando em mim. Estou bem. Triste e desapontada comigo e com ele, mas bem.

— Você vai se divorciar, então?

Finola assentiu.

— Já conversamos com nossos advogados. Vamos pôr a casa à venda e eu vou ficar com a mamãe até ela anunciar a venda da dela também, depois procuro um lugar perto do estúdio para alugar.

Ali a abraçou.

— Sinto muito. Estou tão brava com ele.

— Obrigada, mas não precisa ficar. Ele errou em ter um caso, mas eu também errei. Apenas não tão publicamente.

Ali estava surpresa. Aquela Finola era diferente. Menos ríspida, mais atenciosa. As tragédias sempre davam um jeito de raspar a camada externa de uma pessoa, deixando à mostra o que havia por baixo. No caso de Finola, era algo bom.

— Me avise se eu puder ajudar em alguma coisa.

— Obrigada. Estou bem. Como eu disse, triste, mas bem. Agora chega de falar de mim, vamos falar sobre como você vai estar linda e como os pais de Daniel vão adorar você.

Ali mordeu o lábio inferior.

— É, bom, eles já me conheceram, né? Como noiva de Glen.

— Tem razão, eu tinha esquecido. Você tem alguma ideia de como vai ser?

— Além de constrangedor? Não.

Noventa minutos depois, Ali e Daniel estavam subindo a entrada da linda casa dos pais dele em Calabasas, e Ali ainda não tinha mudado de opinião.

— Isso não foi uma boa ideia — disse ela quando Daniel bateu na porta.

Daniel apertou a mão de Ali levemente.

— Tarde demais, a não ser que queira sair correndo agora mesmo.

Antes que ela pudesse cogitar a sugestão, a porta da frente se abriu.

Marie Demiter estava na porta. Ela e seu marido, Steve, formavam um ótimo casal. Steve era arquiteto e Marie tinha uma pequena rede de salões de beleza no West Valley. Eles tinham criado dois garotos, eram ativos na comunidade e, até aquela noite, Ali sempre achou que eles meio que simpatizavam com ela.

Naquele momento, olhando para sua ex-futura sogra, Ali percebeu que não conseguiria levar a situação adiante. Ela não podia ser namorada de Daniel depois de ter sido noiva de Glen. Era ridículo, e ela fora uma tonta em achar que daria certo.

— Olá — disse Marie, forçando um tom de voz alegre. — Entrem.

Daniel e Ali entraram no enorme saguão de dois andares e Marie chamou:

— Steve, eles chegaram.

— Ótimo.

Steve, alto e de cabelo escuro como Daniel, se juntou a eles e todos se cumprimentaram. Marie abraçou seu filho e perguntou sobre o braço quebrado de Ali.

— Caí de moto na pista de motocross. Foi uma daquelas coisas que acontecem, mas estou bem.

— Ela foi muito corajosa — disse Daniel, passando o braço em volta dos ombros de Ali. — Mas quase me matou de susto.

Marie e Steve olharam para o gesso e depois um para o outro, deixando Ali desanimada. Aquela noite não parecia estar indo nada bem.

Marie conduziu todos até a sala, onde havia uma bandeja de aperitivos. Steve foi buscar as bebidas e os quatro se sentaram frente a frente em dois grandes sofás no cômodo gigantesco e impecavelmente decorado.

Ali olhou para sua taça de vinho branco, depois para Marie e Steve, e lembrou a si mesma de que já havia passado por situações piores. Ela não se lembrava exatamente do quê, mas tinha que haver alguma coisa.

— É melhor conversarmos sobre tudo logo — disse Ali baixinho —, senão o elefante no meio da sala vai ficar grande demais e a noite será horrível.

Marie pareceu aliviada.

— Excelente ideia, porque é uma situação bem incomum.

— Por que eu não... — começou Daniel, mas Ali pôs a mão sobre a dele.

— Calma, pode deixar — disse ela. — Isso é comigo.

— Então é o que sou para você? — provocou Daniel. — Um "isso"?

Ali conseguiu sorrir ligeiramente e lembrou a si mesma de ser forte antes de olhar para os pais dele.

— Eu não fazia ideia de que Glen estava infeliz. Ele nunca me disse nada. Eu só fui saber quando ele terminou tudo. — Marie e Steve se entreolharam, mas Ali sabia que precisava continuar falando para não ceder à pressão e desistir. — É claro que fiquei arrasada. Faltavam menos de dois meses para o casamento, e eu já tinha até enviado os convites. Não consegui nem entender direito o que estava acontecendo.

Ali achou melhor evitar mencionar seu colapso, a bebedeira, o celular atirado na parede e outros detalhes que não colaboravam muito para a sua imagem.

— Cancelar um casamento dá trabalho, então Daniel se ofereceu para me ajudar. Depois tive que arranjar um lugar novo para morar porque eu tinha avisado a imobiliária que sairia do meu apartamento e eles já o haviam alugado para outra pessoa. Nós dois estávamos passando bastante tempo juntos e ficamos amigos.

Leia-se *mais que amigos*, mas ela sabia que os pais dele estavam lendo nas entrelinhas.

— Só não entendo por que Daniel estava lá quando Glen terminou o noivado — observou Steve.

— Ah. Achei que vocês soubessem.

— Eu não contei — admitiu Daniel. — Me desculpe. Eu esqueci.

— Esqueceu o quê? — perguntou Marie. — Do que não sabemos?

— Mãe, Glen não terminou o noivado pessoalmente. Ele foi me ver e disse que não queria mais se casar. E também disse que não ia contar para Ali, então me restaram duas opções: eu poderia não fazer nada, e nesse caso Ali teria sido largada no altar, ou poderia contar eu mesmo. E escolhi contar.

Marie arregalou os olhos e perguntou a Ali:

— Glen não contou pessoalmente para você?

— Não. Quando mandei uma mensagem para ele, ele confirmou que não queria mais ficar comigo, mas foi só isso.

Ali até pensou em mencionar o cheque de quinhentos dólares, mas achava que os pais de Glen já sabiam o suficiente.

— Eu o encontrei há algumas semanas para resolver os últimos detalhes. — Uma maneira mais leve de descrever como forçara Glen a pagar pelo que ele devia. — Ah, mas faltou isso.

Ela abriu sua bolsa e tirou uma caixinha de dentro.

— Se encontrarem com Glen, por favor lhe entreguem isto. Eu não estava com ela quando o vi pela última vez.

Tecnicamente era verdade, mas não fora por isso que Ali ainda não tinha contado a Glen que iria devolver a aliança. Mais uma coisa que os pais dele não precisavam saber.

— Como eu disse — continuou Ali —, sei que isso tudo é superconstrangedor e que vão precisar de um tempo para processar as novidades. Mas não estou querendo separar a família de vocês. Daniel esteve presente enquanto minha vida desmoronava, ele foi um ótimo amigo e me ajudou. E o que aconteceu desde então nasceu daquela amizade. — Ela sorriu e continuou: — Ele é uma pessoa incrível, mas sei que é uma situação estranha. Algo digno de reality show.

Marie sorriu.

— Acho que isso também descreve um pouco como estamos nos sentindo. Não acredito que Glen não lhe contou pessoalmente. Não quero acreditar que ele não teria falado nada, mas agora já não sei mais. — Ela olhou para Daniel. — Ele o colocou numa situação impossível.

— Eu precisava contar a Ali o que Glen estava fazendo. Eu não queria que ela fosse enganada.

— Ele fez você partir o coração dela.

Aquele breve diálogo entre mãe e filho deixou claro que Marie sabia o que Daniel sentia por Ali. A situação toda era complicada e maluca, e Ali sinceramente não sabia o que eles deviam estar pensando dela agora.

— Lamento muito — disse Ali.

— Não — disse Steve. — Você não tem que lamentar nada, mas parece que devemos ter uma conversa com nosso outro filho. — Ele olhou para a esposa. — Marie?

— Agora que sabemos o que aconteceu, podemos superar essa história. Sempre gostei de você, Ali. E ainda gosto. Vai levar um tempo para nos acostumarmos, mas acho que vamos conseguir. Agora por que não vem comigo para me ajudar e deixamos os homens falando sobre esportes?

Ali sentiu uma onda de gratidão pela aceitação tão gentil da mãe de Daniel.

— Obrigada, eu adoraria.

Finola passou a maior parte da tarde de quinta e sexta-feira precificando itens para a venda de garagem que sua mãe daria. Achou que ficaria triste com a possibilidade de perder pedaços de sua vida, mas se sentiu estranhamente empolgada pelo fato de que logo esses objetos não estariam mais lá. Estava deixando o passado para trás e seguindo em frente. Não sabia exatamente para onde, mas já era um avanço.

Nigel e ela ainda estavam sendo cordiais. A papelada para a venda da casa havia sido assinada, e na semana seguinte chegaria a placa de VENDE-SE. Eles tinham dividido a conta conjunta e estavam começando o processo de separação amigável.

Finola levou caixas para a garagem. Mary Jo tinha pegado emprestado de uma amiga mesas dobráveis para os itens menores. Araras cheias de roupas estavam prontas para serem dispostas na entrada, além de pilhas de livros e jogos, junto com caixas de brinquedos antigos. Finola listara os móveis disponíveis para que as pessoas soubessem o que estava à venda antes de entrar na casa. Depois que os itens fossem vendidos, era só riscá-los da lista.

Ali se encarregara de divulgar o evento. Ela recorrera a redes sociais e ao site do *Los Angeles Times* para que as pessoas ficassem sabendo. Ali era Hollywood e a terra do cinema, então haveria interesse especial nos itens de Parker Crane, que ela fez questão de ressaltar.

Zennie e Ali chegariam às seis e meia e a venda começaria às oito. O dia seria agitado, e Finola esperava que tudo fosse vendido ainda no sábado para que elas não tivessem que organizar um segundo dia. Com sorte, tudo que ela e as irmãs teriam que fazer seria levar o que sobrasse para um centro de doações. Feito aquilo, Mary Jo mandaria limpar os carpetes e colocaria a casa à venda.

Finola estava buscando mais uma leva de caixas dentro da casa quando seu telefone tocou. Ela olhou para a tela e reconheceu o número de sua agente.

— Trabalhando até tarde numa sexta.

— Estou, e é só por você — disse Wilma dramaticamente. — Porque é minha favorita.

— Você diz isso para todos os seus clientes. Já conversamos sobre isso e nenhum de nós acredita mais em você.

Wilma deu uma risadinha.

— Por mim tudo bem. Então, tenho novidades.

— Considerando seu tom de voz, imagino que sejam boas.

Finola pensou em como já estava na hora.

— E são. São fantabulosas, e não estou exagerando.

— Conta.

— A emissora quer que você seja uma das apresentadoras do programa nacional das dez da manhã. Durante uma semana.

Finola foi até o sofá e desabou. Seu coração estava acelerado, e ela começou a ouvir um zumbido.

— Está falando sério? Eles me convidaram?

— Sim. Tenho ouvido boatos sobre um dos apresentadores da manhã estar indo embora e os outros automaticamente subirem de cargo, deixando uma vaga aberta para alguém. Quero que este alguém seja você, Finola. Você precisa arrasar nessa semana.

Ir do *AM SoCal* para o programa nacional das dez era um grande salto. Mais que grande.

— Eu aceito. Claro que aceito. Quando?

— Em três semanas. Você consegue estar pronta?

— Sim. Tenho que ligar para meus produtores e avisá-los.

Eles não ficariam muito felizes, mas também não recusariam um pedido da emissora.

— E tem mais — continuou Wilma. — Eles vão deixar você produzir uma série de uma semana, se quiser. Um quadro por episódio, todos os dias. Você escolhe o tema. Vai dar muito trabalho, mas poderá mostrar do que é capaz.

— Eu faço — respondeu Finola sem nem titubear. Ela não precisava parar para pensar. — Já tenho até um tema. "Por que casamentos fracassam."

Wilma arfou.

— Isso é loucura. Não pode falar sobre isso.

— Por que não? É relevante. Todo mundo conhece alguém que se divorciou, e os espectadores estarão pensando no meu casamento de qualquer maneira. Por que não abrir o jogo logo?

— É uma jogada arriscada, Finola. Vai precisar ser forte.

— Eu aguento.

Sim, seria doloroso, e sim, ela se sentiria exposta, mas também tinha a sensação de que se sentiria bem mais leve e livre quando tudo terminasse.

— Vou mandar os detalhes por e-mail — prometeu Wilma. — Pense durante o fim de semana e me retorne.

— Não vou mudar de ideia.

— Pense durante o fim de semana.

Finola sorriu.

— Sim, senhora. Falo com você na segunda.

Ela desligou. Sua cabeça estava a mil com tantas possibilidades. Finola começou a ligar para Rochelle, mas se lembrou de que sua assistente havia pedido demissão. Rochelle tinha uma grande oportunidade em Los Angeles, e a oferta de ir para Nova York seria uma distração. Era melhor para Rochelle crescer como produtora assistente na Califórnia do que ser assistente de Finola em outro lugar, presumindo que aquele teste resultasse numa oferta.

— Posso fazer isso sozinha — disse ela em voz alta, mais para sentir como aquilo soava.

Finola tinha tempo de sobra. Montaria um esboço para o quadro e conversaria com o produtor para chamar os convidados certos. Seu objetivo seria criar uma série reflexiva e informativa que ajudasse os espectadores. Se aquilo lhe rendesse uma espécie de desfecho, bom, seria apenas um bônus.

Capítulo Vinte e Oito

— Volta para cama — disse Zennie, rindo, conforme dirigia pelas ruas calmas de Burbank, pouco depois das seis da manhã. Ela ajustou o volume da caixa de som para escutar melhor a chamada. — Hoje é sábado, Clark. O que está fazendo acordado?

— Você está grávida e Ali está de braço quebrado. Isso vai limitar a operação.

— É só a venda dos itens de uma casa, não estamos indo para a guerra. E o fato de eu estar grávida não muda nada. Já fico em pé no trabalho o dia todo, então estou bem acostumada.

— Justamente, você já fica em pé o dia todo no trabalho, então não deveria fazer isso aos fins de semana também. Eu quero ajudar.

— Já conversamos sobre isso no jantar.

— Sim, conversamos, e você negou. Estou tentando de novo.

Desde que entrara em contato de novo com ela e se oferecera para ser seu amigo, Clark estava muito mais presente na vida de Zennie, mais do que ela teria esperado. Mais surpreendente ainda, ela até estava gostando. Ele era equilibrado e calmo e, considerando o estado emocional em que Zennie se encontrava, aquelas eram qualidades das quais ela precisava. Clark havia cumprido sua promessa e não a pressionara em relação a nada. Os dois estavam curtindo a companhia um do outro e nada mais.

— Certo — cedeu ela. — Passe lá às dez e aí você cuida do caixa enquanto eu descanso por meia hora, mas depois disso terá que ir embora.

— Ótimo, nos vemos às dez. Quer que eu leve donuts?

Zennie pensou na panqueca integral com um pingo de pasta de amêndoas e frutas vermelhas orgânicas que comera no café da manhã e no shake de proteína nojento que estava levando para tomar mais tarde.

— Eu faria qualquer coisa por um de creme — sussurrou ela. — Mas você não pode contar para ninguém.

— Minha boca é um túmulo. Vejo você daqui a pouco.

Zennie ainda estava sorrindo ao estacionar na rua da mãe. Ela parou o carro a uma boa distância para que os compradores pudessem estacionar mais perto, pegou seu shake e uma garrafa de água reutilizável e livre de bisfenol que ganhara de Bernie e andou o quarteirão até a casa.

As luzes estavam acesas e a porta da garagem aberta. Zennie logo viu Ali organizando as mesas com o conteúdo das caixas e Finola trazendo araras cheias de roupas. As irmãs sorriram ao vê-la.

— Que horas vocês chegaram? — perguntou Zennie, abraçando Ali e depois examinando seu gesso.

— Eu cheguei às seis — disse Ali, com um sorriso convencido. — Sou melhor que você.

— Pelo visto é mesmo. Vou só guardar essas coisas na geladeira e já volto para ajudar.

— Você pode me ajudar a carregar as mesas — disse Finola, torcendo o nariz logo em seguida. — Você pode me ajudar a carregar as mesas?

Zennie olhou para as mesas dobráveis empilhadas na garagem.

— Elas têm tipo quatro quilos cada. Acho que dou conta.

Zennie entrou na casa e guardou suas coisas. Mary Jo entrou na cozinha assim que a filha estava saindo de volta para a garagem.

— Que bom que você chegou — disse Mary Jo. — Quero dar uma coisa para você antes de começarmos a venda.

— Claro.

Zennie manteve o tom de voz leve mesmo já imaginando que seriam pôsteres antigos que já deveriam ter sido doados ou uma assinatura premium para um site de encontros. Em vez disso, porém, Mary Jo lhe entregou uma caixa.

Quando Zennie a abriu, descobriu que estava cheia de roupinhas de bebê. Eram macacões e vestidos com chapéus cheios de babados combinando, sapatinhos minúsculos e um lindo cobertor de crochê em diferentes tons de rosa.

Sua mãe a observava.

— Eram seus. Não pus à venda porque pensei que, bem, talvez quisesse ficar. Para o bebê.

Zennie não sabia o que dizer.

— Mãe, eu não vou...

— Ficar com o bebê, sim, já aceitei o fato de que nunca serei avó. Finola está se divorciando e você terá um bebê para outra pessoa. Ali está com Daniel, então talvez eles se animem, mas, com a sorte que eu tenho, já nem sei mais. — Mary Jo olhou feio para a filha. — Vocês três não são nada fáceis. Primeiro Ali e Glen terminam, depois Finola e Nigel. Você se recusa a engatar um relacionamento sério. Foge do amor como o diabo da cruz, mas ter um bebê para uma amiga? Claro, por que não?

Zennie abraçou sua mãe impulsivamente.

— Eu te amo, mãe. Lamento por estar tornando as coisas mais difíceis para você. Nunca foi minha intenção.

Mary Jo retribuiu o abraço por um instante.

— Sim, bom, azar o meu, não é?

Zennie tocou nas roupinhas de novo.

— Obrigada por isso. Bernie vai adorá-las.

— Não me importo com o que ela vai pensar. Estou fazendo isso por você. Para dizer que, por mais que eu jamais consiga entender, sou sua mãe e te amo.

— Ótimo. Agora é melhor darmos uma olhada nas coisas lá fora.

Zennie e Mary Jo se juntaram a Finola e Ali na garagem e passaram os noventa minutos seguintes aprontando tudo para a venda, até os primeiros compradores chegarem, às sete e quarenta e cinco.

Dois homens de cara amarrada já entraram querendo ver joias. Ao descobrirem que era tudo bijuteria, foram embora.

— Até parece que eu ia vender minhas coisas boas assim — queixou-se Mary Jo. — Que ridículo. Levei todas as joias valiosas para o banco na semana passada e as guardei num cofre. Não sou idiota.

— Mãe, talvez fosse melhor você ficar lá dentro — sugeriu Finola. — Assim pode garantir que ninguém vai entrar onde não deve e pegar alguma coisa.

Os móveis maiores estavam dentro de casa, junto com os artigos da velha Hollywood.

— Boa ideia, as pessoas podem ser verdadeiros abutres. Todas elas.

Assim que a mãe saiu, Ali abriu um sorriso.

— Quer dizer que mamãe quer vender as coisas dela, mas fica ressentida com qualquer um que queira comprá-las?

— Não tente encontrar uma lógica — disse Zennie. — Mas ela não faz por mal.

— Sim, é verdade.

Aquela foi a última oportunidade que as três tiveram de conversar por um bom tempo, pois logo vieram novos clientes querendo olhar tudo. Os móveis foram vendidos rapidamente. Quando Clark chegou com donuts, a mesa de jantar e a cristaleira estavam sendo colocadas na traseira de uma pequena caminhonete, enquanto duas mulheres discutiam sobre os móveis da sala de estar.

Zennie se viu estranhamente contente ao ver o homem de cabelo castanho e óculos e, embora tentasse se convencer de que era mais por causa dos donuts do que dele, ela sabia que era mentira. O Clark que não exigia demais e era apenas seu amigo lhe agradava muito mais do que aquele que queria namorar com ela. Apesar de que, para falar a verdade, Zennie não se importaria com um beijinho ou outro, o que era bem estranho, ainda mais considerando que não ficara nem um pouco chateada quando os dois terminaram.

Mas não havia tempo para pensar naquilo. Eles mal conseguiram acabar com os donuts, e Zennie tinha acabado de explicar às irmãs que Clark e ela eram apenas amigos e não, não estavam juntos de novo quando mais pessoas chegaram querendo revirar tudo.

Todas as roupas foram vendidas rapidamente, assim como os brinquedos. As peças de arte também tiveram uma boa saída, mas os utensílios de cozinha continuavam encalhados. Clark ficou e ajudou a levar as coisas até os carros dos compradores. Por volta das onze horas, uma sofisticada Mercedes conversível de dois bancos parou na frente da casa e um homem mais velho e atraente saiu do veículo.

— Vi na internet que estão vendendo peças colecionáveis de Hollywood — disse ele a Zennie. — Você pode me dizer onde estão?

Ela encarou o homem, tentando rapidamente descobrir de onde o conhecia.

— Estão lá dentro — respondeu Zennie, apontando para a porta de entrada da casa. — Minha mãe está lá, ela pode lhe mostrar.

Finola se aproximou dos dois.

— Você é Parker Crane.

Isso, pensou Zennie. Ele fizera diversos filmes quando era jovem e agora estrelava uma série policial de sucesso na TV.

— Sou sim. — Parker sorriu. — Fico de olho nesse tipo de venda de garagem. Adoro saber o que os fãs colecionam. Às vezes eles têm coisas que eu não tenho.

Finola abriu a boca para falar alguma coisa, mas pensou melhor.

— Minha mãe não é só uma fã. Digo, hmm, você a conheceu. Depois que meu pai morreu. — Ela balançou a cabeça. — Sinto muito, não sei por que está sendo tão difícil dizer isso. Minha mãe se chama Mary Jo Schmitt agora, mas você a conheceu quando ela era Mary Jo Corrado.

Parker arregalou os olhos e virou o rosto na direção da casa.

— Eu me lembro dela, é claro. Eu e ela... Bom, vocês não vão querer ouvir isso. Sempre me arrependi de como as coisas terminaram. Ela está, hmm, casada?

Finola sorriu.

— Divorciada. Por que não entra e vai falar com ela?

Parker assentiu e se aproximou lentamente da casa. Zennie puxou Finola de volta para a garagem e chamou Ali.

— Mamãe teve um caso com Parker Crane? — perguntou Zennie. — Quando? E como você sabe disso?

— O quê? — gritou Ali. — Está falando sério?

— Foi antes de ela se casar com papai — respondeu Finola. — Descobri há algumas semanas quando estávamos revirando umas caixas. Ela tem vários presentes que ganhou dele. Aparentemente foi um caso intenso, mas ele simplesmente a abandonou.

— Então ele é um babaca — decretou Ali.

— Foi há muitos anos. — Finola olhou na direção da casa. — Ele disse que se arrependeu e faz muito tempo, então pode ser que isso fique interessante.

— Então não o odiamos? — perguntou Ali. — Não era para a gente odiá-lo?

Zennie segurou o braço de sua irmã mais nova.

— Os tempos estão mudando. Teremos que mudar com eles.

Na manhã de segunda, Ali estava digerindo o fato de sua mãe ter saído para almoçar com Parker no meio da venda de garagem e não ter voltado mais. Por volta das três da tarde de sábado, Mary Jo mandara uma mensagem pedindo para que encerrassem a venda às quatro e depois trancassem a casa. Ah, e que poderiam doar tudo que não tivesse sido vendido.

Foi o que as irmãs fizeram. Daniel chegara em sua caminhonete, e Clark e ele carregaram o que restara na traseira. Depois, Daniel e Ali levaram os itens para um centro de doação.

Ao meio-dia de domingo, as três estavam conversando para descobrir se alguém sabia do paradeiro da mãe. Mary Jo finalmente respondera às mensagens cada vez mais frenéticas delas de forma sucinta.

Estou com Parker, está tudo bem. Vão arranjar o que fazer.

E só.

Ali se lembrou de que obviamente queria que Mary Jo fosse feliz. Era só um pouco estranho e desconfortável pensar que sua mãe estava transando com um cara que não via havia décadas. Quando Ali contou aquilo para Daniel, ele ressaltou que pelo menos ela teria uma carta na manga para a próxima vez em que Mary Jo começasse a se intrometer na vida da filha.

Ali passou a manhã de segunda se instalando no escritório de Paul. O dono da empresa a tinha presenteado com móveis e carpetes novos, o que foi inesperado e bem-vindo. O ex-chefe continuaria trabalhando como consultor durante um mês para ajudar durante a transição. Com as novas responsabilidades, viria um belo aumento. Ali fizera as contas e chegara à conclusão de que quitaria suas dívidas em seis meses. Depois poderia começar a juntar dinheiro e resolver a questão de onde morar.

Daniel era grande parte disso. Por mais que ele não tivesse se declarado de novo, Ali se lembrava com frequência daquele momento. Ela também queria dizer aquilo para ele, mas antes precisava ter certeza. Considerando seu histórico com Glen, não podia ter dúvidas. O que sentia por Daniel era completamente diferente e os dois se davam tão melhor, mas será que aquilo era…

— Oi, Ali.

Ali levantou a cabeça e viu Glen parado na porta da sua sala, como se o ato de pensar nele o tivesse feito surgir ali.

— O que você está fazendo aqui?

— Eu queria conversar.

Bom, eu não quero conversar com você. Palavras petulantes e imaturas, ela admitiu.

Ali fez um sinal para que ele se sentasse e fechou cuidadosamente a porta da sala, antes de voltar ao seu lugar.

— O que foi? — perguntou ela.

Glen olhou ao redor.

— Isso é novo.

— A promoção? Sim, mas é ótimo. Estou animada com a oportunidade.

Glen não havia mudado nada. Engraçado como agora Ali o via como uma versão menor de Daniel. Cabelo mais claro, pele mais clara, músculos menos definidos. Ela nunca se importara com aparências, mas depois de ter se aproximado tanto de Daniel… Bom, era difícil pensar em ter menos que aquilo.

Glen ajeitou os óculos no nariz.

— Fui até o seu apartamento no final de semana. Você não mora mais lá.

O tom de voz dele era ligeiramente acusatório, como se ela tivesse feito algo de errado.

— É claro que não moro mais lá. Avisei que sairia porque ia morar com você, esqueceu? Eu já tinha vendido metade dos meus móveis quando você me largou. Depois, tentei voltar atrás e ficar com o apartamento, mas não consegui, porque o aluguel tinha subido a tal ponto que eu não podia mais pagar e ele já havia sido alugado para outra pessoa. Então fiquei basicamente sem lugar para morar.

Ali parou para respirar e acalmar os ânimos. Ela não estava zangada com Glen — era mais uma questão de parecer que ele simplesmente não entendia o mal que ele lhe fizera.

— Você terminou comigo do nada — continuou Ali, com a voz mais calma. — Não teve a decência de ir falar comigo pessoalmente ou me dar qualquer explicação. Não sei até hoje por que tomou essa decisão. Você não cuidou de um único detalhe, pelo contrário, largou tudo em cima de mim. Tive que fazer tudo, Glen, as ligações, avisar os convidados, doar um vestido de noiva que eu não podia devolver. Fiz tudo sozinha, porque você simplesmente desapareceu.

Ele se ajeitou na cadeira.

— Não precisa fazer parecer tão horrível assim.

Ali estava prestes a gritar com ele, mas se lembrou de que não importava. Ficar com raiva seria um desperdício de energia e, sinceramente, ela não se importava. Não mais.

— E foi horrível. Foi tudo horrível, mas não é por isso que veio até aqui. Me diga logo o que quer.

E assim posso pedir para que vá embora, pensou.

— Você conseguiu arranjar um apartamento novo?

A pergunta era tão diferente do que ela estava esperando que Ali demorou um segundo para entender o que ele queria saber.

— O quê? Não. Estou morando com Daniel.

Ali se deu conta um pouco tarde demais de que deveria ter dito aquilo de forma diferente, mas paciência.

— Como é? Com Daniel? — Glen ficou vermelho. — Eu sabia. Ele sempre teve uma queda por você. Ele não admitia, mas eu já tinha sacado. Eu devia ter imaginado que ele faria isso. Daniel se fez de santo o tempo todo, enquanto planejava roubar você de mim. Canalha.

— Ei — disse Ali, com a voz gélida. — Pode parar. Ninguém roubou nada. Não sou um vaso de planta numa prateleira para ser roubada. Quanto ao que aconteceu, você terminou nosso noivado sem nem ter coragem de olhar na minha cara. Daniel foi um ótimo amigo e me ajudou a cancelar o casamento, coisa que você nem se deu ao trabalho de pensar em fazer.

— Aposto que sim.

Ali já entendera que Glen era um babaca, mas até aquele exato instante jamais percebera quão babaca. Que sorte dela ter sido largada. Que sorte sair de tamanha furada a tempo.

Enquanto a imagem de Glen só piorava conforme Ali descobria mais sobre ele, com Daniel era o completo oposto. Ele era gentil, atencioso, sexy, engraçado e inteligente. Ela se sentia bem consigo mesma perto dele. Os dois traziam à tona o melhor de cada um. Ele era... Ele era...

Ali se levantou rapidamente da cadeira, mas voltou a se sentar logo em seguida. Minha nossa, ela estava apaixonada por Daniel. Completamente apaixonada.

— O que foi? — perguntou Glen.

Ali sorriu.

— Nada. — Ela jamais falaria aquilo ao idiota do Glen antes de contar a Daniel. — Você ainda não disse o que veio fazer aqui. Não pode ser pela aliança. Já a devolvi para a sua mãe.

— Ela me contou. Não é pela aliança. — Glen se inclinou para mais perto de Ali. — Achei que talvez pudéssemos tentar mais uma vez.

Ela ficou genuinamente sem palavras, então apenas o encarou atônita, sem conseguir emitir um som, o que pelo visto Glen interpretou como um bom sinal.

— Ali, sei que tem sido difícil e que eu tive minha parcela de culpa nisso. Eu me senti preso e não sabia se éramos certos um para o outro. Você era sempre tão mansa e fazia tudo que eu queria.

— Que problema terrível devia ser lidar com isso — retrucou ela, recuperando a voz.

Glen ignorou o sarcasmo.

— Mas essa sua versão nova... ela é forte. Você gritou comigo, está tomando um rumo na vida, e eu gosto de quem você é agora. Sinto sua falta. Sinto nossa falta. Éramos bons juntos e podemos ser novamente.

Ali realmente devia ter arranjado um vaso para sua nova sala. Um bem grande, do qual não gostasse, para poder atirar na cabeça de Glen.

— Não — respondeu Ali, orgulhosa de como soava calma. — Não. Não amo você. Tenho até vergonha em dizer, mas não sei nem se um dia amei. Não éramos bons juntos, nenhum de nós era feliz. Não quero estar com você. Estou com Daniel e quero ficar com ele. Você agiu errado ao terminar comigo daquele jeito horrível, mas estava certo ao terminar as coisas. Acabou, Glen. Acabou tudo entre a gente.

Ele baixou os ombros.

— Você não sente isso.

— Sinto, sim. Você não está mais interessado em mim, está só bravinho porque estou com Daniel.

Glen se levantou.

— Você está cometendo um erro. Ele jamais vai te amar como eu amei.

Ali queria responder que não precisava do tipo de amor de Glen em sua vida, mas então se lembrou de que, se tudo corresse bem, ele seria seu cunhado, portanto era melhor ser civilizada.

— Adeus, Glen.

Ele ia começar a dizer alguma coisa, mas, em vez disso, balançou a cabeça e saiu. Ali permaneceu sentada por mais um tempinho, certificando-se de que estava bem, e depois eliminou qualquer pensamento sobre Glen que ainda restava na cabeça e voltou ao trabalho.

Capítulo Vinte e Nove

Finola conferiu com calma sua aparência no espelho bem-iluminado do camarim temporário. Cada fio de cabelo estava em seu devido lugar, a maquiagem estava discreta e o vestido sem manga havia sido ajustado para cair como uma luva. Ela passou a mão pelas flores que Zennie e Ali tinham lhe mandado e sorriu ao ver os balões de Rochelle e da equipe de Los Angeles. Finola realmente estava fazendo aquilo e, em menos de meia hora, estaria ao vivo num programa em rede nacional.

Ela se sentou e fechou os olhos antes de inspirar durante quatro segundos. Em seguida, prendeu a respiração e contou até oito, expirando lentamente.

Depois de completar esses exercícios, Finola saiu do camarim e encontrou o encarregado pelo som para ajudá-la a prender o microfone sob a parte da frente do vestido, passar o fio por baixo da cava e prender na parte de trás do cinto. Um dos produtores, um cara jovem e magro de trinta e poucos anos, se aproximou.

— Pronta? — perguntou ele, parecendo ansioso.

— Vai dar tudo certo.

— Se é o que você diz. Eu jamais teria escolhido esse tema, mas é tarde demais para mudar de ideia agora.

Finola sorriu.

— Não se preocupe. Pode deixar comigo.

Ela foi para o set e encarou as câmeras. Eram três, todas controladas remotamente, o que fazia parecer que estavam vivas e que se moviam para onde bem entendessem. Finola se lembrou de manter a concentração, afirmou para si mesma que se sairia bem e sorriu ao ouvir a contagem regressiva começar.

— Cinco, quatro, três...

O dois e um eram em silêncio, e então a luz vermelha se acendeu.

— Bom dia. Sou Finola Corrado, e estarei com vocês durante esta semana. Bem vindos à nossa edição das dez. — Finola se concentrou em permanecer relaxada e ler o teleprompter. — Nos últimos meses, como muitos de vocês sabem, minha vida pessoal esteve na mídia. Meu marido teve um caso com uma cantora famosa e, quando me dei conta, estava participando da história em vez de apresentá-la. Foi uma mudança para mim, e longe de ser divertida.

Ela parou para abrir um sorriso triste.

— Fiquei com medo, fiquei com raiva, fiquei magoada. Passei um bom tempo com pena de mim mesma e talvez bebendo umas taças de vinho além da conta. Mas então, conforme as feridas pararam de sangrar tanto, comecei a refletir. Sobre meu casamento e outros relacionamentos em minha vida, sobre o que é preciso para fazer outra pessoa feliz sem deixar de ser fiel a si mesmo. — Finola fez uma pausa e continuou: — Se estão esperando por detalhes sórdidos da minha vida pessoal nesta semana, lamento dizer que ficarão desapontados. Mas o que eu gostaria de discutir em vez disso é o que faz um casamento dar certo e como eles dão errado. A não ser que seja um relacionamento abusivo, nenhuma relação fracassa por culpa de apenas uma pessoa. Nem mesmo o meu. Posso não ter traído, mas não fui a esposa que poderia ter sido. Espero que os convidados que chamei aqui hoje possam trazer informações interessantes, e que todos possamos aprender alguma coisa. Então, vamos lá.

Ela se virou para o sofá e as poltronas assim que a primeira convidada entrou.

A hora passou voando. Finola ateve-se às suas anotações sempre que possível, mas em alguns momentos as coisas fugiram do roteiro. Ela continuava a conversa e voltava ao ponto central do quadro. Sem o feedback de uma plateia presencial, Finola não fazia ideia de como o programa estava sendo recebido, mas se assegurou de que sabia o que estava fazendo e que precisava confiar em seus instintos. Quando a luz da câmera desligou, faltando quatro minutos para completar uma hora, a sensação era de ter corrido cinco maratonas.

O produtor magricelo voltou, encarando-a, incrédulo.

— Foi incrível. Sincero e cru sem cair no piegas. A psicóloga foi perfeita. Eu sou desses que por princípio não gosta de terapeutas, mas a convidada sabia do que estava falando. Se os outros programas forem bons assim, você vai ter uma série de sucesso em mãos, Finola.

— Obrigada.

Finola voltou para o camarim temporário. As pessoas a parabenizaram, mas, como ela não os conhecia, os elogios não significaram tanto. Finola sentiu falta de sua equipe de sempre, de saber o que estavam pensando só de olhar para o rosto de cada um.

Quando ela pegou o celular, desceu pelas dezenas de mensagens recebidas até encontrar uma de Rochelle.

Você arrebentou, mulher! Estou morrendo de orgulho de você e olha que nem tive nada a ver com isso rsrs. Saudades.

Havia felicitações calorosas de suas irmãs e uma mensagem inesperada de Nigel.

Obrigado por não me fazer parecer um canalha.

Finola se trocou e vestiu calça jeans e camiseta para dar uma volta pela cidade por algumas horas antes de voltar ao hotel e dar os últimos retoques no programa do dia seguinte. Os convidados já tinham confirmado presença, então ela só precisava revisar suas anotações.

Ela pôs seus óculos de sol e saiu. Ninguém sabia quem ela era e, se sabiam, não ligavam. Finola se misturou aos pedestres, caminhando na direção norte, onde ficava o Hotel Peninsula.

O ar do meio da tarde estava cada vez mais quente, e às cinco já estaria fazendo quase trinta graus. O céu estava azul, e o tumulto e o barulho eram quase reconfortantes.

Ela passara por muita coisa e sobrevivera, pensou Finola. Seu emocional havia sido destroçado, e ela se reconstruíra do zero, dessa vez mais forte. No caminho, perdeu seu casamento e sua inocência, mas aprendeu muita coisa e achava que tinha se tornado uma pessoa melhor. Se ao menos tivesse sido de uma forma mais fácil, ou algo que pudesse ser resolvido com um livro de autoajuda. Só que a vida não funcionava assim. A maioria das pessoas evitava o difícil e o doloroso até serem forçadas a encará-los. A maioria das pessoas aprendia justamente passando pela provação, não lendo sobre ela. A maioria das pessoas não percebia o custo até ser tarde demais.

Zennie se convenceu de que não havia motivo para estar nervosa. Era permitido convidar amigos para as corridas de domingo de manhã, e ela tinha convidado um amigo. Tecnicamente, não havia violado nenhuma regra, mas continuava se sentindo culpada.

Cassie chegou no estacionamento do Woodley Park instantes depois dela.

— Oi — disse Cassie, saindo do carro. — Que bom que viemos cedo. Hoje vai ser quente e você sabe bem como odeio suar. Como está se sentindo?

— Bem. — Zennie a abraçou. — Acho que essa história de gravidez está se tornando mais fácil.

— Que bom ouvir isso. E o que mais?

— Do que está falando?

Cassie revirou os olhos.

— Você obviamente está escondendo alguma coisa. Não é a gravidez, então o que é?

— Convidei Clark para vir conosco.

DeeDee chegou naquele instante, olhando Zennie de cima a baixo até Cassie gritar:

— Zennie convidou um cara!

— E justo na sua condição delicada — emendou DeeDee, rindo. — É um cara novo ou antigo?

— Que pergunta mais estranha.
— Antigo — revelou Cassie, sorrindo. — Cla-ark — cantarolou ela.
— O do zoológico? Ele terminou com você há alguns meses, não foi?
— Lembrete mental: contar menos da minha vida para vocês duas. Sim, nós terminamos, mas depois ele veio falar comigo e sugeriu que continuássemos amigos. Então é isso. Também sou amiga da C.J., e vocês nunca falam nada dela.
— Você passando tempo com uma mulher não é tão interessante — devolveu DeeDee. — Então é sério?
— Somos apenas amigos.
Cassie e DeeDee se olharam.
— Se é o que diz — concedeu Cassie, enquanto o carro de Clark se aproximava.
— Sejam boazinhas — pediu Zennie. — Por favor, estou implorando. Não digam nada...
— Constrangedor? — completou Cassie. — Ou não mencionem o fato de que, depois que você e suas irmãs foram largadas no mesmo final de semana, você foi a única que voltou com o cara?
Zennie gemeu.
— Sim, dizer isso não seria legal.
Cassie e DeeDee trocaram um "bate aqui".
Zennie sabia que, mesmo que elas a provocassem, não iriam envergonhá-la. As amigas gostavam dela e a apoiariam, diferentemente de Gina, que desaparecera de sua vida. E, apesar de Zennie não gostar muito de pensar no assunto, enquanto sua mãe já amolecera, seu pai ainda não. Sim, ele dissera as coisas certas, mas o clima entre os dois continuava estranho.
A rejeição doía, mas Zennie também sabia que não havia nada a fazer a respeito. Ela o confrontara, deixando clara sua opinião. O que ele faria em seguida era problema dele. Engraçado como engravidar a ajudara a ver em quem ela podia confiar — ou não.
Clark se juntou ao grupo, parecendo mais fofo que o normal, vestindo short e camiseta. Zennie o apresentou e todos se cumprimentaram.
— Só para que fique claro — começou ele alegremente —, já estou preparado para ficar para trás e estou de boa com isso. Mulheres fortes não me intimidam.

— Hmm, gostei de ver — disse Cassie. — Mas não temos corrido rápido. Tem alguém aqui num estado meio delicado, então nos adaptamos porque a amamos.

Zennie sabia que Cassie só estava sendo ela mesma, mas de alguma forma aquelas palavras e o apoio sincero a pegaram de surpresa. Ela tentou conter as lágrimas, dizendo para si mesma que não permitiria mais que aqueles hormônios idiotas controlassem sua vida.

— Vamos andar logo com isso — disse DeeDee. — Porque quando terminarmos, quero ir até a Cheesecake Factory. Eles servem brunch aos domingos e eu quero o waffle belga gigante e no mínimo uma taça de mimosa.

— Quando você vai, vai com tudo.

— Não consigo evitar. É o meu jeitinho.

— Vamos?

Zennie correu até o início da trilha e definiu o ritmo lento do aquecimento. Os quatro rapidamente se dividiram em pares, e Clark ficou com ela.

— Isso é bem bacana — disse ele. — Obrigado pelo convite.

— De nada.

— Provavelmente devemos conversar tudo logo agora, porque em quinze minutos estarei sem fôlego.

Zennie sorriu.

— Você vai se sair bem.

Clark olhou para ela e sorriu.

— Estou fazendo o meu melhor, Zennie.

Ele estava mesmo, pensou ela, feliz. E, até aquele momento, estava sendo muito bom.

Ali adorava a cozinha de Daniel. Era grande, havia espaço de sobra nas bancadas e, embora nunca tivesse sentido nada muito intenso por uma linha de utensílios de cozinha antes, ela tinha quase certeza de que poderia falar três minutos ininterruptos sobre por que os de Daniel eram os mais incríveis.

Ela desempacotou as compras que fizera depois do trabalho. Para o jantar, ela arriscaria e experimentaria frango ao molho marsala. A receita que ela encontrou na internet parecia fácil e seria servida com purê de batata, além das vagens frescas que havia comprado.

Desde que Daniel e ela decidiram levar as coisas adiante, Ali começara a sentir mais vontade de cozinhar. Estava preparando o ninho, presumiu. Estabelecendo seu lugar na vida de casal deles ao fazer coisas de cozinha. Era tradicional, antiquado e ela sinceramente não conseguia evitar. Além disso, preparar o jantar a deixava feliz.

Ali havia escolhido uma boa garrafa de vinho e até comprara cookies de sobremesa. Aquela noite seria especial, pensou, sorrindo. Naquela noite, enquanto eles comiam o frango ao marsala e o purê de batatas, ela diria a Daniel que o amava.

Estava na hora, ou provavelmente até já passara dela. Ali já suspeitava do que sentia havia um tempo, mas estava esperando até ter certeza. Sua última conversa com Glen tinha deixado tudo bem claro. Daniel era o cara certo, ela o amava e queria que ele soubesse.

Depois de juntar tudo de que precisava, ela amaciou o peito de frango e começou o preparo, descascando as batatas. O gesso e o braço quebrado mal a atrapalharam. Ali tinha acabado de terminar quando Daniel chegou em casa.

Ela ouviu a porta da garagem e teve que rir quando seu estômago começou a se revirar de nervoso. O efeito que aquele homem causava nela... Ali lavou as mãos e correu até Daniel, mas parou imediatamente ao ver a expressão séria no rosto dele.

— O que foi? — perguntou do corredor que dava na cozinha. — O que aconteceu?

Quando Daniel demorou a responder, Ali soube que tinha alguma coisa errada. Era evidente pela tensão na mandíbula e nos ombros dele.

— Daniel, você está me assustando.

— Acho que não devemos mais ficar juntos.

Aquelas palavras ditas assim, a seco, atingiram Ali como um caminhão, tirando todo o seu ar e quase a fazendo cair de joelhos. Ela teve que se apoiar na parede para manter o equilíbrio.

— O quê?

Daniel virou o rosto.

— Glen foi me ver esta tarde. Ele disse que errou em terminar o noivado. Disse que lamentava muito e que queria mais uma chance com você. — Daniel olhou Ali novamente, abatido. — Ele ainda te ama.

— Não ama, não.

— Ali, eu vi a cara dele, falei com ele. Ele está destruído. Vocês dois passaram muito tempo juntos. Iam se casar. Você tem uma história com ele e...

A descrença, a raiva e a dor brigavam para ver quem vencia.

— Não — interrompeu Ali, levantando o tom. — Não. Pare de falar. Apenas pare.

Ela respirou, tentando entender. Ela acabara de ver Glen. Sim, ele falara sobre os dois voltarem, mas não de forma tão séria assim. A verdade é que ele não gostava que Ali estivesse com Daniel.

Ela levantou a cabeça.

— Isso não é o que você pensa. Glen está brincando com nós dois. Ele também foi me ver, e eu deixei muito claro que eu e ele não temos mais volta. Glen foi um erro e, por mais que eu esteja disposta a ser civilizada por você, num mundo perfeito eu jamais o veria de novo. — Ali se aproximou um pouco dele, parando a meio metro de distância. — Daniel, eu juro que não sei se você é o cara mais gentil do planeta ou um pateta completo. Sabe que não gosto dele. Você foi incrível comigo, esteve ao meu lado, foi meu amigo e amante e disse que me amava. Nada disso foi real?

— É claro que foi real — respondeu Daniel, rosnando. — Eu te dei tudo que tenho.

— Então por que desistiria assim de mim?

— Porque eu quero que você seja feliz.

— Mas eu sou feliz com você. Nós somos felizes juntos. Estou fazendo frango ao molho marsala para você e para que eu possa...

Então Ali se deu conta. Daniel ainda não sabia. Ela não dissera aquelas palavras e por isso ele não sabia. Por mais que Daniel pudesse estar torcendo pelo melhor, podia muito bem estar pensando ele que era apenas um consolo para ela.

— Ah, Daniel, eu sinto muito. — Ali se aproximou de Daniel e segurou as mãos dele. — Eu estava fazendo o jantar porque queria que esta noite fosse especial quando eu dissesse que te amo. — Ela fitou os olhos escuros dele. — Eu te amo. Esperei para dizer porque eu queria ter certeza. Porque Glen foi um erro enorme. Eu te amo, Daniel. Acho que somos ótimos juntos, mas não se você não brigar por mim. Não se estiver disposto a simplesmente ir embora.

— Eu só iria embora se você quisesse.

Daniel a puxou para junto dele e a apertou tão forte que as costelas de Ali doeram.

— Achei que você não tivesse certeza — admitiu ele, com a voz trêmula. — Amei você durante quase dois anos, mas para você ainda é tudo novidade. Eu queria dar tempo e espaço para você. Estava tranquilo com você não ter falado nada, mas aí Glen apareceu. Do jeito que ele falou, parecia que você queria voltar com ele.

Ali subiu na ponta dos pés e o beijou.

— Nunca. Nunca, nunca, nunca. Eu te amo, Daniel.

Ele a beijou de volta, deixando-a sem ar da melhor forma possível.

— Eu te amo — repetiu Ali entre os beijos.

— Eu também te amo.

Depois de alguns minutos, eles começaram a recuperar o fôlego e Daniel afastou o cabelo de Ali do rosto dela.

— Você está cozinhando?

— Sim, e comprei vinho, sobremesa e tudo mais. Ia ser bem romântico.

— Ainda pode ser.

Ali sorriu.

— Estava torcendo para que dissesse isso.

Os dois foram até a cozinha e Daniel viu tudo que Ali havia preparado e então saiu para lavar as mãos. Quando ficou sozinha, Ali repetiu a si mesma que era sempre melhor ser honesta e que no futuro ela diria de imediato o que estava pensando. Daniel daria conta.

Ela havia acabado de passar o frango para a frigideira quando Daniel voltou.

— Posso pôr a mesa? — perguntou ele.

— Seria ótimo.

Daniel pegou os pratos e talheres e abriu o vinho. Quando chegou a hora, ele espremeu as batatas e Ali pôs tudo nas travessas adequadas. Foi só quando eles levaram tudo para a sala de jantar que ela viu a pequena caixinha azul da Tiffany & Co. em cima de seu prato.

A bandeja com o frango ao marsala começou a escorregar das mãos dela.

— Não seria nada bom isso acontecer — disse Daniel, pegando a bandeja e pondo-a sobre a mesa.

Ali olhou da caixa para ele e de volta para a caixa.

— Você, hm, me trouxe um colar?

Daniel a levou até a cadeira. Quando Ali se sentou, ele se ajoelhou na frente dela e pegou sua mão.

— Eu te amo, Ali. Sou um cara tradicional. Quero uma esposa, filhos, um cachorro e uma casa. — Ele sorriu. — E um gatinho.

O coração dela estava tão acelerado que parecia que tinha um pássaro batendo as asas ali dentro.

— Você já tem uma casa.

— Tenho, e das boas. Espero que goste dela.

— Gosto, e muito.

Daniel a olhou nos olhos.

— Quero passar o resto da minha vida fazendo você feliz. Quero envelhecer ao seu lado. Ali, quer casar comigo?

Sim. Sim! Só que...

— E os seus pais? Vai ser esquisito. Não dá para negar que vai ser esquisito.

— Eles sabem e estão bem com isso. Gostavam de você antes e estão felizes em tê-la na família. Falando em pais, já conversei com a sua mãe também. Ela me deu a benção dela.

— O cara com quem ela está dormindo é o Parker Crane.

— O ator de TV?

— Exatamente. Não sei explicar como, mas é isso. Aparentemente o caso é bem tórrido. Não gosto nem de pensar muito nisso.

— Ótimo. Alguma outra ressalva?

— Glen vai chiar.

Daniel abriu um sorriso convencido.

— Deixa ele. Fiquei com a garota. Casa comigo, Ali. Vou passar o resto da minha vida te amando.

Ali atirou os braços em volta dele.

— Sim, Daniel. Com todo prazer. Para sempre.

Porque dessa vez era certo.

Ele abriu a caixinha e mostrou a ela um diamante do tamanho de um ônibus. Ali quase caiu da cadeira.

— Não — sussurrou ela enquanto Daniel deslizava o anel por seu dedo. — Nossa. Puxa. É maravilhoso.

— Igual à dona.

Daniel a beijou, e o beijo levou a outras coisas, e demorou um bom tempo até que os dois finalmente resolvessem jantar.

Capítulo Trinta

A casa em Encino não demorou a ser vendida. Finola e Nigel não estavam pedindo nenhuma quantia exorbitante, e o lugar estava em excelentes condições. Os novos compradores eram uma jovem família — a mãe era roteirista de TV e o pai ficava em casa. Os dois também compraram grande parte dos móveis, e Nigel acabou ficando com o restante.

Finola deixou o cartório de registro depois de assinar o contrato e voltou direto para a casa para dar uma última olhada. Ela parou na sua vaga da garagem e entrou.

Era estranho ver os sofás que lhe eram tão familiares e o conjunto da sala de jantar e saber que não seriam mais dela. Não havia mais nenhum pertence seu lá. Nigel e ela tinham dividido as obras de arte, e ela levara algumas fotos e recordações e as guardara num pequeno depósito em Burbank.

Finola também passara um pente-fino por todas as suas roupas e decidira ficar com apenas as mais básicas. Poderia comprar um guarda-roupa novo assim que se estabelecesse em Nova York. O resto das roupas, sapatos e acessórios foi doado para um abrigo para mulheres.

Ela entrou no cômodo que antes era seu escritório e olhou ao redor. A mesa ainda estava lá, mas só. Finola observou os espaços vazios nas paredes, a vista para a piscina e as pequenas rachaduras do último terremoto.

Ela apoiou a mão na parede como se pudesse sentir as rachaduras ou remendá-las de alguma forma. Enquanto estavam pequenas tudo bem, mas, se ficassem grandes demais ou se expandissem, haveria um problema. Foi aquilo que acontecera com ela e Nigel, pensou com tristeza. Pequenas rachaduras tinham evoluído para algo muito pior. Finola estivera tão ocupada com suas coisas que nem reparara, e agora tudo se fora — a casa, o casamento, a própria maneira como ela se definia.

A proposta de emprego em Nova York fora feita. Finola alugara um estúdio em Midtown por um preço ridiculamente alto, mas havia um closet enorme e uma máquina de lavar e secar no apartamento, ambos raridades em Manhattan. Ela negociara para levar uma parte de sua equipe de Los Angeles e seduzira Rochelle a deixar seu trabalho no programa noturno. Produtora assistente numa atração nacional era um passo ainda mais importante, e Finola sabia que as duas formavam um ótimo time.

Ela subiu até a suíte principal. A cama não estava mais lá, ao contrário da cômoda e das mesinhas de cabeceira. Finola fechou os olhos, lembrando-se de como as coisas tinham sido com Nigel. De como eles já tinham dado boas risadas, conversado e feito amor naquele quarto. Pensou em como, se as coisas tivessem dado certo, ela estaria grávida de cinco ou seis meses. Finola achava que sua vida fosse mudar, e foi o que aconteceu — só que não da forma esperada. Ela perdera seu marido e seu casamento. Talvez nunca tivesse sido para durar para sempre, mas na época ela não sabia.

Ela cedeu às lágrimas que ameaçavam cair, chorando pelo que um dia foi e por tudo ser diferente agora. Estava animada com a oportunidade em Nova York e triste em deixar sua família. Elas manteriam contato, é claro. Por ironia do destino, devido a justamente tudo que passara, estava mais próxima do que nunca de suas irmãs. Quanto a Mary Jo... Bom, ela desistira de se mudar para a casa na praia e estava vivendo uma vida de sonhos na mansão de Parker em Beverly Hills. Os dois estavam loucamente apaixonados, e a casa de Burbank estava quase em estado de abandono. Ali e Zennie estavam planejando colocá-la oficialmente à venda nas próximas semanas.

A vida era cheia de mudanças, pensou Finola melancolicamente. Quer nós desejemos ou não, coisas aconteciam. Ela secou as lágrimas. Apesar de ter sido forçada a crescer como pessoa e ter passado por um processo muito difícil, esperava ter se tornado uma pessoa melhor do que era antes. Menos egoísta, mais consciente das pessoas que amava. Talvez aquelas lições de vida a ajudassem a ser uma jornalista melhor, mas, mesmo que não fosse o caso, ela queria continuar se esforçando para ser uma pessoa melhor.

Finola desceu e entrou na garagem para voltar para Burbank. Venderia seu carro e doaria o dinheiro para o grupo de meninas ao qual sempre relutara em oferecer mais que as visitas ocasionais. Sinceramente, dar o valor do carro a elas era o mínimo que poderia fazer. Finola passaria a noite com Ali e Daniel, que a levariam ao aeroporto de manhã, e pegaria o avião para Nova York para começar sua nova vida.

Uma vida melhor, prometeu-se. Tinha que ser.

Zennie resolvera lidar com sua gravidez lembrando a si mesma que ela era uma simples hospedeira. Não importava o que acontecesse, seu eu hospedeiro ficaria bem. Uma hora ela voltaria a ser quem era antes e se, ao longo desse processo, precisasse comer coisas revoltantemente saudáveis e desistir das coisas que amava para carregar uma bola de basquete na barriga, bom, era por um bem maior.

O fato de seus hormônios terem se acalmado conforme o previsto ajudou muito. Seus seios também estavam doendo menos, e Zennie estava começando a se sentir muito mais normal. Talvez o segundo trimestre fosse melhor que o primeiro, pensou ela ao entrar na sala de espera da dra. McQueen.

Ela estava lá para a consulta de três meses. Bernie e Hayes se juntariam a Zennie para que todos escutassem os batimentos cardíacos do bebê pela primeira vez e vissem o ultrassom. Ainda era muito cedo para descobrir o sexo, mas pelo menos já saberiam se estava tudo bem.

Zennie deu seu nome para a recepcionista e olhou mais uma vez para o celular. A única pulga atrás da orelha, por assim dizer, era o fato de não ter tido notícias da amiga a manhã toda. Elas tinham trocado mensagens na noite anterior, e Bernie estivera louca de ansiedade, mas naquela manhã Zennie ainda não tivera nenhuma notícia.

Ela mandou mais uma mensagem avisando que já estava esperando no consultório, mas não teve resposta. A enfermeira a chamou. Zennie explicou a situação e perguntou se podia esperar um pouco.

— Claro — disse a enfermeira. — Mas se desistir deste horário teremos que encaixá-la num outro, e pode ser que demore.

Era sexta-feira, então Zennie tinha o dia todo livre.

— Posso esperar. Realmente quero que eles estejam aqui comigo.

Passaram-se vinte minutos agonizantes. Zennie mandou mais uma mensagem para Bernie e finalmente resolveu ligar para Hayes, que não atendeu. Ela começou a entrar em pânico. E se tivesse acontecido alguma coisa com eles? E se tivesse acontecido um acidente ou um incêndio? E se os dois tivessem mudado de ideia quanto ao bebê e não sabiam como contar a ela?

Zennie se orientou a ficar calma, mas, uma vez que o pânico se instalou, não havia como ignorá-lo. Ela começou a hiperventilar. O que será que estava acontecendo?

Zennie foi até o corredor para poder andar de um lado para o outro sem perturbar ninguém. Ela tentou ligar para Cassie e DeeDee, mas ambas estavam de plantão e não poderiam parar para atendê-la. Finalmente, mandou uma mensagem para Clark.

Vou fazer meu ultrassom de três meses. Não é grande coisa, mas Bernie não veio e não está respondendo nenhuma mensagem. Também não consigo falar com Hayes.

Em poucos segundos, Zennie viu que ele já estava respondendo.

Você vai fazer a consulta mesmo assim?

Sim. Mesmo que eles não venham, preciso saber se o bebê está bem.

Então chego aí em meia hora. Se eles aparecerem nesse meio-tempo, você me avisa e eu volto para o trabalho. Se não, estarei do seu lado. Não vou ver nada assustador, né?

Apesar de tudo, aquela última pergunta a fez sorrir.

Nada assustador, eu prometo. Só os batimentos cardíacos e o ultrassom.

Legal. Já chego aí.

Zennie continuou andando pelo corredor e tentou não imaginar o pior, apesar de naquela altura não ter certeza do que a perturbaria mais: Bernie e Hayes terem sofrido um acidente de carro ou terem mudado de ideia quanto ao bebê.

Assim que ela concluiu que não havia jeito e ela precisaria passar pela consulta sozinha, o elevador abriu e Clark apareceu. Zennie correu até ele e o abraçou.

— Eles ainda não chegaram. Não sei o que está acontecendo, mas só pode ser algo ruim. O que eu vou fazer? Minha melhor amiga morreu e estou grávida. Sei que parece horrível, mas eu não queria ter um bebê. Não posso fazer isso, não dá. Sei que todos me acham forte, mas não é verdade.

Clark a abraçou de volta até Zennie terminar de falar e então pôs as mãos nos ombros dela enquanto a fitava nos olhos.

— Existe alguma explicação perfeitamente lógica para o que aconteceu. Não sei qual é, mas existe. Vamos descobrir e lidar com isso. Você não vai ter o bebê sozinha. O contrato cobre todas essas questões legais.

— Você não tem como saber disso — disse ela, agitada. — Talvez um dia eu queira ter filhos, mas não sei ainda, e definitivamente não queria que fosse assim. Não agora. Não com Hayes.

— Zennie, calma. Respira. Vai dar tudo certo.

— Você não tem como saber — repetiu ela.

— Tenho, sim. Não importa o que aconteça, vamos passar por isso. Eu estava falando sério antes. Somos amigos e você pode contar comigo. Há quanto tempo está aqui esperando?

— Quase uma hora.

— Vamos entrar e fazer os exames, depois cuidamos do resto, está bem?

Zennie assentiu com a cabeça, ainda tentando pegar ar.

— Eu não entendo.

— Eu sei. Está tudo bem. Não importa o que esteja acontecendo, você tem muita gente do seu lado. Se for algo ruim, DeeDee e Cassie vão encontrar você assim que saírem do trabalho. Isso sem falar nas suas irmãs e na sua mãe.

— Obrigada. Me desculpe por eu estar tão descontrolada.

— Você está ótima. Agora vamos entrar e aí você pode me torturar com seja lá o que vai acontecer.

Zennie conseguiu abrir um sorriso e foi na frente até a sala de espera.

Os dois esperaram mais quarenta minutos para entrar. Depois Clark a aguardou do lado de fora enquanto ela vestia o avental e se deitava na mesa para o ultrassom. Quando a enfermeira pediu para que ele entrasse, Bernie entrou correndo com ele e parou ao lado de Zennie.

— Meu deus, eu sinto tanto — disse a amiga, que tinha uma das laterais do rosto inchada. — Sinto muito. Acordei sentindo dores horríveis e tive que ir para o pronto-socorro. Eles me encaminharam para o dentista e aí precisei fazer um canal de urgência. Demorou um século, e ainda me deram alguma coisa que me apagou. Nem pensei em avisar você antes porque não imaginei que levariam quatro *horas*. — Bernie segurou a mão de Zennie. — Hayes está no tribunal hoje e não conseguiu falar com você antes, mas ele já está vindo. Zennie, eu sinto muito mesmo, espero que não tenhamos assustado você.

O alívio foi doce e imediato. Zennie apertou a mão de Bernie.

— Estou bem, só fiquei com medo de ter acontecido alguma coisa.

Ela olhou por cima do ombro de Bernie e viu Clark abrindo para ela um sorriso de "eu avisei", ao qual Zennie retribuiu.

Hayes entrou e correu até as duas.

— Todos estão bem? Lamento muito ter ficado preso. Bernie, você está péssima.

— Me sinto péssima, eles me drogaram. Precisei pegar um Uber para vir para cá, então depois ainda temos que ir buscar meu carro, mas isso não importa. — Bernie apertou a mão de Zennie novamente. — Vamos ver o nosso bebê.

— Primeiro vamos ouvir os batimentos — explicou a técnica, tirando um potinho de gel de um forninho.

Zennie ofereceu a mão livre a Clark, para que ele se juntasse aos três. Bernie alternou o olhar entre os dois, mas não disse nada. Mais tarde, Zennie contaria sobre seu colapso e todos ririam da situação, mas, naquele momento, ela se sentia grata pelo apoio.

— Lá vamos nós — disse a técnica.

Durante o que pareceu o tempo mais demorado do mundo, não houve nada. Zennie sabia que encontrar os batimentos naquela fase da gestação poderia ser difícil. Dependia da posição do bebê em seu corpo e do...

De repente um som de cavalinhos a galope encheu a sala. Bernie deu um grito e agarrou Hayes. Clark apertou a mão de Zennie.

— Vou chamar a dra. McQueen — disse a técnica, sorrindo. — Ela vai querer contar os batimentos.

Zennie sabia que era normal que estivessem de cento e vinte a cento e sessenta por minuto. Os batimentos eram fortes e regulares, e realmente havia uma pessoa de verdade crescendo dentro dela.

— Obrigada — disse Bernie, com um sorriso trêmulo. — Ah, Zennie, obrigada por tudo, de verdade.

— Claro. Você é minha amiga.

— E você é um milagre.

— Nunca fui um milagre antes — admitiu Zennie, pedindo a si mesma que se lembrasse daquele momento quando as coisas ficassem difíceis. Porque eram eles que faziam tudo aquilo valer a pena.

Capítulo Trinta e Um

Seis meses depois...

Ali estava lendo o folheto do resort Four Seasons nas Bahamas. Era um resort lindo, com todas as regalias possíveis. Ela não ousava imaginar o preço, mas era tentador.

— Tem certeza?

Daniel levantou a cabeça. Os dois estavam em casa tendo uma manhã de sábado preguiçosa, conversando sobre o que fazer depois do casamento de Mary Jo e Parker no Valentine's Day. O casal feliz levaria todos para a Jamaica para uma cerimônia num daqueles resorts com tudo incluído. O timing era perfeito — Zennie já teria se recuperado do parto e Finola poderia facilmente pegar um avião de Nova York.

— Ali, eu vou querer o que você quiser, sabe disso. Eu te amo e quero me casar, mas como faremos isso é escolha sua. Foi só uma sugestão. Se não gostar, podemos organizar um casamento maior em algum lugar. Na praia ou num hotel. O Ritz Carlton em Marina Del Rey é lindo.

Era lindo mesmo e, sim, eles poderiam organizar um casamento grande. Só que Ali meio que sentia que já tinha feito aquilo. E o primeiro casamento de Daniel também tinha começado com uma cerimônia grande. Dessa vez, ela queria uma coisa mais íntima. Uma coisa mais com a cara deles.

O Valentine's Day era na sexta, e Parker e Mary Jo pagariam a hospedagem de todos até domingo. A ideia de Daniel era voar da Jamaica para as Bahamas e formalizar a união lá. Só os dois.

Ali tinha falado com a cerimonialista do resort e o processo era razoavelmente simples. O casal podia dar entrada na papelada depois de passar vinte e quatro horas na ilha, e se casar um dia depois. Se Daniel e ela chegassem no domingo de manhã, poderiam entrar com o pedido na segunda à tarde e na quarta já estariam casados. A cerimonialista garantira que certamente haveria vagas para um casamento no meio da semana. Uma das deslumbrantes suítes de frente para o mar estava vaga a semana toda. A mulher providenciaria todos os detalhes, incluindo as duas testemunhas obrigatórias. Fácil assim.

Havia um monte de vantagens em casar às escondidas, pensou Ali. Aquilo poupava todos do constrangimento de um novo casamento. E, por mais que Glen tivesse aceitado a situação e já estivesse namorando outra pessoa, Ali não gostava da ideia de chegar ao altar e vê-lo parado ao lado de Daniel. Não convidar o irmão para ser padrinho era uma opção, mas também uma decisão difícil. Juntar os trapos nas Bahamas parecia ser a solução perfeita.

— Vamos nessa — disse Ali.

Daniel sorriu.

— Tem certeza?

— Tenho.

— Certo, vou fazer as reservas. Eu vou me casar!

A empolgação dele era gratificante. Todos os dias, Daniel deixava claro o quanto a amava, e ambos estavam felizes e ansiosos por um futuro juntos. Ali estava até pensando em conversar com Daniel sobre parar os contraceptivos para que pudessem começar a tentar engravidar logo na lua de mel. Não seria o máximo?

O celular dela vibrou e Ali levantou-se num salto assim que leu a mensagem.

— Zennie entrou em trabalho de parto. — Ela apertou o celular. — Ficou em trabalho de parto a noite toda e eles estão indo para o hospital agora. Precisamos ir também.

— Com "eles" quer dizer Zennie e Clark?

— Sim, quem mais seria?

— Mas eles não estão juntos.

— Eles são amigos.

— Ele praticamente mora lá. Estão juntos o tempo todo.

Ali não compreendia por que Daniel não entendia aquilo.

— Mas como amigos.

— Então sem sexo.

Ela sorriu.

— Nem todo mundo gosta tanto quanto você.

— E como você.

— E como eu — admitiu ela, se levantando e indo para a garagem. — Algumas pessoas simplesmente não fazem.

— Pelo que fiquei sabendo, sua mãe e Parker fazem o tempo inteiro, e eles já estão velhos.

— Por favor, não vamos falar da minha mãe. Zennie e Clark têm um relacionamento diferente.

— Aquele coitado deve tomar umas cinco chuveiradas geladas por dia.

Ali se acomodou no lado do carona da caminhonete e se inclinou para dar um beijo em Daniel.

— Uma coisa que você nunca precisa fazer.

— Eu sei. Sou um cara de muita, muita sorte.

Era ela quem tinha sorte, pensou Ali, enquanto Daniel dava ré e saía da garagem rumo ao hospital. Encontrá-lo tinha sido a melhor coisa que lhe acontecera na vida. Ela olhou para ele e sorriu. O.k., a segunda melhor coisa, na verdade. A primeira tinha sido se encontrar.

— Eu. Não. Consigo.

Zennie olhou para o teto, querendo matar alguém. Podia ser qualquer um. Um estranho aleatório, um membro de sua família. Ela só queria descontar em alguém, de preferência com um taco de beisebol.

— Nãããão! — gritou ela, sentindo a dor rasgando-a ao meio. — Pelo amor de Deus, alguém me dá alguma coisa!

A enfermeira balançou a cabeça.

— Você esperou tempo demais, meu bem. O bebê já está vindo e não dá mais tempo.

Zennie agarrou a beirada da cama sentindo o corpo inteiro se retorcer, aqueles malditos músculos dos quais ela tanto se orgulhava traindo-a naquele momento com uma força capaz de esmagar um planeta.

— Odeio isso — berrou ela.

— Nós também não estamos nos divertindo nada — disse a enfermeira calmamente. — Mas não estamos reclamando.

Zennie viu Clark apertando os lábios.

— Não ouse rir. Isso é tudo culpa sua.

Clark não se abalou pela fúria dela.

— Foi você quem se recusou a vir ao hospital. Disse que não queria ser uma daquelas mulheres frescas que aparecem seis dias adiantadas, reclamando da dor. Disse que sabia o que estava fazendo.

O que era cem por cento verdade, mas ele não precisava lembrar.

— Vou te odiar para sempre — grunhiu Zennie.

— Que valentona você é, Zennie, fala grosso mesmo.

Zennie estava contente por ele não ter ficado ofendido. Ela não fazia ideia de onde estava vindo toda aquela ira, exceto que talvez fosse sua forma de lidar com a dor. Jesus, como as outras mulheres sobreviviam àquilo? Era como a pior cólica da sua vida multiplicada por um milhão. Era tão ruim que Zennie até já vomitara, e agora só lhe restava suportar o horror da situação.

Bernie e Hayes entraram correndo no quarto.

— Está mesmo na hora, Zennie?

Zennie abriu a boca para gritar que a culpa era deles, quando reparou em Clark. Ele sacudiu ligeiramente a cabeça como se a advertisse de que Bernie era sua amiga e que ela a amava e que, maldição, por que precisava doer tanto?

Mais uma contração a atravessou. Zennie gritou, sabendo que estava assustando a todos, mas não conseguia se conter. A gravidez tinha sido relativamente tranquila, e agora ela estava pagando o preço.

— Não consigo — arfou Zennie, enquanto Bernie apertava a mão da amiga. — Não consigo fazer isso.

— Parece uma hora meio ruim para desistir — disse Clark calmamente.

Zennie o fuzilou com os olhos.

— Você vai pagar por isso depois.

— Que medo.

Aquilo quase a fez rir, mas a dor voltou ainda mais forte. A dra. McQueen entrou no quarto, já de jaleco.

— Alguém me contou que você está prestes a ter um bebê — disse ela, alegremente. — Pronta, Zennie?

— Tira ele de mim. Tira agora!

Zennie estava deitada na cama do hospital aproveitando o leve sedativo que insistira em tomar depois do parto. Ela ainda estava sentindo dor porque, opa, havia acabado de empurrar uma coisa do tamanho e peso de uma rochedo por sua vagina, mas finalmente chegara ao fim. Ela dera à luz um saudável menino de 3,4 quilos.

— Você fez uma coisa boa — disse sua mãe, sorrindo. — Estou orgulhosa de você.

— E decepcionada? — perguntou Zennie.

— Não. Bernie será uma mãe maravilhosa e já me disse que posso ir visitá-lo quando quiser. Quando ela estiver se sentindo mais à vontade comigo, poderei até cuidar dele de vez em quando, porque tecnicamente ele é meu neto, não é?

— Nunca pensei nisso — admitiu Zennie.

— Parker fez essa observação. Então pelo visto ganhei um neto, no fim das contas.

Mary Jo estava reluzente, tanto pelas notícias de seu neto como por causa de seu relacionamento com Parker. Eles realmente estavam apaixonados e, por mais que fosse meio estranho, também era legal.

Aparentemente o casamento estava de pé. Sua mãe mencionara alguma coisa sobre o Valentine's Day e a Jamaica dali a cinco semanas. Zennie imaginou que já estaria quase normal até lá.

Mary Jo foi embora para que Zennie pudesse descansar, mas ela estava dolorida demais. O quarto do hospital estava repleto de flores. Finola mandara um arranjo e prometera visitar a irmã em duas semanas. Bernie e Hayes tinham entregado um buquê enorme e o dr. Chen também enviara um vaso com um cartão dizendo que estava contando os dias para ela voltar a trabalhar.

Zennie sorriu ao ver Clark na porta. Ele estava trazendo um saco de comida enorme numa das mãos e fechou a porta ao entrar.

— Conseguiu? — perguntou ela ansiosa, subindo o encosto da cama.

— Qualquer coisa por você.

Zennie rasgou o saco e desembrulhou o cheeseburger. O cheiro era divino, assim como a primeira mordida. Ela conteve um gemido de prazer.

Clark pôs um copo de milk-shake na bandeja diante dela.

— Chocolate, do jeitinho que você pediu.

Zennie sentiu uma onda de emoção e soube na hora que aqueles hormônios idiotas estavam de volta. Pelo que tinha lido, eles fariam companhia a ela novamente por um tempinho, mas depois baixariam a bola.

— Você tem sido ótimo comigo — disse Zennie, enquanto Clark puxava uma cadeira para se sentar.

— Eu sou meio que um santo, né? — provocou ele.

Zennie pensou em como ele tinha sido seu amigo pelos últimos sete meses, em como fazia massagens nos pés dela, atendia seus desejos e a ouvia reclamar das mudanças em seu corpo. Pensou em como ela o acompanhara no zoológico quando Clark ficou com medo que um dos orangotangos estivesse doente, e de todos os filmes que os dois tinham visto juntos no cinema. Pensou em como ele a escutara agonizar durante quarenta e oito horas seguidas enquanto ela não conseguia se decidir entre dois apartamentos para comprar e como depois a ajudara a se mudar, fazendo basicamente todo o trabalho pesado. E o melhor, o melhor do melhor de tudo, como Clark ficara ao seu lado a noite inteira quando ela entrou em trabalho de parto e sequer ficara chateado quando ela gritara com ele no hospital.

Zennie nunca desejara um homem na sua vida. Ela nunca entendera todo o alarde de se tornar parte de um casal. Aquilo lhe parecia simplesmente desnecessário. Ela tinha sua família e seus amigos, e se sentia realizada com seu trabalho. Sua vida era completa, sem necessidade de um homem. Só que... Só que... não parecia certo. Não sem Clark.

De alguma forma, quando Zennie não estava prestando atenção, Clark se tornara parte de sua vida. Parte *dela*. Ele estava sempre lá, e ela gostava daquilo. Zennie contava com Clark e esperava que fosse recíproco.

E, enquanto pensava naquilo tudo e comia seu hambúrguer, lhe ocorreu como Clark não tentara dar em cima dela nem uma única vez. Nenhuma. Nem um beijo, insinuação ou nada.

— Você está saindo com alguém? — perguntou ela.

Clark a olhou.

— O quê? Quer dizer tipo namorando? — Ele deu uma risadinha. — Zennie, quando não estou no trabalho, estou praticamente o tempo todo com você. Onde eu arranjaria tempo?

Ela ficou aliviada.

— E quanto a sexo?

— Às vezes demoro mais no banho. O que você faz a respeito?

— Eu estava grávida. Confie em mim, não penso nisso há um tempinho.

— E antes?

— Nunca foi tão interessante.

— Me lembro de você dizer isso.

Zennie supôs que fosse uma daquelas pessoas que simplesmente não têm muita libido. Apesar de que, agora que estava pensando melhor, até conseguia entender o apelo daquele tipo de intimidade. Não agora — cada centímetro do corpo de Zennie doía —, mas talvez depois, quando estivesse recuperada.

— Sempre achei que queria ficar sozinha — admitiu ela. — Que estar com alguém não era para mim.

Clark ficou sério.

— Eu sei. Você deixou isso claro.

Era decepção no tom de voz dele? Será que ele queria mais? Será que ela queria?

Zennie limpou as mãos e tomou um gole do milk-shake. A combinação de sorvete, chocolate e toda aquela gostosura era simplesmente mágica.

— Será que consegue contrabandear um vinho depois?

— Achei que esperaríamos até você receber alta, aí eu te levaria um belo jantar e uma garrafa de vinho.

— Definitivamente vou encher a cara. E beber café. E entrar numa jacuzzi.

Apesar de Zennie ter quase certeza de que teria que esperar até seus pontos cicatrizarem para a última coisa da lista, ela com certeza o faria depois.

Zennie olhou para Clark, para seu rosto familiar, e pensou no quanto gostava dele e em como não queria perdê-lo. Ela pensou em beijá-lo e em tocá-lo, e se perguntou se o problema não era uma questão de falta de interesse, e sim de não ter percebido que o que ela precisava era da pessoa certa.

Ela pôs o milk-shake de volta na bandeja e perguntou:

— Clark, quer sair comigo? Como num encontro?

Em vez de responder, ele se levantou e foi até a cama. Segundos depois, Zennie percebeu que Clark estava prestes a beijá-la.

— Acabei de comer cebola crua — murmurou ela, mais nervosa do que esperava.

— Eu realmente não ligo.

Clark encostou os lábios nos dela. Ela esperou, perguntando-se o que sentiria, se é que sentiria alguma coisa. E então aconteceu. Uma pequena estremecida bem lá no fundo. Uma necessidade de abraçá-lo e não soltar mais. O desejo oscilou e cresceu e, antes que Zennie se desse conta, Clark tinha empurrado a bandeja de lado e de alguma forma os dois estavam na cama, se beijando e se abraçando e, nossa, ela realmente nunca mais queria soltar.

Quando os dois pararam para respirar, Zennie estava sorrindo.

— Então a resposta para o convite é sim?

— Sim.

— Não posso fazer sexo nas próximas seis semanas.

Clark riu e se ajeitou de modo que ela pudesse apoiar a cabeça no ombro dele.

— Você não pode ter penetração nas próximas seis semanas, Zennie. Existe uma diferença.

— É verdade. Uma percepção interessante.

— Era justamente o que eu queria ouvir. Então, sobre a Itália. Acho que devíamos ir juntos.

— Eu adoraria.

— Eu também.

Este livro foi impresso pela Exklusiva, em 2021,
para a Harlequin. A fonte do miolo é Minion Pro.
O papel do miolo é pólen soft 70g/m², e o da capa
é cartão 250g/m².